T0243666

Un PLAN DE CITAS

Un PLAN DE CITAS

SARA DESAI

TITANIA

Argentina • Chile • Colombia • España
Estados Unidos • México • Perú • Uruguay

Título original: *The Dating Plan*
Editor original: A JOVE BOOK published by Berkley.
An imprint of Penguin Random House LLC
Traducción: Mónica Campos

1.ª edición Julio 2024

Plaza de los Reyes Magos, 8, piso 1.º C y D – 28007 Madrid
www.titania.org
atencion@titania.org

ISBN: 978-84-19131-72-0
E-ISBN: 978-84-10159-60-0
Depósito legal: M-12.100-2024

Fotocomposición: Urano World Spain, S.A.U.
Impreso por Romanyà Valls, S.A. – Verdaguer, 1 – 08786 Capellades (Barcelona)

Impreso en España – *Printed in Spain*

Para mamá,
por darme el regalo de las historias.

1

A Daisy Patel no le importaba que las parejas se metieran en el retrete para hacer gimnasia con la lengua. Las convenciones sobre tecnología solían ser estresantes y aburridas, y si alguien podía encontrar un poco de cariño entre el *networking*, las conferencias y los seminarios, a ella no le daba ninguna envidia su felicidad.

Sin embargo, el actual ganador de la medalla de oro en enrollarse en el lavabo de mujeres del Centro de Convenciones de Oakland resultó ser su exnovio, Orson Fisk.

Y la mujer que estaba en sus brazos era su antigua jefa, Madison Montgomery, directora ejecutiva de Activize, S. L.

—Ejem.

Su intento de llamarles la atención cayó en saco roto. O quizá no les importaba. Tal vez Madison había hechizado a Orson y, cuando este se liberara de sus garras, se daría cuenta de que había cometido un error al romper con una desarrolladora de *software* neurótica y su cachorro, que estaba loco por las *pakoras*. Daisy y Max venían en un *pack*; los que odiaban a los perros no tenían nada que hacer con ella.

Daisy, que se había quedado petrificada al ver a su ex agarrado a su antigua jefa como si fuera la más tenaz de las especies invasoras, metió una moneda de veinticinco centavos en la máquina dispensadora de compresas y tampones.

No se había hecho ilusiones cuando Orson la invitó a salir tras conocerse en una convención para desarrolladores de *software* durante la Semana de Programadores de Oakland, California. Era evidente que estaba desesperado. Después de todo, a pocos hombres les interesaba una mujer a la que le gustaran los planes y resultados cuantificables y pudiera hacer una compilación al día en C++ en un entorno POSIX con cero errores. Querían a las reinas del baile, no a las mejores de la clase; a las mujeres que empuñaban la moda como un arma, no como un escudo. Por eso, cuando Orson la llamó tras su aventura de una noche y la invitó a salir de nuevo, se quedó desconcertada.

Con treinta y cinco años (sesenta y cinco por dentro), sin nada de grasa corporal y una pequeña perilla, Orson la había introducido a los largos paseos, el café solo, las películas de arte y ensayo, el *jazz* melódico, la cocina *gourmet* y las ventajas de las relaciones intelectuales sobre las físicas. Trabajaban en el mismo sector, asistían a las mismas convenciones y compartían los mismos intereses en el mundo *online*. Debería haber sido perfecto. Sin embargo, durante las cuatro semanas que llevaban viéndose (la relación más larga de su vida), no se le había ocurrido presentárselo a su familia. Las relaciones serias no entraban en sus planes, pues su vida consistía en trabajar duro, cuidar de su padre y envejecer sola en la casa donde había nacido.

Orson tiró de la blusa de Madison y le arrancó el primer botón para descubrir los secretos de una mujer carente de discreción. No había nada intelectual en su frenético manoseo. Si Daisy hubiera sabido que arrancar la ropa era una de las habilidades de Orson, le habría puesto un anillo en el dedo al instante. Pero le habían asaltado las dudas. ¿Por qué no sentía esas mariposas en el estómago que, en teoría, indicaban que uno estaba enamorado? ¿Dónde estaban esos pájaros que, parecía ser, trinaban cerca de la cabeza? ¿Tenía ella algún tipo de desequilibrio químico o era otra cosa la que no iba bien? Cuando una noche sorprendió a Orson y Madison haciendo el amor en el despacho de esta, al fin sintió algo.

Alivio.

Como siempre había sospechado, su destino era quedarse sola...

Giró el dial lo más lentamente posible para maximizar el nivel de decibelios a la hora de soltar la compresa, mientras volvía a mirar a Orson y Madison toqueteándose como un par de adolescentes cachondos. Debería salir enseguida, antes de que dijera algo incómodo que empeorara la situación. Su tendencia a soltar lo que se le pasara por la cabeza la había metido en muchos problemas. Era más feliz cuando estaba sola en su cubículo del trabajo, absorta en una pantalla de código y con su música disco favorita sonando en sus auriculares. Había cierta belleza en la simplicidad de la programación. Si algo era ilógico, simplemente no funcionaba.

Quizá aquí había un mensaje que no lograba entender. Evaluó la situación como si fuera un código y se le ocurrió: **«Error de conexión».** Era la historia de su vida.

La compresa cayó en el dispensador con un suave golpe. Su nuevo jefe, Tyler Dawes, director ejecutivo de Organicare, solo necesitaba una de las compresas de la competencia para la presentación del negocio, pero ¿y si algo salía mal? Si no conseguían pronto más financiación de capital de riesgo, la empresa cerraría y todos los empleados de Organicare se quedarían sin trabajo.

No ayudaba que Tyler fuera un pésimo vendedor. El profesor de Caltech, con un doctorado en Ingeniería Química, se había metido en el negocio de los productos de higiene menstrual ecológicos y sostenibles cuando su hija Kristina descubrió que no existía ese nicho en el mercado. Con trabajo duro y varios millones de dólares de financiación de capital de riesgo, habían levantado un exitoso negocio basado en la suscripción y directo al consumidor, con un producto que se vendía por medio de una aplicación y para un estilo de vida centrado en la salud y el bienestar. Y entonces todo salió mal.

Daisy introdujo otra moneda en la ranura y tiró del dial. Si Tyler le hubiera pedido que diera una charla con él cuando se inscribió en la convención, ella no estaría ahora en ese lavabo. Daisy no iba a las reuniones sin estar preparada. En vez de sudar mientras intentaba que la máquina le dispensara en silencio una compresa, estaría sentada en la sala de conferencias con aire acondicionado y bebiendo chai casero de su termo mientras repasaba mentalmente una presentación que habría practicado durante semanas.

Ajenos a su presencia, Orson y Madison seguían besándose en el retrete y golpeando las paredes metálicas mientras gemían. Se escuchó la cisterna, no una ni dos, sino tres veces seguidas. Daisy esperaba que fuera por un exceso de pasión y no porque hubieran comido marisco de mala calidad en el bufé. Se había prometido a sí misma que no lo probaría, pero aquellas gambas eran tan tentadoras...

En cualquier caso, todo había sido muy decepcionante. Mientras ella y Orson estuvieron juntos, él se había comportado como un amante eficiente y sensato, que expresaba el resultado satisfactorio de su acoplamiento con un alarido y, seguidamente, con una copa de Rioja y una profunda reflexión sobre la lógica de Aristóteles concebida a través del silogismo. No hubo gemidos ni jadeos, ni sujetadores que caían sobre sucias baldosas (¡gracias a Dios!), ni cisternas automáticas que lanzaban al aire una sinfonía de gérmenes.

Una segunda compresa salió de la máquina, seguida de otra y otra. Las compresas salieron disparadas y le dieron a Daisy en el pecho como si fueran balas. Se puso en cuclillas y trató de alcanzarlas antes de que tocaran el suelo.

—¡¿Hay alguien ahí?! —gritó Madison.

«Oh, error fatal». La jerga de los programadores para referirse a un error catastrófico o, en este caso, al mal funcionamiento de una máquina dispensadora de compresas. Daisy tomó las cajas y salió corriendo del baño.

—¡Daisy! Te estaba buscando.

La tía Salena, hermana de su padre, le tendió una emboscada muy cerca de la puerta.

—¿Qué haces aquí, tía-ji?

Con el corazón desbocado, echó una mirada por encima del hombro para asegurarse de que no la seguían. Lo último que quería era que Madison y Orson pensaran que los había estado espiando. Aunque se había quedado destrozada por la traición, no era el tipo de mujer que quisiera vengarse, ni se rebajaría jamás a suplicarle a Orson que volviera con ella. No era tan patética.

—Estaba comiendo con mi amiga Anushka y su hijo, Roshan, cuando comentaron que él estaba buscando esposa. —La tía Salena señaló al hombre alto y apuesto que tenía detrás—. Pensé que seríais perfectos el uno para el otro. Llamé a tu oficina y me dijeron que estabas aquí, así que decidimos pasarnos.

Daisy ahogó un gemido. Desde que su prima Layla se había comprometido, sus tías se habían propuesto casarla con una precisión militar. Se presentaban sin avisar en su casa, en el gimnasio, en las tiendas de comestibles y en los centros comerciales, siempre con un inocente soltero a cuestas y con el pretexto de «estar por el barrio», aunque el «barrio» estuviera a una hora de distancia.

—Lo siento mucho. —Daisy lanzó lo que esperaba que fuera una sonrisa de disculpa al desconocido de oscuro cabello—. Ahora no tengo tiempo para charlar. Estoy a punto de entrar en unas presentaciones de negocio y tengo que llevarle estas muestras a mi jefe.

—¡Pero si ni siquiera conoces a Roshan!

—¡En otra ocasión!

Salió corriendo. Agarraba las cajas de compresas con fuerza mientras se movía entre la multitud y el corazón le latía desbocado en el pecho. Cuando se había despertado aquella mañana, no se imaginó que la sacarían de su acogedor puesto de trabajo y la arrastrarían a una convención de tecnología para luego escapar de su ex con un montón de compresas en las manos y su casamentera tía pisándole los talones.

Quizá no se había despertado. Tal vez solo fuera un sueño y en cualquier momento abriría los ojos y…

—¡Ay!

Chocó contra algo que estaba duro como una piedra y se tambaleó sobre sus merceditas de color rojo. Aunque eran demasiado altas para resultar cómodas, quedaban fabulosas con su minivestido rojo de flores. A Daisy no le importaba que sus pies fueran a estar escondidos todo el día bajo un escritorio. Los zapatos eran fundamentales en su vestimenta. Ya fuesen zapatos de tacón con caras de gatitos, bailarinas con plátanos bordados o botas de motorista con remaches, sus zapatos eran siempre el toque final a su ecléctico estilo.

Perdió el equilibrio y, mientras agitaba las manos en el aire, las compresas se le cayeron y el enorme tote de Universo Marvel le resbaló por el hombro. Tyler la mataría si no se moría antes de la hemorragia cerebral que le provocaría el golpe en la cabeza contra las baldosas del suelo. Al menos la tía Salena estaba allí. Un mensaje de texto y toda la familia Patel sabría cuándo y cómo había muerto, y habrían organizado un funeral antes de que la ambulancia se la hubiera llevado a la morgue.

El tiempo se volvió más lento y ella cerró los ojos con fuerza mientras iba cayendo, tratando de recordar cada momento de sus veintisiete años de vida en la Tierra: familia feliz, familia triste, familia pequeña, familia grande, angustia, corazón roto, Max...

Estaba tan concentrada reviviendo sus recuerdos más significativos que tardó un momento en darse cuenta de que ya no estaba cayendo. Unas fuertes manos la agarraban por la cintura y la mantenían a salvo.

—¿Estás bien?

Una voz profunda, cálida y deliciosa como el caramelo líquido hizo que una descarga eléctrica le recorriera la espina dorsal. La reconoció con tanta fuerza como fuertes eran los brazos que la sujetaban.

Conocía esa voz. La había oído casi todos los días durante diez años. Levantó la mirada y por un momento se olvidó de respirar.

«Liam Maldito Bastardo Murphy».

El que fuera el mejor amigo de su hermano. Su eterno amor preadolescente, su obsesión durante la adolescencia y todavía objeto de sus fantasías eróticas. En hombre que le había roto el corazón y que había desaparecido de su vida para no volver a verlo ni a saber nada más de él...

Se le aceleró el pulso cuando la parte de su cerebro que aún funcionaba empezó a examinarlo. El tiempo había trazado líneas y cincelado planos en lo que antes había sido un rostro algo redondeado, inclinando la balanza de guapo a impresionante. Una barba incipiente oscurecía su mandíbula y sus labios (¡Dios, sus labios!) eran firmes y se curvaban en la familiar sonrisa que le había hecho flojear tantas veces las rodillas.

—¡¿Daisy?! —La voz subió de volumen y su mirada se clavó en unos ojos tan azules como el océano en el que había querido ahogarse después de que Liam la dejara plantada la noche del baile de graduación y huyera hacia el olvido como la escoria rastrera que había resultado ser.

Abrió la boca para hablar, pero no le salió ni una sola palabra. ¿Cómo podía expresar el torbellino de emociones que corría por sus venas? Habían pasado diez años desde que se quedó sola en la entrada de su casa (con un vestido rosa chillón y el ramillete que le había comprado su padre prendido en el hombro), esperando a que Liam la llevara al baile. Habían pasado diez años desde que él desapareció y nunca más lo volviera a ver. ¿Cuántas veces había imaginado este momento?

¿Debería darle una bofetada o un rodillazo en la entrepierna?

2

Liam abrazaba a Daisy por la cintura con tanta fuerza que no parecía tener ninguna prisa por apartarse.

—No puedo creer que seas tú.

Claro que no podía. La Daisy que él conocía era joven e inocente y había sido parte activa del grupo de frikis del instituto. Su ropa era extravagante; una mezcla de accesorios, colores, estampados y *fandoms* que había combinado en un estilo *geek-chic* peculiar. Se había recogido el cabello largo y oscuro en una coleta para que no le estorbara cuando ayudaba a los de primer año con sus programas informáticos, mezclaba productos químicos para los proyectos de la feria de ciencias o estudiaba para el último concurso de matemáticas. La noche del baile era la primera vez que se arreglaba y, aun así, había tenido que pedirle a su prima Layla que la ayudara con el peinado y el maquillaje. No es que hubiera servido de mucho.

—Suéltame, Liam.

Qué irónico que se hubiera pasado toda la adolescencia soñando con estar entre los brazos de Liam y que ahora fuera el último lugar del mundo donde quisiera estar.

—Por un momento pensé que no me habías reconocido.

Él la soltó un poco y ella se apartó, sintiéndose desamparada al instante.

—Ojalá fuera así. —Miró hacia atrás y vio a Orson y Madison caminando hacia ellos. Iban de la mano, con el cabello algo alborotado y la ropa de cualquier manera. Detrás de ellos, la tía Salena se abría paso entre la multitud con su enorme bolso rojo y seguida por el pobre Roshan.

Justo lo que necesitaba. Las humillaciones de toda una vida presentándose ante ella en el mismo instante.

Liam la observó atentamente, como si no hubiera sentido el dardo.

—¿Cuánto tiempo ha pasado?

—Diez años, once meses, trece días, trece horas, cuarenta y siete minutos y dieciséis segundos. —El reloj que había detrás de él tenía un segundero de color rojo, muy conveniente para dar la hora exacta.

Se dio cuenta de su error cuando los labios de él se torcieron en una exasperante sonrisa.

—No has cambiado nada.

«¿No has cambiado nada?». ¿Lo decía en serio? Había madurado la noche que tuvo que ir al baile de graduación con Layla en vez de con el chico más engreído del instituto. En teoría iba a ser la noche decisiva de su vida de estudiante, cuando le demostraría a todo el mundo que no era la sabelotodo que creían que era. Alguien estaba interesado en ella; un chico guapo y encantador que insistió en acompañarla cuando se enteró de que no tenía pareja de baile.

Liam, que estaba en el último curso cuando ella cursaba primero, era el chico que le gustaba a todas las chicas y del que todos los chicos querían hacerse amigos. Había pasado más tiempo en el despacho del director que en clase. Con una novia nueva cada semana, una pandilla que lo seguía por todo el colegio y sus mensajes obscenos pintarrajeando las paredes de los lavabos, era recordado años después de su graduación. Habría sido perfecto. Pero ahora, al contemplar aquellos intensos ojos azules, el grueso y oscuro cabello, y las formas angulosas del rostro no podía creer que se hubiera enamorado de aquella manera de alguien que siempre había estado fuera de su alcance.

—He cambiado. Sin gafas. Sin pelo encrespado. Mejor ropa. Tetas grandes… Aunque nada de eso importa. Ya me dejaste claro lo que pensabas de mí.

—Eso fue hace mucho tiempo. —Su voz era áspera y tensa—. No me siento bien por lo que pasó.

—¡Qué casualidad! Yo tampoco.

Él dejó escapar un entrecortado suspiro.

—No me digas que sigues molesta.

—¿Molesta? —Ella quería gritar. Enfadada. Dolida. Humillada. Pisoteada. Amargada. Destruida. Había palabras mucho mejores para describir cómo se sintió cuando el hombre de sus sueños la dejó plantada la noche del baile de graduación y luego desapareció de su vida.

Pero, ¿qué esperaba? Su propia madre también la había abandonado.

—No —mintió, dejando que el dolor que había acumulado durante la última década borrara cualquier atisbo de perdón. Si se aferraba al dolor, tal vez no recordaría sus fantasías de adolescente, sus patéticos intentos de llamar su atención, cuánto había deseado besar y vivir feliz para siempre con el único chico al que había amado.

»Lo tengo superado —continuó—. ¿El baile de graduación del instituto? ¿Qué es eso? No lo recuerdo. Ni a ti. Jamás pienso en ti. Cuando me encontré contigo hace un rato, ni siquiera recordaba tu apellido.

Él arqueó una ceja con incredulidad.

—No me lo creo. Seguro que ya conoces todos los detalles de estas reuniones, en qué salas se celebran y sus ubicaciones, el número de asistentes y cuánto se tarda en ir de un lado al otro del centro de convenciones.

Ella sabía todas esas cosas. Su cerebro tenía la fastidiosa costumbre de trabajar incluso cuando no era consciente de que estaba procesando información. Con los años había descubierto la manera de apagarlo. Por desgracia, sus trucos mentales solo funcionaban cuando tenía su vida bajo control, y ahora mismo estaba atrapada en una vorágine de emociones contradictorias que amenazaban con destrozarla. ¿Por qué tenía que estar tan guapo? ¿Por qué no podía llevar un aburrido traje y una corbata en vez de una chaqueta de cuero que le hacía parecer un joven James Dean?

—Solo recuerdo las cosas importantes.

Se agachó para recoger las compresas, apartando la mirada para controlar las reacciones que él le provocaba de manera instintiva. Aunque solo quería escapar de allí, no podía volver junto a Tyler con las manos vacías.

—Estás enfadada conmigo. —Una expresión de dolor cruzó su rostro.

—Pensé que era evidente.

—Deja que te ayude.

Liam se agachó junto a ella y tomó una de las cajas.

¡Qué molesto! Ella quería que se comportara como el chico malo que era. Evitar que se cayera de bruces y luego ayudarla a recoger compresas del suelo de un centro de convenciones no era propio de un villano.

—Estos son muchos... —él se sonrojó y luego se aclaró la garganta— productos.

Ella le arrebató una caja de la mano.

—Mi jefe necesitaba una caja para la presentación y conseguí las demás por accidente.

—¿Para quién trabajas?

—Organicare. Estamos en el sector del cuidado personal.

Cuando dejó de trabajar con Madison, Daisy se tomó un descanso como desarrolladora de *software* para ayudar a Layla con su nueva empresa de contratación de personal. Pero la gestión de la oficina implicaba demasiada interacción social y no le había brindado el desafío intelectual que ella necesitaba, así que había respondido al anuncio de Tyler. Este buscaba un desarrollador de *software* con experiencia que pudiera incorporarse a su Departamento de Ingeniería Informática, que literalmente se estaba yendo al garete. Había sido sincero respecto al estado financiero del departamento.

—No he oído hablar de ellos.

—¿Por qué ibas a hacerlo?

—Estoy con Evolution Ventures, una empresa de capital riesgo con sede en Nueva York. Me mudé aquí hace unas semanas para dirigir nuestra nueva oficina de la Costa Oeste. Financiamos sobre todo *start-ups* que ofrecen servicios de alimentación, pero nos hemos expandido a la tecnología, así que he venido para las presentaciones de negocio.

Eso era aún más molesto. Por suerte, Tyler no había incluido a Evolution en su presentación. Ya tenía suficiente con que la hubiera obligado a ir para responder a las preguntas sobre *software* y verter líquido azul en compresas para demostrar la gran capacidad de absorción de los productos de Organicare. Pero tener que suplicar a Liam Murphy que les diera dinero para salvar la empresa... No podía imaginarse nada peor.

—Me alegro de que las cosas te hayan ido bien, Liam. Pero, sinceramente, si no estuviéramos en público te daría una bofetada.

—Eso es muy educado por tu parte.

Él le tendió una mano para ayudarla a levantarse, pero ella lo rechazó mientras se ponía de pie sujetando las cajas bajo un brazo.

—Me sorprende que sepas lo que significa esa palabra.

El comportamiento de Liam la noche del baile de graduación le había parecido tan horrible porque Daisy había conocido otra versión de él, cuando empezó a ir a su casa a pasar el rato con su hermano mayor, Sanjay. Bromeaba con ella y jugaban a videojuegos si Sanjay tenía deberes. Aunque se había vuelto más distante después de que ella cumpliera dieciséis años, la protegía más que su propio hermano, ofreciéndose siempre a recogerla tras las sesiones de estudio nocturnas y apareciendo para llevarla a casa las pocas veces que Layla conseguía arrastrarla a una fiesta.

—Deja que te lleve a tomar algo después de la convención. —Le entregó la última caja—. Podemos ponernos al día y puedes contarme cómo están tu padre y Sanjay...

Su ira creció hasta correr por sus venas como un maremoto. Cada minuto de su baile de graduación estaba grabado a fuego en su mente; desde la emoción sincera que vio en los ojos de su padre cuando bajó las escaleras con su vestido hasta las lágrimas que vertió en su almohada hasta quedarse dormida. Liam había sido una constante en su vida durante ocho años y luego había desaparecido sin despedirse siquiera.

—¿Hablas en serio? —Se abalanzó sobre él, agradecida por llevar tacones y quedar casi a la altura de sus ojos—. No quiero tomar ninguna copa contigo. Ni siquiera quiero respirar el mismo aire que tú. No quiero ponerme al día ni hablar de los viejos tiempos. Y no te mereces saber nada sobre Sanjay y mi padre, porque no solo me dejaste a mí, también los dejaste a ellos.

Liam se quedó inmóvil, con una mirada intensa y el ceño fruncido. Ella trató de pasar por su lado, pero él la agarró con suavidad por el brazo.

—Daisy, espera.

Ella se giró hacia él.

—No te debo nada.

—¿Y si te lo suplico?

Él ladeó la cabeza. Su seductora sonrisa le resultaba tan familiar que el corazón le dio un vuelco. Este era el Liam del que se había enamorado cuando tenía diez años. Temerario. Encantador. Guapo. Le salía el carisma por los poros. A pesar de la antipatía que le provocaba, era imposible no sentirse atraída por él.

—¡Daisy! —Madison la saludó entre el gentío mientras tiraba de un Orson que se resistía a seguirla. A lo lejos, implacable como la marea, veía acercarse a la tía Salena, con su enorme bolso de color rojo y un hombre apuesto y avergonzado detrás.

No había a donde huir. No había una forma elegante de evitar aquella situación sin quedar mal. Daisy echó la cabeza hacia atrás y gimió.

Liam frunció el ceño.

—¿Qué ocurre?

Apretando los dientes, señaló hacia la izquierda.

—Esa es mi tía y viene hacia aquí con el hombre con el que quiere casarme. Y, en tres segundos, se acercará mi antigua jefa. Está con mi ex, Orson. Le conseguí un trabajo en mi última *start-up* y, lo siguiente que supe, es que ella se lo había ligado. Este día no hace más que empeorar.

Liam torció los labios hacia un lado, pensativo.

—Puedo imaginarme por qué…

—*Shhh.* —Ella levantó una mano en señal de advertencia—. Estoy rezando por que ahora ocurra una catástrofe natural: terremoto, inundación, tornado, avispas asesinas, incluso una plaga de langostas.

—¿Qué tal un beso?

Daisy frunció el ceño.

—¿Cómo arreglaría eso nada?

Su mirada se posó en sus labios.

—No puedes casarte si estás con otra persona. Y, además, podrás demostrarle a tu ex y a tu jefa que lo has superado. Es la solución ideal.

Habría sido ideal diez años atrás, en el baile de graduación. Lo había imaginado una noche tras otra. El asombro en las caras de sus compañeros de clase. La chaqueta que él le ponía sobre los hombros cuando ella temblaba. El suave apretón de su mano mientras la acompañaba a la pista de baile. Sus brazos, cálidos y fuertes, alrededor de su cintura. El ritmo lento y constante de la música. Cómo le declaraba, entre susurros, que la había amado desde el instante en que se conocieron. Y luego los labios de él sobre los suyos…

—Eres el último hombre del mundo al que besaría.

La voz de Liam se redujo a un susurro que vibró por todo su cuerpo.

—Pues yo sí lo haría.

Daisy miró hacia el tsunami que se aproximaba.

Era la solución ideal. Ella tendría su beso del baile de graduación; demostraría a Orson y Madison que no era ninguna víctima, y detendría a su tía casamentera, todo de un plumazo. Y, cuando se hubieran ido, tendría a Liam lo bastante cerca para darle un rodillazo en la entrepierna.

—De acuerdo. Solo un beso —mascculló entre dientes—. Pero hay reglas.

—No esperaba menos.

Él se acercó y le rodeó la cintura con un brazo, aplastando las cajas de compresas que había entre ellos.

Saltaron todas sus alarmas y empezó a respirar despacio para tratar de recuperar la compostura.

—Sin lengua. Sin apretar. Sin abrir la boca. Sin manosear... —Se le entrecortó la voz cuando los labios de él se posaron en su cabello. Empezó a respirar de forma agitada, inhalando su aroma a cuero, a brisa del océano y a algo tan familiar que el anhelo la sacudió por dentro y derritió el hielo de sus venas.

Sintió que su cuerpo se tensaba y que se le erizaba la piel. Necesitaba mantenerse fría como el hielo. Necesitaba los muros que la habían mantenido a salvo. Había sido fácil odiar a Liam durante su ausencia, pero ahora que estaba aquí, a tan solo un susurro de distancia, era muy difícil resistirse a unos sentimientos que había escondido en el fondo de su corazón.

—Intentaré no vomitarte en la boca.

Liam rio entre dientes.

—¿Esa es tu idea de los preliminares?

—Es mi idea de acabar con esto lo antes posible. Así podré volver a creer que no existes.

Con un leve gruñido, Liam le agarró delicadamente la cara con la mano libre. El rostro que todavía aparecía en sus sueños ocupó todo su campo visual.

El corazón de Daisy empezó a latir desbocado.

—Date prisa.

Los labios de él rozaron los suyos con una caricia ligera como una pluma. Fue tan suave e inesperada que se olvidó de respirar. No había pasión en ese beso.

La tierra no tembló y el tiempo no se detuvo. Los fuegos artificiales no iluminaron el cielo ni un solo pájaro trinó cerca de su cabeza. Pero el beso era tierno y dulce, sus labios eran suaves y delicados, y por un brevísimo segundo estuvo tentada de abandonarse a la sensación y besarlo como si volviera a ser una adolescente enamorada.

—¡Daisy, me alegro de verte!

La voz de Madison acabó con el momento. Sus defensas volvieron a su lugar y se apartó de Liam.

—Madison. —Daisy forzó una sonrisa mientras se daba la vuelta y le pasaba a Liam un brazo por la cintura. Era ancho, fuerte y estaba tan duro que hacía la boca agua, como si se pasara el día haciendo pesas en el gimnasio—. Encantada de verte también.

—Estamos juntos. —Liam le pasó un brazo a Daisy por el hombro y la acercó a él.

—¿Estás con *él*? —Las pobladas cejas de Orson se levantaron como si fueran dos orugas bailarinas.

—¡Oh, Orson! —Daisy se acercó a Liam, fingiendo sorpresa—. No te había visto, ahí escondido tras Madison.

Ella hizo las presentaciones. Orson miró a Liam mientras le estrechaba la mano. Madison estaba demasiado ocupada observando a Liam como para darse cuenta de que su nuevo novio tenía un ataque de celos.

—¡Qué bien! Daisy tiene un nuevo novio. —Madison se lamió los labios como un depredador que estuviera a punto de darse un festín.

El pulso de Daisy se aceleró y el pánico se apoderó de su cerebro. Ella no tenía ningún interés en Liam. Ese barco había zarpado hacía diez años en una marea de lágrimas. Pero no iba a dejar que Madison le robara otro hombre.

—En realidad, estamos… comprometidos. —La palabra salió de sus labios antes de poder detenerla. Le rogó a Liam con una intensa mirada de reojo que le siguiera el juego.

—¿Comprometidos? —A Orson se le quebró la voz—. Pero si rompimos hace solo unas semanas.

—Cuando lo sabes, lo sabes.

Liam le dio un beso en la sien, subiéndose al carro sin dudarlo.

—¿Comprometidos? —La tía Salena dio un empujón a Orson y se colocó delante de ella con el bolso rojo pegado al pecho—.

¿Estás comprometida? ¿Lo sabe tu padre? ¿Quién es este chico? —Ella se volvió y le apretó el brazo a Roshan—. No lo sabía. Pensé que estaba disponible.

—Mmm... —Mentir a su tía no formaba parte del improvisado plan, pero Orson y Madison los estaban mirando fascinados—. Este es Liam.

—¿Limón? —La tía Salena frunció el ceño.

—Limón, no. Liam.

—¿Limb?

Sorprendido de que a la tía Salena le costara tanto pronunciar su nombre, Liam le dio la mano.

—Es un placer conocerla.

—Salena Patel. —Ella se la estrechó, tranquilizada por su cálida sonrisa y su encanto—. ¿Qué clase de nombre es Limb?

Daisy suspiró.

—Se llama Liam, pero no importa.

—¿Que no importa? —La tía Salena se tambaleó hacia atrás, con la mano sobre el corazón como si estuviera a punto de desmayarse. Su tía casamentera era la *reina* de las reinas del drama—. ¿Te has comprometido en secreto y no importa? ¿Cuándo ha ocurrido? ¿A qué se dedica? ¿Quién es su familia? Tu pobre padre...

Madison articuló con los labios un comprensivo «adiós» y se dio la vuelta, arrastrando a Orson tras ella, mientras un montón de preguntas salían disparadas de los labios de la tía Salena:

—¿Quién? ¿Por qué? ¿Dónde? ¿Cuándo?

—Ha ocurrido hoy mismo. —Daisy interrumpió a su tía encogiéndose de hombros—. Eres la primera en saberlo. Se lo diré al resto de la familia cuando papá vuelva de viaje. —Su padre había volado a Belice con su nueva novia, Priya, y no debían volver hasta dentro de tres semanas. Para entonces, con un poco de suerte, ya se le habría ocurrido algo sobre cómo se había comprometido y habría encontrado la manera de despistar a sus tías casamenteras.

La tía Salena entrecerró los ojos.

—¿Y por qué no decírselo ahora? El matrimonio es un asunto familiar. No deberías haberlo hecho sin hablar antes con él.

—No quería molestarlo durante sus vacaciones con algo tan… trivial.

—Una mujer soltera de tu edad vagando sola por las calles no es un asunto trivial. —La tía Salena agitó un dedo—. Mira lo que ha pasado. Tu padre se ha ido y este chico se ha aprovechado. No está bien.

—¡No soy ninguna vieja! —protestó Daisy.

Liam arqueó una ceja.

—En algunos países, ya te habrían puesto a vestir santos.

Ella lo miró de reojo.

—No te metas en esto.

—Yo no creo que seas vieja —replicó Roshan.

—¡Qué buen chico! —La tía Salena le dio unas palmaditas en el brazo—. No te preocupes. Tengo otra sobrina para ti. Se llama Sonam. Es una niña preciosa. Y muy lista. Es abogada, pero no se lo tengas en cuenta. Su oficina no está lejos. —Miró a Daisy con los ojos entrecerrados—. Y tú… Hablaremos más tarde, cuando haya hablado con tus tías. Todo el mundo tendrá que conocer a Limb.

—Soy Liam.

Su tía dijo adiós con la mano mientras se daba la vuelta.

—Adiós, Daisy y Limb.

Después de despedirse de Roshan y de su tía, Daisy se quitó de encima el brazo de Liam.

—Gracias. No tenías por qué seguirme el juego.

—Siempre que necesites a un prometido falso que sea guapísimo, mis labios estarán a tu servicio. —Hizo una teatral reverencia—. Es lo menos que puedo hacer después de que no hayas vomitado por mi beso.

Daisy negó con la cabeza, inquieta por su afectuoso sarcasmo. No se comportaba como el hombre que la había dejado plantada y luego había desaparecido del mapa durante diez años. Actuaba como el viejo Liam, el que la había hecho creer que sus rarezas, listas y planes eran perfectamente normales. El que la había hecho reír y sentir segura; el que había llenado el agujero que su madre había dejado en su pecho cuando había abandonado a su familia.

—Liam, nada ha cambiado. —Sintió el escalofrío que contenía su voz—. No quiero volver a verte nunca más.

Él se estremeció un poco, pero una leve sonrisa se dibujó en sus labios.

—¿Así que se cancela el compromiso? Diría que ha sido un placer, pero...

—No lo ha sido. —Daisy acabó su frase.

Una sombra de tristeza cruzó su rostro, tan rápido que ella se preguntó si la había visto de verdad.

—Nos vemos dentro de otros diez años. —Su tono dulce, que ni esperaba ni deseaba, flotó sobre sus sentidos como la cálida brisa del verano. Desconcertada por la oleada de calor que inundó su piel, balbuceó sus últimas palabras.

—Eso sería demasiado pronto.

Lo dejó en el vestíbulo y se apresuró por el pasillo. Después de tantos años, por fin lo había superado. Pero entonces, ¿por qué tenía el corazón desbocado? ¿Y por qué seguía sintiendo en los labios el cosquilleo del beso?

3

Liam Murphy tenía que reconocérselo al engreído empresario que tenía enfrente: el tipo no perdía el tiempo. Y, en el mundo de la financiación de capital riesgo, el tiempo es oro.

—Juguetes sexuales desechables, biodegradables, comestibles y sostenibles fabricados con hongo de kombucha.

El hombre delgado y con aspecto de comadreja tenía el cabello engominado y un bigote de pelusilla. Sujetaba un grueso anillo para el pene que parecía estar hecho de plástico de color ámbar y que tenía aceite dentro.

—¿Cómo vamos con las presentaciones de juguetes sexuales de hoy? —le murmuró Liam a su asociado júnior, James Sunjata. Tras esforzarse mucho por destacar en Nueva York, James había aprovechado la oportunidad de mudarse a San Francisco para ayudar a Liam con la apertura de la oficina de la Costa Oeste, con la esperanza de hacerse cargo de ella cuando Liam se convirtiera en socio.

El directorio de Evolution prácticamente le había asegurado a Liam que lo harían socio, y eso significaría su regreso definitivo a Nueva York. Llegaría a la cumbre de su carrera. Demostraría a todo el mundo que un gamberro de instituto podía llegar a lo más alto de su profesión, incluso sin un título universitario.

Ojalá su abuelo estuviera vivo para compartir con él sus alegrías. Había sido una cruel ironía del destino que, solo unas semanas después de que Liam se hubiera mudado a San Francisco y se hubiera reencontrado con su abuelo tras casi veinte años sin verse, el anciano hubiera fallecido. Entre que la casa estaba llena de parientes irlandeses y los preparativos del funeral, el velatorio y el estrés de trabajar en una oficina temporal hasta que él y James encontraran la definitiva, no había tenido tiempo de guardarle luto de forma apropiada.

—Esta es la presentación número cinco —dijo James en voz baja—. Pero es el primer juguete sexual hecho a base de hongos.

Liam había tomado una decisión tras escuchar la palabra «hongos», pero siempre se podía aprender algo, y tras encontrarse con Daisy tampoco estaba muy concentrado. Le pasó las riendas a James.

—¿Qué impresión te ha dado?

—Pues me parece interesante —dijo James—. ¿Juguetes sexuales biodegradables? ¿Sabes cuántas de esas cosas acaban en los vertederos?

—Lo llamamos «King Kom». —El inventor le entregó la muestra a James—. Lo he probado a fondo. Seis horas y todavía está duro. Con ocho horas se derrite.

Mientras el inventor preparaba su presentación de diapositivas y James examinaba el producto, Liam hojeó el folleto de la convención buscando la empresa de Daisy. Aunque ella le había dejado claro que no quería volver a verlo, Liam sentía una enorme curiosidad por su vida. ¿Qué hacía en Organicare? Sin duda, tendría un buen puesto. Había sido una estudiante excelente y una de las personas más inteligentes que había conocido, capaz de hacer trabajos muy por encima de su nivel. ¡Diablos! Ella había sido la única razón por la que se había graduado en el instituto.

Aunque era capaz de sacarse los estudios, simplemente no le interesaban. Tenía demasiadas cosas con las que lidiar entonces, como su disfuncional familia, para perder el tiempo sumando números o dibujando diagramas de cadenas alimentarias. Pero cada vez que dejaba «por casualidad» sus deberes sobre la mesa de la cocina de los Patel, se los encontraba hechos y dentro de su mochila, listos para entregárselos al profesor. Daisy nunca lo había mencionado y él nunca se lo había agradecido, pero era evidente que ella había entendido que él no podía reconocer que necesitaba ayuda. Jamás podría haberse sincerado sobre una falta de autoestima que se había esforzado mucho por mantener oculta.

Volvió a dirigir su atención a la presentación y luego le preguntó a James:

—¿Qué te parece?

—Mmm... —James se aclaró la garganta—. Es... eh... interesante y... uh... «hongoso».

—«Interesante» no es suficiente. Para saber si vale la pena seguir adelante, tienes que poner a prueba el producto. ¿Usarías tú un anillo para el pene hecho con hongo de kombucha en el calor de la pasión?

James hizo una mueca.

—No, la verdad.

—Pues eso es un problema —dijo Liam—. El tipo quiere cinco millones de dólares por una participación del cinco por ciento en su empresa. Lo que significa que debes encontrar cinco millones de razones que apoyen esa idea antes de presentársela a los socios, y una de esas razones debe ser que creas en ella.

—Es prácticamente todo lo que puedo ver. —James volvió a meter el anillo en su bolsita de plástico.

—¿Crees en el rey Kom? —insistió Liam—. ¿Estarías dispuesto a ir a ferias y cadenas de supermercados alabando las virtudes del producto para convencer a los distribuidores de que lo pongan en sus estanterías? ¿Estarías dispuesto a proteger el medio ambiente con los anillos de hongos King Kom?

James palideció.

—No si me lo pintas así.

Tras la presentación de diapositivas y una demostración de varios productos, Liam le dio las gracias al inventor y le soltó el típico cliché:

—Es una idea interesante. Estaremos en contacto.

—Ahora nos toca la píldora que quita la borrachera al instante —dijo James cuando el tipo se hubo marchado—. ¡Estoy deseando verla!

Liam consultó su teléfono mientras el siguiente inventor se instalaba en la parte delantera de la sala. Todavía podía oler el perfume de Daisy en su camisa; un aroma floral delicado y sensual que le traía recuerdos de las noches que pasaba con los Patel cuando las cosas se volvían complicadas en casa. ¿Qué posibilidades tenía de volver a verla después de tantos años? Es cierto que solo llevaba unas semanas en San Francisco, pero con casi ocho millones de habitantes en la bahía, habría sido una lotería.

Sin embargo, el destino los había unido de nuevo. Era como la recordaba y mucho, mucho más, desde sus delicadas curvas hasta su precioso rostro ovalado, y desde su entusiasta inteligencia hasta su agudo ingenio. Durante años se había resistido a los cantos de sirena de la hermana pequeña de su mejor amigo, pero ahora que se habían vuelto a encontrar...

«No sigas por ahí». Sacudió la cabeza para apartarlo de su mente. Su padre se había asegurado de que Liam supiera que no era lo bastante bueno para nada ni para nadie, y mucho menos para una chica como Daisy. Y aunque había hecho algo con su vida, por dentro seguía siendo el hijo de su padre: indigno e indeseado, una bomba de relojería a punto de explotar. Daisy se merecía mucho más.

Y luego estaba el pequeño detalle de que lo odiaba.

—El tipo está listo —murmuró James, trayéndolo a la realidad—. Esta píldora es la cura milagrosa que todo el mundo ha estado buscando.

El inventor le entregó a Liam un pequeño paquete de plástico.

—Bebes toda la noche, te tomas una de estas y, *¡pum!*, quince minutos después ya puedes conducir.

—Este podría ser nuestro unicornio —susurró James mientras el inventor garabateaba unas fórmulas químicas en la pizarra blanca que había en la sala.

Todos los asociados júnior querían encontrar el escurridizo unicornio, es decir, un producto o empresa que triunfara rápidamente. Incluso Liam, que era el asociado de Evolution con más éxito de todos los tiempos, solo había encontrado uno.

—Es posible, pero su nombre me resulta familiar. Tiene fama de falsificar sus resultados.

No solo eso. En el instante en que el inventor abrió la boca, todas las alarmas de Liam sonaron en su cabeza. Al final, las decisiones de inversión tenían que ver con personas, y ninguna idea merecía el dolor de cabeza de trabajar con un director general difícil. Las ideas eran fáciles. Dirigir un negocio era difícil. Y hacerlo con una empresa de capital riesgo que te vigilaba de cerca requería una fortaleza y un compromiso que no tenía demasiada gente.

James suspiró.

—Sabía que era demasiado bueno para ser verdad.

Incluso si su instinto no le hubiera avisado de que algo no iba bien, Liam habría rechazado al inventor. Grande y ancho, con barba abundante y el cabello ralo en la coronilla, el tipo se parecía demasiado a su padre, hasta con la botella de vodka que tenía sobre la mesa.

Liam nunca se había planteado regresar a San Francisco mientras su padre vivía. La ciudad no era lo bastante grande para los dos. El nacimiento de su sobrino, Jaxon, y la mala salud de su abuelo lo habían llevado finalmente de vuelta, pero solo para hacer unas breves visitas cuando tenía negocios que atender en la ciudad. No fue hasta el año anterior, después de que su padre muriera en un accidente por conducir borracho, que Liam se ofreció para mudarse a San Francisco con el objetivo de establecer una oficina en la Costa Oeste que permitiera a Evolution acceder al mercado de Silicon Valley. Seis meses más tarde, los socios aceptaron la propuesta y Liam tuvo la oportunidad de estar más cerca de su familia.

—Gracias —dijo Liam al final de la presentación—. Estaremos en contacto.

El rostro del inventor pasó de esperanzado a furioso en un abrir y cerrar de ojos.

—Estás dejando pasar la mayor oportunidad de tu vida —le espetó mientras salía por la puerta.

—Dejé pasar la mayor oportunidad de mi vida hace mucho tiempo. —Los recuerdos de la noche del baile de graduación le revolvieron las tripas—. Por eso puedo desearte mucha suerte y no arrepentirme.

James comprobó el horario cuando la puerta se hubo cerrado.

—Hemos acabado por hoy. ¿Quieres ir a tomar algo? Tal vez podríamos probar la píldora.

Liam negó con la cabeza.

—Puedes llevártela. Ya me dirás si funciona. Mi familia se reúne esta noche para la lectura del testamento de mi abuelo y dar una última fiesta antes de que nuestros invitados del otro lado del charco regresen a Irlanda. Una despedida tradicional irlandesa implica grandes cantidades de alcohol. No tendría suficiente con una pastilla.

Tras despedirse de James, Liam deambuló por las salas de conferencias comprobando los horarios que estaban colgados en las puertas, hasta que encontró a Organicare en una sesión de presentaciones de producto. Abrió la puerta de un empujón, entró y se apoyó en la pared del fondo. Daisy estaba sentada a una mesa junto a un hombre mayor y algo desaliñado que daba una apasionada explicación de los productos de su empresa. El hombre presentó a Daisy como una de sus mejores desarrolladoras de *software* y ella se puso en pie para hacer una demostración vertiendo un líquido azul sobre unas compresas que había en la mesa. No era una tarea habitual para un desarrollador de *software*, pero su jefe siempre podría ascenderla a responsable de proyectos.

Metió una mano en el bolsillo y empezó a juguetear con la navaja que su abuelo le había regalado cuando era pequeño, mientras observaba a Daisy responder a las preguntas sobre el sitio web de la empresa y cierto *software* sin ningún atisbo de la timidez que había mostrado de niña. Tranquila y segura de sí misma, sin duda era la estrella del espectáculo.

Le vibró el teléfono en la mano y miró la pantalla. Brendan estaba enviando otro mensaje para saber a qué hora llegaría a casa de su abuelo. Su hermano mayor no podía evitarlo. A pesar de que Liam había triunfado, él seguía actuando como si esperara que lo decepcionara.

Le envió un mensaje de texto para hacerle saber que estaba de camino. Con una última y persistente mirada a la única mujer que había deseado, salió por la puerta y se marchó.

4

—¡Tío Liam!

Jaxon corrió por el pasillo de la casa del abuelo de Liam, con su vocecita amortiguada por el alboroto del salón. Cualquiera que fuera el motivo, cuando sus parientes irlandeses se reunían, siempre había música, risas, *whisky* y, por lo general, una pelea.

—¿Cómo está mi sobrino favorito? —Agarró al hijo de Brendan y lo tomó en brazos, agradecido por la distracción. Tras el inesperado encuentro con Daisy, se había pasado todo el trayecto en moto buscando la manera de volver a verla para arreglar las cosas, y continuaba algo nervioso. Diez años era demasiado tiempo para dejar asuntos pendientes, sobre todo cuando dichos asuntos tenían que ver con una mujer a la que había deseado con desesperación y no había podido tener.

—Soy el sobrino favorito del tío Liam —dijo Jaxon sonriendo. A sus cinco años, el niño era la viva imagen de su padre, hasta en los ojos azul grisáceo.

—Eres su único sobrino. —Lauren, la cuñada de Liam, se acercó para besar a Liam en la mejilla—. Gracias por venir.

Alta y delgada, y con el brillante cabello castaño cortado en unas largas capas que realzaban su bronceada piel, Lauren era abogada de una empresa y la última persona con la que Liam hubiera imaginado que se casaría su hermano. Después de tres relaciones fallidas con mujeres cuyos atributos físicos superaban a su sentido común, Brendan se había casado con la inteligente y sensata Lauren en una pequeña ceremonia en casa de los padres de ella, en Santa Cruz.

—Solo vine porque Brendan pensó que no lo haría.

Rebuscó en el bolsillo el avión de juguete que había traído para Jaxon. Su sobrino compartía su afición por los aviones y las motos, y se habían pasado muchos días juntos en el aeropuerto viendo aviones.

—Cualquiera que sea el motivo, significará mucho para él que hayas venido —dijo—. Las cosas no han ido bien en la empresa. Tal vez podrías hablar con él.

Liam frunció el ceño.

—Nunca he participado en Murphy Motors, así que no creo que tenga nada que contarme. Ya sabes lo que Brendan piensa de mí.

—Se trata de la destilería…

—¿Es para mí? —Jaxon le arrebató a Liam el avión—. ¡Mamá, mira!

Lauren sonrió y dirigió la atención al nuevo juguete, mientras Liam se preguntaba qué interés podría tener Brendan en la destartalada destilería que su bisabuelo había construido en el Valle de Napa tras emigrar de Irlanda. Una réplica de la destilería original Murphy & Sons, que había pertenecido a la familia Murphy desde 1750, había pasado del padre al hijo mayor, hasta que el padre de Liam había dado la espalda a la tradición para fundar Murphy Motors y dividido así a la familia. Brendan se había incorporado al negocio de los automóviles tras graduarse en la universidad y más tarde se hizo cargo de la empresa cuando su padre murió.

—Papá, mira lo que me ha regalado el tío Liam. —Jaxon le enseñó el avión de juguete a Brendan cuando este se reunió con ellos en el estrecho pasillo—. Es un 747.

El rostro de Brendan se relajó. Brendan, que era una versión alta y grande de su hijo, se parecía a su padre, mientras que Liam se parecía a su madre. Sin embargo, ambos compartían los ojos azules de su padre, su abuelo y todos los hombres Murphy que hubo antes que ellos.

—Ha sido muy amable. Espero que le hayas dado las gracias.

—¡Gracias! —Jaxon levantó los brazos para darle un abrazo.

Un inesperado calor recorrió a Liam cuando se agachó para que Jaxon le rodeara el cuello con los brazos. Nunca se había permitido a sí mismo imaginarse con sus propios hijos, pero a veces con Jaxon...

—Eres tan bueno con él... —Lauren sonrió cuando Jaxon entró corriendo en el salón—. Le hablas como si fuera un adulto y no un niño.

—Tiene cosas interesantes que decir.

—Serías un padre estupendo. ¿Nunca has querido...?

—No.

No era solo que había visto fracasar muchos matrimonios y sufrir a mucha gente. Tampoco había conocido a nadie con quien hubiera tenido realmente ganas de intentarlo. Solo hubo una mujer con la que se había imaginado un futuro, pero ahora que ella lo había rechazado era evidente que había tomado la decisión correcta la noche que se marchó.

—Veo que has venido vestido para la ocasión. —Brendan señaló la chaqueta de cuero de Liam—. ¿No podías haber dejado la moto en casa por una vez? El abogado llegará dentro de veinte minutos y debería parecer que, al menos, hemos hecho un esfuerzo.

¡Dios! Cinco minutos con Brendan y ya tenía las manos cerradas en sendos puños. El tipo era tan estirado que le asombraba que hubiera podido tener un hijo.

—No me gustan los trajes.

Quienes se dedicaban al capital riesgo solo vestían un poco mejor que los inventores, que eran el pan de cada día de su negocio. Liam hacía como todos los demás, vestía camisas informales, pantalones chinos y pantalones de traje, pero no se atrevía con las chaquetas North Face y los forros polares. Si tenía que abrigarse, utilizaba su chaqueta de cuero de motorista o directamente se congelaba. En cuanto al calzado, ni muerto se pondría unas zapatillas de deporte blancas con cordones. Sus gastadas botas de cuero negro lo llevaban de la moto al trabajo y viceversa.

—Me equivoqué. Creía que eras un profesional. —Como de costumbre, Brendan vestía con un traje oscuro, camisa blanca y una aburridísima corbata.

—Ya basta, vosotros dos. —Lauren se interpuso entre ellos—. Tenéis una casa llena de parientes que entretener. No permitáis que os vean así o empezarán con la culpa católica y os darán otro sermón sobre los buenos hermanos.

—No tengo que lidiar con la culpabilidad desde que me convertí al ateísmo. —Liam siguió a Lauren por el pasillo—. Me resbala directamente.

Brendan resopló, mordiendo el anzuelo sin darse cuenta.

—La gente no se «convierte» al ateísmo.

—Yo sí.

Miró de reojo a su conservador y religioso hermano mayor. Se habían llevado mal desde el día en que sus padres lo trajeron a casa recién nacido y Brendan, de cuatro años, intentó ahogarlo en la bañera. Brendan era el típico primogénito. Seguía las normas y era prudente y muy ambicioso. Nunca había podido comprender la naturaleza salvaje, temeraria y rebelde de Liam.

—Apostaté —continuó Liam, incapaz de resistir la tentación de tomarle el pelo a su hermano—. Ahora soy un alma libre. Sin el miedo al fuego del infierno. Sin la amenaza del castigo eterno. Nada de ir a la iglesia los domingos. Sin avemarías ni padrenuestros. Y sin culpa. Es muy liberador.

—Si estuvieras más liberado, serías…

—Háblale de la empresa, Bren —le interrumpió Lauren, poniéndole con delicadeza una mano en el brazo—. Estoy segura de que Liam querrá ayudarte.

—¿Estás de broma? La única persona a la que Liam ayuda es a sí mismo.

Liam miró a Lauren de reojo. ¿Qué veía ella en su hermano? Brendan era rígido, controlador, egocéntrico y a menudo desagradable. Nunca había estado ahí para Liam cuando eran niños y no podía imaginar que lo estuviera ahora para Lauren. Tampoco es que se quejara. Si no fuera por Lauren, nunca habría tenido una relación con Jaxon.

—Lauren me comentó algo sobre la destilería —dijo Liam, deseoso de saber qué estaba pasando.

Brendan suspiró.

—Odio decir esto, pero la muerte del abuelo ha llegado en el momento perfecto. Necesito desesperadamente su dinero para mantener a flote el negocio familiar.

—La *destilería* es el negocio familiar —espetó Liam—. Y eso que dices es muy frío. Sé que tú y el abuelo no estabais muy unidos, pero...

—No lo ha dicho con esa intención —se apresuró a decir Lauren—. Solo está estresado. ¿No es así, Bren?

—Liam tiene razón —dijo Brendan—. Jamás le gusté al abuelo. Decía que me parecía demasiado a papá y nunca le perdonó que prefiriera fundar Murphy Motors a seguir con la destilería. Pero le ha salido el tiro por la culata. La tradición dice que la destilería pasa de hijo mayor a hijo mayor. A menos que haya cambiado el testamento, la destilería será mía, y entonces la tiraré abajo y venderé el terreno para salvar Murphy Motors. ¿Qué te parece?

La bilis le subió a Liam por la garganta. Había pasado toda su infancia trabajando con su abuelo en la destilería, aprendiendo todo lo necesario sobre el negocio. Sin embargo, todo cambió cuando tenía trece años y su padre descubrió que estaba «confraternizando con el enemigo». Le dio una paliza a Liam y le prohibió volver a visitar la destilería o a su abuelo. Con solo trece años y afligido por la pérdida de una de las relaciones más importantes de su vida, Liam encontró consuelo en su mejor amigo, Sanjay, y su acogedora familia.

—Estoy seguro de que el abuelo no habría querido eso.

Sacó su navaja y frotó con el pulgar la empuñadura de madera. Era su piedra angular, su conexión con el abuelo que había reencontrado para luego perderlo.

Brendan se apoyó en la pared, cruzado de brazos.

—La maquinaria tiene cincuenta años, todo se cae a pedazos y la producción disminuye año tras año. Es una ruina, de verdad. Voy a quitarle a todo el mundo un problema de encima.

—Pero él dedicó su vida a esa destilería —protestó Liam—. Al igual que su padre y su abuelo antes que él. ¿Y qué hay del personal? ¿Y Joe? —Bajó la voz cuando vio al director de la destilería en la sala de estar—. Lleva treinta años encargándose de todo. Tiene que haber otra manera. —Joe tenía setenta y cinco años, y era mitad escocés y mitad mexicano. Había sido un buen amigo de su abuelo y el destilador con más experiencia que Liam había conocido jamás. En lo que a Liam se refería, Joe era de la familia, y si Brendan iba a prescindir de él...

Brendan se encogió de hombros.

—Joe es un buen tipo, pero ya tiene sus años y no puede dirigirla solo. Y en cuanto al personal, mi prioridad son mis propios empleados. Murphy Motors ha tenido algunas dificultades y, sin una inyección de liquidez, podríamos hundirnos.

Liam estuvo a punto de invitar a Brendan a llevar afuera la acalorada discusión, pero antes de que pudiera abrir la boca, su tía abuela Dinah les hizo señas para que entraran en el agobiante salón. Este seguía decorado con los mismos muebles de madera oscura, las raídas alfombras de lana, las pesadas cortinas de terciopelo verde y los cuadros de paisajes irlandeses que su abuela había comprado cincuenta años atrás.

—¡Aquí están!

Su tía abuela los saludó con una sonrisa. Era bajita y rechoncha, tenía el cabello corto y canoso, y hablaba con un marcado acento irlandés. Había venido al funeral desde Irlanda con su hermano Seamus y pensaba quedarse unos meses en la casa.

—Cuando te vi, pensé por un momento que eras tu padre. —Le echó una ojeada a Brendan, lo cual no era fácil con su metro sesenta frente al más de metro ochenta de él—. Solo te falta la barriga. —Se giró y gritó por encima del hombro—: ¡Seamus! ¿No se parece cada día más a su padre? Incluso ha perdido pelo desde que llegamos.

—Claro que sí —dijo el tío abuelo Seamus desde el improvisado bar que habían montado en una esquina—. Y el pequeño es la viva imagen de Brady O'Leery.

Liam no tenía ni idea de quién era Brady O'Leery, pero la última semana había habido una conversación tras otra sobre parientes que ni siquiera sabía que tenía. Aprendió a no preguntar a menos que dispusiera de unas horas para escuchar el complicado árbol genealógico de la familia Murphy.

—¡Uf! No compares al chico con Brady —dijo Dinah—. Estaba siempre bebiendo.

—No es el único —replicó Seamus.

—Fuera de aquí. —Dinah hizo un ademán para que se fuera—. Todo lo que yo bebo es una gotita de Bailey's en mi maldito té.

—Esa señora ha maldecido. —Los ojos de Jaxon se abrieron de par en par—. Es jodidamente increíble.

—¡Jaxon! —Lauren levantó la voz para advertirle—. Cuida tu lenguaje.

—Pero papá dice palabrotas todo el tiempo. Dijo que solo estaba aquí por el puto dinero y que no se iba a ir sin él.

—¡Qué boca tienen los niños! —Dinah negó con la cabeza.

—Al menos tengo un hijo —resopló Brendan—. Y una esposa. Liam no tiene a nadie.

—¡Solo tiene treinta años! —gritó Seamus desde el raído sofá—. Déjalo que vaya de flor en flor. Un Murphy nunca rechaza la oportunidad de llevarse a una mujer a la cama.

—*Por eso* hay tantos niños en Irlanda con tu narizota —dijo Dinah—. Pensaba que era por culpa del agua.

Liam saludó a la hermana de su padre, la tía Fiona, y al marido de esta, el tío Fitz, así como a los demás parientes que habían acudido a la lectura del testamento de su abuelo. Nunca había tenido demasiada relación con la familia paterna. Aunque muchos de sus parientes vivían cerca, ninguno de ellos había ayudado a su madre cuando su padre abusaba de ella, y él no había podido perdonárselo.

Cuando sonó el timbre, aprovechó la oportunidad para escapar de las diversas riñas y recibió a Ed McBain, un abogado júnior del bufete que se ocupaba de la herencia de su abuelo. Cuando todos tomaron asiento, Ed rebuscó el testamento en su maletín.

—Siento que el abogado habitual del señor Murphy, el señor Abel, no haya podido venir. —Ed se tiró del cuello de la camisa—. Nunca he hecho una lectura de testamento. —Soltó una risa nerviosa—. Este es mi primer expediente sucesorio.

—Solo tienes que leerlo en voz alta —le sugirió Lauren con amabilidad—. Es algo que ya no se suele hacer, pero no hay mucho más. La hija del señor Murphy, Roisin, no está aquí, ni tampoco su nieto, Ethan, pero puedes enviarles una carta.

Ed se aclaró la garganta y leyó la lista de bienes de la herencia. Liam, Brendan y su primo Ethan recibieron generosas donaciones económicas, al igual que la mayoría de los parientes y el director de la destilería, Joe. El resto de la herencia se repartió entre Seamus y Fiona. Roisin heredó la casa.

—¿Y la destilería? —preguntó Brendan con impaciencia—. El terreno vale una pequeña fortuna.

—A eso iba —dijo Ed—. El señor Murphy estableció un fideicomiso con una condición para la destilería. Dice así: «Dejo la destilería Murphy & Sons a mi nieto, Liam Patrick Murphy, siempre que haya contraído matrimonio antes de su próximo cumpleaños. La fecha contará a partir de mi fallecimiento y deberá permanecer casado, al menos, un año con la intención de que encuentre el amor de una familia y tenga un hijo a quien transmitir el patrimonio. Si Liam no contrae matrimonio antes de su próximo cumpleaños, o si su matrimonio no llega al año de duración, entonces dejo la destilería a mi nieto Brendan Colin Murphy».

Silencio.

—El señor Murphy designó a nuestro bufete de abogados como fideicomisario —explicó Ed—. Será nuestra responsabilidad administrar la destilería hasta que se consolide la donación y comprobar si el matrimonio cumple o no con los términos del fideicomiso para que podamos honrar las intenciones del fallecido.

En el rostro de Brendan se dibujó una sonrisa.

—Así que será mía después de todo.

—Bien... uh... solo si Liam no se casa antes de su cumpleaños —señaló Ed—. O no permanece casado durante un año.

—Su cumpleaños es dentro de dos meses. —Brendan soltó una carcajada—. Ni siquiera tiene novia.

—No lo descartes todavía —intervino Seamus—. Es un joven apuesto. Quién sabe lo que puede pasar.

—Puede darse fraude matrimonial —señaló Lauren—. Un matrimonio falso para frustrar la intención del testador puede ser impugnado por el fideicomisario o incluso ante un tribunal.

Liam tomó aire profundamente. ¿Cómo pudo hacerle esto su abuelo? Aunque nunca esperó heredar la destilería, estaba seguro de que su abuelo sabía lo mucho que significaba para él.

—Ojalá papá estuviera vivo para ver la forma en que salvé Murphy Motors —dijo Brendan en voz baja—. Le haría sonreír.

Liam no podía entender por qué Brendan seguía buscando la aprobación de un hombre que había abusado físicamente de su madre y que solo había sido cruel con su hijo menor. Pero claro, Brendan escogió a su padre cuando Liam consiguió sacar a su madre de un matrimonio que casi la destruyó.

—¿Qué valor tiene la destilería? —preguntó Brendan a Ed—. ¿Como un estadio de béisbol?

Ed cerró el expediente.

—En las próximas semanas enviaremos a alguien para que valore los terrenos de la finca.

—Envíame toda la información y allí estaré. —Brendan le lanzó a Liam una arrogante mirada—. Llevaré algunos operarios para que me den un presupuesto de la demolición.

Todos los músculos del cuerpo de Liam se tensaron. Brendan iba a destruir el patrimonio de los Murphy y dejar sin trabajo a veinte buenas personas. Y no había nada que él pudiera hacer para evitarlo. Ni siquiera recordaba el nombre de la última mujer con la que se había acostado, así que mucho menos podría encontrar a una que aceptara casarse con él y estarlo durante un año.

—Necesito otro trago.

Liam cruzó la habitación para llegar a la barra, donde Joe se estaba llenando el vaso. Detrás de él, sus parientes charlaban y le preguntaban a Ed detalles sobre la herencia.

—Me alegro de que tu abuelo no pueda ver esto —le dijo Joe en voz baja—. Le habría partido el corazón un final así para un patrimonio de trescientos años.

Liam se encogió de hombros, todavía sorprendido por la noticia.

—No estoy tan seguro. Él sabía lo que yo pienso sobre las relaciones y debió de sospechar lo que Brendan haría con la destilería.

—¿Estás seguro de que no podrías encontrar a alguien para casarte? —Joe le sirvió a Liam un vaso de *whisky*—. ¿Qué tal una ex? Tienes unas cuantas por ahí. Podrías solucionar las cosas con alguna e intentarlo…

—Si son exnovias es por algo. No he podido vivir con ninguna de ellas durante unas pocas semanas, así que imagínate un año.

—¿Qué tal si le pagamos a alguien? Quizá una actriz. Hay muchas chicas que necesitarían el dinero. ¿O quizá una de esas novias que se piden por correo[1]?

—No podría mentir así. —Liam negó con la cabeza—. Y tampoco me gustaría darle falsas esperanzas a nadie. Tendría que ser alguien que no quisiera tener una relación conmigo.

—¿Alguien que te odia, entonces? —Joe parecía desesperado—. ¿Cabreaste a alguna chica en tus buenos tiempos?

Algo acudió a la mente de Liam. El aroma de las flores silvestres. Unas delicadas curvas. Unos labios suaves. Un rostro casi tan familiar como el suyo…

Una prometida falsa. Y la elaboración de un plan.

---

1. Las «novias por correo» son mujeres, principalmente de países en desarrollo, que aparecen en catálogos y son seleccionadas por hombres para casarse. (N. de la T.)

—Joe, eres un genio. —Apuró su bebida—. Me acabas de dar una idea.

—Bueno, me alegro. —Joe se acabó el vaso—. Incluso habiendo recibido un generoso regalo por parte de tu abuelo, necesito el trabajo. Mantiene la mente y el cuerpo activos. Además, ¿quién iba a contratar a un hombre de mi edad?

—¡Siento decírtelo, Bren! —gritó Liam—. Pero estoy comprometido.

No era del todo mentira. Había estado comprometido durante su encuentro con Daisy.

Brendan resopló.

—¡Menuda tontería!

—*Maldita* tontería, ¿verdad papá? —Jaxon miró a su padre. Su rostro resplandecía con una inocente adoración.

—Tienes toda la razón —le dijo Brendan a su hijo—. Es una maldita tontería.

Lauren lo miró horrorizada.

—¡Brendan!

—Sé muy bien que es mentira —escupió Brendan—. ¿Quién podría creer que Liam está comprometido de verdad? El tipo tuvo que comprarse otro teléfono porque tenía tantas mujeres en la agenda que se le quedó sin memoria. ¿Por qué no está aquí? ¿Por qué no ha hablado antes de ella?

Liam se encogió de hombros.

—No me gusta hablar de mi vida privada.

—¿Por qué no la trae Liam a cenar? —sugirió Lauren—. Podríamos conocerla.

—Buena idea —dijo Brendan con una sonrisa—. Así le preguntaremos cuánto cuesta una prometida falsa.

—¿De verdad tienes una prometida? —le preguntó Joe en voz baja mientras volvía a llenarle el vaso.

—Sí. —Liam suspiró—. El problema es que ella me odia.

5

El móvil despertó a Daisy cuando estaba profundamente dormida. Max saltó de la almohada que había junto a ella, ladrando como si hubiera un incendio. Nadie llamaba tan temprano, a menos que se tratara de una emergencia, y ella estaba demasiado somnolienta para hablar con quien estuviera al otro lado de la línea telefónica.

Apartó a un lado la colcha rosa que había usado desde que tenía cuatro años, giró las piernas a un lado de la cama blanca de cuatro postes y miró el reloj. Faltaban cinco minutos para que sonara el despertador. Solo había una persona que conocía tan bien su horario.

—*Beta*, soy papá. —La voz del padre de Daisy se escuchaba entre interferencias.

—No tienes que decirme quién eres. —Una sonrisa se dibujó en sus labios. Aunque era profesor de Economía en Berkeley y manejaba complicados programas informáticos a diario, su padre era de la vieja escuela en lo que se refería a teléfonos—. Reconozco tu voz.

—Han pasado siete días. Pensé que te habías olvidado de tu anciano padre.

Daisy metió los pies en un par de mullidas zapatillas de color rosa y se preparó para la tormenta que se avecinaba. Su padre no la habría llamado desde Belice si no pasara algo y ella sabía exactamente de qué se trataba. La llamada tan temprano. El temblor en su voz. El incidente del viernes en el centro de convenciones. Olía sospechosamente a que su tía tenía algo que ver en ello.

—Pensé que estabas haciendo un *trekking* de cinco días sin conexión telefónica.

—Volvimos a pie en cuanto Salena llamó para darme la noticia. —Su tono de voz se volvió más serio—. Dice que ni siquiera has conocido al chico que te elegimos. Que estáis... —se le quebró la voz; no supo si por la emoción o por la mala línea telefónica— comprometidos.

Daisy gimió. Las noticias viajaban más rápido por medio de las tías que por cualquier otro medio de comunicación.

—¿Cómo es posible que se haya puesto en contacto contigo en medio de la selva? ¿Envió una paloma? —Abrió la puerta del armario y sacó el conjunto que había pensado para ese día: falda de flores, camiseta *vintage*, cazadora de cuero y sus botas de moto favoritas. Una de las ventajas de trabajar como desarrolladora de *software* era que nadie esperaba que llevara ropa aburrida.

Como si percibiera el giro hostil que estaba tomando la conversación, Max ladró y saltó sobre sus patas traseras. Max no era solo una mascota que le había regalado su prima Layla en un momento difícil de su vida, sino un perro de apoyo emocional que sabía cuándo lo necesitaba.

Después de asegurarle a Max que estaba bien, se quitó el camisón del Capitán América y se vistió para ir a trabajar mientras su padre hablaba por el altavoz. Era una fanática de los superhéroes de Marvel desde que cumplió diez años y su padre le regaló su colección de cómics de la vieja escuela, con las páginas rotas y desgastadas por el uso. A diferencia de Sanjay, que admiraba a los superhéroes por sus poderes sobrenaturales, a Daisy le encantaba cómo se comprometían a salvar el mundo, aunque estuvieran rotos por dentro.

—Salena tiene un primo en el sector del turismo —continuó su padre—. Conocía a alguien de una empresa de viajes organizados de Belmopán, que conocía a alguien de la embajada, que conocía a alguien de la empresa que organizaba la excursión. Se puso en contacto con nuestro guía a través de su radio de emergencia.

—¿En serio, *abba*? —Acarició la mullida cabeza de Max mientras se calzaba las botas—. ¿Ese tipo recibió una llamada de emergencia diciendo que tu hija, en San Francisco, no quería conocer a un tipo que tú le elegiste para casarse porque ella tenía una relación con otra persona? No puedo ni imaginarme lo que pensaría. ¿Y qué pasa con Priya? ¿Le gusta que interrumpan sus vacaciones por una crisis familiar inexistente?

—Priya lo entiende —dijo con firmeza—. Además, una persona del grupo se rompió el brazo haciendo *rappel*, otra se torció el tobillo transportando el kayak y el helicóptero acababa de regresar para recoger a la mujer que casi se ahogó mientras hacíamos espeleología, así que ya éramos tres personas menos. Además, a Priya no le gustó pasar la noche en las cuevas. Los murciélagos la mantenían despierta y, después de que una serpiente se metiera en su saco de dormir, dijo que prefería un hotel.

—Muy sensato.

Daisy llevó el teléfono a su tocador de estilo *shabby chic*. Su padre lo había encontrado en una tienda de segunda mano, lo habían restaurado juntos y lo habían pintado de azul verdoso para que contrastara con el rosa de su habitación.

—No todo el mundo comparte tu entusiasmo por los deportes de aventura —añadió. Su padre tenía una sed de aventuras que hacía que las vacaciones familiares nunca fueran aburridas.

—¿Quién es ese chico? Salena no recordaba su nombre. Dijo que creía que era Limb[2]. ¿Qué clase de nombre es ese? Limb. ¿Qué padres llaman a sus hijos con nombres de partes del cuerpo?

—Él es... Mmm... —Sin duda era alguien que su padre no aprobaría. Había maldecido a Liam en tres idiomas diferentes después de dejarla plantada, y lo había vuelto a maldecir después de que desapareciera—. No es lo que piensas, papá. —Se recogió el cabello, largo y grueso, en una coleta y lo sujetó con tres coleteros para mantenerlo en su sitio.

---

2. *Limb* significa «extremidad» en inglés. (N. de la T.)

—¿Que no es lo que pienso? —Su voz subió de volumen—. Estás comprometida con un hombre que tiene un nombre extraño y que ni siquiera conozco. Un hombre del que nunca hablaste ni trajiste a casa para que lo conociera y con el que ahora estás pensando en casarte. Eso es lo que pienso, y la idea hace que me duela el corazón de la preocupación. ¿Y qué pasa con Roshan? Él es tu media naranja...

Daisy agarró su teléfono y bajó las escaleras de su acogedora casa en Bernal Heights mientras escuchaba a medias la lista de virtudes de Roshan e intentaba encontrar la manera de salir de aquel lío. Se resistió a dejar solo a su padre cuando su hermano mayor, Sanjay, se fue a la universidad, por lo que se quedó para hacerle compañía, se sacó la carrera de Informática en Stanford y aceptó trabajar en Silicon Valley. Habían estado merodeando por la casa hasta que su padre comenzó a salir con Priya, y ninguno de los dos se había atrevido a admitir que la casa era demasiado grande para dos personas, porque eso significaría aceptar que su madre no regresaría nunca.

—Toda la familia conoció a Roshan y les gustó. Incluso tus horóscopos fueron buenos —continuó su padre—. Salena estaba muy emocionada. Ella quiso presentártelo como una sorpresa... —Su tono de voz se volvió más serio—. Y luego...

—Y luego descubrió que yo había podido encontrar a alguien por mi cuenta. —Daisy sacó un *muffin* de arándanos del congelador y lo metió en el microondas. Priya era dueña de una pequeña pastelería en el distrito de Marina y había llenado el congelador de delicias para Daisy antes de que salieran de viaje. No había tenido que preparar el desayuno ni una sola vez desde que se fueron.

—No lo creo —dijo su padre de repente. Su inglés siempre empeoraba cuando estaba emocional—. ¿Cómo pudiste conocer a alguien y tomar una decisión tan importante sin consultar a tu familia? No. No lo acepto.

Daisy podía imaginárselo agitando las manos en el aire y haciendo un gesto final para rechazar aquello que no podía aceptar. Dijo prácticamente lo mismo cuando Liam desapareció.

—Pensé que no querías saber nada de los hombres después de Orson —continuó su padre—. Por eso te busqué a alguien.

Es cierto que había tirado la toalla con los hombres. La vida era más fácil sin el complicado lío de las emociones. Orson había sido un error, una incursión en la locura de las relaciones tras presenciar el enamoramiento de Layla. Si era honesta consigo misma, en el mismo instante en que Orson la invitó a salir supo que la dejaría. Todo el mundo lo hacía.

—Y así es, pero las tías no me dejaban en paz. Cada vez que salía por la puerta temía que una de ellas apareciera de detrás de un arbusto, así que lo solucioné yo misma. —Dio un mordisco al *muffin* y maldijo en silencio a Priya por sus increíbles habilidades con la repostería. El fresco estallido de los arándanos despertó sus papilas gustativas con una explosión dulce como el azúcar. Un *muffin* no sería suficiente.

—Tus tías se preocupan por ti —dijo—. Veintisiete años y soltera. Es una señal de alerta para ellas. No quieren que te enamores del hombre equivocado o que acabes sola. Ahora me temo que no actuaron lo bastante rápido.

Daisy estiró los dedos y dejó que Max los lamiera un poco. Rara vez le daba comida de humanos, pero cuando lo hacía, Max prefería las *pakoras* de la tía Jana a cualquier cosa dulce.

—Él no es el hombre equivocado. Él solo…

Era absolutamente el hombre equivocado. Liam Murphy era el último hombre del mundo con el que debería casarse. Sus tías tenían razón en eso.

—¿Sabías que el ochenta y cinco por ciento de los jóvenes indios prefieren casarse con el chico o la chica que sus familias han elegido? —Su padre recitó un montón de estadísticas matrimoniales, como si las hubiera memorizado para el momento en que tuviera este tipo de conversación, lo que probablemente había hecho—. La tasa de divorcios en los matrimonios concertados es solo de uno entre cien.

—Esto es lo que me pasa por tener un padre economista —murmuró, un poco para sí misma—. ¿De dónde has sacado unas estadísticas tan convenientes?

—Eso no importa —dijo—. Lo que importa es que en Occidente, cuando las personas eligen a sus propias parejas, la tasa de divorcios es del cincuenta por ciento. ¿No estás de acuerdo en que un uno por ciento de posibilidades de divorcio es mejor que un cincuenta?

—Si no me caso, mis posibilidades de divorciarme son nulas. —Le sonrió a Max y él ladró en señal de aprobación.

Por lo general, cuando ganaba un punto en una discusión, su padre se reía, pero esta vez permaneció en silencio durante tanto tiempo que se le erizó la piel

—No lo entiendo, *beta*. ¿Amas a ese tal Limb? ¿Te vas a casar con él o no?

—Es complicado. ¿No podemos decirle a todo el mundo que estoy comprometida para que no tengan que buscarme a un hombre? Si todavía estamos juntos cuando regreses, podrás conocerlo. —Con suerte, cuando su padre regresara ella tendría un nuevo señuelo para mantener a raya a sus tías.

—De acuerdo. —Su padre resopló—. Toma tus propias decisiones. Dentro de veinte años me iré para siempre y no tendrás que preocuparte de que intente hacerte feliz encontrándote al hombre perfecto.

—Papá… —Ella no tenía ninguna posibilidad cuando él sacaba a relucir el sentimiento de culpa de los padres indios.

—No. Adelante, comprométete con un extraño. —Lanzó un largo suspiro—. ¿Quién soy yo para saber más que tú? Tan solo tu padre, con toda una vida de experiencia, que solo quiere lo mejor para ti y que quería que conocieras al chico que creía que te haría feliz.

—Papá… —gimió Daisy—. No hagas esto.

—Me tengo que ir —dijo con tristeza—. Quizá Priya y yo estemos de regreso en la jungla para cuando hagan salto con liana en el desfiladero. No quiso que lo probáramos porque el elástico parecía deshilachado, pero ¿acaso importa que mi vida se acorte unos años? Mi trabajo aquí se ha acabado. Ya no necesitas el consejo de tu anciano padre.

—Está bien, papá. —Ella echó la cabeza hacia atrás con frustración—. Tú ganas. Lo conoceré.

—La tía Salena te llamará para organizarlo. —Su voz se volvió más liviana al instante—. Te encantará. Ya oigo el clamor de las campanas de boda.

—Creo que es un helicóptero.

—Así es. Hora de despegar. ¡Nos espera toda una aventura!

6

Daisy se sentó frente a su escritorio del trabajo y encendió el ordenador. A su derecha tenía un café con leche triple y a su izquierda uno de los *muffins* de Priya. Estaba escondida al fondo de la planta de Ingeniería Informática, por lo que podía entrar y salir cada día de la oficina con la mínima interacción social. Aunque era más extrovertida que introvertida, evitaba relacionarse con sus compañeros. Era mejor no hacer amistad cuando uno sabía que no iba a quedarse mucho tiempo, y Daisy no solía quedarse en ninguna *start-up* más tiempo del que llevaba adquirir sus acciones.

A diferencia de la bulliciosa segunda planta, donde se encontraban los equipos de Ventas, Marketing, Finanzas y Diseño, la tercera solía ser muy tranquila. Todo el mundo sabía que los programadores necesitaban concentración, por lo que no había interrupciones, ni conversaciones, ni teléfonos sonando, como tampoco entregas ni ruidos de ningún tipo. El departamento estaba siempre en silencio y su pequeño rincón era el más tranquilo de todos.

En cuanto sus pantallas se encendieron, Daisy se puso los auriculares, hizo clic en su lista de reproducción de música de baile y leyó las notas con comentarios de código que había escrito la noche anterior para recordar en qué punto de la codificación se había quedado.

Su yo dormido había resuelto el error de código que la había tenido frustrada, lo que había sido un milagro, ya que cada crujido de la vacía casa la había despertado con un sobresalto. Tenía razón: la validación de los códigos era la causa del problema. Entró con facilidad en un estado profundo de concentración gracias a las notas, la cafeína y la música. Después de tres intensas horas de codificación, se reunió con los demás desarrolladores de *software* para hablar del proyecto con el equipo.

Josh Saldana, otro desarrollador sénior, se incorporó a la reunión mientras ella rellenaba su taza de Los Vengadores en la cafetería. A pesar de sus intentos por no interactuar, Josh se quedó prendado de ella desde el primer día: la sacaba de su mesa a la hora de comer, charlaba con ella a través del servicio de mensajería de la oficina e insistía para que tomaran algo juntos los viernes por la noche. Josh, otro fanático de los superhéroes de Marvel, era simpático y optimista, y se había convertido en un elemento fijo de su provisional vida.

—Hoy no hay *muffins*. —Miró con tristeza la cesta vacía—. Voy a morirme de hambre. Sé que la vida es dura, pero ¿cómo voy a trabajar sin sustento?

—Hay fruta. —Daisy señaló el expositor.

—La fruta no es comida.

Dotado de unos rasgos fuertes y uniformes, labios carnosos y unos ojos casi tan oscuros como su grueso y ondulado cabello, incluso un ceño fruncido resultaba sexi en Josh. Medía un metro ochenta y era uno de los programadores favoritos del personal de la segunda planta, pero no despertaba tantas simpatías entre los demás programadores, porque tendía a hacer su propio código y a salirse por arte de magia de un proyecto si no se le permitía trabajar con su lenguaje favorito.

Daisy se rio y le entregó un táper de plástico.

—Quizá haya traído unos cuantos *muffins* de Priya por si nos quedábamos cortos.

—Por esto te quiero. —Agarró el táper y miró adentro—. Y hoy te quiero incluso más porque los de arándanos son los mejores.

—En teoría la reunión empezaba hace tres minutos.

Daisy miró hacia la puerta. Su responsable de proyecto, Andrew Daly, era aún más exigente con el tiempo y los horarios que ella. Desde que trabajaba en Organicare, ninguna reunión había empezado tarde.

—Oí el rumor de que pasaba algo importante. —Josh dio un buen mordisco a su *muffin*—. Mi teoría es que Tyler ha conseguido financiación y ha enviado a Andrew a comprar *muffins gourmet*, o que no ha conseguido financiación y yo debería robar todas las manzanas y paquetes de azúcar que pueda para tener algo que comer cuando me despidan.

—Pensé que habías dicho que la fruta no era comida.

—Y no lo es. —Arrugó la nariz con disgusto—. Voy a vender las manzanas. Le diré a la gente que son ecológicas, criadas en libertad, alimentadas con cereales y regadas con nieve derretida del Everest. Ganaré suficiente dinero para comprar, al menos, tres meses de *muffins*.

—¡Mira qué bien! —Arqueó una ceja—. Vas a mentir.

—Y a robar. —Se metió un paquete de azúcar en el bolsillo.

Daisy se cruzó de brazos.

—Si hubiera sabido que eras un degenerado moral, me lo habría pensado dos veces antes de aceptar que fueras mi persona de apoyo emocional.

Josh se rio mientras daba otro bocado al *muffin*.

—Ya es demasiado tarde. Me necesitas a mí y a toda mi corrupción moral.

—Necesito que empiece ya la reunión. —Miró su reloj de edición limitada del Capitán Marvel; un regalo de su padre cuando consiguió su primer trabajo—. Estaba muy concentrada y no quiero distraerme.

—Estás de suerte. —Señaló la puerta—. Nuestro líder supremo acaba de llegar.

Vestido con un par de chanclas rojas, unos pantalones cortos holgados de color azul y una camiseta lila en la que ponía «MUÉRDEME», Andrew levantó su taza de café para acallar al personal mientras se dirigía a la sala. El veterano desarrollador de *software*, malhumorado y propenso a soltar palabrotas, llevaba en Organicare desde sus comienzos y se comía a los directores de producto con la misma rapidez que Max se comía los juguetes de peluche. Siempre parecía necesitar un corte de pelo y su abundante barba castaña y su bigote estaban salpicados por las canas.

El silencio se hizo en la sala al instante. Andrew no toleraba las interrupciones y nadie estaba dispuesto a caerle mal, sobre todo cuando su mirada era una clara advertencia de que estaba de mal humor. Incluso Tyler le tenía miedo a Andrew.

—Tengo malas noticias.

Josh tomó un puñado de sobres de azúcar y se los metió en el bolsillo.

—Todos sabéis que en Organicare hemos estado intentando conseguir más financiación, pero es un proceso largo y ha llegado el momento de recortar gastos.

A Daisy se le encogió el corazón. No había esperado quedarse en Organicare demasiado tiempo, pero era la única empresa donde había trabajado en la que se había sentido entusiasmada por sus productos, admiraba sus objetivos y (miró a Josh) empezaba a hacer amigos.

—Para intentar proteger los puestos de trabajo, Tyler ha decidido subarrendar la segunda planta —dijo Andrew—. Eso significa que Finanzas, Marketing y quienquiera que trabaje abajo se trasladará aquí arriba con nosotros. Ya intentamos algo parecido cuando comenzamos en la empresa y fue un fracaso total. Pero nadie ha tenido ninguna idea mejor, así que no nos queda más remedio.

—Vamos a tener que atrincherarnos en una esquina y lanzar sobres de azúcar a todo el que se nos acerque o nunca conseguiremos concentrarnos con todo ese ruido. —Josh abrió un paquete de azúcar y se lo metió en la boca—. En el peor de los casos, saldremos de aquí con un subidón de sacarosa.

Después de responder a algunas preguntas, Andrew pasó directamente a contarles que el proyecto anterior se había echado a perder y que la dirección no podía lidiar con la presión. Daisy solo escuchaba a medias, con la mente alterada por la noticia. ¿Cuánta gente iba a subir a su planta? ¿Dónde se iban a sentar? Si tenía que dejar su cubículo, ¿a dónde iría? ¿Y si la ponían en medio de la oficina?

Cuando se acabó la reunión, tenía tanta ansiedad que apenas podía respirar. Volvió a su mesa, pero no pudo volver a concentrarse. Los problemas parecían más graves, le temblaban las manos y ni siquiera con una segunda taza de café había podido despejar su cerebro ahora que se sentía estresada por la inminente invasión. Este era exactamente el tipo de situación que intentaba evitar a toda costa. No planificada e incontrolable. Por eso tenía a Max.

Sacó el móvil y abrió una foto de Max en la que estaba en su cama y la miraba fijamente con su adorable y esponjosa carita. Mientras Daisy trabajaba, la tía Mehar se había ofrecido a cuidarlo durante el verano. Era profesora de secundaria e impartía clases de danza Bollywood los fines de semana.

Daisy envió un mensaje rápido a su tía para decirle que recogería a Max temprano para llevarlo a dar un paseo por Ocean Beach. Le encantaba jugar en las zonas sin correa y el relajante sonido del océano la ayudaría a ella a olvidar el estrés. A Andrew no le importaba las horas que trabajaran siempre y cuando el trabajo estuviera hecho cuando tocaba.

Después de avisar a Josh de que se iba, bajó en ascensor hasta el luminoso y moderno vestíbulo. Situada en el distrito de South of Market, su oficina estaba en el centro de las *start-up*, con algunas de las mayores empresas tecnológicas en los edificios de alrededor.

Agarrando con fuerza la gigantesca bolsa multicolor de Marvel que le servía tanto de bolso de mano como de transportín para el perro, salió del ascensor contenta ante la expectativa de pasar una tarde relajada. Pero el agradable momento quedó interrumpido cuando vio a Liam de pie en el vestíbulo. Parecía salido de la serie *Hijos de la Anarquía*, con su chaqueta de cuero desgastada, gruesas botas de cuero, una camiseta negra de *Destructor* y un casco de moto en la mano.

Sus miradas se cruzaron y algo se removió en su interior, aflojando el nudo de tensión que tenía en el pecho. Liam siempre había provocado ese efecto en ella. Por muy mal que le hubiera ido el día, en el instante en que Liam entraba por la puerta con Sanjay, ella sentía que podía respirar de nuevo.

—Venía a verte. —Se acercó a ella y su sonrisa se desvaneció cuando observó su rostro—. ¿Qué pasa?

¡Maldita sea! La conocía tan bien... Durante un segundo tuvo la tentación de contárselo. Liam siempre había sabido escuchar, sobre todo cuando ella estaba molesta.

Se armó de valor y frunció el ceño.

—¡Vaya! ¿Ya han pasado diez años?

—Quería hablar contigo y tenía la sensación de que no me atenderías el teléfono.

—Tenías razón.

Pasó por su lado y se dirigió a la puerta, donde un guardia de seguridad estaba colocando un cartel que anunciaba el alquiler de la segunda planta. Podía hacerlo. Alejarse, mantener una distancia física entre ellos, porque en el estado emocional en que se encontraba podía acercársele demasiado.

Liam la siguió afuera del edificio.

—Solo necesito cinco minutos.

—Y yo necesitaba una cita para el baile de graduación.

Corrió delante de ella y le bloqueó el paso.

—Lo siento, Daisy. Aquella noche pasaron cosas que no pude controlar y además pasaba por un mal momento. ¿Qué puedo hacer para compensarte?

—Nada.

Liam le mostró las palmas de las manos.

—Si me dieras una oportunidad...

—Eso no va a pasar. —Ella miró al suelo, tratando de mantener la compostura bajo su intensa mirada azul.

Los ojos de Liam se dirigieron a la puerta que había detrás de ella.

—Estoy buscando una oficina —reflexionó Liam—. Ahora estamos en un lugar provisional. Tal vez podría...

—Para nada.

—El lugar es perfecto y nos daría la oportunidad de vernos con más frecuencia. Podría explicártelo y tú podrías perdonarme. Y podrías invitarme a cenar contigo y con tu padre… —Se interrumpió cuando ella negó con la cabeza—. ¿Está fuera haciendo alguna locura? —Una sonrisa sarcástica apareció en su rostro—. Apuesto a que sí.

Daisy apretó los labios y se miró las botas. A diferencia de las botas de Liam, que estaban desgastadas y descoloridas, las suyas estaban bien pulidas y los remaches cromados de la parte superior brillaban. Esas botas la hacían sentirse una mujer poderosa mientras aporreaba el teclado. Y además eran impermeables. No es que pensara conducir una motocicleta bajo la lluvia, pero no estaba de más ir preparada.

—Lo tomaré como un sí. —Ella percibió la diversión de su voz—. ¿De qué se trata esta vez? ¿De subir a un volcán en Nicaragua? ¿De hacer bicicleta de montaña en la Carretera de la Muerte en Bolivia? ¿De bucear en cuevas de agua dulce en la península de Yucatán?

—De una expedición a la selva en Belice —dijo en voz baja.

Liam se rio entre dientes.

—Lo único que me sorprende es que no estés con él. Habéis hecho todo tipo de locuras juntos.

Eso había sido antes de que Liam desapareciera. Antes de que su madre regresara y tirara abajo los cimientos de una vida cuidadosamente ordenada y destruyera la poca autoestima que le quedaba.

—Ya no voy con él. —Levantó la mirada y forzó una tensa sonrisa—. Tiene una nueva novia, Priya. Ahora la arrastra a ella a todas sus aventuras.

—¿Y Sanjay? ¿Está por aquí?

Su corazón se hinchó de orgullo por su hermano mayor y no pudo evitar contárselo.

—Ahora es médico y trabaja con Médicos Sin Fronteras. Va de un país en guerra a otro. Hace tres años que se fue de casa, pero nos mantenemos en contacto por Skype cuando está en una ciudad con acceso a Internet.

El rostro de Liam se relajó.

—Siempre supe que haría grandes cosas.

—Se alegrará de saber que estás vivo —dijo ella en tono seco.

—¿Y tú? —Ladeó la cabeza y le dirigió esa mirada de cachorro que una vez la hizo reír a carcajadas y sacar leche por la nariz en la mesa.

El Liam de siempre. Capaz de seducir a cualquiera, nunca había dejado de sacar provecho de su encanto.

Ella se encogió de hombros.

—No me importa ni lo uno ni lo otro.

—Y, sin embargo, aquí estás hablándome. —Le mostró las palmas de las manos en señal de rendición.

—No estaría hablando contigo si no estuvieras en mi camino.

Él se hizo a un lado y le dedicó una caballerosa reverencia.

—¿Puedo acompañarte?

—No.

Ella se alejó, consciente de la mirada de él en su amplio trasero. Conteniendo una sonrisa, se contoneó un poco. Ya no era la chica que había sido a los dieciocho años; ahora era mucho más.

—¿Cena?

—No.

—¿Sándwich de helado de *jalebi*? —dijo, refiriéndose a uno de sus dulces favoritos de la infancia.

Sus traicioneros labios se levantaron en las comisuras.

—No.

—¿Qué tal un *snack*? ¿Tostadas francesas crujientes? ¿Trix con azúcar extra? ¿*Pakoras* y *pretzels*? ¿Carne asada sobre pan de centeno con mostaza y tres pepinillos en rodajas finas con una guarnición de leche con chocolate?

La risa burbujeó en su interior. Él había hecho esto casi todos los días para adivinar la merienda que habría después de clase, a pesar de que ella siempre pegaba el plan semanal de comidas familiares en la puerta de la nevera.

—¿*Pav bhaji, chaat, panipuri*...? —A Liam le encantaban los platos indios de su padre.

—No estoy escuchando. —Pero, por supuesto, lo estaba haciendo.

—¿Dos sándwiches de queso a la plancha con kétchup y chips de calabacín? ¿*Masala dosa*…? —Su voz se fue apagando a medida que ella se acercaba al final de la manzana.

»*Pretzels* tiernos de azúcar y canela, tostadas de *mozzarella* con tomate y albahaca… —Su voz se apagó del todo cuando ella dobló la esquina. Con un suspiro, se apoyó en la pared de ladrillo y dejó escapar una pequeña carcajada.

Al asomarse por la esquina, le vio hacer una foto al cartel del alquiler. Eso no auguraba nada bueno si quería mantener las distancias. Ya era malo que él supiera dónde trabajaba, ¿pero tenerlo abajo?

Aun así, se permitió contemplar abiertamente durante unos instantes al amor de su adolescencia. El cabello castaño, con reflejos dorados a la luz del sol, estaba despeinado y lo bastante largo para delatar al rebelde que llevaba dentro. Era un hombre salvaje y civilizado a la vez, y podía imaginárselo tanto en una sala de juntas como en su motocicleta, sacando chispas a la carretera mientras recorría la costa en su siguiente aventura.

Él levantó la vista y giró la cabeza en su dirección. A Daisy se le aceleró el pulso y se encogió tras la pared. Él no la había visto. ¿O sí? No sabía que estaba allí. ¿O sí?

—¡Adiós, Daisy! —Escuchó su voz claramente, a pesar de que estaba a media manzana de distancia.

Se sonrojó y se encaminó calle abajo tan rápido como sus botas podían llevarla. Necesitaba mantener las distancias con Liam Murphy. Enamorarse de él nunca había sido una elección. Perderlo casi había acabado con ella.

No podía volver a pasar por esa montaña rusa emocional.

7

Liam abrió la puerta del Rose & Thorn, un *pub* irlandés del distrito de La Misión. Regentado por su primo Ethan, había sido un antro de barrio primero, un *pub* irlandés después y actualmente era su lugar favorito para relajarse cuando visitaba la ciudad. Ahora que había vuelto para quedarse, se había convertido en su segundo hogar.

Se detuvo en el umbral para echar un vistazo al pequeño escenario, donde podía encontrarse desde un cuarteto de barbería hasta un grupo que hacía versiones de Marilyn Manson. Esta noche estaba tocando una pequeña banda de *jazz* y creaba el ambiente perfecto junto con luces tenues y una atmósfera acogedora. Las paredes de ladrillo visto, los suelos de madera, la decoración irlandesa (que iba desde nudos celtas de la Trinidad tallados hasta mapas históricos) y una gran chimenea de piedra daban al *pub* su particular encanto.

Al inspirar el aroma de lúpulo y cebada, sintió que la tensión le abandonaba, y se sentó en el último taburete de la barra. Los sonidos del fuego crepitante y del tintineo de las copas retumbaban como un latido por debajo del zumbido de las conversaciones. Durante unas horas pudo olvidarse de Brendan y del testamento, de la casa llena de parientes a los que no conocía, del fin de la destilería y del vacío que había dejado en su corazón la pérdida de su abuelo.

—Hola, forastero. —Rainey Davis, la camarera jefa, levantó la vista del lavavajillas donde apilaba la cristalería. Llevaba su habitual camiseta de tirantes con el lema «BÉSAME, SOY IRLANDESA» para que la gente pasara por alto su acento texano—. Ethan recibió un cargamento de Middleton Very Rare este mediodía. ¿Quieres probarlo?

—Llena un vaso y sigue sirviéndome hasta que me caiga.

—¿Un mal día en la oficina? —Sacó una botella de la caja que había en el suelo.

—Una mala semana en general.

—Entonces será mejor que beba contigo. —Sirvió dos vasos y le pasó uno a Liam—. ¿Por qué brindamos?

—Por John Murphy, fundador de la destilería Murphy & Sons, que murió haciendo lo que amaba tras ahogarse en una cuba de aguardiente parcialmente destilada.

—Mi tipo de hombre.

—Y por mi abuelo, Patrick Murphy, que pronto se revolverá en su tumba.

Chocaron los vasos y Liam bebió un sorbo del suave e intenso líquido. El picor de las especias se suavizó a medida que aparecía el sabor de la cebada malteada, a lo que siguió un dulzor que era una mezcla de regaliz, azúcar de cebada y una pizca de miel. El toque final tardó en desvanecerse. Mientras saboreaba las especias, añadió una gota de agua al vaso.

—Mi abuelo me enseñó este truco —dijo cuando Rainey frunció el ceño—. Decía que silencia el alcohol y permite que afloren los demás sabores.

—Ethan me dijo que había fallecido. —Rainey le rellenó el vaso—. ¿Estabais muy unidos?

—Habíamos vuelto a ponernos en contacto —dijo Liam—. Tenía una destilería de *whisky* en Napa y pasé mucho tiempo allí con él cuando era niño.

—Nunca lo habías mencionado. —Tomó otro sorbo de su *whisky*—. ¿Cómo se llama la destilería? Me aseguraré de que tengamos unas botellas la próxima vez que vengas.

—Murphy & Sons. —Vació su vaso—. Ahora es mía. O al menos lo sería si tuviera una esposa.

—Supongo que no te conocía demasiado bien. —Rainey había visto a Liam marcharse con una mujer diferente casi cada vez que venía al *pub*. No lo juzgaba, pero tampoco se andaba con rodeos.

—Sí que me conocía —dijo Liam—. Después de que nos volviéramos a poner en contacto fue como si nunca nos hubiéramos separado. Teníamos mucho en común: el mismo sentido del humor, las mismas opiniones políticas e incluso el mismo gusto en el *whisky*. Tuvimos algunos problemas, sobre todo por culpa de mi padre, pero pudimos dejarlos atrás. Pensé que había encontrado a alguien en la familia que realmente me entendía.

—¿Estás hablando del abuelo? —Ethan apareció en la barra. Dos años mayor que él, era alto y ancho de hombros como todos los hombres Murphy. Tenía el cabello largo y oscuro recogido en una coleta y sus ojos azules se enmarcaban en un rostro duro y curtido. Era el único hijo de su tío Peter, que había muerto cuando Ethan era muy joven—. Recibí una carta en la que decía que me había dejado dinero. Voy a utilizarlo para arreglar el bar y puede que para hacer otro viaje a Irlanda.

Liam asintió.

—A mí me dejó la destilería con la condición de que me casara antes de mi próximo cumpleaños y siguiera casado durante un año. Brendan está furioso. La destilería suele pasar de hijo mayor a hijo mayor. Supongo que el abuelo decidió cambiar la tradición porque nuestro padre le había dado la espalda al negocio familiar. Y no solo eso, también expresó su deseo de que yo mantuviera el patrimonio teniendo hijos.

—Supongo que quería asegurarse de que hubiera algún pequeño Murphy por ahí llevando el apellido. —Rainey se rio—. Tal vez deberías empezar a buscarte una esposa.

—He revisado todos mis contactos. —Liam sacó su teléfono y lo colocó sobre la barra—. Por desgracia, he quemado un montón de puentes. —Suspiró—. No puedo pedir una novia por correo ni casarme para que consigan la tarjeta de residencia. Algo podría salir mal, como que se encariñaran o se quedaran con la mitad de la destilería cuando nos divorciáramos al cabo de un año. El riesgo de meter en esto a alguien que no conozco es demasiado alto.

—Necesitas a alguien en quien puedas confiar —reflexionó Ethan—. ¿Qué tal una mujer del trabajo? ¿O una amiga de la infancia?

Liam removió su vaso de *whisky*.

—El otro día, en una convención, me encontré con una mujer que conozco de toda la vida. Es la hermana de mi mejor amigo del instituto. Pensé que tal vez podría ayudarme, pero nos separamos de malas maneras hace diez años y me dejó claro que todavía me odia. —Se bebió el resto del vaso y lo empujó por la barra para que se lo rellenaran.

—Creía que la mayoría de las mujeres de la ciudad con las que te habías liado te odiaban —dijo Rainey.

—Así no. —Liam suspiró—. La dejé plantada en su baile de graduación, luego me fui de la ciudad sin decírselo y nunca volví a ponerme en contacto con ella.

Sin previo aviso, Rainey se echó sobre la barra y le dio una bofetada en la cara.

—¡¿Pero qué diablos?! —Liam se llevó la mano a la mejilla. Miró a Ethan en busca de apoyo, pero su primo se estaba partiendo de risa.

—¿Cómo pudiste hacer algo así? —dijo—. ¿La dejaste plantada en el baile de graduación? ¿Qué clase de cabrón eres? Era su baile de graduación, ¡por el amor de Dios!

—Sé que era su baile de graduación —balbuceó—. En teoría yo era su cita.

—Si me hubieras dejado plantada en mi baile de graduación, mi padre te habría encontrado y te habría utilizado como blanco de tiro. —Tomó el pedido de un nuevo cliente al final de la barra y luego volvió a dirigirse a Liam—: ¿Y pensabas pedirle que se casara contigo? Me sorprende que salieras de allí con las pelotas aún puestas.

Ethan frunció el ceño.

—Creía que no tenías padre.

—Pues claro que tengo padre. —Sacó dos botellas de Budweiser de la nevera y las golpeó contra la barra—. Es simple biología. La cuestión es: ¿cuál de las docenas de hombres que mi madre trajo a casa fue el elegido? Me gusta imaginar que es del tipo protector («¡No le hagas daño a mi niña!» y todo eso) y que un día entrará por esa puerta y me preguntará qué diablos hago trabajando aquí cuando él tiene una gran casa de campo con un establo lleno de caballos y una familia adorable que me ha estado buscando desde el día en que nací.

—Es un sueño bonito —dijo Liam mientras ella quitaba las chapas con el abridor de botellas.

—Todos necesitamos un sueño. —Vertió con cuidado la cerveza de una botella en un vaso—. ¿Cuál es el tuyo?

—Quiero salvar la destilería. —Liam sacó su navaja y frotó distraídamente la superficie con el pulgar—. Mis recuerdos más felices son del tiempo que pasé allí con mi abuelo. Es mi única conexión de verdad con la rama Murphy de mi familia. —¿Y acaso eso no molestaría a su padre? Él nunca había aceptado que Liam fuera realmente su hijo.

Ethan levantó su vaso.

—Brindemos por las familias rotas y las almas heridas.

—¿Y tú? —preguntó Liam a Rainey después de que sirviera al cliente y se pusiera un *whisky* para ella—. ¿Quieres casarte conmigo? Una ceremonia civil rápida. Una reunión con el administrador legal. Tal vez una comparecencia ante la familia. Vivimos nuestras vidas separadas durante un año. Luego nos divorciamos. Estaría dispuesto a pagarte por ello.

—Por muy tentador que sea, soy alérgica al matrimonio —dijo Rainey en tono seco. Además, este fin de semana corro la Carrera de la Muerte en Grande Cache, Alberta, así que un matrimonio rápido no entra en mis planes. —Levantó un brazo tonificado y cubierto de tatuajes—. Un estandarte más y tendré el juego completo de la Carrera de la Muerte.

—Impresionante. —Se sintió aliviado de que ella lo hubiera rechazado. Por supuesto que había tenido que preguntar, se arrepentiría de no haber dejado piedra sin remover, pero él y Rainey juntos serían una bomba a punto de explotar—. Supongo que Daisy sigue siendo mi mejor opción.

Ethan rellenó sus vasos.

—Creo que deberías dejarlo estar. Olvídate de Daisy. Olvídate de la destilería. Yo renuncié a todas las estupideces de los Murphy hace mucho tiempo. Tu familia. Mi familia. No hay buenas relaciones entre los Murphy. No se hacen buenos negocios con los Murphy. Estás empezando de nuevo en la ciudad. Tienes un buen trabajo. Vas a conocer a nuevas mujeres. ¿Por qué complicar las cosas desenterrando el pasado?

Liam frunció el ceño y no habló durante unos instantes, reflexionando sobre la sugerencia de Ethan.

—No puedo dejar que Brendan acabe con la destilería —dijo finalmente—. Además del patrimonio familiar, hay puestos de trabajo en juego. Y Daisy sería una esposa falsa perfecta. Nos conocemos, así que no levantaría sospechas que estuviéramos juntos. Y ella me odia, así que no habría problemas de relación ni expectativas.

—Eso es lo más estúpido que he oído nunca. —Rainey negó con la cabeza—. Estoy a punto de darte otra bofetada. ¿Qué saca ella de todo esto, aparte de la oportunidad de cortarte el cuello mientras duermes?

Liam se tomó un momento para pensar.

—Su familia está intentando organizarle un matrimonio concertado y ella no está interesada.

—No merece la pena. —Tomó un trapo y limpió la barra, que ya estaba limpia—. Un año con un tipo al que odias frente a decirle a tus padres que no se metan en tu vida. Yo sé qué elegiría.

—No es tan sencillo —dijo. Sabía que para los Patel no existía una vida sin familia. Cada fin de semana había una reunión familiar, una cena o una celebración. Cuando Sanjay jugaba un partido de fútbol, treinta o cuarenta parientes acudían a animarlo. Si el señor Patel no llegaba a tiempo del trabajo, una tía o un tío le llevaba a Daisy una cena de varios platos. Si alguien tenía un problema, todos se reunían para ayudarlo. En cambio, Liam apenas había visto a sus parientes. La familia de su madre vivía en Florida y la familia de su padre no había querido estar cerca de este.

—Claro que sí. —Rainey se apartó un mechón rebelde—. Si ella se atara a ti durante un año, estaría renunciando a la oportunidad de encontrar a esa persona única en el mundo que haría cualquier cosa por ti. ¿No quieres tú también encontrar a esa persona?

—No soy material para una relación. —Empujó su vaso sobre la barra.

—Me acabas de decir que estás tratando de encontrar una esposa.

—Una esposa falsa.

Ella se acabó el vaso de un trago, un desperdicio de buen *whisky* teniendo en cuenta lo que costaba.

—Creo que pediré a uno de los porteros que venga y te haga entrar en razón.

—Creía que ya lo habías hecho. —Volvió a mirar a Ethan en busca de ayuda, pero su primo se limitó a levantar las manos en señal de rendición.

—Ni siquiera intento controlarla.

—La bofetada fue cariñosa. —Rainey entrecerró los ojos—. Si haces algo estúpido, como proponerle a una mujer que te odia quedarte con una destilería que no necesitas y que no tienes tiempo de dirigir, es cuando las cosas se pondrán realmente feas.

8

—Buenos días, señora de Liam Murphy.

La voz de Layla crepitó por el altavoz del Mini Cooper de Daisy. Normalmente se ponían al día por las mañanas de camino al trabajo si no habían hablado la noche anterior. Eso hacía que el trayecto desde Bernal Heights hasta las oficinas de Organicare en el barrio del SoMa fuera más soportable.

—Eso no tiene gracia.

—Tienes razón. No tiene gracia —dijo Layla—. Pero ahora que la familia sabe que estás comprometida, todos quieren saber quién es. Algunas tías intentaron sobornarme para que les dijera su apellido: que si joyas únicas para mi boda, aperitivos de la India, saris que guardaban para sus hijas...

Layla estaba comprometida con Sam Mehta y faltaban solo diez meses para la boda.

—Confío en ti —dijo Daisy, riendo—. Sé que no confesarás.

—Me tentó la oferta de la tía Nira de un diez por ciento de descuento en un *lehenga* de boda en su tienda. Ya sabes cómo cobra de más.

Daisy aminoró la marcha para evitar el atasco habitual. De vez en cuando prefería tomar la autopista 280 para ver la bahía, pero su aplicación de mapas le había mostrado que la ruta 101 podía llevarla al trabajo en menos tiempo.

—Al menos ahora eres libre —dijo Layla—. Hasta que rompas con tu falso prometido, te dejarán en paz. Espero que nadie se dé cuenta de que Liam es el mismo que te dejó plantada en nuestro baile de graduación.

—No soy libre del todo. Todavía debo tener una cita con Roshan. —Daisy suspiró—. Papá me hizo sentir culpable. Cree que me conoce mejor que yo misma.

Levantó una mano para apartarse un mechón de la mejilla, pero se pudo controlar. El cabello se le encrespaba al instante si se lo tocaba tres segundos después de salir de la ducha.

—Puede que quieras tener esa cita —dijo Layla—. Mi padre dijo que él era «el auténtico». Y sería bueno tener un contable en la familia.

Daisy gimió.

—No quiero casarme, pero, si alguna vez lo hiciera, sería con alguien interesante, alguien que asuma riesgos.

—Los contables asumen riesgos.

—¿Sumar números a mano en vez de usar una calculadora? No me refiero a ese tipo de riesgos. Hablo de riesgos que te quitan el aliento. Riesgos inesperados.

Se metió en la boca un esponjoso *pav*. Era uno de sus desayunos favoritos y nadie los hacía como la madre de Layla, que solía traerle comida cuando su padre no estaba.

—Estás hablando de Liam. —Layla lo sabía todo sobre los encuentros de Daisy con Liam y no le habían impresionado.

—Deberías haberlo visto... —Daisy se permitió una pequeña sonrisa—. Se parece a Hrithik Roshan en *Mohenjo Daro*.

—Si lo hubiera visto, sobre todo cuando se presentó en tu despacho después de que le dijeras que no querías volver a verlo, no estaría en pie.

—La primera vez que lo vi, yo salía directamente de Bollywood —continuó Daisy—. En un momento soy mi yo corriente, estresada porque Tyler me había arrastrado a la presentación del producto sabiendo que soy una introvertida e inepta social; rompiendo el dispensador de compresas; viendo a mi exnovio y a mi antigua jefa haciéndolo en el baño, y corriendo por el centro de convenciones con un montón de compresas bajo el brazo, y al siguiente me está besando el hombre que más odio delante del hombre que me rompió el corazón y con el que en teoría voy a casarme.

—Orson no te rompió el corazón —replicó Layla—. No te gustaba nada esa relación. Estabas cansada de tener malas citas y Orson era...

—Agradable.

—Iba a decir «disponible», pero «agradable» servirá. También me viene a la mente la palabra «aburrido». Después de nuestra primera cita doble, Sam dijo que no podría soportar otra. Dijo que había querido pegarse un tiro cuando Orson describió su película favorita de arte y ensayo como una alucinación sobre la miseria burguesa de dos horas y media de duración, y luego empezó a resumirnos una escena miserable tras otra.

—Era una buena película. —Daisy tamborileó con el pulgar en el volante, deseando que el tráfico empezara a moverse.

—Me enviaste veinte mensajes de «ayuda» desde el cine. Dijiste que querías clavarte unas agujas en los ojos.

Daisy se tensó.

—Todos tenemos que hacer sacrificios en nombre del amor.

—Pero ahí está la cosa. No amabas a Orson. Si lo hubieras hecho, no habrías venido conmigo a Larry's Liquid Lounge la noche después de romper. Y no te habrías enrollado con aquel tipo que dijo que estaban a punto de movilizarlo en el ejército y que era su última noche en la ciudad.

—Pensé que estaba haciendo algo bueno por mi país —replicó Daisy—. ¿Y si no regresaba a casa?

—Si de verdad hubieras querido a Orson, te habrías quedado sentada delante de la tele en pijama, comiendo helado, dando de comer *pakoras* a Max y viendo un maratón de películas de Marvel. Mira lo que pasó cuando Sam y yo rompimos. Me pasé una semana entera comiendo *dal* y bebiendo vodka hasta que me desmayé en un charco de vómito en el suelo del restaurante de mis padres. Eso es amor verdadero.

—No me lo estás vendiendo demasiado bien —dijo Daisy en tono seco.

Finalmente, el coche de delante se puso en marcha y ella arrancó su Mini.

—El amor requiere compromiso. Sabes que tengo problemas con eso.

—Lo sé —dijo Layla con delicadeza—. Cada vez que iba a visitaros y os veía a tu padre y a ti dando vueltas por esa casa tan grande y vacía, podía sentir vuestro dolor. Pero él por fin lo está superando. ¿No quieres seguir adelante tú también? Quizá el apartamento perfecto esté ahí fuera o, incluso, el hombre perfecto; alguien que te haga feliz, que se preocupe por ti y te haga reír. —Ella dudó—. Tal vez Roshan es el elegido.

Liam la había hecho reír, pero sospechaba que Layla no querría saberlo.

—Mi padre también pensó que mi madre era la elegida, y mira cómo acabó. Estoy contenta de seguir soltera, pero voy a alargar lo del falso prometido, al menos hasta que él vuelva de viaje. No me ha agobiado ninguna tía desde la convención. Ha sido positivo en ese sentido.

—Será mejor que nadie sume dos más dos. Si tu padre se entera de que estuviste con Liam después de lo que te hizo...

—Simplemente le diría que no fue de verdad. ¿Quién creería que Liam y yo podríamos estar juntos?

Daisy estaba muy concentrada. O al menos lo estuvo hasta que alguien le dio un golpecito en el hombro y sintió, más que oyó, el rumor de una voz detrás de ella. Con un resoplido, se quitó los auriculares con cancelación de ruido.

—¿Sí?

Hunter Cole, el director financiero (un hombre tan rubio y guapo que no encajaba en una empresa llena de frikis), estaba ahí de pie sujetando su ordenador.

—Mi portátil no funciona. Alguien me dijo que estabas en el Departamento de Informática. La pantalla se ha congelado y está como pensando.

La boca de Daisy se abrió y volvió a cerrarse. No se llevaba bien con personas como Hunter: seguras de sí mismas, guapas y populares, que tenían conciencia de ser especiales y que ni una sola vez se habían tropezado al subir las escaleras o con un socavón de la acera, o se habían golpeado la cabeza con la puerta de un armario. Con sus cuerpos perfectos y sus músculos tonificados, la hacían sentir torpe y con diez kilos de más por las *pakoras* que nunca podría perder; una señal evidente de que no era uno de ellos, si es que no lo habían adivinado ya por las palabras sin sentido que salían de su boca cuando estaban a su alrededor.

Liam pertenecía a ese grupo, pero ella nunca se había sentido así con él; como si la torpeza y las palabras perdidas desaparecieran en el mismo instante en que él entraba por la puerta y todo lo que quedaba era la Daisy que llevaba dentro. Una Daisy que era lo bastante lista para hacer los rompecabezas que él le traía, lo bastante divertida para hacerle reír y lo bastante interesante para que él se olvidara de Sanjay y escuchara lo que ella tuviera que decir.

—¿En serio? —Josh salió disparado de su silla en el cubículo que había más cerca—. Pedirle a Daisy que te arregle el ordenador es como pedirle a un chef con estrella Michelin que te lave los platos. —Miró a Hunter con el ceño fruncido, cruzando los brazos sobre un pecho que era la mitad de grande que el de Hunter y no tenía ni un solo músculo definido—. Creía que Finanzas tenía sus propios informáticos. ¿Qué haces aquí arriba?

Hunter señaló detrás de él un lento desfile de gente que entraba por la puerta con las manos llenas de cajas, bolsas y ordenadores portátiles.

—La mudanza acaba de empezar. —Su voz grave retumbaba tan bajo que Daisy podía sentirla en los huesos.

»Me dijeron que el Departamento de Informática estaría aquí. —Llevó la cabeza de un lado al otro, haciendo crujir el cuello, y luego se agarró la parte superior de la camisa como si estuviera a punto de arrancársela y fuera a pelearse con Josh allí mismo, en el suelo del cubículo.

—No pasa nada, Josh. —Daisy tomó el ordenador y lo manipuló con torpeza antes de llevarlo a la seguridad de su escritorio—. Hago esto para mis parientes todo el tiempo. —Lo apagó y lo volvió a encender y el ordenador empezó a zumbar. Tocó algunas teclas y miró a Hunter—. Parece que ya funciona.

—Gracias. —Hunter tomó el portátil de su escritorio (como si intuyera que a ella se le caería si volvía a agarrarlo) y se alejó, con sus anchos hombros balanceándose sobre un trasero duro como una piedra.

—Ni siquiera sabía apagar y encender su ordenador. —Josh se burló. Estaba de un humor muy sarcástico—. No me extraña que la empresa se hunda.

—Sé amable —regañó Daisy—. No es culpa suya.

—¿Cómo puedo ser amable cuando nos están invadiendo? ¿Cómo vamos a...? —Se interrumpió cuando Mia Hart, la directora de Marketing, colocó una caja en el cubículo vacío que había a su lado. Daisy conocía a Mia, que tenía unos expresivos ojos verdes y un grueso cabello castaño, de las reuniones de proyectos y de algún que otro viaje en ascensor, pero nunca habían tenido más que una conversación superficial. Josh, sin embargo, conocía a todo el mundo.

—Mira lo que ha traído el gato. —Se cruzó de brazos y miró a Mia.

—Lo siento, chicos. —Se encogió de hombros ante el insulto—. Marketing y Diseño se mudan a vuestra planta, ¡pero he traído dónuts!

—Puedes quedarte. —Josh tomó la caja de dónuts de su pila de cosas—. Pero solo hasta que se hayan acabado.

Mia sonrió a Daisy con simpatía.

—Sé que os gusta que os dejen en paz. Es una mierda para todos.

—No para Hunter —dijo Josh—. Cree que cualquiera con una pantalla es del Servicio de Soporte Técnico.

—¡Qué mal humor tenemos hoy! —Mia sacó un fajo de carpetas de una caja—. ¿Qué te pasa?

—No podemos trabajar así —dijo Josh—. Me niego a ser reducido a miembro del «Departamento de Informática». Voy a hablar con Tyler.

—Tal vez deberías darle un poco de espacio ahora mismo. —Mia se acercó al ordenador para encenderlo y Josh siguió sus movimientos con descaro—. No está en buena forma. Parece que acaba de salir de *Supervivientes*. Estoy esperando que convoque un consejo tribal en cualquier momento y expulse a uno de nosotros.

—He oído el rumor de que va a despedir al diez por ciento de la plantilla. —La expresión de Josh se volvió seria.

Mia resopló.

—Se oyen rumores de todo tipo. *Muffins* del día anterior en vez de frescos, *spyware* en los ordenadores, espionaje corporativo...

—El rumor del espionaje corporativo resultó ser cierto —protestó—. Un tipo quiso tanto conseguir el secreto de los tampones superabsorbentes que estuvo dispuesto a ir a la cárcel. Probablemente por eso perdimos cuota de mercado.

—Nunca se demostró en los tribunales —señaló Daisy—. Creo que tenemos problemas financieros porque nos expandimos fuera de nuestro mercado o, al menos, eso es lo que Tyler les dijo a los inversionistas de capital riesgo cuando hicimos la presentación.

—¿Cómo fueron las sesiones de presentación? —preguntó Mia—. Hice una propuesta de *marketing* para que Tyler la repartiera, pero no me dio ninguna respuesta.

Daisy se encogió de hombros.

—Algunos nos dijeron que se pondrían en contacto, pero no recibimos ninguna solicitud para celebrar una reunión. Le dije a Tyler que estarían agobiados con tantas presentaciones, pero me contestó que esa era la forma en que los inversionistas de capital riesgo te dicen «Vete a la mierda, perdedor».

El rostro de Mia se relajó.

—Me recuerda mucho a mi segundo padrastro. Era un científico de una empresa aeronáutica que podía pasarse horas mirando al espacio mientras calculaba cuántos quarks habría en el universo.

—¿Cuántos padres has tenido? —preguntó Daisy.

—Tres, pero ninguno se quedó con nosotras. Mi verdadero padre murió en un accidente de coche y mi madre ahuyentó a los dos siguientes con la bebida. Nunca superó la muerte de mi padre.

Daisy sintió que se le formaba un nudo en la garganta. Su padre había tardado veinte años en superar el abandono de su madre. Por lo que ella sabía, no había salido con nadie hasta que conoció a Priya. Ambos creían que algún día la madre de Daisy volvería a casa. Y lo había hecho, pero no como ninguno de ellos había esperado.

—Debió de ser muy duro para las dos —dijo Daisy.

—Tyler ha sido un apoyo increíble. —Mia sacó un archivo de la caja—. La incluyó en mi seguro médico como persona dependiente.

Cuando Josh ladeó la cabeza con el ceño fruncido, ella se explicó.

—Tiene muchos accidentes cuando no estoy en casa: incendios, caídas, intoxicaciones etílicas... Siempre está a punto de ocurrir un desastre. —Recuperó la caja de dónuts de manos de Josh y se la ofreció a Daisy con una sonrisa, como si no acabara de contarles sus dolorosos secretos familiares—. ¿Un dónut?

—No, gracias. Ya he desayunado.

—Yo sí quiero uno. —Zoe Banks dejó su caja en el cubículo que había junto a Daisy y se acomodó en su silla. Era una experta diseñadora gráfica y madre soltera que había trabajado con Daisy en el diseño de la página web—. Me perdí el desayuno esta mañana cuando Lily tuvo una rabieta y tiró los cereales por todo el suelo. No dejes que nadie te diga que la etapa infantil es la mejor.

Daisy se rio.

—Tengo muchos primos de esa edad. Ya sé cómo es.

—¿Qué te pasa? —Zoe se reclinó en su silla para poder ver a Mia—. Estás muy seria esta mañana.

—Daisy ha dicho que estamos condenados.

Los ojos de Daisy se abrieron de par en par.

—No, no dije eso.

—Ha dicho que los inversionistas de capital riesgo le dijeron a Tyler que se fuera a la mierda. Eso significa desempolvar el currículum y empezar a recorrer las calles en busca de trabajo.

—Eso no es lo que pasó. —Daisy miró de Mia a Zoe y de nuevo a Mia—. No estoy diciendo que sea una causa perdida.

—¿Todos apretujados en una planta? —Josh señaló la ahora bulliciosa oficina—. ¿Cháchara constante? ¿Cajas de dónuts en las que faltan los de chocolate? Yo diría que sí. Y esto es solo el principio de los recortes presupuestarios. Lo próximo que sabremos es que Tyler retirará todas las muestras gratuitas de condones y lubricantes. ¿Qué voy a hacer? Colosal es el único tamaño que me va bien.

—Solo se les llama «colosales» para complacer al ego masculino. —Mia le lanzó una mirada fulminante—. En realidad son diminutos.

—Bueno, no me extraña que esté recortando personal —replicó Josh—. El Departamento de Marketing no sabe distinguir entre diez y quince centímetros.

Zoe lanzó una mirada de reojo a Daisy. La tensión entre Josh y Mia se palpaba en el aire.

—Solo tenemos que encontrar a un inversor —dijo—. No puede ser tan difícil. ¿Alguien tiene un contacto o conoce a un inversionista de capital riesgo al que le sobre el dinero?

«¡Yo sí!». El pensamiento cruzó por su mente, pero lo rechazó rápidamente, del mismo modo que había intentado, sin éxito, rechazar todos los pensamientos que había tenido sobre Liam desde que se lo había vuelto a encontrar. ¿Por qué tenía que estar tan guapo? ¿Y por qué su voz era más grave y sus ojos más azules de lo que ella recordaba? ¿Y por qué sus labios eran tan suaves y sus manos tan firmes cuando la abrazaba?

—Creo que deberíamos ir a tomar algo y aportar ideas para salvar la empresa —dijo Josh—. El viernes por la noche después del trabajo. ¿Quién se apunta? Daisy, por supuesto, porque le encanta salir de fiesta con sus compañeros de trabajo. —Le dedicó una sonrisa esperanzada, aunque ella siempre lo rechazaba.

Antes de que se viera obligada a dar explicaciones incómodas, Tyler entró en la oficina con un aspecto más desaliñado de lo habitual, con la camisa arrugada, vaqueros holgados y en calcetines. Su abundante y canosa barba y el cabello despeinado contrastaban con el pulcro aspecto que había mostrado hasta que las cosas empezaron a ir mal.

A Tyler nunca le había interesado dirigir la empresa. Dejó el negocio en manos de Katrina y su entonces novio, Derek, a quienes convencieron para ampliar la línea de productos e incluir pañales, ropa interior para la incontinencia de adultos y productos para la salud sexual. Por desgracia, su nuevo eslogan, «De la cuna a la tumba, de arriba abajo», no se tradujo bien a nivel internacional: «El bebé muerde el culo de mi abuelo» no fue el mejor mensaje para los clientes extranjeros. La financiación se agotó. Derek agarró su dinero y huyó. Kristina, despechada, abandonó la empresa para dedicarse a la divulgación en países en desarrollo. Y el pobre Tyler se quedó en la estacada.

El ruido desapareció rápidamente y Daisy empujó su silla hasta el pasillo para escuchar lo que tuviera que decir.

—Como habréis adivinado por la mudanza, nuestra última ronda de recaudación de fondos no fue nada bien —dijo Tyler—. Todavía no me doy por vencido, pero sé que muchos de vosotros tenéis familias y compromisos financieros, así que quiero deciros cuál es nuestra situación para que podáis tomar decisiones informadas sobre vuestro futuro…

Daisy ahogó un grito cuando les explicó los recortes que estaban a punto de producirse. Josh había acertado con los despidos, pero eso era solo el principio. Si las cosas no habían mejorado al cabo de un mes, otro veinte por ciento del equipo tendría que irse. Se cancelaron viajes y convenciones. Se paralizaron todas las compras de tecnología y no habría más contrataciones.

¿Debería empezar a enviar currículums? ¿A dónde iría? ¿Y si no encontraba un trabajo que le gustara tanto como este? Le empezaron a temblar las manos mientras la ansiedad corría por sus venas.

Tyler Rochelle, la recepcionista de la empresa, cruzó la diáfana oficina con sus tacones de aguja haciendo *clac, clac, clac* en el suelo embaldosado. Llevaba el cabello largo y rubio peinado hacia atrás, sobre un elegante rostro ovalado que estaba dominado por unos grandes ojos azules. Había sido la asistente ejecutiva de Derek hasta que este desapareció de la empresa. El bondadoso Tyler se había ofrecido a mantenerla como recepcionista. Otra mujer habría rechazado lo que en realidad era un descenso de categoría, pero Rochelle siguió adelante, tan autoritaria y condescendiente como siempre.

—Tenemos visita. —Se pasó las manos por el vestido de tubo de color blanco nacarado, marcando las curvas de su esbelta cintura.

Tyler le dirigió una mirada molesta.

—Estaré allí en un minuto. Voy a anunciar algo importante.

—Creo que deberías venir ahora mismo. Es de Evolution Ventures. Su nombre es Liam Murphy.

Daisy tomó una larga bocanada de aire. No podía ser él. Liam no se atrevería a ir a su oficina. No después de que ella le hubiera dejado claro que no era bienvenido.

¿O sí?

9

—¿Liam Murphy? —Tyler se tambaleó hacia atrás muy sorprendido—. ¿De Evolution Ventures? ¿Aquí? —Agitó las manos frenéticamente en el aire—. Calmaos todos. No os pongáis nerviosos. Estamos justo en medio de la central de las *start-up*; lo más probable es que se haya perdido de camino a Google o Twitter. Necesito una camisa limpia. Y mi corbata. ¿Dónde está mi chaqueta? ¿Y mis zapatos? Y, por si acaso es el milagro que esperábamos, ¿quién tiene la presentación?

—¿Qué hace aquí Liam? —susurró Daisy, medio para sí misma. Mia se acercó a ella.

—¿Lo conoces?

—Era el mejor amigo de mi hermano.

—¿Te perdiste la parte en la que pregunté si alguien conocía a un inversionista de capital riesgo al que le sobrara el dinero? —Josh giró en su silla—. Esa fue tu oportunidad de decir: «¡Oh, sí! Yo conozco a un asociado sénior de una de las mejores empresas de capital riesgo del país que encontró un unicornio cuando empezaba su carrera».

Daisy se encogió de hombros.

—No somos amigos.

—¿A quién le importa si sois amigos? —Agarró los brazos de su silla y la zarandeó un poco—. Mira a tu alrededor. La gente tiene miedo de perder su trabajo. Tyler parece un cavernícola. Cerrarán la cafetería para siempre. Y tú y yo no podremos concentrarnos hasta que toda esta gente regrese a la planta de abajo.

—No ha venido a ayudarnos —dijo Daisy—. Solo quiere alquilar la segunda planta. Lo vi el otro día y le dije que no lo hiciera. Supongo que no le importaba lo que yo piense. —Las palabras surgieron de su interior en un maremoto de rabia, llevándose consigo la ansiedad—. Pero él es así. Me dejó plantada para mi baile de graduación y luego desapareció sin decir ni una sola palabra, aunque había vivido prácticamente con mi familia durante ocho años.

—Pero tiene dinero para invertir —protestó Josh—. Y aunque no fuera un buen tipo hace diez años, la gente cambia.

—No seas idiota. —Mia lo fulminó con la mirada—. La dejó plantada para su baile de graduación. Eso es horrible para una adolescente, Josh. Horrible. ¿Y luego abandonar a su familia? Imperdonable.

—Gracias. —Daisy sonrió a Mia, sintiéndose más ligera. Mia comprendía su dolor de una forma que no era habitual.

Josh tomó su teléfono y empezó a buscar por Internet.

—Evolution Ventures tiene diez millones en activos repartidos en cuatro fondos, sedes en Nueva York y Silicon Valley, más de ochenta inversiones y han hecho tres ofertas públicas de venta y dos adquisiciones. ¿Qué más se puede pedir? —Dio la vuelta al teléfono para enseñarles una foto de Liam—. Y mirad a este tipo. No me importaría tener a este bombón dando vueltas por aquí.

—¡Maldita sea! De acuerdo —dijo Zoe—. Es un bastardo, por supuesto, pero uno muy atractivo. Me pelearía contigo por él.

—Te hiciste un esguince en el dedo apretando el botón del ascensor —dijo Josh—. No te tengo miedo.

—No me afecta en absoluto su impresionante atractivo. —Mia apartó el teléfono—. Lo que cuenta es lo de dentro.

—Exacto. —Daisy asintió—. Voy a decirle que se pierda...

—¡Todo el mundo a trabajar! —gritó Tyler—. Que no piense que estamos holgazaneando. Rochelle, tráelo a mi oficina.

—Lo llevé a la sala de conferencias —dijo—. Pero...

—Bien. Sala de conferencias. Llévale un café. O *muffins*. O tostadas con aguacate. ¿O qué tal esas galletitas de la pastelería que hay calle abajo? —Señaló al empleado que tenía más cerca—. Tú.

Trae galletas. Rochelle, dile que llegaré en cinco minutos. Mientras tanto, tráele lo que quiera.

—Quiere a Daisy.

Una sonrisa se dibujó en la cara de Josh.

—Te quiere a ti, Daisy. Piensa en la madre de Mia y en la hija de Zoe. Piensa en el aumento de mi alquiler y en la incapacidad de Hunter para usar tecnología básica. ¿Realmente quieres que acabemos en la calle, buscando *muffins* por los callejones?

—Daisy. Pasillo. Ahora.

Tyler salió corriendo de la sala antes de que ella pudiera hacer ninguna objeción.

—Nunca lo había visto tan nervioso —dijo Mia—. Tendrás que calmarlo.

Tyler seguía entusiasmado cuando Daisy se reunió con él y Rochelle en el pasillo.

—Ha llegado el gran día, Daisy. La oportunidad que estábamos esperando. Estuvo en nuestra presentación a Alliance Ventures en la convención de la semana pasada. Debió de ver algo que le gustó.

Las palabras de advertencia de Daisy murieron en sus labios.

—¿Qué quieres decir con que estuvo en la presentación? —Aceleró el paso mientras Tyler se apresuraba por el pasillo hacia la sala de conferencias.

—Estaba al fondo de la sala. No había incluido a Evolution en nuestra lista de presentaciones porque creía que no encajábamos, pero me equivoqué ¡porque ha venido! Debe de tener algunas preguntas para ti sobre el sistema de *software* o no habría mencionado tu nombre. —Tyler se alisó el cabello—. Mantenlo ocupado. Volveré tan rápido como pueda con la presentación.

—Ya podemos tirar la toalla. —Rochelle lanzó un suspiro dramático mientras los seguía—. Ella lo aburrirá soberanamente con sus respuestas monosilábicas, su conversación pomposa sobre errores de codificación y sus extraños datos.

Ignorando el insulto de Rochelle, Daisy buscó una razón para evitar reunirse con Liam.

—Tiene razón. Tal vez deberías enviar a alguien más…

—No me abandones ahora —le advirtió Tyler—. Él te quiere. Yo te necesito. Entra ahí y patea los culos de los inversionistas de capital riesgo.

Daisy observó su desaliñado aspecto y llevó una mano a su corbata.

—Tienes que arreglarte si vas a hacer una presentación. Ponte una camisa. Busca tus zapatos. —Ella le hizo el nudo de la corbata; una habilidad que había aprendido tras años ayudando a Sanjay y a su padre—. Josh dijo que has estado durmiendo en la oficina.

—Aquí hay mucha gente valiosa. No quiero decepcionarlos. Me he puesto en contacto con todo el mundo… —Se metió la camisa en los pantalones y enderezó los hombros—. Podemos conseguirlo. Vamos a hacerle la mejor presentación que hayamos hecho nunca. Lo dejaremos boquiabierto. —Tomó una larga bocanada de aire y abrió la puerta de la sala de juntas.

—Señor Murphy, encantado de conocerlo. Soy Tyler Dawes, director general de Organicare. —Le dio la mano a Liam—. Tal como me pidió, he traído a Daisy Patel, nuestra desarrolladora de *software* sénior. Daisy puede responder a cualquier pregunta que tenga sobre nuestros programas informáticos o nuestra plataforma directa al consumidor.

Liam sonrió y le tendió la mano.

—Señorita Patel.

Apretando los dientes, Daisy le estrechó la mano y sus ojos se abrieron de par en par cuando la electricidad chispeó entre ellos. ¿Se había cargado los zapatos al entrar?

—Señor Murphy.

—Voy a reunir al resto del equipo —dijo Tyler—. Rochelle vendrá con café y aperitivos en un momento.

Daisy esperó a que la puerta se cerrara tras Tyler antes de apartar la mano.

—¿Qué haces aquí? Te dije que no alquilaras la segunda planta. El pobre Tyler cree que has venido a salvar la empresa.

—Necesitaba verte.

Liam rebuscó en un bolsillo de su elegante traje oscuro, de esos que siempre quedan bien. Ella nunca había visto a Liam con traje, pero añadía otra dimensión a su personalidad fría y segura, una dimensión peligrosamente sexi.

—Si no estás interesado en ofrecer financiación a Organicare, entonces tu visita ha sido un error. Tyler se entusiasma muy rápido. Está enviando a gente a comprarte galletas y, en cinco minutos, tendrá a todo el equipo reunido. No me sorprendería que apareciera con un trono para que te sentaras en él.

—Me gustan los tronos. —Liam se acarició la barbilla—. Y yo llevo un traje para la ocasión…

—¡Liam! —Lo fulminó con la mirada—. Habla en serio. ¿Qué haces aquí?

Él se metió una mano en el bolsillo.

—Necesito una esposa.

—Y viniste aquí… —buscó una explicación para su extravagante respuesta— ¿porque pensaste que una empresa que vende productos de higiene femenina también podría tener mujeres disponibles para el matrimonio? Puedo ir al almacén si quieres y ver lo que tenemos en las estanterías. ¿La buscas rubia o morena? Supongo que no importa que tú le gustes o no.

—No es solo para mí —explicó Liam, sacando la mano del bolsillo—. Necesito una esposa para conservar el patrimonio de mi familia.

—¿Así que quieres aparearte con ella? Es bueno saberlo. Eso saca a Margie y a Joan de la ecuación. Ambas tienen más de sesenta años.

Él se arrodilló y le tendió una cajita de terciopelo azul.

—Te quiero a ti. Cásate conmigo, Daisy.

De todas las cosas que esperaba que le dijera, «Cásate conmigo» ni siquiera estaba entre las mil primeras. Durante un largo instante, lo único que pudo hacer fue quedárselo mirando.

—Creo que me confundes con alguien que querría estar en la misma habitación que tú y, además, casarse contigo después de una proposición tan romántica.

Ella se dispuso a marcharse y Liam levantó la mano.

—Daisy. Espera. No me he explicado bien. Déjame hacerlo.

—Tienes dos minutos, y solo porque Tyler necesita tiempo para preparar la presentación.

—Mi familia posee una destilería de *whisky* en Napa.

Liam se puso en pie, todavía con la cajita de terciopelo en la mano.

—Pasó de padres a hijos durante trescientos años, hasta que mi padre renunció a esa tradición para cumplir su sueño de dedicarse a los coches. Mi abuelo continuó dirigiendo la destilería hasta que... —A Liam se le quebró la voz. Bajó la cabeza y se llevó una mano a la frente—. Falleció hace dos semanas.

A Daisy se le formó un nudo en la garganta cuando vio brillar sus ojos azules. Nunca había visto a Liam tan emocionado. O tan sincero.

—Lo siento mucho, Liam. Sé que no tenías mucha familia.

—Me dejó la destilería en un fideicomiso con la condición de que me casara antes de mi próximo cumpleaños —continuó, aclarándose la garganta—. La familia lo era todo para él y antes de morir me dijo que le preocupaba que me quedara solo. Sus abogados están administrando el fideicomiso. Si no me caso para entonces, la destilería pasará a manos de mi hermano, que tiene la intención de tirarla abajo y vender el terreno para salvar su propio negocio.

—Estoy segura de que podrás encontrar a *alguien* que se case contigo —dijo Daisy, tratando de no ser demasiado dura a la luz de sus circunstancias—. Eres atractivo. De hecho, Rochelle está soltera. Creo que haríais buena pareja.

—Hay una condición.

Daisy gimió.

—Siempre hay una.

—Tengo que estar casado durante un año para demostrar que el matrimonio es legítimo —dijo Liam—. No quiero meter en esto a amigas o exnovias, ni tampoco engañar a nadie. No tengo ningún interés en casarme de verdad y nuestro acuerdo acabaría en un año. Tampoco quiero casarme con alguien que no conozca y en quien no pueda confiar. Hay mucho dinero en juego y no puedo arriesgarme a que una extraña me exija de repente el cincuenta por ciento para que podamos hacer un divorcio de mutuo acuerdo. Por eso te necesito.

—Deberías escribir todo eso en una tarjeta de felicitación —dijo en tono seco—. Apenas puedo resistirme.

—Pero por eso mismo es perfecto —aseguró—. Yo no te gusto y no tengo ningún interés en una relación, así que no habría expectativas por ninguna de las dos partes. Salvo algunas actuaciones para demostrar la validez del matrimonio, podríamos seguir llevando vidas separadas. Nadie lo sabrá.

—Yo lo sabré —dijo Daisy—. Cada vez que te mire, me preguntaré si volverás a desaparecer. Eras parte de mi familia y te marchaste, como si no te importáramos en absoluto.

—Sí que me importabais.

Se paseó frente a ella, enfadándola aún más porque ahora podía ver su duro trasero y los fuertes muslos que lo llevaban de un lado a otro de la habitación.

—No fue fácil marcharme. Pensé que estaba haciendo lo correcto para mí y para tu familia.

¡Ah, sí! Su familia. Ahora pensaban que ella y Liam estaban juntos. Y aquí estaba él con una falsa propuesta de matrimonio que le quitaría de encima a sus tías casamenteras y a las aburridas citas a ciegas. La supersticiosa tía Lakshmi lo llamaría «karma». O tal vez pensaría que Daisy había visto un zorro al despertarse por la mañana, lo que significaba que tendría un día productivo.

—Tiene que haber algo que quieras —suplicó Liam—. Algo que yo pueda ofrecerte.

—¿Tu cabeza en una estaca?

Siempre había envidiado la actitud relajada de Liam, su impulsividad y su desprecio por las normas. Él era el caos. Ella era el orden. Aunque aceptara su disparatado plan, nunca funcionaría. Se destruirían el uno al otro antes de poder decir «Sí, quiero».

10

A Liam se le empapó la frente de sudor. Se había pasado todo el fin de semana dándole vueltas a sus opciones. Además de que Brendan se daría cuenta del engaño, casarse con una extraña tenía importantes riesgos emocionales y financieros. Daisy era su única esperanza. Quizá no debería haber improvisado la proposición de matrimonio, pero planificar no era su estilo.

—Podría pagarte. —Se arrepintió de esas palabras en cuanto salieron de su boca.

La cara de Daisy se contrajo en una mueca y, por un instante, pensó que le tiraría algo. Por suerte para él, el café aún no había llegado.

—No soy una prostituta, Liam.

—¡Por Dios! Jamás pensé que lo fueras.

—Y solo para tu información —continuó—, no necesito venderme para conseguir sexo. Muchos hombres quieren tener sexo conmigo. Gratis. Ni siquiera dejo que me paguen la cena. Así de gratis resulta.

—Daisy... —Se le quebró la voz. ¿Era posible meter más la pata? ¿En qué narices había estado pensando? Si de verdad quería convencerla de que fuera su esposa, lo había mandado todo al carajo.

—Tengo sexo gratis todo el tiempo —murmuró medio para sí misma—. No les pago. Ellos no me pagan. Te lo perdiste en el baile de graduación. A lo grande.

—No debería haber mencionado lo de pagarte —dijo arrepentido. De hecho, él no debería haber hecho muchas cosas, empezando por tirarle de las trenzas cuando tenía diez años y alentar su evidente enamoramiento con sonrisas y guiños a espaldas de Sanjay. Cuando se dio cuenta de que ella sentía algo por él, ya era demasiado tarde. Él también se había enamorado de ella. Pero era la hermana pequeña de su mejor amigo y merecía un hombre mucho mejor que él.

Ella resopló indignada.

—Claro que no, pero eso demuestra lo degenerado que eres.

Sin inmutarse, él continuó hablando.

—Pensé que, siendo una persona tan racional, la idea de un acuerdo comercial te gustaría, y como la mayoría de los acuerdos comerciales implican dinero…

Daisy levantó una mano.

—Si tienes tanto dinero, ¿por qué no compras la destilería? ¿O la financias? ¿O pides a tu empresa que invierta en ella? Al fin y al cabo, estás en el negocio de la alimentación.

Era evidente que ella pensaría en todas las opciones racionales.

—Brendan nunca me la vendería, ni permitiría que yo metiera a mi empresa. Nos llevamos mal desde hace mucho tiempo. Es el tipo de hombre que dejaría que le dieran un puñetazo solo para fastidiarme.

—¡Qué sorpresa!

—Pero tú y yo nos conocemos desde hace mucho tiempo —continuó—. Sería muy normal que nos hubiéramos vuelto a encontrar, que nos hubiéramos enamorado y que yo te hubiera propuesto matrimonio cuando mi abuelo se puso enfermo porque me di cuenta de que la vida es muy corta.

—Espera un momento. —Levantó una mano a modo de advertencia—. Está claro que no entiendes cómo funcionan las cosas en mi mundo. El matrimonio no es solo cosa de dos; es cosa de familia. Es imposible que nos casemos sin meterlos a ellos. Me repudiarían si me presentara en la próxima cena familiar y les anunciara que me he casado. ¿Y si luego me divorcio? Ningún chico desi que valiera la pena me querría.

—Pensé que ese era el objetivo —retomó Liam—. Dijiste que querías que te dejaran en paz.

Ella dudó un instante.

—Es verdad. Si tuviera casi treinta años y estuviera divorciada, mis tías ni siquiera intentarían encontrarme un marido. Sería una causa perdida.

La esperanza floreció en su pecho.

—Solo di que sí y estaré feliz de arruinar tu reputación.

—No depende solo de mí —dijo Daisy—. Mi familia tendría que aprobar el compromiso. Imagínate estar sentado delante de veinte o treinta de mis parientes y que te interroguen sobre cada aspecto de tu vida, con cada palabra y cada movimiento analizados hasta la muerte. Una palabra equivocada, un paso en falso, y te considerarían indigno, y ahí se acabaría todo para ti. —Hizo el gesto de degüello con un dedo.

Los ojos de Liam se abrieron de par en par.

—¿Me matarían?

—Peor.

Liam se estremeció.

—¿Tortura?

—Esa palabra describe la cocina de la tía Taara.

Tenía un vago recuerdo de Sanjay advirtiéndole que nunca comiera nada de un táper de plástico que le hubiera dado una de sus tías.

—Entonces, ¿qué pasaría si no me dieran su aprobación?

—Te irías sin la novia. No hay segundas oportunidades.

—Suena duro.

Ella se encogió de hombros.

—Los Patel tienen una tasa de divorcios muy baja.

—¿Está listo, señor Murphy? —Tyler llamó a la puerta.

—¡Un minuto! —gritó Liam.

La sonrisa de Daisy se desvaneció.

—Tyler cree que has venido a salvar la empresa. Se quedará destrozado si descubre que solo has venido a buscar esposa.

—No sé por qué. Pregunté por ti.

—Tenemos problemas económicos, Liam. —Se retorció las manos frente a él—. El exdirector general se retiró después de tomar la mala decisión de ampliar la línea de productos. Es por eso por lo que estábamos haciendo la presentación en la convención. Es una pena. Organicare es una gran empresa con gente increíble, buenos productos y maravillosos programas de divulgación para mujeres jóvenes en países en desarrollo. Es la primera empresa en la que he trabajado en la que realmente quería quedarme, pero Tyler nos dijo que deberíamos empezar a buscar nuevos puestos de trabajo. Cree que eres un milagro, que vienes a salvarnos.

¡Maldita sea! Ni siquiera había pensado que su presencia podría malinterpretarse.

—La mayoría de las *start-up* fracasan. Es la naturaleza de este tipo de negocio.

—Bueno, no debería haberle pasado a esta empresa —dijo ella con vehemencia.

—Está claro que calculé mal —dijo Liam—. Tendré la cortesía de escuchar su presentación.

—Pero no le darás la financiación, ¿verdad?

Entonces cometió el error de mirarla. Entre ellos flotaban los recuerdos de una época en la que él habría hecho cualquier cosa que ella le hubiera pedido.

—No creo…

—¿Y si aceptara casarme contigo? —soltó ella—. ¿Salvarías a Organicare?

Ni siquiera ahora podía negarle nada.

—Puedo elaborar una propuesta, pero los socios tienen la última palabra. Seré sincero: el cuidado personal no es lo nuestro y, por lo que me has contado, parece que la empresa está mal gestionada. —No solo eso, una propuesta para financiar una empresa fallida podría hacer que los socios cuestionaran su buen juicio y acabar con sus posibilidades de entrar en la sociedad.

—El matrimonio no es lo mío —dijo Daisy—. Pero esto no solo me quitaría de encima a mis tías casamenteras y me haría incasable cuando nos divorciáramos, sino que permitiría que Organicare pudiera salvarse y mis colegas conservaran sus puestos de trabajo y volvieran a la planta inferior para que yo pueda trabajar en paz.

Eso era para lo que él había venido, justo lo que quería. Y no solo eso; pasar tiempo con Daisy le permitiría enmendar sus errores. Había cometido muchos a lo largo de su vida y abandonarla había sido uno de ellos.

—No puedo prometer nada —dijo—. Pero puedo hacer que mi equipo analice el negocio y ayude a Organicare a posicionarse de la mejor manera para conseguir financiación; si no de nosotros, al menos de otra firma de capital riesgo. Pero tendrías que aceptar quedarte aquí y seguir adelante.

Estuvo callada tanto tiempo que él pensó que había cambiado de opinión.

—De acuerdo. —Ella suspiró—. Me casaré contigo.

No era el «sí» con el que un hombre soñaba, pero era un «sí» igualmente. Sacó su teléfono.

—Le diré a mi asistente que nos meta en el primer vuelo nocturno a Las Vegas.

—¿Las Vegas? —Daisy frunció el ceño, confundida.

—Podemos casarnos esta noche —dijo Liam—. Conozco una buena capilla. Algunas son horteras, pero esta tiene clase. Podemos volar después del trabajo. El que hace de Elvis lleva un traje de tres piezas y una corbata...

Su instinto se activó, advirtiéndole de que algo iba mal. O tal vez fuera el ceño fruncido de su falsa prometida.

—Si no te gusta Elvis...

—¿Estás de broma? —Daisy se acercó a la pizarra y tomó un rotulador—. No vamos a ir a Las Vegas. Necesitamos un plan para todo esto.

—Yo no hago planes.

—Pues vas a hacer uno ahora mismo, porque si no, no tendrás tu matrimonio de conveniencia.

Ella se giró hacia la pizarra, proporcionándole una vista perfecta de su exuberante trasero. Sus pensamientos se dirigieron a donde no deberían ir los pensamientos de un falso prometido;

una pequeña señal de que esto iba a ser más difícil de lo que creía.

—No podemos casarnos sin más —dijo ella mientras escribía en la pizarra—. No resultaría creíble, sobre todo si el fideicomisario es un abogado. Deberíamos organizar algunas citas para validar nuestra relación antes de la boda. Nos tienen que ver juntos, Liam. —Se dio la vuelta y señaló la pizarra—. Esto es lo que necesitamos.

Liam leyó el encabezamiento y se echó a reír.

—¿Un plan de citas? Yo no planeo las citas, cariño. Voy a donde me lleva el viento.

—Cuando Orson y yo salíamos con amigos, hablábamos de las exposiciones de arte o los restaurantes a los que habíamos ido, de un documental interesante que habíamos visto en Netflix o de la caminata que habíamos hecho por la costa. Esas son las anécdotas que hacen que una relación parezca real.

Liam fingió un bostezo.

—Orson parece un tipo aburrido.

—Era fácil estar con él. No teníamos mucho de lo que hablar.

—Mi tipo de relación. —Liam esbozó una sonrisa burlona.

Daisy enarcó una ceja.

—Si estás sugiriendo que todo lo que hicimos fue tener sexo, estás muy equivocado. Era una relación intelectual. Veíamos películas que invitaban a la reflexión. Hablábamos de filosofía, religión, política, programación…

Liam bajó la cabeza y volvió a levantarla.

—Perdona. Me quedé dormido después de que dijeras que tú y Orson nunca habíais tenido relaciones sexuales.

—Yo no he dicho… —Se interrumpió, con los ojos entrecerrados—. No es asunto tuyo.

—Soy tu prometido. Creo que tu vida sexual es asunto mío. Necesito saber con qué tipo de mujer voy a casarme.

—Del tipo que no cuenta sus intimidades —espetó.

Disfrutando de su incomodidad, se reclinó en la silla con las manos cruzadas detrás de la cabeza.

—¿Quién besa mejor? ¿Orson o yo?

Daisy abrió los ojos como platos y luego se quedó inmóvil, con la mano en el aire. Liam recordaba esa mirada de las tardes que había pasado en su casa, cuando la habían sorprendido haciendo algo malo.

—Tengo mi respuesta. —Él hinchó el pecho—. El viejo encanto Murphy vuelve a ganar.

—Ese ha sido el único beso que te daré —dijo ella con firmeza—. Mis sentimientos por ti no han cambiado. Esto es un matrimonio falso, lo que significa que no habrá contacto físico, salvo que nos tomemos de la mano o nos demos un beso en la mejilla para guardar las apariencias. —Se volvió hacia la pizarra—. Lo anotaré para que no lo olvides.

—Este plan ya me está gustando menos —refunfuñó Liam—. Anota eso también.

—¿Cuánto tiempo tenemos antes de tu cumpleaños?

—Seis semanas. El 25 de junio, para ser exactos. Me sorprende que no lo recuerdes.

Todos los años esperaba su cumpleaños con ilusión porque los Patel siempre lo convertían en una gran celebración. No había necesitado la decoración, las golosinas ni los regalos, aunque apreciaba que fueran tan considerados. Era más el hecho de que se hubieran preocupado por hacer que su día fuera especial; algo que su familia nunca hacía porque su padre no lo permitía.

Bajó la mirada y se volvió hacia la pizarra.

—Tyler está fuera esperando, así que ultimaré los detalles esta noche y te enviaré la hoja de cálculo. Básicamente tenemos tiempo para seis pequeñas citas y dos grandes reuniones familiares; luego nos fugaremos y nos casaremos en el ayuntamiento el día antes de tu cumpleaños. Después, alquilaremos un apartamento de dos habitaciones, viviremos nuestras vidas por separado y, un año más tarde, nos divorciaremos. Mi reputación habrá quedado arruinada. Tú tendrás la destilería. Habremos acabado. —Dejó el rotulador—. Necesitaré una lista de tus parientes cercanos y lugares donde podríamos encontrarnos con ellos. Nuestra primera cita tendrá que ser en la tienda de ropa de la tía de Layla para comprar tu traje de novio. Ella es prácticamente de la familia, y suele ser lo primero que hace la gente cuando se compromete por el tiempo que tarda en confeccionarse la ropa.

Liam se la quedó mirando atónito.

—¿Se te ha ocurrido todo eso en cinco minutos?

—Es solo el esqueleto de un plan, Liam. El único problema es: ¿a quién se lo contamos de fuera de la familia?

—Tendré que decirle a Tyler que estamos comprometidos —dijo—. Podría haber un problema de conflicto de intereses. Y, si envío la presentación a los socios, también tendré que decírselo. En cuanto a los negocios, será un compromiso real. Una relación estable solo puede ayudarme a convertirme en socio de mi empresa. No se me ocurre nadie más que necesite saber la verdad.

—Lo mismo digo, excepto por Layla. No puedo mentirle.

—¿Y tu padre? —preguntó—. Sé que estáis muy unidos.

Se le descompuso el rostro y, por un instante, pensó que era el fin de su acuerdo.

—Nunca le he mentido sobre nada importante. —Se retorció las manos—. Pero él es la punta de lanza de este frenesí de búsqueda de pareja. Esta misma mañana me ha obligado a quedar con un chico que ha elegido de una página de contactos. No puede aceptar que no me interese tener una relación seria, así que será más fácil si cree que nuestro compromiso es real. El mayor problema es que eres tú. De alguna manera tendremos que convencerlo de que ya no eres el tipo que eras.

Había una manera muy fácil de solucionar el problema. Podía decir la verdad sobre lo que sucedió aquella noche. Pero entonces el padre de Daisy sabría que su hijo no era quien él creía que era. Liam no estaba dispuesto a traicionar a su mejor amigo, aunque eso significara perder la destilería.

—¿Así que piensas estar sola para siempre? —preguntó Liam—. ¿Sin sexo?

Se arrepintió de sus palabras en cuanto vio que ella se tensaba.

—Que no me interese una relación a largo plazo no significa que quiera hacerme monja.

—¿Y cuando estemos casados? —Apartó la mirada, como si eso fuera a cambiar su respuesta.

—Casados de mentira. Y sí, también pienso tener sexo entonces. Soy una mujer soltera con un apetito sexual saludable. Un año es demasiado tiempo para esperar.

A Liam se le aceleró el pulso cuando se imaginó a Daisy acostándose con otros hombres.

—¿Con cuántos?

Ella resopló, ofendida.

—¿Cómo dices?

—¿Con cuántos tipos piensas acostarte mientras estés casada conmigo? —preguntó.

Daisy se cruzó de brazos.

—No es asunto tuyo.

Él entrecerró los ojos, sacó la cajita del anillo y se la tendió.

—Seré tu marido.

—Un marido falso. —Ella se la devolvió—. Y el día que acepte un anillo, será el día que empiece a creer en el amor.

—Bueno, yo también me acostaré con mujeres —dijo con una inexplicable oleada de celos—. Muchas. Cuando vivamos juntos, puede que necesites encontrar un sitio donde pasar la noche si te molesta el ruido.

—Eres repugnante.

—Eso no es lo que dicen las damas.

No tenía ni idea de por qué se comportaba como un cretino, excepto porque aún le costaba hacerse a la idea de que Daisy era ahora una mujer; una mujer que otros hombres deseaban.

Daisy cerró los ojos y tomó una larga bocanada de aire.

—Creo que deberíamos dejar clara una cosa. —Subrayó las palabras que había escrito en la pizarra—. «No contacto físico» significa «no sexo».

—¿Nunca? —A Liam no le gustaban los ultimátums—. ¿Y si me lo suplicas?

—Nunca he suplicado por sexo en mi vida.

Una sonrisa lenta y sensual se dibujó en su rostro.

—Nunca has estado conmigo.

—No voy a acostarme contigo, Liam —dijo ella con firmeza—. Se trata solo de un acuerdo comercial. Incluiré mis condiciones cuando te envíe el plan definitivo. —Tomó una foto de la pizarra y luego la limpió—. Iré a buscar a Tyler.

—¿Daisy?

Ella miró hacia atrás mientras se acercaba a la puerta.

—¿Sí?

—¿Y si soy *yo* quien suplica?

—Te tiraré un hueso.

11

Miércoles, 5:48

DAISY: Confirmando cita n.° 1. Miércoles a las 5:30. Krishna Fashions, El Camino Real. Objetivos: discutir el plan de la cita, comprar el traje de boda y conocer a Layla y a sus sus parientes.

LIAM: *Shhh.* Estoy durmiendo.

DAISY: Es evidente que no.

LIAM: Esto es una respuesta automática. Lo uso para la gente que se levanta a horas intempestivas y envía mensajes sobre citas que ya han programado en mi calendario.

DAISY: No es ninguna respuesta automática. Tus respuestas sugieren que hay conciencia.

LIAM: No hay conciencia. ¿Por qué no estás dormida?

DAISY: Me levanto todas las mañanas a las 5:45 para hacer ejercicio.

LIAM: Yo no me levanto a las 5:45 de la mañana para poder dormir el mayor tiempo posible.

DAISY: Por eso nunca encajaríamos en la vida real. Somos demasiado diferentes.

LIAM: Podría traerte al lado oscuro. Ven y duerme conmigo.

DAISY: Lee el plan de citas que te envié. Nada de sexo.

LIAM: ZZZZZZZZZZ

—¿Estás loca? —Layla se apartó del espejo del probador de la tienda de ropa de su tía. Se había tomado la tarde libre para echar un vistazo a la última remesa de *lehenga* de novia y para dar apoyo moral a Daisy en su primera cita falsa con Liam. Layla dirigía su propia empresa de contratación y disfrutaba de la flexibilidad que suponía ser su propia jefa.

—Sí, pero eso siempre lo has sabido. Me gustan los planes y los resultados cuantificables, pero el resto de mi vida es un desastre.

Daisy observó el *dupatta* de seda verde chillón que había sobre los hombros de Layla. Con su tez radiante y su cabello castaño, Layla podía llevar casi cualquier color y verse estupenda. En cambio, Daisy evitaba los colores otoñales después de que una de sus compañeras de trabajo en una empresa de moda *online* le demostrara que esos tonos la hacían parecer cetrina y pálida.

—No puedes casarte con Liam después de lo que te hizo —espetó Layla—. Lo odiamos. Además, pensaba que éramos unas crías.

—Éramos unas crías. ¿Cuánto tiempo pasamos espiándolos a él y a Sanjay? ¿Cuántas tarjetas de San Valentín «secretas» metí en su mochila a lo largo de los años? Me da escalofríos solo pensar en cómo lo seguía a todas partes y me entraba la risa tonta cada vez que me miraba.

Layla frunció el ceño.

—¿Por qué lo defiendes? Te rompió el corazón. Nunca se lo perdonaré.

Nacidas con dos semanas de diferencia, Layla y Daisy siempre habían estado muy unidas. Sus padres eran hermanos y habían emigrado juntos a Estados Unidos: el padre de Daisy para estudiar Contabilidad en Berkeley y el de Layla para estudiar Ingeniería. Ambos habían tenido matrimonios concertados, pero mientras que los padres de Layla se habían enamorado y se habían apoyado mutuamente durante décadas de matrimonio, la madre de Daisy había abandonado a su familia para ir tras sus sueños y su corazón a Nueva Jersey.

Daisy se puso una falda negra plisada estilo años cincuenta. La noche anterior había pensado en vestirse a lo *pin-up,* combinando los bordes rosas de la falda con un suéter rosa mullido y una cinta rosa chillón en el cabello. Sin embargo, las merceditas de cinco centímetros con lazos rosas le habían quitado las ganas de llevar un estilo retro.

—Este matrimonio hará que las tías me dejen en paz. Mi padre dejará de perder el tiempo buscándome marido. Mi reputación quedará arruinada para siempre y podré salvar a Organicare. Todo volverá a ser como antes.

—Apenas conoces a la gente con la que trabajas —protestó Layla—. Y yo que pensaba que querías marcharte porque no consigues integrarte con tanto ruido.

Se volvió hacia el espejo y se pasó una mano por el intrincado bordado dorado de la falda. Llevaban tanto tiempo juntas que Daisy se dio cuenta de que no le gustaba por el mohín que hizo con la boca.

—Organicare es una buena empresa. Me gusta su compromiso con la sostenibilidad y la diversidad, y su alcance es…

—¿Desde cuándo eres la portavoz de Organicare? —Layla se miró al espejo con el ceño fruncido y Daisy deslizó el *dupatta* por los hombros de su prima. Estaba claro que no era el vestido perfecto.

—¿Por qué no pruebas con el rojo?

—Sí, tienes razón. Este es un poco demasiado.

Layla se apretujó en el probador. Nira Chopra, propietaria de la tienda de ropa y tía materna de Layla, no había dejado ningún colgador sin llenar en su afán por encontrarle a Layla el vestido perfecto.

—He llegado a conocer a algunos de los empleados de Organicare en los últimos días —dijo Daisy a través de la cortina—. Estamos todos apretujados en la misma planta, así que nunca estoy sola. Zoe es madre soltera de una niña pequeña y vive de ayudas porque su ex no le paga la manutención. Tyler le permite llevar a su hija al trabajo cuando no puede dejarla con nadie. Y la madre de Mia es una alcohólica que pasa mucho tiempo en el hospital. Tyler la metió en el seguro médico de Mia para ayudarla a pagar las facturas. Y luego está Josh, cuyo padre lo echó después de descubrir que era bisexual. Tyler le dio un adelanto para...

Layla asomó la cabeza por la cortina.

—¿Qué ha pasado con lo de no relacionarte demasiado con tus compañeros del trabajo?

—Es difícil no acabarlos conociendo cuando siempre los tienes a tu alrededor. Sabía que a Tyler le apasiona la empresa y que es un buen tipo, pero no sabía todo lo que ha estado haciendo por sus empleados. Y tampoco conocía los problemas por los que ha pasado él mismo.

—Escucho ese tipo de historias todos los días. —Layla volvió a desaparecer tras la cortina—. Son tiempos difíciles para todo el mundo. Si las cosas no se solucionan, envíamelos. Haré lo que pueda para colocarlos rápidamente.

—Pero es que es eso. Les encanta la empresa y no quieren irse.

Layla corrió la cortina con una amplia sonrisa en la cara.

—¿Qué te parece este?

No había ni que pensárselo. El vestido rojo y dorado bordado y la *lehenga* a juego eran perfectos. Era el vestido de Layla y, por la sonrisa de su cara, su prima lo sabía.

—Estás preciosa.

—Me siento preciosa. —Layla giró sobre sí misma, mirándose el vestido en el espejo triple—. Este es el vestido, ¿verdad?

Daisy le dedicó una melancólica sonrisa. Hasta cierto punto, había aceptado la disparatada proposición de Liam para no verse en esa situación, pero la alegría de Layla la hizo imaginarse a sí misma vestida de novia y dando vueltas por el probador.

—Creo que nunca había visto algo tan bonito.

Layla la abrazó encantada.

—Estoy deseando negociar el precio con la tía Nira.

Layla lo haría mejor que ella. Daisy odiaba el trueque. ¿Por qué no poner un precio y que el cliente decidiera si quería pagarlo? Pero el trueque era una parte importante de las compras en El Camino Real y algunos tenderos se sentían insultados si no se intentaba negociar el precio, por lo que Daisy nunca iba allí de compras sin Layla.

—Me esconderé detrás de uno de los estantes.

Layla se rio.

—Deberías quedarte y aprender algunos trucos. Mi madre me enseñó todo lo que sé.

Habilidades que una madre enseña a su hija si no está ocupada siguiendo sus sueños al otro lado del país. Sueños que no incluyen a sus hijos.

Después de que la tía Nira le tomara las medidas al vestido para arreglarlo, y de que Layla regateara hasta el punto de ser repudiada por la familia, buscaron en los percheros algo que Daisy pudiera ponerse, tanto para la boda de Layla como para su falsa ceremonia.

—Nada de saris —dijo Daisy—. Necesitaré correr tras de ti cuando recuperes el sentido común y veas a Sam tal como es.

Layla se rio entre dientes.

—Creo que os parecéis mucho. Es tan racional y práctico como tú.

—Ojalá yo no fuera tan racional. Así podría inventarme algo creíble sobre nosotros en vez de tener un montón de citas. Le envié una hoja de cálculo esta mañana y le dije que discutiríamos el plan de citas. Espero que no quiera cambiarle nada.

—Has concertado una cita para repasar el plan de citas. —Layla se rio—. Creo que te estás casando con el tipo equivocado. Estamos hablando de Liam. Cada vez que lo veía en el colegio estaba en el despacho del director. Pintaba con espray «Anarquía» en las paredes. Merodeaba por tu casa con vaqueros rotos, camisetas de *heavy metal* y cazadoras de cuero, y salía con gente peligrosa. Creo que su pelo llegó a ser más largo que el mío. No es un tipo al que le gustara planificar nada. Y eso es lo que te volvía loca de él. Era tu opuesto a la hora de llevar su vida, pero los dos teníais ese puntito de rebeldía dentro.

—O puede que los dos estuviéramos hechos un lío —dijo ojeando una estantería repleta de *salwar* de vivos colores—. Pero ahora tiene un buen trabajo e incluso lleva traje y corbata. No estaría donde está si hubiera llegado tarde a las reuniones.

—Se presentó en tu oficina sin avisar y te convenció para contraer un matrimonio falso. —Layla alzó la voz con exasperación—. Es evidente que no ha cambiado, y esa parte de ti que se sentía atraída por el Rebelde Sin Causa que llevaba dentro sigue sintiéndose atraída por él. Ni siquiera me llamaste cuando se te declaró. —Se dio la vuelta y se llevó las manos a las caderas—. ¿Desde cuándo tomas decisiones improvisadas? Tardas veinte minutos en decidir qué tipo de café vas a tomarte, pero decides casarte con él en menos de diez.

—Veintidós minutos, cincuenta y tres segundos. —Daisy sacó el único *salwar kameez* que había en el perchero; un modelo naranja fluorescente con bordados verdes y marrones—. Y no te llamé porque no era de verdad. Además, solo sería durante un año. La empresa se recuperará. Y yo recuperaré la tranquilidad en mi planta. Mis amigos conservarán sus puestos de trabajo. Mi padre y las tías pensarán que soy una causa perdida y me dejarán vivir tranquila como una solterona.

—La vida no es siempre una línea recta —dijo Layla—. Tienes que estar preparada para las curvas. Mira lo que me pasó a mí.

Volví de Nueva York pensando que me quedaría soltera y, en vez de eso, voy a casarme con el hombre que más me ponía de los nervios.

—Tengo el control sobre esta situación —aseguró Daisy—. Ese no fue tu caso. No ocurrirá nada inesperado.

—Señoritas. —Una voz masculina y familiar retumbó dentro de la tienda, y Daisy se volvió para ver a Liam caminando hacia ella. Iba vestido de cuero negro de pies a cabeza, y era el único blanco entre un gentío de indios.

—Como iba diciendo… —sonrió Layla—. Si te metes en ese lío con Liam, tienes que estar preparada para cuando vengan las curvas.

—Layla. —Liam ladeó la cabeza—. Me alegro de volver a verte. Ha pasado mucho tiempo. Pareces tan enfadada conmigo como esperaba, pero sigues estando igual de guapa.

—Así es como me siento —replicó ella—. Es curioso que, después de diez años, mi aversión por ti no haya desaparecido en lo más mínimo. Así que puedes apagar tu encanto.

—Así soy yo, cariño. —Tenía los brazos abiertos y un casco de moto en una mano—. No puedo encender y apagar mi encanto. Simplemente está ahí. —Guiñó un ojo a dos chicas que pasaban y que soltaron una risita.

Daisy consiguió hablar finalmente.

—¿Qué haces aquí? Llegas veintitrés minutos antes de tiempo.

Liam sacó su teléfono y le dio la vuelta para enseñarle la hoja de cálculo que ella le había enviado.

—Recibí el borrador de tu plan de citas y estaba tan emocionado con la idea de discutirlo contigo que no pude esperar. Me pasé por tu despacho y le pregunté a Rochelle si sabía dónde podía encontrarte.

—Claro que sí —murmuró Daisy, mientras tomaba nota mental de que debía averiguar cómo sabía Rochelle dónde estaba ella fuera de las horas de oficina.

—Es una mujer *muy* complaciente.

Daisy dio un paso atrás, horrorizada.

—¿Te has acostado con ella?

—Claro que no. No pesco en el estanque de la empresa. —Una sonrisa lenta y sensual se dibujó en su rostro—. A menos que piquen los peces.

—¡Qué vulgar! —Layla se echó unos vestidos al brazo—. Has escogido a un auténtico ganador, Daisy. Felicidades.

Ella se enfureció.

—No es de verdad.

—¡Gracias a Dios!

Los músculos de Daisy se tensaron y se dio un golpecito en la boca con un nudillo.

—¿Hay algún problema con el plan de citas?

Liam se desplazó por su teléfono.

—Cita número 1: Comprar ropa de boda. No es lo que más me gusta, pero está bien. Cita número 2: Restaurante El Palacio de la Dosa. No hay problema. Me gusta comer y me gusta la comida india. Pero la cita número 3...

Daisy dejó escapar el aire que no sabía que estaba conteniendo.

—¿Qué pasa con la cita número 3?

—Cena en Puke. Eso es un gran «no».

—Se pronuncia como se escribe —dijo Daisy con frialdad—. Pewque. ¿Y qué tiene de malo?

—He mirado el menú —dijo Liam—. No puedo entusiasmarme con una comida a base de *fromage-frisée*, besugo crema y carrilleras con salsa de hígado.

—Veo que no has cambiado nada. —La voz de Layla destilaba sarcasmo—. Una vez imbécil. Siempre imbécil.

—Eso es lo que pensé cuando leí el especial de la casa para esta semana —dijo Liam—. Da igual que ahúmes la anguila en casa y luego la deshidrates y muelas. Espolvoréala en tu sopa de pichón y seguirá siendo anguila.

—Voy a mirar en los estantes de delante. —Layla dirigió su mirada a Liam—. Intenta ser amable. Sé que es un esfuerzo para ti, pero si le haces daño...

—¿Me estás amenazando? —A Liam le temblaron un poco los labios—. Abultas la mitad que yo.

—Hay muchas maneras de hacer daño a un hombre —dijo Layla en voz baja—. Y nuestro coro necesita una nueva soprano...

—¡Vaya! Ha cambiado —repuso Liam cuando Layla se hubo marchado—. Solía ser tan... —Se encogió de hombros—. La verdad es que no ha cambiado nada.

—Podrías haberme enviado un mensaje para decirme que querías cambiar algunas cosas. —Daisy se movió para mirar la bonita *lehenga*, reluciente con sus abalorios y joyas.

—Pensé que sería mejor decir «de ninguna puñetera manera» lo antes posible. —Se apoyó en una columna, con los abultados bíceps bajo las mangas de la camiseta.

—¿Pretendes escandalizarme o esas palabras forman parte de tu vocabulario habitual? —No podía dejar que supiera que su presencia física le estaba provocando cosas extrañas en el estómago, así que fingió que examinaba con mucho interés la pedrería del traje *salwar* que tenía más cerca.

—Hablo mal cuando me dan una lista de citas que incluye cosas que nunca haría en lugares a los que nunca iría. —Se apoyó en el perchero tan cerca que ella pudo oler el cuero de su chaqueta y el intenso aroma de su colonia—. Por ejemplo, la cita número 4 es una película. Estaremos dos horas sentados a oscuras sin poder hablar. ¿Qué tal un bar o un club? O algún otro sitio divertido.

El calor inundó su rostro.

—No es una película cualquiera. Si hubieras mirado la columna J de la hoja de cálculo, sabrías que había pensado que viéramos *Pufferfish*, una aclamada comedia belga de humor negro, distópica y absurda, que nos desafía a aburrirnos mientras se niega a ser aburrida.

—Bostezo. —Liam se pasó una mano por la boca—. Ya estoy aburrido. No necesito que me desafíen.

—Está claro que esperaba demasiado de ti.

Lejos de sentirse insultado, Liam se limitó a reír.

—La única razón por la que los hombres aceptan tener citas en el cine es para tener la oportunidad de llegar a la segunda base a oscuras. Así que a menos que quieras un poco de cariño entre los asientos…

—Tacharé la película de la lista —dijo ella rápidamente, aunque se le había secado la boca y solo podía pensar en Liam metiéndole las manos bajo la ropa en la oscuridad.

—Se agradece.

—¿Qué hay de la cita número 5: Café? —Sacó su teléfono para hacer los ajustes necesarios.

—La gente no se conoce tomando un café —dijo Liam—. Es como intentar conocer a alguien mientras se lava los dientes. No es una actividad de verdad. Entramos en la cafetería. Tú pides un café con leche *venti* con siete onzas de vainilla, soja y doce onzas de matcha a 180 grados sin espuma. Yo pido un simple café de filtro con crema y azúcar, y hago que el mundo de los cafés de diseño sobrevalorados caiga en picado. Entablamos una conversación incómoda y banal con las otras cincuenta personas que están esperando a que la nueva camarera descubra cómo se calienta la leche al vapor mientras sus colegas cotillean junto a la sandwichera. Cuando nos traen los cafés, no hay sitio donde sentarse. Así que nos despedimos y nos tomamos a solas nuestros cafés, ahora fríos. ¡Qué divertido!

—¿Cuándo te volviste tan amargado?

—Cuando me di cuenta de que no encajaba. Alrededor de los tres años.

Ella se dio cuenta de que no estaba bromeando, pero su expresión ausente le hizo preguntarse si él sabría lo que acababa de decir. Decidió no decirle que ella también sabía lo que se sentía siendo diferente y, en vez de ello, lo hizo volver al plan.

—De acuerdo. Nada de café. ¿Qué te gustaría hacer en vez de eso?

—¡Oh! ¿Puedo elegir? —Fingió sorpresa, golpeándose el pecho con una mano—. En ese caso, tendremos una noche de deportes, y ni se te ocurra negarlo, porque sé bien que te gustan los deportes.

—Me gusta *ver* deportes, no practicarlos. Si lo recuerdas, me falta conciencia corporal.

La voz de Liam bajó de volumen, hasta convertirse en un sensual ronroneo.

—Soy muy consciente de que tienes un cuerpo sexi, así que eso no es ningún problema.

«Cree que soy sexi». Se guardó ese delicioso pensamiento para saborearlo más tarde.

—De acuerdo, puedes tener tus deportes. ¿Qué hay de la cita número 6? No puedes tener ninguna objeción a un paseo.

—Ahora estamos paseando. ¿Qué divertidas anécdotas nos deparará esta maravillosa cita?

—Daisy, ¿quién es? —Deepa Rao, prima de Layla por parte de su madre y segunda al mando en la tienda, los interceptó entre los *salwar* y los *sherwanis*.

—Es Liam. —No dio su apellido por si su identidad llegaba hasta su padre en Belice antes de que pudiera compartir la gran noticia de que estaba comprometida con el hombre que le había roto el corazón. Los cotilleos de los Patel funcionaban más rápido que Internet—. Mi… —se trabó con la palabra— prometido.

Liam se acercó a Deepa para estrecharle la mano después de que Daisy los presentara, y esbozó una gran sonrisa. Daisy contuvo una carcajada cuando su encanto no produjo los resultados habituales. Deepa se resistía a todo, excepto al sonido del dinero.

—Este debe de ser el chico del que me habló Salena. —A Deepa le brillaron los ojos—. Me preguntaba cuándo vendríais a comprar los trajes de boda. —Sacó su cinta métrica y la colocó alrededor del pecho de Liam.

Daisy sintió una repentina e irracional punzada de celos cuando las manos de Deepa se deslizaron sobre los pectorales de Liam. ¿Por qué Deepa podía tocarlo y ella no?

—Deepa, la verdad es que solo necesita un esmoquin. No está…

—Tengo el traje perfecto para ti —dijo Deepa, cortando a Daisy—. Tranquilo y discreto, pero fuerte y poderoso. Está hecho con marfil de Birmania y seda de Banarasi, que ha sido teñida e hilada a mano para crear un tejido suave y lujoso. Alrededor de los botones de tigre de Bengala hay perlas cultivadas japonesas. Es perfecto para un hombre de tu corpulencia y estatura. Además, lleva un magnífico chal confeccionado en *chikankari* de la mayor calidad con un ribete de *zardosi*. Y, por supuesto, necesitarás una espada.

—¿Una espada? —Liam se animó al instante.

A Deepa le brillaron los ojos.

—Iré a por una muestra. Tengo la perfecta para ti.

—La espada no sería muy bien recibida en el ayuntamiento —susurró Daisy—. No les gustan demasiado las armas ocultas. Es probable que te arresten. Aunque tengo que admitir que suena excitante estar casada con un criminal.

Un torbellino de emociones cruzó el rostro de Liam y luego desapareció. Un momento después, volvía a ser el mismo bromista de siempre.

—Tengo un arma oculta en el bolsillo que podría enseñarte —susurró.

—No te atrevas... —Ella se interrumpió cuando él sacó una pequeña navaja del bolsillo. Era pequeña y elegante, y tenía una incrustación de madera que se había desgastado un poco en el centro.

—Me la regaló mi abuelo cuando yo era pequeño. —Su rostro se relajó y sus ojos se humedecieron un poco—. Siempre la llevo encima.

A ella le conmovió el cariño que sentía por su abuelo y lo extraño que le resultaba ese lado más serio.

—Es un bonito recuerdo.

Deepa regresó unos instantes después con un exquisito *sherwani* en la mano. El tejido de la prenda, que era larga y parecida a un abrigo, era tan suave y delicado que brillaba bajo la luz del techo.

—Es precioso —dijo Liam—. Me lo probaré.

—Traeré un pantalón *pajama* y zapatos.

—No te he traído aquí para que compres un *sherwani* carísimo para una ceremonia civil de diez minutos —dijo Daisy mientras caminaban hacia el probador—. Era más bien para que Layla y sus parientes te vieran y pudieran contar chismes sobre nuestro compromiso. Puedes alquilar un esmoquin.

Liam tensó la mandíbula.

—Es mi boda falsa. Quiero vestirme como yo quiera.

Cinco minutos más tarde, Liam se acicalaba frente al espejo.

—¿Cómo estoy? Increíble, ¿verdad? ¿Por qué los hombres siempre llevan esmoquin cuando podrían llevar algo así? —Le hizo un gesto a Layla para que se acercara—. Haznos una foto. A ver qué tal quedamos juntos. Podemos usarla para nuestro falso portafolio de citas.

Daisy permaneció tensa junto a Liam para la foto, tratando de resistir el impulso de pasar una mano por los duros bíceps que se marcaban bajo la suave seda bordada. Con un exasperado gruñido, Liam le rodeó la cintura con un brazo y la acercó a él. Su cuerpo era cálido y robusto, y la tenía agarrada por la cintura con fuerza. Algo dentro de ella se aflojó y tuvo que suspirar.

—¿Acaso no parecéis la pareja falsa perfecta? —Layla tomó el teléfono que le ofrecía Liam—. Intentaré hacer la foto antes de que Liam salga corriendo. —Se las arregló para hacer unas cuantas fotos y fulminarlo con la mirada al mismo tiempo.

—No te olvides la espada. —Deepa regresó con una espada curva de noventa centímetros dentro de una decorada vaina de terciopelo rojo y dorado cuya empuñadura representaba un leopardo dorado en pleno rugido—. Esta espada simboliza la verdadera gloria de un rey de la selva que es valiente, intrépido y protector de su familia.

Liam sonrió.

—Es perfecta.

—Se le está poniendo dura —le susurró Daisy a Layla.

—Es porque ella supo que había hecho la venta en cuanto dijo «espada». —Layla negó con la cabeza, exasperada—. Me pasó lo mismo cuando vine con Sam a probarme zapatos. Él ya tenía el traje de boda y, sin embargo, en el instante en que ella dijo «espada», otros quinientos dólares desaparecieron. ¿Qué les pasa a los hombres con las armas?

—La vaina está ornamentada para demostrar el vigor masculino. —Deepa sacó la espada de la vaina—. Como puedes ver, la hoja está grabada de forma muy bella con un intrincado diseño.

Liam sujetó la hoja y la levantó como si fuera un experto espadachín.

—Es más ligera de lo que parece.

A Deepa se le dibujó una sonrisa burlona en la cara. Daisy casi podía oír sonar la caja registradora.

—Si quieres algo más grande y valioso, tengo justo lo que necesitas.

A Liam se le cortó la respiración.

—¿Tienes una espada *más grande*?

Antes de que Daisy pudiera protestar, Deepa se estaba dirigiendo al almacén mientras dejaba a Liam armado y peligroso.

—¡En guardia! —Adoptó una posición de esgrima, con las rodillas flexionadas, las piernas separadas y la punta de la espada apoyada en la garganta del maniquí que tenía más cerca.

—¡Dios mío! —Daisy se cubrió el ruborizado rostro con la mano—. Mátame.

Layla negó con la cabeza.

—No es a ti a quien piensa matar. —Daisy levantó la vista justo para ver cómo Liam atacaba al maniquí, cortando su ropa con el filo de la espada. Danzó a su alrededor, dando estocadas y tajos desde todos los ángulos, murmurando para sí mismo, como si el maniquí estuviera vivo.

—¿Te has atrevido a mirar a mi dama? Tiembla, perro, antes de que te degüelle.

—¿Qué está pasando aquí? —Sam, el prometido de Layla, se reunió con ellas en el pasillo. Era alto, moreno y muy guapo, y aunque Daisy y él se habían peleado mucho cuando se conocieron, la había acabado conquistando con su amor por Layla y el respeto que había mostrado por su familia.

—Él es...

—¡Apartaos! —gritó Sam—. Tiene un cuchillo.

—No le animes. —Daisy fulminó a Sam con la mirada—. Liam, para ya. ¿Qué estás haciendo?

—Ha insultado tu honor.

Liam levantó la espada y atravesó el maniquí dibujando un largo arco. El maniquí cayó y su cabeza rodó por el suelo hasta quedar bajo un perchero.

—¡Sí! —Sam levantó la mano y Liam le chocó los cinco con una sonora palmada.

La risa burbujeó en la garganta de Daisy. Nunca había visto esta faceta de Liam. Aunque una parte de ella se retraía, otra se sentía atraída sin remedio.

—Sam, este es el prometido de mentira de Daisy, Liam Murphy. —Poco impresionada, Layla frunció el ceño—. Liam, este bribón es mi prometido de verdad, Sam Mehta.

—No serás de mentira por mucho tiempo. —Sam estrechó la mano de Liam—. Una vez que formas parte de la familia Patel, ya no te dejan marchar, y lo digo en el mejor sentido.

—Liam era el mejor amigo de mi hermano. Ya tiene una idea del encanto de los Patel. —Daisy apartó a Liam de un tirón en cuanto vio a Deepa, pero fue demasiado tarde. Liam también la había visto.

—¡Eso sí que es una espada!

—La más grande es la más eficaz contra los enemigos desarmados. —Deepa, una vendedora consumada, pasó por encima del maniquí caído y le entregó la espada a Liam.

Liam sacó la hoja de su funda con incrustaciones de perlas y observó el diseño.

—Me la llevo.

—Es casi tan larga como mi espada —dijo Sam con suficiencia.

—¿En serio? ¿Ahora estás comparando tamaños de espadas? —Layla agarró a Sam del brazo—. No necesitas un nuevo mejor amigo para jugar a las espadas. Ven a probarte los zapatos.

Daisy siguió a Liam hasta la caja registradora.

—Esto es una locura. En primer lugar, no has seguido el plan. En segundo lugar, no se entra en una tienda y se compra sin más un *sherwani*. Primero tienes que investigar sobre ello. No tienes ni idea de lo que valen ni de cuánto podría costarte en otra tienda, y además no preguntaste el precio. Eso es como gritar a los cuatro vientos que tienes dinero para gastar, y puedo garantizarte que Deepa estará más que encantada de complacerte.

—Si te fueras a casar de verdad —dijo Liam—, ¿es una prenda que te gustaría que llevara tu novio?

Ella no tuvo que mirar el *sherwani*. Cuando se había imaginado su boda, siempre había sido con los bonitos y elaborados trajes de boda indios que le habían gustado tanto de niña.

—Sí.

—Entonces me lo pondré.

Sintió que se derretía por dentro, pero rechazó la sensación rápidamente. Era hora de cambiar de tema, porque no quería recordar a *aquel* Liam; el Liam que había sido tan atento y cariñoso con ella en el pasado.

—Como quieras. —Ella agitó una mano de forma desdeñosa—. Es tu falsa boda.

El rostro de Liam se contrajo, pero un segundo más tarde volvía a llevar la máscara de chico malo.

—Viene con una espada, así que estaré encantado de pagar lo que me pida.

—No lo digas tan alto —le advirtió.

—¿Por qué? Nada es demasiado bueno para mi falsa prometida.

12

Miércoles, 18:49

DAISY: Confirmando cambio de fecha para la cita n.° 2. Miércoles 19:00. Restaurante El Palacio de la Dosa. El Camino Real. Objetivo: acabar de discutir el plan de citas. Conocer a mi prima Amina.

LIAM: ¿Por qué me envías un mensaje de confirmación cuando estoy haciendo cola contigo?

DAISY: Estoy enfadada. En teoría íbamos a cerrar el plan en la tienda de ropa.

LIAM: No pude evitar que me entrara hambre, y Sam dijo que había un buen restaurante justo enfrente. Yo llamo a eso «matar dos pájaros de un tiro».

DAISY: Me gustaría matar algo ahora mismo y no es un pájaro.

LIAM: Me gusta este lado oscuro y violento que tienes. ¿Qué harías si te garabateara la hoja de cálculo?

DAISY: No te atreverías.

Liam levantó la vista de su teléfono. Estaban haciendo cola dentro del restaurante y Daisy no le dirigía la palabra desde que había aceptado cenar con él tras la cita número 1.

Desvencijado por fuera y con el ambiente de una ruidosa cafetería en su interior, El Palacio de la Dosa no tenía una decoración ostentosa, ni estatuas falsas, ni cuadros en las paredes. Sam le había dicho que en el restaurante todo giraba en torno a la comida y, puesto que a Liam le encantaba comer, era el lugar perfecto para un hombre hambriento.

—¿En serio me acabas de decir esto? —se burló él.

Daisy lo había retado a hacer muchas cosas a lo largo de los años, desde saltar del tejado hasta esconderse debajo de la cama de Sanjay, y él nunca le había fallado.

—Yo no he dicho nada —espetó ella—. Lo he enviado por mensaje de texto.

—Ya que eres tan rápida con los textos, podrías haberme ayudado cuando negociaba el precio de mi *sherwani*. No puedo creer que Deepa intentara timarme tanto.

—¿Estás molesto? —Ella lo miró con incredulidad—. ¡Vaya! El gran inversor de riesgo que acaba de cerrar un trato para su empresa por un valor de 350 millones de dólares está molesto porque una indefensa mujer de sesenta años lo ha superado a la hora de negociar la compra de un traje de boda tradicional indio para una boda falsa que durará diez minutos.

—No era una mujer indefensa. —Liam no había pensado demasiado en lo que se pondría para su rápida ceremonia civil. Los buenos chicos irlandeses llevaban un traje de tres piezas o un esmoquin a su boda, con un corbatín o una corbata verde, y quizá unos gemelos con un arpa dorada. Pero él nunca había sido un buen chico irlandés, al menos según su padre, y aunque el matrimonio fuera una farsa, le gustaba la idea de honrar las tradiciones de Daisy. La espada era solo un extra.

—¿Qué vas a tomar? —preguntó Daisy mientras se acercaban al mostrador—. Te recomiendo las *dosas* y los *uthapams*. El *upma* es un poco soso, pero el *idli*, el *vada*, el *sambar* y los *chutneys* son todos buenos. El *kesari* también está bastante bien, si quieres dulce en vez de picante.

—Tomaré el cerdo *vindaloo*. Extrapicante.

Hinchó el pecho. Le había tomado gusto a la comida india tras los años que había pasado comiendo en casa de los Patel, y hacía muchos años que no comía tan bien.

—Aquí lo hacen demasiado picante para mi gusto —dijo Daisy—. Ni se me ocurriría pedirles que le pusieran más picante.

—Cuando comía en tu casa, tu padre hacía el curri extrapicante. Echo de menos cómo me quemaba la boca.

Los labios de Daisy se levantaron en las comisuras.

—Decía que era extrapicante para no herir tu ego. Siempre ponía poco picante cuando venías a comer. Lo que él llamaba «extrapicante» se considera suave en un restaurante. Su verdadero extrapicante te dejaría boquiabierto.

—No me asustas —dijo Liam—. No voy a cambiar de opinión.

—Testarudo y desagradecido. —Daisy sonrió con satisfacción—. Voy a disfrutar de lo lindo con tus gritos de dolor.

—¿Esa es tu idea de una buena cita? ¿Gritos de dolor?

Ella sonrió con diversión.

—No salgo demasiado. Suelo tener rollos de una noche. Orson fue una mala decisión cuando me sentía frágil emocionalmente porque Layla y Sam se habían comprometido.

Llegaron al mostrador y Daisy hizo su pedido a la cajera, una joven de unos dieciocho años con el cabello largo, liso y oscuro.

—¿Así que te acuestas con desconocidos? —le preguntó Liam en un susurro mientras la cajera les pasaba el pedido—. ¿Estuviste con alguien anoche?

—Sí. Se llama Max. —Ella sacó su teléfono—. Tengo un *selfie* de los dos juntos. —Lo sujetó para que la cajera lo viera, mientras mantenía la pantalla lejos del campo de visión de Liam.

—Es guapísimo —dijo la cajera—. ¡Qué ojos más bonitos!

—Déjame ver. —Liam sintió que su instinto protector aumentaba—. ¿Quién es? ¿Max qué?

—No tiene apellido.

—¡Por Dios, Daisy! —balbuceó—. ¿Sabe Sanjay que haces esto? ¿Y tu padre?

—Lo saben todo sobre Max —dijo Daisy—. De hecho, mi padre nos tomó una foto acurrucados en la cama la noche antes de irse de viaje, y la más bonita es de Max en mi almohada. Le había comprado a Max un pijama, pero no quiso ponérselo. Le gusta dormir al natural.

A Liam se le subió la bilis a la garganta.

—¿Y tu padre hizo... fotos?

—La fotografía es su nueva afición. Hizo unas fotos estupendas cuando estaba bañando a Max...

—Para. —Liam levantó una mano—. No puedo... No sé qué te ha pasado, pero se acabó. Estamos comprometidos y eso significa que se acabó acostarse con desconocidos, las fotos pornográficas y las fotos de extraños desnudos.

—A Amina no le importa. Es mi prima segunda. —Daisy los presentó antes de girar su teléfono—. Y este es Max.

Liam estaba a punto de cerrar los ojos cuando su cerebro registró la imagen de un perro blanco y esponjoso sobre una colcha de color rosa.

La tensión desapareció de golpe.

—Max es un perro.

—Es un Westie. Layla me lo regaló como perro de apoyo emocional en un mal momento de mi vida.

Liam se guardó las ganas de preguntarle a Daisy cuándo había tenido un momento tan malo que había necesitado apoyo emocional. No era asunto suyo y solo podía esperar a que ella se lo contara cuando estuviera preparada.

—No me ha hecho gracia.

—Amina y yo nos lo hemos pasado bien.

—He oído que estáis comprometidos. —La mirada de Amina se desvió hacia Liam y se sonrojó—. Es casi tan guapo como Max.

Tuvieron una breve conversación en urdu que Liam no pudo entender, pero por la forma en que Amina lo miraba de vez en cuando, supo que hablaban de él.

—Deberías pedir un poco de *raita* —sugirió Daisy cuando Liam le dio su tarjeta de crédito a Amina—. Dos o tres tazones de yogur y pepino son ideales para aliviar el ardor del picante.

—No necesito *raita* —se burló Liam—. Tengo una lengua de acero. —Le dio la vuelta a la carta con los dedos, un truco que había aprendido en el instituto y que provocó una risita en Amina.

—Esta promete ser una cita interesante —dijo Daisy después de que él hubiera pagado su comida—. Primero, intentas seducir a mi prima segunda, y luego te quemas la boca por simple cabezonería. ¿Qué otras sorpresas me tienes preparadas?

Liam le dedicó una perezosa sonrisa.

—Espera y verás.

Tan solo cinco minutos después, estaban sentados a la mesa. Liam se comió los *poppadums* de cortesía mientras Daisy charlaba con el camarero. Había olvidado lo bien relacionados que estaban los Patel. Lo mismo le había ocurrido con Sanjay. Era raro que estuvieran fuera de casa y su amigo no se encontrara con alguien que conocía.

—Me he tomado la libertad de pedirte una cerveza Kingfisher —dijo Daisy al acabar su conversación—. Esta cita será una pérdida de tiempo si no puedes hablar.

Él arqueó una ceja en señal de reproche.

—Entonces, ¿de qué deberíamos hablar, puesto que ya hemos hablado de la primera mitad del plan de citas?

—De la segunda mitad del plan de citas.

Liam sacó su teléfono y le envió la hoja de cálculo que había modificado mientras esperaban en la cola.

—Te he enviado mis cambios para que tengas una idea de lo que me gusta y lo que no.

Daisy leyó en su teléfono y entrecerró los ojos.

—No me gusta que estropeen mi duro trabajo con comentarios infantiles. —Leyó en la pantalla—. ¿En serio? «Bostezo», «Siesta», «WTF», «¡De acuerdo, abuela!» y mi favorito: «Mátame camión».

—Intenté ser creativo. —Tomó un crujiente *poppadum* del plato y mordisqueó el borde.

—Creo que he sido muy complaciente —dijo Daisy—. Incluso acepté que tuviéramos una noche de deportes. ¿Pero el Laberinto de Espejos Infinitos de Magowan? ¿Alcatraz? —Respiró de forma entrecortada—. En teoría las citas son para conocernos. ¿Cómo vamos a hablar si estamos tratando de salir de un laberinto? ¿Y quién lleva una cita a Alcatraz?

—Siempre he querido ver por dentro la prisión más infame del mundo. ¿Y si un día acabo allí?

Daisy tomó un *poppadum* del plato y le dio un furioso mordisco.

—Está cerrada.

—Entonces no será difícil escapar.

—¿Qué tal la exposición textil que se está celebrando ahora mismo? —preguntó—. ¿O la charla de Nerd Nite sobre metagrobología? Creía que te gustaban los rompecabezas.

—Me gustaba hacer rompecabezas contigo porque los acababas antes de que yo encontrara las piezas de las esquinas —dijo Liam—. Ahora mis intereses giran en torno a la bebida, el baile, los deportes, las motos, las apuestas y el sexo.

Ella arqueó una ceja.

—Ya discutimos sobre sexo.

—Me gustaría discutirlo un poco más —dijo—. Hablar sobre sexo es mi segunda cosa favorita después de tener sexo de verdad.

Daisy suspiró.

—Estamos de acuerdo con los deportes. Lo pondré como «Cita n.º 3».

—La cita número 3 tiene que ser conocer a mi familia —dijo—. Han venido unos parientes para el funeral de mi abuelo que se irán pronto. Sería mejor que los conocieras a todos a la vez.

El rostro de Daisy se relajó.

—Claro. Lo incluiré. Los deportes serán la cita número 4. Deberíamos conseguir entradas para ver un partido de *hockey* en el

SAP Center. Mis tíos y sus hijos tienen entradas de temporada y podemos arreglarlo para toparnos *accidentalmente* con ellos, como acabamos de hacerlo con Amina.

—¡Vamos, Tiburones! —Liam levantó el puño—. Yo me encargo de las entradas.

Los labios de Daisy se curvaron en una sonrisa.

—Y ya que tienes lo que querías, ¿qué tal una conferencia sobre tamales para la cita número 5?

Liam negó con la cabeza.

—Nada de tamales.

—Pero sería tan interesante… ¿Sabías que los habitantes de San Francisco comían veinticinco mil tamales a la semana en 1890?

¡Dios! Eso le encantaba. Si cerraba los ojos, podía imaginarse a sí mismo en la cocina de los Patel mientras Daisy le contaba todo tipo de datos extraños y maravillosos. Incluso ahora podía recordar la altura del hombre más alto del mundo y el tamaño del mayor ovillo de cuerda.

—Me comería veinticinco mil tamales ahora mismo si así evitáramos ir a esa conferencia. ¿Qué tal ir a un bar para la cita número 5, y luego un paseo en moto para la cita número 6?

—No sé nada sobre ir en moto. —Se mordió el labio inferior—. Y ya no hago ese tipo de cosas.

—¿Cosas emocionantes?

—Cosas arriesgadas. Me gusta ir a lo seguro.

Liam quería saber por qué había renunciado a las cosas divertidas que solía hacer con su padre, pero no era el momento de preguntárselo. Aun así, no había nada que le gustara más que ir en moto y deseaba desesperadamente compartirlo con ella.

—¿Y si te llevo a una tienda de motos y le preguntas a mi amigo Hamish sobre mecánica, velocidad del viento y protección corporal? Si después sigues sintiéndote incómoda, voy contigo a esa conferencia sobre los cien años de historia de los tamales.

El rostro de Daisy se iluminó con una sonrisa.

—Ciento treinta y un años para ser exactos, y estoy de acuerdo tanto con la cita número 5 como con la número 6. Para la cita número 7, nos reuniremos con mi familia y mi padre para que nos den su aprobación. Y la cita número 8 no es realmente una cita, pero puede ser nuestra boda. Reservaré hora en el ayuntamiento.

—En Las Vegas —dijo Liam con seguridad—. No puedo ir al ayuntamiento, ni siquiera para una boda falsa. Yo no soy así. Si me voy a gastar una pequeña fortuna en un traje y voy a llevar una espada enorme, quiero casarme en un sitio donde se aprecie. Y quiero un Elvis.

—¿Un Elvis? —repitió.

—Irá disfrazado y, después de decir «Puedes besar a la novia», sacará la guitarra y cantará *A Big Hunk of Love*. Suspiró y miró a lo lejos—. Los hombres también cantan canciones de boda.

Los ojos de Daisy se abrieron de par en par.

—¿En serio?

—No. —Contuvo la risa. A veces Daisy era tan literal, que era muy fácil tomarle el pelo—. Creo que *Just Pretend* o *Return to Sender* sería más apropiado.

Daisy lo miraba fijamente, inexpresiva, pero él sabía lo que ocurría tras aquellos ojos entrecerrados. Le hacía gracia, pero tenía miedo de demostrarlo.

—¿*Heartbreak Hotel*? —Estaba decidido a hacerla sonreír—. ¿*Crying in the Chapel*? ¿*Jailhouse Rock*? —Fue un poco más lejos—: ¿O tal vez *Hard Headed Woman*?

—*Don't Be Cruel.* —Con labios temblorosos, Daisy tomó el teléfono y pulsó la pantalla—. Una boda en Las Vegas más un Elvis. Canción: TBA. Te enviaré la hoja de cálculo definitiva.

—Tu enfoque frío, distante y calculador de las citas resulta muy excitante —dijo Liam en tono seco—. Tienes suerte de que estemos en un lugar público. Apenas puedo resistirme.

La comida llegó y Daisy se zampó sus dosas. Liam miró su plato y frunció el ceño ante la desconocida presentación.

—¿Esto es...?

—Cerdo *vindaloo*. Extrapicante. Justo lo que querías.

Liam comió un poco de carne de cerdo y se tomó un tiempo para saborear los ricos y delicados sabores que había en su lengua.

—Delicioso —dijo—. Y para nada está demasiado picante. Incluso podría pedir un poco más de guindilla.

Daisy lo miró fijamente, con las comisuras de los labios temblorosas.

—Espérate...

Liam levantó el tenedor para probar otro bocado, pero ni la advertencia de Daisy lo preparó para el infierno que se desató en su boca.

Jadeó, con el sudor corriéndole por la frente y la lengua palpitándole de dolor.

—¡Agua!

—El agua no te ayudará. —Daisy empujó su *raita* por la mesa, intentando no reírse—. Necesitas yogur.

Liam agarró el cuenco y engulló el yogur con sorbos frenéticos.

—Es una salsa. No una bebida. —Riéndose ya abiertamente, le hizo una foto—. ¿Cómo tienes esa lengua de amianto?

—¿Qué demonios ha sido eso? —Estaba avergonzado y enfadado a la vez consigo mismo por su cabezonería.

—Extrapicante. Justo como lo pediste. En vez de ser tan terco, deberías escuchar a la gente que sabe de lo que habla. Eso no te hace menos hombre.

—Eso no es lo que pensaba mi padre —murmuró. Su padre nunca aceptaba consejos si creía que podía hacer algo por sí mismo, ya fuera presentar declaraciones de la renta falsas a Hacienda, falsificar solicitudes de prestaciones por incapacidad o despojar a los inversores del dinero que tanto les había costado ganar. Su padre tampoco pensó nunca que su hijo menor fuera de su propia sangre. Liam no valía nada, era idiota y, en definitiva, era menos hombre.

Apartó el plato y se calmó la lengua con las cucharadas de *raita*. ¿Qué diablos le pasaba? No pensaba en el pasado y nunca hablaba de su padre.

—No necesito consejos —dijo con brusquedad.

Le había llevado mucho tiempo superar el abuso emocional de su padre, aprender a ignorar las opiniones de la gente y confiar solo en sí mismo, sintiendo de verdad la confianza que proyectaba al mundo exterior. Pero sentado aquí, frente a la mujer más inteligente, guapa y sexi que había conocido nunca (una mujer que solo merecía en un mundo de citas y matrimonios falsos), no sentía esa seguridad en absoluto.

Daisy hizo una pausa y frunció el ceño.

—No quería que te quemaras la boca.

—Sé lo que quiero —espetó—. Y lo quería así de picante.

La boca de Daisy formó una rígida línea recta y se encogió de hombros.

—De acuerdo.

Comieron en un incómodo silencio durante los siguientes minutos. Liam se maldijo mentalmente a sí mismo, y a su padre, y al cocinero que había hecho el plato tan picante que le habían tenido que avisar.

—Soy un idiota —dijo finalmente.

Daisy levantó la vista, con una expresión de dolor en el rostro.

—Estoy de acuerdo contigo.

—Lo siento.

—Disculpa aceptada —dijo en tono seco.

—Mi padre falleció hace unos años, pero solo de pensar en él… —Dudó, no quería darle más vueltas, pero necesitaba desesperadamente aclarar las cosas—. Salto a la yugular.

El rostro de Daisy se relajó.

—No puedo ni imaginar lo duro que debió ser. Recuerdo un poco cómo era.

Claro que lo recordaba. Estuvo allí cuando su madre lo llevó a su casa, con el brazo escayolado y la cara hinchada por la paliza que su padre le había dado. La había visto en las escaleras, mientras sus padres hablaban, con los pies descalzos asomando por su camisón rosa y un conejo de peluche en los brazos. Había encontrado el conejo en su cama, cuando el padre de Daisy lo había llevado a la habitación de Sanjay, y había sido un gran consuelo durante los peores momentos de la noche.

Dio otro mordisco a su *vindaloo*, saboreando el doloroso ardor.

—He echado a perder nuestra segunda cita —dijo, con los ojos llorosos.

A Daisy le temblaron un poco los labios y le ofreció su cerveza.

—No pasa nada. Hablar de temas personales es uno de los objetivos de nuestras citas. Tan solo nos hemos adelantado.

Él apartó el vaso con una mano.

—Voy a comerme todo el plato. Sin *raita*. Sin cerveza. Me merezco este dolor.

Daisy se rio.

—No sabía que fueras masoquista. Por suerte para ti, no disfruto viéndote sufrir. Pedí más comida por si acaso.

—Si hubiera sido una segunda cita de verdad, ¿habríamos tenido una tercera? —Se acercó a ella y la observó atentamente, en busca de la más mínima señal de perdón—. Pensé que lo había hecho bastante bien al principio. Puntual. Una conversación brillante. Objetivos no solo cumplidos, sino excedidos porque ahora vamos adelantados. Me disculpé fatal cuando metí la pata (muchos hombres tienen problemas con eso) y estaba dispuesto a infligirle heridas mortales a mi propia lengua para compensarte.

—¿Liam?

—¿Sí?

Ella le acercó su plato de *dosas*.

—No importa que no sea de verdad.

Pero importaba. Más de lo que quería admitir.

13

La mañana del jueves Daisy estuvo ocupada con objetivos de trabajo urgentes, recuento de errores informáticos y soñando despierta mientras Andrew hablaba sin cesar durante la reunión semanal del equipo.

La cena de la noche anterior estuvo a punto de acabar en desastre. Había bajado la guardia y, por un momento, casi había olvidado que no era de verdad. Las payasadas de Liam con la espada en la tienda la habían hecho reír y había disfrutado burlándose de él en el restaurante. Pero su repentino cambio de actitud fue la llamada de atención que necesitaba. Sería demasiado fácil enamorarse de Liam, demasiado doloroso que volviera a hacerle daño.

Liam nunca había dado señales de que sintiera por ella algo más que cariño fraternal. Ella seguía siendo la sabelotodo que había pasado sus almuerzos en el laboratorio de ciencias, y Liam seguía siendo el canalla que había salido con las chicas más guapas del instituto. Daisy los había observado desde la ventana cuando él venía a recoger a Sanjay y se había preguntado cómo sería estar tan delgada y qué haría una chica así ante la perspectiva de un verano de bodas desi en el que había que matarse de hambre al principio de la semana para poder comer durante tres días seguidos.

No es que no se considerara atractiva (estaba a gusto con su cuerpo; incluso con el incisivo que se había astillado tras caerse de bruces en un campo de béisbol), pero ella y Liam pertenecían a mundos distintos. A excepción de sus heridas de la infancia, no compartían más que recuerdos, el amor por los videojuegos y el buen gusto por las botas de cuero negro.

«Deja de pensar en él». Se removió en la silla, tratando de olvidar lo robusto y cálido que le había parecido su cuerpo cuando la besó en la convención, y cómo se le había acelerado la respiración cuando ella le devolvió el beso...

—Daisy —Josh le dio un codazo—, la reunión se ha acabado.

Ella suspiró y volvió al mundo real.

—Necesito otro café. Las charlas de Andrew siempre me dan sueño.

—Nos dijo que nos quedáramos. Tyler tiene una reunión con Marketing y Diseño y quiere que participemos. Dijo algo sobre otro rediseño del sitio web.

—Otra vez no. —Echó la cabeza hacia atrás y gimió.

Mia y Zoe se reunieron con ellos mientras entraba el resto del equipo de Marketing, que ocupó unos asientos cerca de Daisy.

—Espero que no dure mucho tiempo. —Zoe comprobó su reloj—. Tengo a Lily en una guardería de emergencia en La Misión. Nuestra niñera vuelve a estar enferma. Necesito encontrar una solución.

—Le hablé a mi tía sobre Lily —dijo Daisy—. Es profesora de primaria y ahora está de vacaciones. Cuida de mi perro y me dijo que estaría encantada de ayudarte hasta que empiecen las clases. Te daré su número.

—¡Dios mío! Eso sería increíble. —A Zoe se le humedecieron los ojos y se pasó una mano por delante—. No te puedes imaginar el estrés que tengo. Tyler ha sido muy paciente conmigo, pero siento que me estoy aprovechando de él.

—Y también tengo un número para ti. —Le dio una tarjeta de visita a Mia—. Tengo un primo que trabaja en un centro de adicciones. Hacen un trabajo muy bueno con los adictos y sus familias. Tienen una larga lista de espera, pero me debía un favor, así que si estás interesada puedes llamarlo.

—Ya lo he intentado todo para ayudarla —dijo Mia—. Pero me pondré en contacto. Tienes bastante familia.

—Tengo mucha familia. —Daisy se rio—. Unas veces es muy bueno, pero otras pueden meterse en tu vida demasiado.

Tyler se aclaró la garganta para acallar a los reunidos. Se había recortado la barba, cortado el pelo, cambiado de ropa e incluso se había puesto un par de zapatos.

—Tengo grandes noticias. Evolution Ventures está interesado en Organicare. No nos han ofrecido financiación, pero han analizado el negocio y nos han sugerido que cambiemos de marca. Liam Murphy nos ha ofrecido generosamente los servicios de Brad Assard, de Assign Design Consultants, para hacerlo realidad. Le cedo la palabra a Brad para que exponga su plan. Liam se reunirá con nosotros más tarde.

Brad tenía, al menos, veinte años más que la mayoría del equipo de Marketing y era la única persona de la sala que llevaba traje y corbata. Su cabello oscuro estaba ralo en la parte superior y sus canosas patillas necesitaban recortarse.

—Zoe y yo ya recomendamos cambiar de marca —le susurró Mia mientras Brad conectaba su portátil al proyector—. Queríamos dejar atrás el envoltorio de melocotón y pasar a algo más vanguardista.

—Melocotón. —Josh se rio—. Ahí hay algo de publicidad subliminal.

Mia gimió.

—¿Es que solo piensas en sexo?

—Me gustan los melocotones. —Josh sonrió—. Y también me gustan los plátanos. ¿Me convierte eso en una mala persona?

—*Shhh*. Está a punto de empezar.

Brad levantó una caja de tampones Rapture y las voces se apagaron en la sala de reuniones.

—Tenéis unos productos magníficos. Estas compresas tienen la mejor adherencia y durabilidad del mercado...

—Mal empezamos si no conoce la diferencia entre tampones y compresas —murmuró Mia—. Para nada quiero tampones con la máxima adherencia.

Brad hizo clic en una imagen de los productos de Organicare en una estantería.

—Para ganar seguidores en el segmento más joven del mercado, tenemos que adaptar el envase al nuevo milenio. La cuestión es... —Brad levantó la voz— ¿qué quieren las mujeres en ese momento del mes? —Dio una palmada—. Tenemos la respuesta.

—Oh, sí, por favor —murmuró Daisy—. Explícanos qué queremos en ese momento del mes.

—Hemos hecho un estudio de mercado preliminar —continuó Brad—. Las mujeres quieren emocionarse cuando abren su caja de productos menstruales; quieren algo que las distraiga de los efectos secundarios desagradables. —Pasó a una diapositiva de una mujer en la playa con una gran sonrisa y una caja de compresas en la mano.

«Efectos secundarios desagradables». Daisy contuvo un resoplido.

—Esta es nuestra visión.

La siguiente diapositiva de Brad mostraba a una mujer de larga melena rubia que solo iba vestida con un trozo de gasa rosa y que montaba a horcajadas y sin silla un caballo blanco con un cuerno rosa en la cabeza. Con las crines ondeando al viento, el caballo galopaba por un campo de flores hacia un arcoíris en un cielo púrpura.

—¿Está hablando en serio? —articuló Mia con los labios.

Brad se aclaró la garganta.

—Lo que hemos pensado es esta imagen. Simboliza el placer que siente una mujer confiada y segura. Haremos una pausa de diez minutos para que podáis echarle un vistazo a los folletos, y luego pasaremos a los nuevos logotipos y al rediseño de la página web.

—No me sentiría nada segura si fuera vestida con un pañuelo hecho jirones y montara a pelo un caballo que está a punto de saltar por un precipicio —dijo Mia mientras Brad repartía los folletos del diseño—. ¿Y tiene la regla o está en el cielo? Creo que se confunde si cree que es lo mismo.

—Es un unicornio. —Zoe soltó una carcajada—. ¿O pensabas que el cilindro largo y grueso de su cabeza era otra cosa? Quizá sea publicidad subliminal...

—Esto es ridículo. —Mia se desplomó en la silla—. ¿Qué pasa con las mujeres de color? ¿O las mujeres de tallas grandes? ¿O las adolescentes? Según los estudios de mercado, no creen que la menstruación sea un tabú. Hablan de ella. La aceptan. No se avergüenzan. Necesitan hechos y productos reales.

—Tienes que decir algo —animó Daisy a Mia—. Tú y Zoe vais a tener un papel importante en el nuevo diseño y nadie conoce los productos y el mercado como vosotras.

Mia negó con la cabeza.

—No podemos agitar las aguas. A Tyler no le interesaron nuestras ideas antes y seguramente ahora tampoco. Sigue hablando de recortes de personal. No quiero darle una excusa para echarme.

Daisy miró a Brad y a Tyler, que estaban ocupados repartiendo los folletos. ¿En qué estaba pensando Liam cuando envió a este tipo? En teoría Organicare era una empresa con visión de futuro que marcaría un antes y un después en la vida de las mujeres.

—Podría hablar con Liam —sugirió.

—¡Sí! —A Mia se le iluminó la cara—. Había olvidado que lo conocías. No dudes en hablar con él. A ver qué puede hacer.

Tyler entregó a cada una un folleto con más imágenes de mujeres parecidas a ninfas y sus unicornios.

—No había podido felicitarte aún por tu compromiso —le dijo a Daisy—. Tú y Liam...

«¡Dios mío!». Daisy se quedó paralizada, con el corazón latiéndole tan fuerte que pensó que se rompería una costilla. Había olvidado que Liam iba a contarle a Tyler lo de su compromiso.

—Espera. ¿Qué? —Josh frunció el ceño—. ¿Estás comprometida con Liam Murphy y no me lo habías dicho? Dijiste que era el mejor amigo de tu hermano. Dijiste que no estabais muy unidos.

A Daisy se le aceleró el pulso. No era buena improvisando sobre la marcha.

—Estábamos...

—¿Haciendo una pausa? —continuó Mia.

Daisy le lanzó una mirada de agradecimiento.

—Sí. Haciendo una pausa. Una larga pausa. Muy larga. Años. Y entonces nos encontramos y sucedió sin más.

—No sé cómo darte las gracias —dijo Tyler—. Nos has salvado. Yo estaba totalmente desesperado.

—La verdad es que no he hecho nada.

—No necesitas ser tan humilde. Liam me lo contó todo. Que le suplicaste que interviniera, que le preparaste su cena favorita para que escuchara la presentación... —Se llevó un puño a los labios, embargado por la emoción—. La anécdota de cómo derramaste el vino es memorable. ¡Memorable! —Le dio una palmadita en el hombro—. Hablaremos más tarde. Tengo que acabar de repartir esto para que Brad pueda seguir con la presentación.

Zoe la abrazó cuando Tyler se hubo marchado.

—¡Felicidades!

—¡Estáis comprometidos! —Mia empezó a aplaudir—. Estoy tan feliz por ti que podría llorar.

—Tú lloras por todo —dijo Josh en tono seco—. ¿Un pepinillo extra en el almuerzo? Aparecen las lágrimas. ¿Una fiesta de celebración de un bebé? Río de lágrimas. ¿Alguien vuelve de vacaciones? Histeria. No puedo imaginarme cómo sería si vieras *Mi pequeño pony*. La escena en la que Tempestad se sacrifica...

—No sigas. —Mia levantó la mano—. No podría soportarlo.

—Sigo sin entenderlo. —Josh volvió a dirigir su atención a Daisy—. El mes pasado te acostaste con un bombero y el fin de semana anterior con el vendedor de coches de Freemont. Y ahora, ¿te casas? ¿Con Liam? ¿Ha visto la colección de Funko Pops de Marvel que tienes sobre la mesa? ¿Sabe siquiera lo que es el Universo Marvel?

El sudor empezó a correrle por la espalda y se le formó un nudo en la garganta. Pensaba que había analizado su falso compromiso desde todos los ángulos, pero no se había planteado qué pasaría cuando sus colegas se enteraran.

—Todo sucedió muy rápido. Cuando lo sabes, lo sabes.

—¿Quieres saber lo que yo sé? —Josh vaciló—. Una persona que programa todo al milímetro y que es alérgica al compromiso no se casa por capricho. No tiene ningún sentido.

—Es amor —dijo Zoe con delicadeza—. Claro que no tiene sentido.

Josh negó con la cabeza.

—Algo no cuadra.

Y tenía razón. Su comportamiento era incoherente, y si Josh podía verlo, su familia también lo vería. Tenía que volver a pensar en su plan. Era evidente que se le había pasado algo por alto, y a cuanta menos gente tuviera que mentir, mejor.

—No es de verdad —murmuró.

—¿Qué quieres decir con «no es de verdad»? —Josh frunció el ceño.

—Él necesita a una esposa para quedarse con una herencia, y yo necesito a una pareja para quitarme a mis tías de encima. Hicimos un trato que incluía que él ayudaría a Organicare. Será solo durante un año. Luego romperemos.

Josh palideció.

—¿Hablas en serio? ¿Vas a atarte a este tipo durante un año? ¿El mismo que te rompió el corazón?

—Lo está haciendo por nosotros —dijo Mia—. Para salvar la empresa. ¿Por qué le haces pasar un mal rato? Es una buena persona.

—Dijiste que lo que te hizo era imperdonable —replicó Josh—. Y ahora lo estás perdonando.

—Es tan romántico… —Zoe juntó las manos—. Me encanta.

—No lo he perdonado. —Daisy se frotó la nuca—. Ambos nos beneficiamos de este acuerdo. Eso es todo.

Y eso sería todo. Él no la había querido antes y no la quería ahora; al menos no de la forma que ella siempre había deseado. Nadie quería a alguien que era un friki y que prefería las figuritas de acción a las muñecas y los rompecabezas de matemáticas a los cuentos de hadas. Su madre había vuelto tras doce años de ausencia para decírselo.

Un alboroto en la puerta llamó su atención. Rochelle acababa de traer a Liam a la reunión y se lo estaba comiendo con la mirada mientras este estrechaba la mano de Brad y de Tyler.

¿Por qué era tan increíble que quisiera casarse con ella? ¿Por qué seguía oyendo la voz de su madre en su cabeza?

Falso o no, él era su prometido, y en este juego de mentiras un hombre como él amaba a una mujer como ella, y no permitiría que Rochelle se lo robara.

Apretando los dientes, se reunió con él cerca de la puerta.

—Hola... Ah... —¿Cómo lo había llamado antes? ¿Cariño? ¿Amor? ¿Querido?—, *hamraaz*. —La cariñosa palabra en urdu salió de sus labios antes de que pudiera detenerla.

Liam dirigió su mirada hacia ella y su rostro se relajó. Antes de que pudiera preguntarle qué significaba y echar a perder la actuación, ella se puso de puntillas, le colocó las manos en el pecho y lo besó.

Inesperadamente, Liam le rodeó la cintura con un brazo, puso sus labios sobre los de ella y la reclinó para darle un beso de película.

Daisy empezó a respirar de forma entrecortada y sus labios se volvieron de gelatina. Los labios de Liam eran firmes y sabían a café y a algo dulce. Le metió la lengua en la boca y, por un instante, ella creyó que se le había parado el corazón. Pero no le importaba. Boca abajo y frente a sus compañeros de trabajo, era la mujer que siempre había querido ser.

Luego se levantó y volvió a ponerse en pie, con un cosquilleo en los labios y el deseo palpitándole dolorosamente entre los muslos.

—¿Qué significa? —susurró—. ¿*Hamraaz*?

—Guardián de los secretos.

—Entonces yo soy tu *hamraaz* —dijo—. Y tú eres la mía.

14

Viernes, 23:06

DAISY: Confirmando cita n.° 3. Sábado 18:00. Casa del abuelo de Liam, Richmond. Objetivo: conocer a la familia de Liam.

LIAM: ¿Por qué estás en casa un viernes a las once de la noche?

DAISY: ¿Por qué crees que estoy en casa?
Quizá estoy fuera, teniendo sexo con un luchador de artes marciales mixtas sexi.

LIAM: ¿Quién diablos es ese tipo?
¿Le dijiste que estás comprometida?

DAISY: Pensé que eso lo asustaría.

Viernes, 23:20

LIAM: ¿Sigue ahí?

DAISY: ¿Quién?

LIAM: El luchador de artes marciales mixtas que está teniendo sexo con mi prometida.

DAISY: No había ningún luchador de artes marciales mixtas. Max y yo estamos viendo *El Club de la Lucha* en Netflix.

LIAM: ¿Conoceré a Max algún día?

DAISY: Sí. Porque si no le gustas a Max, se acabó.

LIAM: Llevaré golosinas.

DAISY: No se le puede sobornar. Todo el mundo tiene un punto débil. ¿Cuál es el tuyo?

LIAM: Tú.

Viernes, 23:30

LIAM: Te olvidaste de llamarme *hamraaz*.

DAISY: Solo lo dije para aparentar.
Nadie está cerca para escucharlo ahora.

LIAM: Dilo de todos modos.

DAISY: Buenas noches, *hamraaz*.

—No has probado tu bebida.

Liam levantó la vista de su teléfono, desorientado de repente. Había ido al Rose & Thorn después del trabajo con James y sus tres nuevos empleados para conocerse un poco mejor, pero ahora estaba sentado solo al final de la barra.

—Tu bebida. —Rainey señaló la pinta de Guinness que tenía delante—. Se te está calentando.

Liam miró a su alrededor y vio a James y a sus nuevos empleados en la pista de baile, moviéndose al ritmo del jive de los años cincuenta que un grupo estaba tocando en directo.

—¿A quién le enviabas mensajes? Nunca te había visto tan concentrado. —Ella retiró los vasos vacíos que había junto a él en la barra.

—La mujer de la que te hablé, Daisy.

Rainey se quedó paralizada.

—¿No será la que dejaste plantada en el baile de graduación?

Liam levantó instintivamente una mano, por si Rainey decidía darle otra bofetada.

—Aceptó ser mi prometida.

—¿Se ha dado un golpe en la cabeza? ¿Su padre necesita tratamiento médico y has aceptado pagar sus facturas? ¿El banco estaba a punto de embargar su casa, que perteneció a su familia durante generaciones, y hablaste con el director del banco? ¿O simplemente le has dado un montón de dinero?

Liam se levantó de su asiento, con las palabras de Daisy en los labios.

—No es una prostituta, Rainey.

—Bueno, debiste de ofrecerle algo jugoso, porque la última vez dijiste que te odiaba y ahora ha aceptado ser tu esposa.

Volvió a sentarse, aún receloso de que le diera una bofetada.

—Ella se quita de encima a sus parientes casamenteros y yo ayudo a su empresa a salir a flote. Es un simple acuerdo de negocios.

—¿Estás seguro? —Rainey señaló por encima de su hombro—. Llevas media hora sonriéndole al teléfono. Tus colegas se han ido a la pista de baile y tú ni te has enterado. Puede que te hayas enamorado de tu falsa prometida.

Liam tomó aire para hablar y luego lo soltó de golpe. Pensó en una docena de razones por las que habría estado más concentrado enviándole mensajes de texto a Daisy que en conocer a sus colegas de trabajo, pero las descartó todas.

—Estoy seguro. —Bebió un sorbo de la sabrosa y espesa Guinness, dejando que la dulzura de la malta y el amargor del lúpulo se deslizaran por su lengua. Solía beber la Guinness acompañada de *whisky*, pero James había pedido la primera ronda antes de que él llegara—. Mañana iremos a ver a mi familia y ella estaba confirmándome los detalles.

Nada había cambiado en los últimos diez años. Daisy seguía siendo la hermana pequeña de Sanjay. Seguía siendo inteligente, guapa y divertida, y su capacidad para poner orden en el caos seguía dando cierta estabilidad a su propio mundo. Ella había hecho realidad su deseo de salvar la destilería. Entendía sus bromas y nada le hacía sentir tan bien como su sonrisa. Solo esperaba que el hombre que algún día conquistara su corazón fuera digno de ella.

—¿Qué tal la Carrera de la Muerte del fin de semana? —preguntó ante el silencio de su mirada.

—Estás cambiando de tema, pero te lo diré de todos modos. —Levantó el brazo y señaló un vendaje blanco y reciente—. Acabado en un tiempo récord. Me tatuó Bobby Tam. No hace tatuajes, sino obras maestras. Estoy deseando enseñarlo.

—Espero con impaciencia la gran revelación.

Rainey sirvió dos vasos de *whisky* y le acercó uno.

—¿Qué siente ella por ti?

Por supuesto, Rainey no iba a darse por vencida. Una vez despertada su curiosidad, seguiría insistiendo hasta que él le dijera la verdad; si es que él sabía cuál era.

—No lo sé.

Hace dos semanas, habría dado otra respuesta. Pero dos citas falsas después, ya no estaba tan seguro. Se habían reído juntos, se habían contado anécdotas y se habían tomado el pelo como hicieran años atrás. Y aquel beso. Tan inesperado… tan dulce… y tan condenadamente excitante. Había sentido pasión en su beso, despertando en su interior un anhelo que nunca había muerto del todo. Y por el rubor que vio en sus mejillas cuando por fin la soltó, supo que ella había sentido lo mismo.

—Bueno, es evidente que no te odia, o no habría aceptado tu delirante plan. —Dio un sorbo a su vaso y se lamió los labios—. Y está muy claro que tú tampoco la odias a ella. La pregunta es: ¿estás haciendo esto para tener la conciencia tranquila, para salvar la destilería o para conquistar a la chica?

Liam echó la cabeza hacia atrás y gimió.

—No importa. Aunque yo quisiera algo más que una relación de conveniencia, en algún momento ella querrá una explicación de lo que pasó años atrás, y entonces todo se habrá acabado. Prometí guardar un secreto y la verdad destrozaría a su familia.

—Yo no estaría tan segura. —Rainey bajó una botella de *whisky* escocés—. Las familias son más fuertes de lo que crees.

—¿Cómo lo sabes?

Desenroscó la botella.

—Lo he visto en la televisión.

—Lo estás malcriando. —Daisy negó con la cabeza cuando vio una voluminosa *pakora* en el cuenco de Max—. ¿Qué voy a hacer cuando Max tenga que volver a la guardería canina en otoño? Le dará asco la comida normal para perros.

—Mimar a las mascotas y a los sobrinos es el trabajo de una tía. —La tía Mehar le entregó a Daisy un plato de dulces indios. Había acabado la coreografía de uno de los bailes de la boda de Layla, y Daisy se había ofrecido a ayudarlas a ensayar antes de su cita con Liam—. Prueba estos. —La tía Mehar tomó un *jalebi* del plato—. Me he pasado toda la tarde en la cocina. Pensé que sería una buena idea traer algunos dulces a nuestra clase de baile.

Aunque Mehar era bajita y rechoncha, estaba dotada de un asombroso sentido del ritmo, por lo que era la reina del baile de la familia y acaparaba toda la atención en las fiestas previas a las bodas indias con sus ensayados pasos de baile. Ella y Daisy enseñaban juntas a bailar Bollywood en el centro recreativo local, y lo consideraban tanto un divertido ejercicio cardiovascular como una forma de conectar con su cultura.

—He quedado con la familia de Liam esta noche. —Daisy mordisqueó el *jalebi*. Los dulces de naranja en forma de espiral, perfumados con agua de rosas y especias, y empapados con un sirope dulce y espeso, eran su postre indio favorito—. ¿Puedo llevarme algunos para compartir?

La tía Mehar resopló con disgusto.

—El chico debería conocer primero a la familia de la chica.

—No podría tener una reunión familiar en la que no estuviera mi padre.

—Yo te veo dos veces por semana —resopló—. Y no me contaste nada de él. —La tía Mehar se dio la vuelta—. Pensaba que yo era tu tía favorita, pero se lo presentaste antes a Salena.

Daisy dejó el plato para darle un abrazo a su tía.

—No seas así, tía-ji. Claro que eres mi favorita. Vi a la tía Salena por casualidad. Si no me hubiera tropezado con ella, te lo habría dicho antes a ti.

La tía Mehar suspiró, algo más tranquila.

—Llévate entonces algunos dulces. Puede que les gusten, o puede que no. ¿Quién sabe? No sabemos nada de esa familia. Ni siquiera su nombre.

Layla llegó mientras la tía Mehar empaquetaba algunos dulces. Las hizo pasar al salón con sendas tazas de chai humeante mientras ella limpiaba, y se acomodaron en el sofá con Max acurrucado entre ellas. El gusto decorativo de la tía Mehar se inclinaba hacia lo tradicional, con muebles de madera oscura y telas de vivos colores.

—¿Cómo van las cosas con el falso compromiso? —preguntó Layla.

—Lo besé.

Layla se quedó paralizada, con la taza a medio camino de la boca.

—¿Hablas en serio?

—Fue solo para aparentar. —Se encogió de hombros—. Tyler les dijo a mis amigos de la oficina que estábamos comprometidos. Mia y Zoe se alegraron por mí, pero Josh no podía creerse que alguien como Liam quisiera casarse con alguien como yo. Me enfadé un poco, y cuando Rochelle vino con él y vi que le gustaba, algo me hizo clic.

Layla suspiró.

—Este tipo de historias nunca acaban bien.

—Así que lo besé —continuó Daisy—. Pero él entonces me echó hacia atrás, como hacen en las películas

—¡Oh, no! —Layla dejó su taza—. No caigas en la trampa. Ya viste cómo era en el instituto. ¿Recuerdas a Becky Evans? ¿Y a María López? Las sedujo, se acostó con ellas y luego las dejó tiradas. Y, después de la ruptura, estuvieron pululando a su alrededor.

Daisy acarició la mullida cabeza de Max.

—Yo no pululo a su alrededor. Él entendió simplemente que yo necesitaba dejar algo claro y no tuve que darle explicaciones.

—Lo único que entiende es cómo llevarse a una mujer a la cama. Si tiene que darte un beso de película en medio de tu oficina para conseguirlo, eso es lo que hará.

—Tenemos algunas reglas —dijo Daisy—. Nada de sexo.

—Ten cuidado con él —le advirtió Layla—. Es todo lo que voy a decir. Ya te rompió el corazón una vez. No dejes que vuelva a hacerlo.

15

Liam redujo la velocidad de su motocicleta cuando estuvo frente a la casa estilo rancho de su abuelo, en Richmond, y se acercó al bordillo, donde Daisy lo esperaba junto a un Mini de color rojo.

Ella dio unos golpecitos con el dedo en su reloj mientras él se quitaba el casco.

—Llegas dos minutos y treinta y siete segundos tarde.

—Quería hacer una entrada triunfal.

Daisy se rio.

—Si quieres hacer una entrada triunfal cuando conozcas a mi familia, tendrás que mejorar. Dos minutos se considerarían de mala educación y demasiado pronto. Una hora tarde sería justo a tiempo.

En su familia, la gente no solo se reunía para bodas y funerales. Se implicaban en la vida de los demás. Sabían si alguien sufría malos tratos e intervenían para ayudar, a diferencia de la familia de su padre, que nunca había apoyado a su madre. Era una de las razones por las que no se había esforzado por volver a verlos tras la muerte de su padre. El perdón no era fácil cuando no se podía olvidar.

—He traído dulces indios. —Levantó una caja de cartón rosa—. La tía Mehar los preparó esta tarde. Estuve tentada de comérmelos todos yo sola, pero Layla me convenció de que los compartiera.

—¿Cómo está Layla? —Sujetó el casco a la parte trasera de la moto.

—Muy escéptica contigo y con tus motivos.

Él ahogó una risita.

—No esperaba menos. Siempre te cubrió las espaldas.

—Así que esta es tu moto. —Daisy hizo un círculo completo alrededor de la moto.

—Es mi bebé. —Acarició el asiento marrón oscuro—. Una Ducati XDiavel S en gris hormigón líquido con la mecánica en negro.

—Es preciosa.

—Tú eres preciosa. —Las palabras salieron de sus labios antes de que pudiera detenerlas. Llevaba un vestido rojo cereza con lunares blancos que se ceñía a todas sus curvas y tenía un escote bajo que dejaba entrever la suave turgencia de sus pechos.

—Gracias. —Bajó la mirada y sacó su teléfono de un pequeño bolso rojo que hacía juego con sus zapatos.

Liam nunca se había fijado demasiado en los zapatos de las mujeres, pero los de Daisy obligaban a ello. Curvilíneos y redondos, tenían unos lazos en la parte superior y unos tacones altos y gráciles que le hacían la boca agua. Eran inocentes y sexis a la vez; el tipo de zapatos que un hombre podría admirar cuando su amante estuviera echada sobre una mesa con la falda del elegante vestido levantada y... ¡Joder! ¿Por qué había atado el casco a la moto?

Se quitó la chaqueta de cuero, se la puso discretamente por delante y volvió a concentrarse en la conversación porque, maldita sea, ¿cuándo había perdido tanto el control sobre sus fantasías con Daisy?

—La XDiavel no tiene malas críticas. —Leyó en la pantalla—. «Valiente, irreverente y poco convencional». «Demasiado buena para ser mala». «Potente». «Fuerte e inquieta». —Soltó una carcajada—. ¿Buscaste una moto que tuviera tu misma personalidad o fue al revés?

El pecho de Liam se hinchó de orgullo.

—Me llamó la atención en la sala de exposiciones.

Daisy se rio.

—Puedo imaginármelo.

Era la risa que él recordaba, la carcajada profunda y gutural que le calentaba por dentro. Por un momento se permitió imaginarla en su moto, con los brazos alrededor de su cintura, el pecho apretado contra su espalda, los muslos de ella curvados contra sus caderas. Se imaginó conduciendo con ella hasta que se les acabara la carretera, dejando atrás el pasado.

Tal vez Rainey tenía razón. Tal vez se había enamorado de su falsa prometida. Y no había nada que pudiera hacer al respecto, excepto seguir jugando.

—¿A quién vamos a ver hoy? —preguntó Daisy—. Me gusta estar preparada.

—Una mezcla de tíos y tías abuelos que vinieron de Irlanda para el funeral y parientes que viven cerca. —Empezó a recitar una lista de nombres—: Reconocerás enseguida a mis tías Roisin y Fiona, porque siempre están peleándose, y suelen meter a mi tío Fitz en la pelea. El tío abuelo Seamus es todo un personaje. Solo lleva aquí unos días y ya se las ha apañado para causar problemas al coquetear con la mujer del vecino. Brendan estará allí con su mujer, Lauren, y su hijo Jaxon, y puede que haya algunos más.

—No pongas esa cara. —Daisy se dio un golpecito en la cabeza—. Yo me encargo. Todos los nombres están ya en este cerebro, y tengo nuestros temas de conversación en mi teléfono, en caso de que no los hayas leído.

Desconcertado, frunció el ceño.

—¿Qué temas de conversación?

—Nos van a hacer preguntas sobre nuestra relación —dijo Daisy—. Cuando Tyler soltó la noticia de nuestro compromiso me tomó desprevenida, y no quiero que vuelva a ocurrirme. Les conté cómo nos habíamos conocido por correo electrónico, así como las respuestas a otras preguntas que pudieran hacernos. Te lo envié, pero como sospechaba, no lo has leído.

Liam hizo una mueca.

—Recibo muchos correos electrónicos.

Su mano libre encontró su cintura.

—¿Tengo que suponer que eso es una disculpa?

—Sí.

A pesar del evidente enfado de Daisy, le invadió una curiosa sensación de paz. Estaba preocupado por la reunión con su familia, pero ella lo tenía todo bajo control. Igual que sucediera en el pasado, ahora conseguía calmarlo.

—Más vale que lo sea o te quedarás sin prometida. —Apretó los labios y lo miró—. Deberías leerlo antes de que entremos para que sepas cómo nos conocimos.

—Creía que nos habíamos conocido en una convención de tecnología hace unas semanas, después de que te tropezaras conmigo con un montón de compresas robadas —bromeó.

—¡Yo no las robé! —gritó Daisy—. Y no podemos decir eso porque en teoría nos conocimos hace meses. Se me ocurrió la anécdota de que nos conocimos en una parada de autobús durante una tormenta. Besarse bajo la lluvia es el recurso cinematográfico por excelencia para una pasión incontrolable. Al público le gusta que el amor entre los personajes sea tan intenso que no se den cuenta de que se están mojando.

—Alguien ha estado leyendo demasiadas críticas de películas de arte y ensayo. —Liam le puso una mano en la parte baja de la espalda y la acompañó hasta la puerta principal—. Para que lo entienda, nos volvimos a ver después de diez años y, en vez de ponernos al día, nos besamos apasionadamente; enamorados de una forma tan instantánea e intensa que ni siquiera notamos la lluvia... —Negó con la cabeza—. No tiene sentido.

—No hay ningún beso. Lo dejaré claro en la anécdota de cómo nos conocimos. —Le pasó la caja de dulces para teclear en su teléfono.

Liam se acercó para mirar su pantalla.

—Aclara también que yo no viajo en autobús, así que nunca nos habríamos reencontrado en una parada.

—Estabas protegiéndote de la lluvia.

Liam frunció el ceño.

—¿Por qué iba a correr hacia una parada de autobús en vez de entrar en un edificio?

—Porque no había edificios. —Echó la cabeza hacia atrás, exasperada—. ¿Por qué lo complicas tanto?

—¿Dónde hay una parada de autobús en medio de la nada? —Liam continuó, disfrutando de la oportunidad de enfadarla—. ¿Y por qué iba a estar yo en un lugar que solo tiene una parada de autobús y ningún edificio? ¿Y por qué estaría bajo la lluvia?

—No lo sé. —Daisy alzó la voz—. En teoría eres tú el que tiene imaginación. Yo soy incapaz de inventarme cosas sobre la marcha. Me llevó horas inventarme esta historia.

—¿Por qué no le decimos la verdad a la gente? —sugirió—. Después de perder el contacto durante diez años, nos reencontramos en una convención de trabajo; no hace falta que sepan cuál exactamente. Te diste cuenta de quién era yo y…

—Me escapé. —Sus labios se curvaron en una sonrisa cuando llegaron a la puerta.

—Entonces te perseguí —dijo Liam—. Te atrapé porque soy más grande y más rápido.

—Llamé al guardia de seguridad e hice que te detuvieran. —Guardó el teléfono, con los ojos chispeantes de alegría—. Te llevaron a comisaría y te acusaron de amenazas y agresión. Te desnudaron, te pusieron un mono naranja y te metieron en una celda con un montón de matones. Las cosas no te fueron bien porque a los matones les molestó tu cara bonita. La venganza estaba servida. Fin.

Liam la miró fijamente, atónito.

—Para ser alguien sin imaginación, es una historia con muchos detalles.

—La verdad es que no es mía. Es una escena de la película de Bollywood *Jail*. Te puse en el papel de Parag Dixit, que es encarcelado por falsa posesión de narcóticos y manipulación de pruebas. Es torturado mental y físicamente durante toda la película. Es una de las favoritas de mi padre.

La sonrisa de Liam se desvaneció.

—¿Tiene un final feliz?

—No.

Ella se reía con ojos brillantes. Estaba tan guapa que él no pudo resistir el impulso de tocarla.

Le echó el cabello hacia atrás con delicadeza y le acarició con los dedos la suave piel del hombro.

—Quizá deberíamos practicar...

A ella le temblaron las comisuras de los labios y acortó la distancia que los separaba. Luego dijo con voz ronca y grave:

—¿Por autenticidad?

—Exacto.

Ella deslizó la mano libre sobre su hombro, con sus delicados pechos aplastándose contra el pecho de él. Toda la sangre le corrió hacia la ingle, llevándose consigo los últimos vestigios del pensamiento racional de Liam. La rodeó con los brazos, acercándola tanto que pudo sentir cada suave inspiración como una exquisita caricia en su miembro. El deseo le recorrió las venas mientras sus manos rozaban la suavidad de sus curvas.

—Alguien nos está mirando por la ventana —murmuró ella, con su aliento cálido en la mejilla de él.

—Razón de más para montar un buen espectáculo. —Le puso una mano en la nuca y le echó la cabeza hacia atrás, para después empezar a devorar su boca.

Un gemido se escapó de los labios de ella, llenándole la cabeza de imágenes de sábanas revueltas, cabeceros golpeados, piel bañada en sudor y la materialización de una fantasía que lo había consumido noche tras noche, desde que ella había cumplido dieciséis años y él se había dado cuenta de que ya no era una niña.

Separó sus labios y deslizó dentro la lengua con delicadeza; tocando, probando y deteniéndose entre embriagadoras succiones para saborear su esencia con todas sus papilas gustativas. Con cada bocanada inhalaba el fresco aroma de las flores silvestres en un prado empapado por la lluvia, el campo de césped donde habían jugado a la pelota bajo el sol del verano. Sabía que era inteligente, divertida y hermosa. Pero este beso, estas sensaciones, el calor palpitante del deseo... Todo era completamente nuevo.

Con una fuerza de voluntad que no sabía que tenía, se apartó de ella y se concentró en el trinar de los pájaros, en el suave zumbido de un coche eléctrico, en la distante risa del interior de la casa…; en sonidos reales, sonidos seguros, que lo anclaban al momento presente.

—Creo que lo tenemos claro. —Soltó una media carcajada, intentando procesar lo que había pasado. Había besado a docenas de mujeres a lo largo de los años. ¿Por qué estaba tan alterado ahora?

Durante un largo rato, Daisy no se movió. Tenía la cara sensible y los labios hinchados por el beso. Tragó saliva y su mirada se posó bajo su cinturón, donde la evidencia de su deseo apenas se ocultaba bajo los vaqueros. Él se cubrió el brazo con la chaqueta de la moto, creando un discreto escudo y una barrera entre ellos.

—¿Tienes algo que ocultar, Liam? —Fría y tranquila, como si no le hubiera hecho perder la cabeza con su beso, le dedicó una sonrisa burlona.

Sí, tenía algo para ocultar… La verdad.

—No quiero asustar a las damas.

—Esta dama no tiene miedo.

Oyó una tos y vio a la tía Fiona observándolos a través de la puerta de cristal.

—Vamos allá con la anécdota de la parada de autobús bajo la lluvia —dijo, acercándose a la puerta—. ¿Tiene un final feliz?

—Tendremos que esperar para verlo.

16

Daisy comprobó por última vez en el espejo del pasillo que nada revelaba su frikismo interior. Había decidido ir a lo seguro con un vestido estilo años cincuenta con zapatos a juego. Aunque lo odiaba, se había quitado el tinte y había dejado que su abundante y oscura melena cayera suelta sobre sus hombros. Sin embargo, una tensión latente le había formado un nudo en el estómago. Trabajaba en Silicon Valley y formaba parte de una comunidad desi numerosa y vibrante, por lo que no solía ir a lugares en los que fuera la excepción y no se le daban bien los grupos de desconocidos.

—Estás perfecta. —Liam la miró en el espejo. Como era habitual, él estaba muy sexi con su cazadora de cuero, un jersey azul que hacía juego con sus ojos y unos vaqueros ajustados por todas partes.

—No quería darle a tu familia motivos para que dudaran de que nuestra relación es real. No eres el tipo de chico que saldría con alguien que se viste como yo suelo hacerlo.

—Me gusta como vistes —dijo él con delicadeza.

La música y las risas resonaban en el pasillo. Pudo identificar, al menos, una docena de voces. Se le aceleró el pulso y miró, sin verlo realmente, el cuadro que tenía delante. ¿Por qué había aceptado? Sin unas mallas estampadas, unas gafas de sol de colores o un sombrero estrafalario se sentía totalmente expuesta. El miedo deslizó sus helados dedos por su columna vertebral y ella apretó con fuerza la caja de dulces que le había dado la tía Mehar.

—¡Tío Liam! —Un niño pequeño con un alborotado cabello rubio se les acercó corriendo por el pasillo—. ¡Tengo un avión nuevo!

Liam se arrodilló y tomó al niño en brazos.

—Este es mi sobrino, Jaxon. Acaba de cumplir cinco años. Y esta preciosa señorita es mi amiga Daisy.

—Tiene un nombre de flor —dijo Jaxon.

Liam le echó un vistazo y sonrió.

—Sí, y es tan bonita como la flor.

—¿Quieres ver mi avión? —Jaxon se soltó—. Está en el salón.

—Claro que sí.

—Sonríe —le susurró Liam mientras seguían a Jaxon hasta el salón—. Imagina que estás en el escenario haciendo el baile con el que ganaste el primer premio en el concurso de talentos del instituto.

—¿Lo viste?

—Después de veros a ti y a Layla ensayar durante meses, me sentí obligado a daros apoyo moral durante la actuación.

Antes de que pudiera procesar la información, habían llegado a un salón amplio y luminoso. Estaba decorado en tonos rosas y verdes, y amueblado con lo que debían de ser antigüedades.

—Liam, me preguntaba cuándo ibais a venir. —Una mujer de cabello castaño rizado y ojos color avellana los saludó con una sonrisa.

—Tía Fiona, esta es Daisy Patel. —Miró a su alrededor y alzó la voz—. Mi prometida.

Daisy le ofreció la caja de la tía Mehar y sintió un nudo en el estómago cuando la declaración de Liam no obtuvo respuesta. Tal vez habían calculado mal. Después de todo, ella era la única persona que no era blanca en aquella casa.

—He traído unos dulces.

—¡Qué detalle! —Fiona se adelantó para agarrar la caja—. Es un placer conocerte.

—¡Liam! No me dijiste que tenías novia la última vez que te vi. —Una mujer alta, con largo cabello castaño trenzado a la espalda y que iba vestida con una colorida túnica caminaba hacia ellos—. O quizá sí lo hiciste y no lo recuerdo. —Le dedicó a Daisy una sonrisa de disculpa—. He estado haciendo un retiro de ayahuasca en Costa Rica. Necesitaba sacarme mucha porquería de la cabeza.

—Esta es la tía Roisin —susurró Liam.

—Y parece ser que el retiro te ha ayudado —murmuró Fiona, dejando la caja sobre la mesita—. Aún no has vuelto del todo.

—No seas cruel —dijo Roisin—. Que seas incapaz de desprenderte de tu ego no significa que debas menospreciar a quienes hemos alcanzado la iluminación.

—Te pasaste un mes tomando drogas psicodélicas y viviendo en una cabaña en la selva —dijo Fiona—. Te perdiste el funeral de papá. Tuve que contratar a una empresa de seguridad para que te buscara y sacara de allí. ¿Cuánta iluminación hay en eso?

—Las drogas son un atajo para encontrar una verdad superior —replicó Roisin—. Fue como una década de terapia concentrada en una sola noche. Pero no necesitamos hablar de mí. Estamos aquí por Liam y su prometida.

—Creo que nadie te creyó cuando dijiste que estabas comprometido —le dijo Fiona a Liam—. Ha sido toda una sorpresa.

—Todo sucedió muy deprisa. —Liam estrechó la mano de Daisy y le dio un apretón—. Daisy es la hermana de uno de mis viejos amigos del instituto. Nos volvimos a ver hace poco, pero con el abuelo enfermo, no me pareció el momento adecuado para presentarla.

—Pensé que era como tú, tío Seamus. —Fiona le dio un codazo al anciano que tenía al lado. Tenía su misma cara redondeada y ojos color avellana, pero su cabello era gris y era alto y delgado, mientras que Fiona era baja y rechoncha—. Yendo de flor en flor hasta que fue demasiado tarde.

—Nunca es demasiado tarde —dijo Seamus, hinchando su tórax en tonel—. Yo iré de flor en flor hasta que me metan en el ataúd.

Liam presentó a Daisy a todos sus parientes. Aparte de algunas preguntas educadas sobre su trabajo, estaban más interesados en sus propias bromas sarcásticas que en conocerla. A diferencia de lo que hacía su familia a la hora de conocer a una potencial pareja, ella no tenía que sentarse en medio de una habitación y responder a todo tipo de preguntas, desde sus comidas favoritas hasta sus opiniones religiosas y políticas. La relación que Liam tenía con ella era solo asunto de Liam, y ellos aceptaban su elección. Era un alivio, pero al mismo tiempo tenía la sensación de que, si algo le salía mal a Liam, se encontraría solo. Por el contrario, cuando el tío Nasir estuvo recuperándose en el hospital de una operación de corazón, toda la familia fue a verlo. Había pensado a menudo que su familia la asfixiaba, pero ¿sería mejor quedarse sola?

—¡Brendan! —gritó Fiona hacia la cocina—. Olvídate de las bebidas. Ven a conocer a la prometida de Liam.

Daisy se giró cuando el hermano de Liam entró en la habitación. Más bajo que Liam por unos pocos centímetros y con la misma anchura de hombros, aunque de complexión fornida, Brendan era una versión más tosca de su hermano. Y aunque sus rasgos eran rudos por sí solos, junto con su grueso cabello rubio y los mismos ojos azules de Liam le daban un atractivo peligroso.

La mirada de Brendan pasó de Daisy a Liam, y luego habló con desprecio:

—¡Dios! No puedo creer que estés llevando a cabo esta farsa. ¡Menuda estupidez!

—Estupidez —repitió Jaxon, con los ojos muy abiertos—. Puta estupidez.

Brendan hinchó el pecho.

—¿Ves? Hasta un niño sabe que es un montón de mi…

—¡Brendan! —Una mujer delgada y de cabello claro salió corriendo de la cocina y tomó en brazos a Jaxon—. No hables así delante del niño.

—¿Es eso cierto? —preguntó Fiona, después de que hubieran llevado escaleras arriba a un protestón Jaxon.

—Estamos comprometidos. —Liam rodeó los hombros de Daisy con un brazo—. Conozco a Daisy desde hace casi veinte años, pero fue la muerte del abuelo lo que me hizo darme cuenta de que la vida es demasiado corta para desperdiciarla.

¡Maldita sea! Era impresionante. Daisy nunca había dominado el arte de mentir a la primera. El engaño requería imaginación e improvisación, y ella se inclinaba por la lógica y la planificación.

—Eso es muy cierto —dijo Roisin—. El mundo es un lugar solitario lleno de gente solitaria. Si encuentras a alguien con quien conectas, alguien que te saque de ti mismo y te dé alegría, no puedes dejarlo escapar. Mi chamán sintió esa misma conexión conmigo después de bebernos el brebaje de ayahuasca.

—Seguro que sí —murmuró Fiona—. Una conexión muy íntima.

—Entonces, ¿por qué no fue al funeral? —Brendan le desafió—. ¿O al velatorio? ¿Por qué no nos la presentaste nunca? No dijiste nada hasta que te enteraste de que el abuelo me había dado la destilería.

—Estábamos... —se interrumpió y a Daisy le entró el pánico, aterrorizada de no ser capaz de «improvisar». ¿Qué podía decir? ¿Qué tenía sentido? No se le daba bien inventar cosas. Tal vez algo que se acercara a la verdad.

—Me engañó —soltó ella, con el corazón latiéndole tan fuerte que apenas podía oír a través del torrente de sangre que pasaba por sus oídos.

Liam la miró estupefacto.

—No tienes que...

—Con Madison. Mi antigua jefa. —Ya había metido la pata, así que podía seguir con una anécdota que conocía—. Y tuve que dejar un trabajo que adoraba. —Sintió alivio y temor al mismo tiempo cuando Liam no la interrumpió y la dejó convertirse en el centro de atención.

»Habíamos roto, pero lo llevé al pícnic de la empresa con la esperanza de reconciliarnos y se acostó con Madison.

—¡Pobre chica! —Roisin le acarició la mano—. Los hombres siempre pensando con la verga.

—¡Roisin! ¡Por el amor de Dios! —dijo Seamus—. Cuida tu lenguaje.

—No es ninguna niña. —Roisin miró a Daisy—. Si no supiera lo que es una verga, no estaría con nuestro Liam. ¿No es cierto?

—Mmm... —El cerebro de Daisy tenía la palabra «verga» en bucle y no podía articular palabra. No había oído pronunciar la palabra «verga» ni una sola vez en ninguna reunión familiar de los Patel. Ni tampoco ninguna otra palabrota. Ni siquiera había tenido una conversación sobre sexo con nadie de su familia, excepto con Layla.

—¡Oh! Mirad su cara. —Fiona chasqueó la lengua como una gallina madre—. Solo lleva aquí cinco minutos y ya estáis hablando de vergas. Dadle un trago antes de que se desmaye.

—Es un hombre joven —dijo Seamus—. No se le puede culpar por querer divertirse un poco. Es duro cuando se tiene tan buen aspecto como Liam y yo. Las mujeres se arrojan a tus brazos. Algunos fines de semana estuve con tantas que acabé agotado.

—¡Por Dios! —gimió Fitz—. Vamos a asustar a la pobre chica. Pensará que estamos locos de remate.

—¿Sabéis qué es una locura? —dijo Roisin—. Un viaje de ayahuasca. Eso sí es una locura. La primera noche que tomé el brebaje me vi flotando en el vientre de la Madre Tierra. Y luego me purgué. En una tienda de campaña comunitaria. Tuve que ponerme en cuatro patas porque me salía por los dos extremos y no podía alcanzar el cubo. Y la fuerza que tenía... Era como una manguera de incendios. Hice un agujero en el lateral de la tienda y le di a un árbol que estaba a diez metros. Era como puro ácido. No pude sentarme durante una semana.

—¿Por qué estamos hablando del delirante viaje de ayahuasca de la tía Roisin? —Brendan alzó la voz con frustración—. Lo importante es que no haya un matrimonio fraudulento.

Fitz levantó las manos con las palmas hacia arriba.

—Su relación es asunto suyo. Al igual que las alucinaciones psicodélicas de tu tía son asunto suyo, aunque tenga que mencionarlo en cada conversación.

—Me cubrió entera —continuó Roisin—. No fue una alucinación.

—Acabas de decir que todo fue a parar a un árbol que estaba a diez metros de la tienda. —Fitz se cruzó de brazos.

—Esa fue la segunda vez. La primera vez le di al chamán.

Fitz negó con la cabeza.

—No voy a preguntar qué hacía detrás de ti. ¿Por qué no consigues un trabajo en una oficina? Me encantaría escuchar anécdotas sobre errores de contabilidad o bolígrafos perdidos.

—Voy a buscarle algo de beber a Daisy. —Liam tiró de Daisy hacia la cocina, aunque ella no tenía prisa por marcharse. Su familia llevaba la sinceridad a un nivel completamente nuevo.

—Lo siento —dijo cuando se quedaron solos en la bonita cocina campestre—. Están bien uno a uno, pero cuando se juntan...

—Creía que mi familia era de mente abierta, pero comparada con la tuya, está muy reprimida. —Miró hacia la puerta—. ¿Crees que se lo han creído?

—Creo que no les importaría. Solo parecían aliviados de que no haya acabado como Seamus.

—¿Y Brendan?

Oyó un bufido junto a la puerta.

—Sí, hermano. ¿Y Brendan?

—¿Quién narices es? —Brendan entró pavoneándose en la cocina—. Quiero que me digas la verdad.

La ira de Liam aumentó rápidamente; una mezcla de protección y enfado por haber interrumpido su momento de tranquilidad.

—Vete, Bren. Estás borracho.

—¿Es una prostituta que recogiste en el Tenderloin? —Se volvió hacia Daisy—. ¿Cuánto te paga, cariño? Te doy el doble si te largas de aquí.

Liam empujó a Brendan contra la pared en un abrir y cerrar de ojos. Luego le apretó la garganta con una mano, cortándole el aire.

—No vuelvas a faltarle el respeto.

—¿Por qué? ¿Porque tu relación es de verdad? ¿Porque por fin has encontrado a una mujer que te aguanta y estás enamorado? —Brendan farfulló mientras luchaba por respirar—. Esto es un fraude y, si insistes en tirarlo adelante, contrataré a un bufete de abogados para que acaben contigo y con tu maldita...

—Prometida. —Daisy le pasó a Liam un brazo por la cintura y tiró de él hacia atrás con delicadeza. Él soltó a Brendan, cuyo pecho se agitaba mientras la sangre le corría con fuerza por las venas. ¿Por qué siempre era así con su hermano? ¿Por qué no podían llevarse bien?

Brendan fulminó a Daisy con la mirada.

—¿Qué te ha ofrecido? Quiero saberlo. ¿Cuánto cuesta destruir a una familia?

La vista de Liam se tiñó de rojo.

—Cabrón. —Avanzó hacia él y Daisy le agarró la parte trasera de la camisa.

—Espera. —Miró a Brendan—. No me ha pagado nada. ¿De verdad quieres ensuciar esto? Es tu hermano. La familia es lo que nos mantiene unidos.

—¿Me tomas el pelo? —Brendan soltó una amarga carcajada—. Es evidente que no conoces a mi hermano o entenderías por qué no me creo lo vuestro. Huye de todo. De su familia. De sus amigos. De sus compromisos. Hay una razón por la que nunca ha tenido una relación seria: las mujeres pueden ver la clase de bastardo que está hecho.

—No sabes nada de mí —espetó Liam.

Brendan asió una de las botellas de la mesa.

—Sé lo que pasará. Te quedarás con la destilería como te quedaste con todo lo que era mío, y luego la abandonarás y yo tendré que solucionar los problemas.

—¿De qué demonios estás hablando?

—Es la historia de nuestras vidas. —La cara de Brendan se torció en una mueca—. Te pasabas todo el tiempo jugando a la familia feliz en otro sitio, mientras yo me quedaba en casa, cuidando de mamá y lidiando con toda la mierda de papá.

—No hiciste nada para ayudarla.

El puño de Liam impactó en la cara de Brendan, que se dio un golpe contra la mesa. Brendan le devolvió el puñetazo, que se estrelló en la nariz de Liam. La sangre corrió por su camisa. Con los ojos desorbitados por el dolor, golpeó la cabeza de su hermano contra los armarios y recibió a cambio un puñetazo en el estómago. Instantes después, Liam sintió que lo agarraban por los hombros y tiraban de él hacia atrás, mientras Brendan lanzaba puñetazos y rodillazos para intentar derribarlo.

—¡Parad los dos! —Seamus lo empujó hacia la puerta trasera mientras Fitz tiraba de Brendan en la otra dirección—. Brendan, sube con tu mujer y dile que se ocupe de los cortes. Y Liam, será mejor que lleves a Daisy a casa.

Fuera, respirando aire fresco y lejos de su exaltado hermano, Liam se sentó en la escalera de la entrada y tomó una larga bocanada de aire. ¿De qué diablos hablaba Brendan? Nunca se había enfrentado a su padre. Era Liam quien había recibido los golpes y los insultos, y quien finalmente se había llevado a su madre de aquel infierno.

—Parece que tu padre os metió en un buen lío. —Daisy se sentó a su lado y le puso una mano en el hombro con delicadeza.

Liam colocó los codos sobre los muslos y dejó caer las manos entre las piernas.

—Mi padre empezó a beber después de renunciar a la destilería para empezar su negocio de coches. Las cosas no le fueron bien y era demasiado orgulloso para pedir ayuda. El dinero escaseaba. No quería tener un segundo hijo. Cuando mi madre se quedó embarazada, él no pudo aceptar que tuvieran que endeudarse aún más, así que la acusó de tener una aventura. Eso me convirtió en una carga para la familia. No ayudaba que yo fuera un niño enérgico, siempre metiéndome en líos y rompiendo las reglas.

—No puedo imaginarme lo duro que debió ser. —Daisy sacó un pañuelo de su bolso y le limpió el corte de la frente—. Los niños solo desean que los quieran.

—Yo solo quería que dejara de pegar a mi madre. —El corazón seguía latiéndole con fuerza y su control se debilitaba con cada recuerdo que desenterraba.

La expresión de Daisy se relajó.

—Parece que Brendan también quería lo mismo.

Se estaba imaginando cosas. Se trataba de Brendan, un hombre que vio a su padre pegar a su madre y a su hermano pequeño y no intervino ni una sola vez.

—Tengo buenas razones para hacer lo que estoy haciendo.

—¿Y no podría decir él lo mismo? Quiere vender el terreno para salvar su empresa y conservar lo que considera que es el negocio familiar. Tal vez no sois tan diferentes.

—No sabes nada de mi familia. No me parezco en nada a Brendan.

Necesitaba irse. Subirse a su moto y alejarse de esa casa. Lejos de Brendan. Lejos de la familia que hacía la vista gorda a los abusos. Lejos de Daisy y su exasperante mente analítica. Era demasiado arriesgado dejarse llevar por el pasado.

Como si pudiera leerle la mente, Daisy se levantó de un salto.

—Parece que ya estás bien —dijo en tono seco—. Debería irme.

¡Joder! ¿Podría estropear más la noche? La vida había sido más fácil mientras se mantuvo alejado de su familia.

—Daisy, espera. —La alcanzó justo cuando llegaba a su Mini, agarrándole del brazo antes de que pudiera escabullirse—. Lo siento. Es que…

Ella se quitó la mano de encima.

—Lo entiendo, Liam.

—Avísame cuando llegues a casa para saber que estás bien.

—Aquí no hay nadie. —Buscó la llave en el bolso—. No tienes que fingir conmigo.

El silencio llenó el espacio que había entre ellos, y la ira que sentía hacia Brandon se desvaneció bajo el peso del arrepentimiento. Daisy era lo único real que tenía en su vida en ese momento. La única persona que tenía sentido en ella. Necesitaba su fuerza, su calma. Necesitaba que ella supiera cuánto le importaba.

—Hazlo de todos modos. Por favor.

—Vale. Lo haré. —Abrió la puerta del coche. Dudó—. Buenas noches, *hamraaz*.

El calor lo invadió y llenó el agujero negro que tenía en el pecho.

No era solo la guardiana de sus secretos. Era mucho más.

17

«Respira. Respira. Respira».

Daisy se agachó con los brazos alrededor de las piernas y trató de concentrarse en llevar aire a los pulmones. Su ansiedad se había descontrolado desde que, hacía unos años, su madre apareció un día y había visitado a tres terapeutas antes de encontrar a uno que pudiera ayudarla. «Concéntrate en la respiración. Inspira cuatro veces. Aguanta cuatro. Exhala durante otras cuatro».

Max no había ladrado desde su cesta cuando ella fue a recogerlo. Mientras una tía Mehar presa del pánico daba vueltas por la casa tratando de encontrar la causa de la indisposición del perro, Daisy se apresuró a llevarlo al hospital veterinario y allí se hicieron cargo de él al instante. La tía Mehar llegó poco después para informarles de que Max había comido chocolate para hornear. Desolada por el hecho de que se hubiera puesto enfermo mientras ella cabeceaba en el sofá, se quedó a hacerle compañía a Daisy mientras el veterinario le hacía un lavado de estómago.

La tía Mehar le acarició el cabello.

—Se pondrá bien, *beta*. Lo ha dicho el veterinario. Deja que te lleve a casa. Puedes venir a por él mañana.

La voz de Daisy se entrecortó, amortiguada por su regazo.

—No puedo dejarlo solo, tía-ji.

Unas grandes botas negras se detuvieron frente a ella. Oyó el sonido del cuero y el chirrido de la silla de plástico que había a su lado. Cuando inhaló una bocanada de aire fresco del océano, el rostro de Liam estaba junto al suyo.

—¿Cómo está Max?

Su inesperada aparición la sacó de su acompasado ritmo respiratorio y se incorporó de golpe.

—¿Qué haces aquí?

—Pensé que podrías necesitar a un amigo.

Siete palabras que le recorrieron el cuerpo y se instalaron en su alma.

—Se va a poner bien. —Miró a la tía Mehar, que los observaba con interés—. Este es Liam. Hemos visitado a su familia esta tarde.

Después de que el veterinario les hubiera asegurado que Max se pondría bien, se las había arreglado para enviarle un rápido mensaje de texto a Liam, pero no esperaba que apareciera por allí.

—El prometido... —La tía Mehar asintió y empezó a acribillar a preguntas a Liam—: ¿Quién es tu familia? ¿A qué te dedicas? ¿De qué conoces a Daisy?

Cuando la ansiedad volvió a alcanzar su punto álgido, Daisy sintió que se ahogaba y trató de respirar profundamente.

—Este... no es el momento... para un... interrogatorio. —Se echó hacia delante y sintió que una mano le sujetaba el cuello con delicadeza. Se tranquilizó al instante.

—Lo siento —dijo Liam—. No debería haber venido. Pensé que estarías sola. No quería provocarte más estrés.

—Has sido muy amable al venir. —Se incorporó, tomó el pañuelo que él le tendía y se secó las lágrimas—. Hacía mucho tiempo que no tenía un ataque de ansiedad. Intento mantener mi vida bajo control.

—No te estoy juzgando. —Su voz era calmada y firme.

Ella asintió y apretó los labios para no decir nada que pudiera revelar que, cada vez que abría la boca, los muros de hielo que protegían su corazón se derretían un poco más.

La tía Mehar puso a Liam al corriente de los detalles.

—El veterinario ha dicho que Max se pondrá bien y que ella puede irse a casa. Ahora está durmiendo, así que no le duele nada.

—No puedo dejar solo a Max.

Daisy se encorvó de nuevo, agarrándose con fuerza la frente con las manos. Liam le acarició el cabello con delicadeza.

—Mi madre tenía problemas de ansiedad y le ayudaba cuando le frotaba la espalda…

Daisy miró a la tía Mehar, que asintió, más contenta que decepcionada de que alguien se hiciera cargo de su trabajo.

—Sí, por favor.

—Es un placer. —Puso su casco de motorista en el asiento que tenía al lado y le acarició la espalda con lentos movimientos, sin detenerse nunca, sin cansarse, hasta que se acabaron las caricias y ella pudo respirar de nuevo.

—Así que tienes una moto —dijo la tía Mehar con curiosidad.

—Sí. Es más fácil moverse por la ciudad.

—¿A qué pandilla perteneces? —preguntó—. ¿Llevas sus colores? He visto *Hijos de la anarquía,* así que sé de qué va.

—Tía-ji —Daisy se levantó de nuevo—, él no está metido en ninguna pandilla de motoristas. Solo conduce para ir de un sitio a otro.

—Pues *tú* no vas a montarte en una moto para ir de un sitio a otro —le advirtió la tía Mehar—. Si tu padre estuviera aquí, diría lo mismo.

Liam rio entre dientes.

—Prometo no llevarla de paseo a menos que me lo pida.

—¿Sabes hacer acrobacias? —La tía Mehar ladeó la cabeza—. Ajay Devgan se abrió de piernas sobre dos motos en movimiento en *Phool Aur Kaante,* y luego hizo todas esas acrobacias en *Hero,* de pie en el asiento, con cinco hombres en una moto. —Tarareó en voz baja y Daisy sintió un cosquilleo de advertencia en el pecho.

—¡No!

—¿Conoces la canción *Ding Dong*? —La tía Mehar se levantó de un salto y empezó a cantar y bailar la emblemática canción, aunque sin su estilo habitual, dado lo limitado del espacio.

—¡Tía-ji, siéntate! Estás molestando a la gente. —Daisy echó una frenética mirada a la sala de espera, donde las blancas y relucientes paredes estaban cubiertas de fotografías de personas sonrientes con sus mascotas. Una mujer que tenía un gato en un transportín estaba sentada en una de las coloridas sillas de plástico y un hombre con una jaula de pájaros hablaba con la recepcionista. Nadie parecía molesto. De hecho, todos sonreían, entretenidos con las payasadas de su tía—. Es una fanática de Bollywood —le explicó Daisy a Liam—. Damos clases de baile juntas, y… —señaló a su tía— le encanta bailar.

Liam se echó a reír y el sonido le recorrió la piel, aliviando la tensión. Buscó en su teléfono una versión de la canción en YouTube.

—Vamos a ayudarla.

Cuando las últimas notas de la canción se apagaban, todos los presentes en la sala de espera aplaudieron. Daisy no sabía si reír o llorar, pero sus músculos ya no estaban tensos y podía respirar de nuevo.

—Es un buen chico. —La tía Mehar palmeó el hombro de Liam—. Tal vez debería irme a casa y descansar un poco, ya que tienes compañía.

—Estaré encantado de quedarme todo el tiempo que haga falta. —Liam puso una mano con la palma hacia arriba sobre su rodilla y Daisy aceptó la invitación. Una carne cálida y sólida le apretó la mano con fuerza.

—Si te parece bien —le dijo a su tía—. Sé que quieres a Max…

La tía Mehar se acercó para susurrarle al oído.

—Ha venido hasta aquí por ti. No necesitas a una vieja tía cuando tienes… —Señaló a Liam y sus labios se curvaron en una sonrisa de complicidad mientras se daba la vuelta para marcharse—. Esto.

—Has pasado la prueba —dijo Daisy cuando su tía se hubo marchado—. Buena decisión lo de la música. No hay nada que le guste más.

—Mi objetivo es complacerte. —Liam le apretó la mano—. ¿Necesitas algo? ¿Tienes hambre? Puedo traerte algo de comer.

Necesitaba que Liam no fuera Liam, sino otro hombre amable y cariñoso que corriera por la ciudad para sentarse con una mujer en un hospital veterinario después de tres citas falsas; un hombre que no solo complaciera a una tía amante de Bollywood, sino que también disfrutara de su espectáculo.

—Quesadillas de aguacate y hummus.

Liam se rio entre dientes.

—¿Qué tal patatas fritas de tofu al horno?

—*Batata vada.*

Los buñuelos de patata de la tía Jana, rebozados con harina de garbanzos y servidos calientes con *chutney,* eran uno de sus aperitivos favoritos.

—¿Qué te parece aquel *snack* crujiente de la bolsa roja que tus parientes siempre traen de la India? —Liam la rodeó con un brazo y ella se recostó en él.

—¿Kurkure Masala Munch?

—Sí, ese. Me encantaba. Tenía que hacer grandes esfuerzos para no comerme toda la bolsa.

No pudo evitar reírse.

—Aprecio que te resistieras, pero esa bolsa era toda tuya. A Sanjay nunca le gustó y yo tenía la mía escondida.

La miró con fingido horror.

—¿Quieres decir que podría habérmelo comido todo?

—Cada pedacito.

Se mordió el labio inferior, regañándose por caer tan fácilmente en sus viejas bromas. Era muy fácil sentirse cómoda con él; sentir la atracción de la nostalgia y olvidar la humillación y el dolor que le habían roto el alma. Ella tenía reglas y debía ceñirse a ellas. Las reglas la mantenían a salvo. Los sentimientos, no tanto.

—No tienes por qué quedarte. —Ella se apartó del calor de su cuerpo—. Has sido muy amable al venir, pero puede que me quede aquí toda la noche. —Se encogió de hombros con resignación, esperando que él entendiera la indirecta—. Aunque quisiera irme, no podría hacerlo. Creo que mis músculos se han quedado bloqueados en esta posición.

—¿Y si tienes que hacer pis? —Movió sus manos entrelazadas para apoyar el tobillo en una rodilla, tan despreocupadamente como si todas las noches pasara el rato en hospitales veterinarios de urgencias con falsas prometidas.

—¿En serio?

—Hablo muy en serio —dijo—. No les gustaría que mearas en el suelo. No es higiénico.

—No necesito mear, Liam.

Él arqueó una ceja.

—No measte en casa de mi abuelo y estoy bastante seguro de que tampoco lo hiciste cuando recogiste a Max y lo trajiste aquí. Eso es mucho tiempo. Ni siquiera yo podría aguantar tanto.

Se frotó distraídamente los brazos desnudos. Su jersey estaba en el coche y tenía la piel de gallina.

—No puedo creer que sepas cuándo hago pis.

—Tan solo soy observador. —Le frotó los dedos con el pulgar, lo que le impidió concentrarse en otra cosa que no fuera la relajante sensación que le aturdía el cerebro.

Ella se le quedó mirando, incrédula.

—¿Del pis?

—De ti.

El calor le inundó el pecho, que le resultó desconcertante por su intensidad. Apartó la mirada y vio a la mujer con el gato observándolos.

—Baja la voz. No quiero que la gente nos oiga hablar de mear.

—Oirían un goteo. Eso seguro.

Su cara se encendió de rubor cuando la mujer soltó una risita.

—De acuerdo. —Se levantó de su asiento—. Iré al baño solo para que te calles y luego puedas irte.

Liam se puso a su lado.

—¡Vaya! Ya que estás de pie... —La estrechó entre sus brazos como si no pesara nada, aunque ella sabía exactamente cuánto pesaba. ¿Por qué se había atiborrado de *jalebis* y *laddu* en casa de la tía Mehar antes de mediodía, en el ensayo del baile? Todo el mundo sabía que el peso de los dulces que no debías comer aumentaba al instante y tardaba al menos cinco días en perderse.

—Te llevaré a casa en tu coche.

—¡Liam! —Un hormigueo le recorrió la nuca y la cara—. Bájame.

—Lo haré. —Se ladeó para recoger su bolso, pasando su peso a un brazo—. En tu coche.

—¡Estáis tan bonitos juntos! —exclamó la mujer del gato mientras Liam la llevaba en brazos por la sala de espera—. Es un buen partido.

—¿Has oído eso? —le murmuró Liam al oído, con voz divertida—. Soy un buen partido. No deberías dejarme escapar.

—Empiezo a preocuparme de que no quepamos los dos en mi coche dado el tamaño de tu ego.

—¿Daisy? —Todavía abrazándola con fuerza, abrió la puerta.

—¿Qué?

—No te mees en el asiento.

18

La nostalgia golpeó con fuerza a Liam cuando caminaba con Daisy hacia la casa victoriana de color azul que había sido como su segunda casa. Todo estaba igual, desde la valla blanca hasta el pequeño jardín delantero y el porche que quedaba oculto por un enorme *ginkgo biloba*.

—Una vez trepé a la copa de ese árbol.

—Ya me acuerdo. —Daisy sacó sus llaves—. Tú y Sanjay me tirasteis globos de agua desde ahí.

—Y luego nos dejaste fuera de casa y no pudimos merendar.

Ella miró por encima del hombro.

—¿Por qué todos tus recuerdos tienen que ver con comida?

—Yo era un adolescente. La comida era mi vida. —También había sido una forma de conectar con Daisy, pero eso ella no necesitaba saberlo.

—¿Quieres entrar y esperar mientras llamo a un Uber para que te lleve a donde tienes la moto? —Encendió las luces, iluminando el familiar pasillo con un cálido resplandor—. Y ni se te ocurra llamarlo tú. Yo pago y punto.

—No puedo creer que esté todo igual. —Liam entró en el salón por el pequeño pasillo—. Las mismas cortinas. El mismo sofá. Hasta tienes los mismos cuadros en las paredes. —Se dio cuenta de que conocía esa casa mejor que la suya. El salón Murphy había sido un lugar de peleas y violencia en vez de diversión y relajación, y él lo había evitado siempre que había podido—. ¡Mira! —Señaló una abolladura en la pared, con la emoción corriéndole por las venas—. Es de cuando Sanjay me tiró una pelota de béisbol. Tu padre acababa de pintar el salón. Creo que nunca lo he visto tan enfadado.

Daisy lo observó, divertida.

—Tienes más recuerdos de mi casa que yo.

—¿Y la cocina? —Se dirigió a toda velocidad a la pequeña cocina de estilo rústico, con sus armarios de melamina desteñida—. Esto también está igual. —Señaló uno de los taburetes, cuyo asiento de vinilo roto mostraba el relleno—. Ahí está mi silla.

—Ahora es la silla de Priya. Es la novia de mi padre. Estuvo solo durante veinte años y un día llegué a casa a cenar y ahí estaba ella. Al principio fue incómodo. Papá y yo habíamos estado solos durante mucho tiempo. Pero Priya es genial. Nunca lo había visto tan feliz. Y, como tiene una pastelería, siempre tenemos dulces por casa.

—Me alegro por él. Debe de haber sido duro estar solo tanto tiempo.

Daisy ladeó la cabeza y frunció el ceño.

—Nunca pensé que mi padre pudiera sentirse solo. Tenía trabajo, amigos, familia y a nosotros dos. Nunca se quejaba, y esa era una de las razones de que yo no buscara una relación seria. Si él estuvo feliz durante veinte años sin pareja, yo también podría estarlo. Si no te acercas demasiado, tampoco te hacen daño cuando te abandonan.

Liam se sentó en el viejo taburete.

—Yo tomé la misma decisión respecto a las relaciones, pero porque mis padres tuvieron un matrimonio horrible. Me preocupaba ser algún día como mi padre.

—No sé todo lo que pasó en tu casa, pero te conozco —dijo en voz baja—. No puedo imaginarme que le hagas daño a nadie de esa manera.

Liam observó que Daisy se afanaba en la cocina preparando chai y sacando unos bollos del congelador. Le bloqueó la garganta la nostalgia de un tiempo en que las cosas eran fáciles entre ellos. ¿Cómo había podido meter tanto la pata? La echaba de menos, no solo románticamente, sino como amiga.

—La primera vez que tomé chai fue la noche en que mi padre me rompió el brazo. —Las palabras le salieron a borbotones, como un intento de salvar el abismo que los separaba, de reconstruir la intimidad que habían perdido—. Cuando mi madre me llevó al hospital, le supliqué que no les contara lo que me había pasado. Cada vez que intervenían los servicios sociales, mi padre se metía con ella. Tenía miedo de que me llevara a casa, así que le pedí que llamara a tu padre. Me había dicho que su puerta siempre estaría abierta si necesitaba un lugar donde quedarme.

—Recuerdo aquella noche. —Revolvió el chai—. Tenías los ojos morados. Yo solo sabía que a la gente se le ponían los ojos morados de un puñetazo porque lo había leído. No sabía que pasaba de verdad.

—Mi querido padre me dio una buena paliza —dijo—. Era la primera vez que intentaba que no le pegara a mi madre. Brendan no quiso hacerlo, así que pensé que con trece años yo ya era lo bastante grande como para enfrentarme a él. Me equivoqué.

—No puedo ni imaginarme lo duro que debió ser —dijo en un susurro, colocando los bollos en un plato.

—Yo no puedo imaginarme lo que habría hecho sin tu familia. —Pasó un dedo por uno de los surcos de la vieja mesa—. Pasé muy buenos ratos sentado a vuestra mesa, planteándote problemas de matemáticas para que me ayudaras a resolverlos o hablando de *hockey* con Sanjay y tu padre. —Señaló la abolladura—. ¿Te acuerdas de eso?

Daisy metió los bollos en el microondas y sacó dos tazas del armario.

—¿Qué pasa?

—Ahí es donde se me cayó un bol de *pakoras* cuando entraste en la cocina con un vestido verde ajustado que Layla te había comprado para llevarte a rastras a un baile del instituto. Tenías dieciséis años y estabas guapísima. Tu padre y Sanjay se volvieron locos. Creo que tu padre amenazó con encerrarte en tu habitación para siempre y Sanjay insistió en que te pusieras una chaqueta de invierno. Layla tuvo que intervenir. Ese fue el día en que me di cuenta de que ya no eras una niña y de que no podía tratarte como tal.

Ella bajó la mirada, con las gruesas pestañas rozando sus morenas mejillas.

—Creía que no te habías dado cuenta.

Liam se rio entre dientes.

—Me di cuenta. Quizá demasiado. Pero no podía decir nada por respeto a tu familia. Si la idea de que salieras con ese vestido los volvía locos, imagínate qué habrían pensado si te hubiera pedido salir conmigo. Yo no era el típico chico que una chica llevaría a casa para conocer a sus padres.

Ella lo dejó en el salón con el té y los bollos, y subió a quitarse el vestido. Liam acababa de acomodarse en el sofá cuando Daisy entró vestida con unos minúsculos pantalones cortos desgastados y una camiseta de superhéroes de Marvel de profundo escote que dejaba ver la curva de sus pechos.

A Liam se le secó la boca y se atragantó con el bollo. No, ya no era una niña pequeña, y las cosas que estaba pensando hacer con ella no resultarían apropiadas para el desgastado sofá del señor Patel.

—¿Estás bien? —Ella se sentó a su lado y los diminutos pantalones se le subieron tanto que él pudo ver sus bonitos y firmes muslos a escasos centímetros de sus propias piernas.

¡Joder! Se movió en el sofá para intentar ocultar su creciente erección. Tal vez lo conseguiría si se concentraba en la comida, o en el colorido elefante que había pintado en la pared, o en el chai que tenía en la mano, o en el trabajo. El trabajo era un buen tema. No había nada sexi en el trabajo.

—Estoy bien. Muy bien. ¿Cómo va el trabajo? —Sorbió su chai, saboreando en su lengua las ricas especias.

Daisy frunció el ceño.

—Mmm... Bien, supongo.

—Bien. —El brazo de ella rozó el suyo cuando asió su taza, lo que provocó que toda su sangre se precipitara hacia la ingle. Liam se atragantó con el chai y dejó rápidamente la taza—. ¿Cómo te va con Brad?

—Mia y Zoe creen que sus ideas no se ajustan a nuestro mercado objetivo. —Volvió a acomodarse en el respaldo del sofá—. El año pasado presentaron una propuesta de marca centrada en el empoderamiento femenino, pero a Tyler no le interesó. Era muy realista y mostraba a todo tipo de mujeres fuertes y valientes. La propuesta de Brad es todo lo contrario. No tiene ni idea de lo que quieren las mujeres de hoy día.

Bueno, eso resolvió la situación de ahí abajo. Nada como una buena discusión de trabajo para mantener las cosas a raya.

—¿Discutieron su propuesta con él?

—Tienen miedo de perder su trabajo. —Torció los labios hacia un lado—. ¿Podrías pedirle que lo reconsidere? ¿O al menos que las escuche?

Si ella le hubiera pedido que se deshiciera de Brad, él lo habría hecho. Confiaba en Daisy y en su buen juicio. Era rápida, perspicaz y muy inteligente. Si ella respaldaba a sus colegas, entonces había que analizar su propuesta con seriedad.

—Por supuesto. Hablaré con él el lunes a primera hora.

Su rostro se iluminó con una sonrisa, deshaciendo al instante los efectos de la charla de trabajo. ¡Maldita sea! Estaba aquí para apoyarla, no para hacer realidad una fantasía adolescente.

—Es extraño sentarse aquí contigo y no jugar a la Xbox. —Ella puso su taza sobre la mesa—. Creo que nunca nos hemos sentado aquí juntos para otra cosa.

—Me apunto si tú lo haces.

Él solo la había considerado una igual cuando estaban en el mundo virtual. Y ya que su charla de trabajo se había acabado, sería la distracción perfecta para las sensuales curvas de su cuerpo, la suavidad de su cabello al rozarle el brazo y la intensidad de su perfume.

Daisy se tensó y por un instante se preguntó si habría dicho algo malo.

—O puedo irme —dijo rápidamente—. Es tarde y…

—No. Quiero que te quedes. —Ella le echó hacia atrás con delicadeza—. Es que… tengo que ir a buscarla. Llevamos la consola a la habitación de Sanjay cuando rompió el viejo mueble de la tele. —Dudó—. Sucedió cuando mi madre volvió.

—¿Volvió? —repitió—. ¿Después de tantos años? ¿Está por aquí?

Sanjay casi no hablaba de su madre, pero Liam sabía que su abandono le había afectado profundamente. En aquel momento había pensado que era el motivo por el que Sanjay se había descarrilado en el instituto. Liam había tratado de ayudar a su amigo asumiendo la culpa siempre que podía.

Liam nunca se había arrepentido de su decisión. Después de todo, nadie esperaba nada de él y era lo menos que podía hacer por un amigo que le había abierto las puertas de su casa y le había dado lo más parecido que había tenido nunca a una familia.

—Vino y se volvió a marchar. —Con un suspiro, Daisy puso la cabeza sobre su hombro—. Fue un año después de que te fueras. Llevaba doce años fuera y un buen día entró por la puerta.

—Joder.

Le apretó la mano, aunque lo que realmente quería hacer era ponerla en su regazo y abrazarla muy fuerte.

—Sí. Eso lo resume todo. Sanjay estaba en el último año de la carrera de Medicina y venía a casa a cenar los domingos. Todos estábamos en la cocina y, de repente, apareció ella. Se había ido manteniendo el contacto con nosotros de forma esporádica (llamadas de teléfono, tarjetas de cumpleaños, correos electrónicos), pero era la primera vez que la veíamos desde que se marchó. Al principio pensé que había vuelto a casa para siempre y luego que tal vez querría entablar una relación de verdad. Pero no estaba interesada en nosotros. No quería ver mi habitación ni oír hablar de mis estudios, mis amigos o mis clases de baile. No parecía importarle que Sanjay estuviera en la facultad de Medicina. Solo venía por dinero.

Joder. Como si ella no hubiera hecho sufrir ya bastante a su familia.

A Daisy le tembló la voz.

—Ella y papá todavía eran dueños de la casa a medias, y ella quería su parte. Sanjay perdió la cabeza. Tiró su teléfono contra el mueble de la tele y rompió las puertas de cristal.

—Ni siquiera puedo... —Negó con la cabeza—. Ojalá hubiera estado aquí para apoyaros.

Ella apretó los labios, con los ojos brillantes por las lágrimas.

—Fue horrible. Sanjay se fue. Papá se puso a gritar... Ella no me dijo gran cosa; tan solo me preguntó si seguía siendo «tan rarita». Corrí a mi habitación y, cuando bajé, ya se había ido. Mi ansiedad empeoró después de ese episodio. Fue como volver a ser rechazada, aunque ahora sabía que se había ido porque yo no era normal. Fue entonces cuando Layla me regaló a Max. Él me cambió la vida.

Por un momento, Liam fue incapaz de hablar por la furia que le corría por las venas. ¿Qué clase de madre le diría eso a su hija después de doce largos años? No le gustaba juzgar, pero ¡diablos!, no tenía ningún problema en juzgar a la madre de Daisy y considerarla una persona totalmente indigna. La rodeó con el brazo para estrecharla contra su cuerpo y apoyó la mejilla en su cabeza.

—Jamás pienses que te pasa algo malo —susurró—. Tienes unas capacidades con las que los demás solo pueden soñar, que te hacen muy especial y que no te convierten para nada en una rarita. Me dejabas alucinado cuando eras pequeña. Me encantaba venir para ver lo que eras capaz de hacer, ya fuera solucionar complicados problemas matemáticos, destrozar a tu padre al ajedrez, memorizar toda la sección de Humanidades del *Libro Guinness de los Récords* o intentar ganarme a los videojuegos.

Se levantó sobresaltada, con la boca curvada en una sonrisa.

—¿Intentar ganarte? ¿En serio? ¿Acaso hubo algún videojuego que no te ganara?

Misión cumplida, aunque su ego seguía resintiéndose.

—*Guitar Hero* nunca fue tu fuerte.

—Ni se te ocurra desafiarme —le advirtió Daisy—. Yo era una máquina trituradora de trastes.

Él se encogió de hombros con desdén, haciéndola caer así en su trampa.

—Eras muy joven. Sanjay y yo te dejábamos ganar.

Ella le dirigió una calculadora mirada y se puso en pie de un salto.

—La guitarra es mía.

—La guitarra es patética. La batería es lo mejor. —Recogió las tazas y los platos—. Dos canciones y llamo a un Uber.

—¿Y si empatamos? Tendrá que ser al mejor de tres canciones y *yo* llamaré a un Uber.

—¿Seguro que te apetece? —Observó el suave vaivén de sus caderas mientras subía las escaleras—. No quiero que te sientas mal cuando acabe contigo.

Daisy miró por encima del hombro y le sonrió.

—Te voy a machacar.

19

Daisy se despertó cuando el sol de la mañana se colaba entre las cortinas, con la cabeza apoyada en el pecho de Liam y las piernas enredadas con las suyas. Aunque estaba demasiado cerca del borde del sofá, no se atrevió a moverse por miedo a que, si lo despertaba, aquel momento perfecto y feliz desapareciera en una nube de humo.

Cerró los ojos e intentó captar mentalmente el latido lento y constante de su corazón, la cadencia rítmica de su respiración, su aroma familiar y su calor; un calor que le calaba hasta los huesos. Su cuerpo estaba duro debajo de ella y su reconfortante brazo descansaba sobre su espalda.

A pesar del mal trago por Max, se lo había pasado bien la noche anterior. Había sido estupendo. Después de innumerables partidas de *Guitar Hero* y una mesa llena de aperitivos, Liam había reconocido su superioridad en el videojuego. Por supuesto, ella no le había dicho que lo tenía pirateado para que, por muy mal que tocara, ella nunca fallara una nota, pero era divertido ver cómo lo intentaba. Liam nunca se enfadaba como Sanjay. Era un buen perdedor y, como se reía de sí mismo, ella no podía regodearse cuando ganaba.

Sin embargo, después de su vigésima victoria consecutiva, Liam había empezado a sospechar que algo iba mal. Se había estirado en el sofá con la guitarra en la mano para inspeccionarla y ella se había acurrucado a su lado, apoyando la cabeza en su hombro. Ella había cerrado los ojos tan solo un instante, escuchando el tono profundo de su voz, y luego debió de quedarse dormida.

Y ahora estaba ahí, viviendo su fantasía adolescente o, al menos, la que había sido su fantasía hasta que Liam se marchó.

Esta última idea vino y se marchó sin dejar su habitual desazón. Cuanto más tiempo pasaba con Liam, más difícil le resultaba aferrarse a su rabia o encajar sus acciones con las de un hombre insensible y cruel. Había fingido ser su prometido en la convención, se había sentado con ella en el veterinario y había sufrido veinte rondas de *Guitar Hero* simplemente porque no quería dejarla sola sin Max.

Girando ligeramente la cabeza, le dio un beso en el pecho cubierto con la camiseta, imaginando que aquello era real y que cada mañana podía despertarse en los brazos de Liam. Él se revolvió y la rodeó con el brazo. Daisy contuvo la respiración, esperando que siguiera dormido. Cuando se despertara, volverían al mundo real del trabajo, de la familia y de un falso compromiso que cada día parecía más real.

Su teléfono vibró desde algún lugar del sofá. Por primera vez, detestó la idea de atenderlo y leer todos los horarios y notificaciones; recordatorios de que, tras su siguiente cita deportiva, estarían a mitad de camino en el plan de citas, a mitad de camino de acabar con la relación.

Se acurrucó más contra él y colocó la mano sobre su camiseta y la ondulación de sus abdominales. Lo miró por debajo del cinturón. ¿Había estado ahí ese bulto antes? Le gustaba la idea de haberlo excitado mientras dormían. Puede que fuera un poco friki, un poco estrafalaria, que estuviera herida emocionalmente y que no estuviera tan delgada como las chicas populares del instituto, pero en sus sueños él la deseaba a pesar de sus defectos. Y si era así, ¿qué debía hacer ella al respecto?

Bajó la mano y las puntas de los dedos quedaron justo por debajo del cinturón de cuero. Las dimensiones de su erección la dejaron sin aliento, le hicieron arder la cara y le aceleraron el pulso. De pronto se sintió mareada por lo que sentía por él: lo deseaba y lo odiaba, y también lo anhelaba, siempre lo anhelaba.

Él se movió y ella levantó la vista. Unos ojos azules y somnolientos le devolvieron la mirada, llenos de deseo.

Daisy cerró los ojos mientras su boca se movía, lenta y suavemente sobre la suya; con su lengua tocando, saboreando y explorando; besándose como nunca antes lo habían hecho. Todas las terminaciones nerviosas de su cuerpo se dispararon a la vez y no sintió nada más que a él: el calor de su cuerpo, la ternura de su boca, la suavidad de su cabello.

Con un gemido, la puso encima de él y la colocó de modo que el bulto de sus vaqueros quedara entre sus muslos. Su beso se hizo más fuerte, oscuro y peligroso, hambriento de necesidad. Despertó algo en su interior, perturbando sus sentidos, derribando sus defensas y desatando una pasión y un deseo que no podía controlar.

Una parte de sí misma deseaba creer desesperadamente que ella, Daisy Patel, que una vez se pasó cuatro días trabajando en un programa informático sin hablar con otro ser humano, podía seducir al hombre que había sido el amor platónico de todas las chicas del instituto. Pero la otra parte, la lógica, la racional, sabía que no podía ser verdad. A fin de cuentas, todas las personas que le importaban la habían abandonado, incluido Liam. ¿Qué podría impedirle volver a hacerlo?

Pero entonces, ¿qué más daba? Habían trazado un plan y ella sabía cómo acabaría. ¿Por qué no disfrutar del viaje?

Ya no era una adolescente metida bajo sus sábanas rosas y oyendo a su padre trastear en la cocina de casa. Tampoco estaba sola en su cubículo del trabajo, inmersa en el mundo del código mientras el resto de la oficina zumbaba a su alrededor. El día que había corrido por el centro de convenciones cargada con libretas de notas, no había imaginado que ahora se encontraría entre los brazos del hombre que quería y odiaba con la misma pasión, a solo un latido de hacer realidad todas sus fantasías sexuales, de sentirse realmente viva.

—Estás pensando demasiado alto.

El aliento de Liam se sentía cálido contra su cabello, y su voz tranquila se inmiscuía en sus pensamientos.

—Es imposible que sepas lo que estoy pensando.

—No pienses nada —susurró—. Tan solo vive el momento. Conmigo.

Sus manos bajaron por su espalda hasta posarse en su trasero. Sintió una oleada de puro deseo, un calor de una intensidad estremecedora. Le recorrió el cuerpo, enviándole una oleada de fuego candente por las venas.

Una palabra y todo cambiaría. Una palabra y no habría vuelta atrás.

Pero ella ya había tomado esa decisión cuando lo invitó a su casa.

—De acuerdo —susurró—. Sí.

Los ojos de Liam se oscurecieron y su voz grave vibró entre los muslos de Daisy.

—Cuando me tropecé contigo en la convención, jamás me imaginé que unas semanas después me encontraría aquí, de nuevo en esta casa, en este sofá, y contigo encima de mí. Con los labios húmedos por mis besos y sin un cuchillo en la mano. Ni siquiera pensé que volverías a hablarme.

—Supongo que ya no hay vuelta atrás. —Torció los labios hacia un lado—. Aunque dejé un cuchillo de mantequilla en la mesa por si acaso.

Su gruñido bajo y desgarrado hizo que el fino algodón de sus pantaloncitos se mojara de deseo.

—Te vuelves muy sexi cuando amenazas.

—Mi objetivo es complacerte.

Él le recorrió el cuerpo con la mirada y tiró de su camiseta.

—Quítate esto.

—Eres muy mandón.

—He esperado mucho tiempo para verte. No quiero perder ni un segundo más.

—Si vamos a hacerlo, necesitamos poner reglas —dijo ella, mientras él llevaba una mano hasta el borde de su camiseta.

—¿Qué reglas?

Él le levantó la camiseta. Cuando las puntas de sus dedos le rozaron la piel desnuda, ella se mareó. Luego le agarró la mano y la mantuvo quieta en su sitio. Si le permitía volver a tocarla, no sería capaz de decir lo que quería decir.

—Esto solo va a pasar una vez. Sin ataduras. Sin expectativas. Sin sentimientos. Sin largos abrazos. Es solo sexo. Como cualquier otro ligue. —Ella le soltó la mano y él le subió la camiseta, dejando más piel al descubierto.

—Para mí no eres cualquier ligue, Daisy, y no voy a fingir que lo eres. Pero puedo darte todo lo demás, si es lo que quieres.

—Es lo que quiero. —¿Habría percibido él cómo le temblaba la voz? ¿Habría oído la mentira?

Él le sacó la camiseta por la cabeza y una vertiginosa sensación recorrió su piel al pensar en las manos de Liam sobre su cuerpo, en cómo sería sentirse rodeada por sus fuertes brazos.

—¡¿Pero qué diablos?!

Ella recordó demasiado tarde que llevaba puesto su sujetador de Iron Man. Una máscara roja y dorada cubría cada pecho y las rendijas plateadas de los ojos miraban más allá o, en este caso, al hombre que se había atrevido a quitarle la ropa.

Liam soltó una carcajada.

—¿Eso es para ahuyentar a los hombres?

—Sabes que me gustan Los Vengadores. —Ella se encogió de hombros—. Y no esperaba… que lo viera nadie.

—Ya veo. —Sus manos se cerraron sobre sus pechos—. Voy a taparle los ojos. No puedo seguir si Iron Man me está mirando.

—¿Temes no estar a la altura?

—Más bien tengo miedo de que derribe la puerta y me saque de aquí.

Ella llevaba tanto tiempo esperando que la tocara, lo había imaginado tantas veces y de tantas formas distintas, que se le cortó la respiración. Una energía salvaje se despertó en su interior, cerró los ojos y se concentró en las sensaciones, en la forma en que la acariciaba, en el temblor de su pulso bajo la piel, en la longitud de su miembro, duro y grueso entre sus muslos.

Quería tenerlo más cerca, quería sentir la presión de su cuerpo desnudo contra el suyo. Nunca había estado con un hombre como Liam: todo fuerza y músculo, con una presencia tan poderosa que llenaba la habitación.

—Creo que tenemos que despedirnos de Iron Man —susurró, abriendo los ojos.

Con un movimiento rápido le desabrochó el sujetador, liberando sus pechos de su encierro.

—Eres más bonita de lo que imaginaba. —Tiró el sujetador al suelo—. Y tu piel, joder, brilla como el oro.

Antes de que pudiera responder, su boca caliente y húmeda estaba sobre uno de sus pezones y lo chupaba con suaves tirones. Ella perdió el control al instante, y le pasó los dedos por el suave cabello mientras mecía las caderas sobre su miembro.

—Joder, Liam. —Por regla general, Daisy no solía utilizar la palabra «joder».

Con tantas palabras a su disposición, había mejores formas de expresarse, pero cuando el hombre de sus fantasías adolescentes le chupaba los pezones mientras le agarraba el trasero y frotaba su grueso miembro contra ella, «joder» era la palabra perfecta para expresar tanto su estado emocional (impaciente, necesitada y en pleno subidón de endorfinas) como sus esperanzas para el futuro.

—Aguanta, cariño. —Le soltó el pezón con un estremecedor suspiro—. He esperado tanto este momento que quiero tomarme mi tiempo. —Se echó hacia atrás y le pasó un dedo a lo largo del cuerpo. Ella se tensó cuando llegó a su vientre.

—¿A quién voy a encontrar aquí abajo? —Tiró de la cinturilla de sus pantalones cortos—. ¿Estará Iron Man vigilando su laboratorio?

El timbre de la puerta la sobresaltó y se le aceleró el corazón. Liam se quedó paralizado debajo de ella.

—¿Esperabas a alguien?

—No. —Daisy se levantó de un salto para mirar por detrás de las cortinas, y se le encogió el estómago cuando vio a cuatro de sus tías en la puerta—. Son mis tías. Liam, no pueden verte.

Liam gimió y se tapó los ojos con una mano.

—No puedes hablar en serio.

—Hablo muy en serio. —Daisy recogió su sujetador y su camiseta del suelo—. Soy una mujer desi soltera. Si te encuentran aquí así... —Se estremeció—. No puedo ni imaginarme las consecuencias.

—Creía que querías arruinar tu reputación.

Liam se sentó en el sofá y se puso las botas mientras ella corría a recoger los platos, las latas de refresco y las bolsas de patatas fritas de la noche anterior.

—Así no. Quiero que me la arruinen *como es debido.*

—Está claro que no aprecié el matiz de tu ruina. —Ladeó la cabeza, frunciendo el ceño—. Oigo unos golpes.

—Han enviado a alguien a llamar a la puerta de atrás. —Ella se vistió rápidamente, con el corazón desbocado—. Tendrás que salir por la ventana de la habitación de Sanjay, como solíais hacer cuando os escapabais de noche.

Sus ojos se abrieron de par en par.

—¿Lo sabías?

—No estabais muy callados que digamos. Solía mirarte desde la ventana del baño, o a veces iba a la habitación de Sanjay y lo hacía desde allí.

Tras echar una rápida mirada a la habitación, corrió por el pasillo gritando en dirección a la puerta.

—¡Hola, tías! ¡Ya voy! ¡Me estoy vistiendo!

—Me gustan las vistas —jadeó Liam mientras la seguía escaleras arriba, acariciándole el trasero con una mano—. Esperaba verlo un poco más, pero sin los pantaloncitos.

—Este no es el momento. —Le apartó la mano de un manotazo y corrió a la habitación de Sanjay.

—Es como si él nunca se hubiera ido —dijo Liam mientras Daisy forcejeaba con la ventana—. Recuerdo cada libro, cada figurita de acción, cada maqueta de Lego...

—¡Puedes recordarlo más tarde! —gritó—. Tirarán la puerta abajo si no aparezco enseguida.

—Me dan ganas de quedarme solo para mirar —murmuró Liam, que no parecía demasiado preocupado ante el peligro de ser descubierto—. Tus tías serían estupendas en un asedio.

Daisy abrió la ventana de un empujón y llamó a la tía que había sido enviada a hacer el reconocimiento en su patio trasero.

—Estaré allí en un minuto. Nos vemos por la parte delantera.

—Creía que iba a conocer a algunos de tus parientes. —Liam se sentó a horcajadas sobre el alféizar de la ventana—. Cuando estén todos dentro, podría llamar al timbre y fingir que acabo de llegar.

Daisy negó con la cabeza.

—Eso no está en el plan.

—Tampoco lo de esta mañana —dijo bajando la voz—. Y parece que has sobrevivido.

El rostro de Daisy se calentó. ¿En qué había estado pensando? Besarse con Liam iba contra las reglas del plan de citas. Sus reglas. Podría complicar una situación ya de por sí complicada. Sin embargo, la piel le seguía hormigueando y deseaba que la tocara con locura.

—Podemos hablar de eso más tarde.

Él levantó la cabeza y una sonrisa pícara iluminó su rostro.

—¿Qué tal un beso de despedida por haber sido tan bueno?

Con un suspiro, ella se le acercó, pero lo que iba a ser un rápido beso en la mejilla se convirtió en algo más cuando Liam la agarró por la nuca y la acercó a él.

Daisy se apartó, jadeando y con el cuerpo ardiéndole en todos los lugares equivocados.

—Tienes que irte.

Liam salió al tejado y estudió la empinada pendiente.

—Ya no soy tan joven como la última vez que hice esto. Necesito decirte algo por si no lo consigo. —Tomó una larga bocanada de aire—. Es sobre la noche del baile de graduación...

—¿Quieres hablar del baile *ahora*? —Agarró la ventana, preparándose para bajarla de un tirón—. Tengo a cuatro mujeres recelosas aporreando la puerta. En teoría íbamos a contarnos confidencias cuando estuviéramos juntos en el sofá.

Él se encogió de hombros a modo de disculpa.

—Ya sabes que no se me dan bien los planes.

Daisy se asomó a la ventana mientras él bajaba por el tejado siguiendo el desgastado caminito que había sobre las tejas. Nunca lo había visto caminar de forma tan inestable cuando él y Sanjay se escabullían de noche.

—¿Liam?

Él levantó la vista, con el ceño fruncido por la concentración.

—¿Qué?

—¿Quieres usar la puerta trasera?

—¿Y correr el riesgo de encontrarme con una tía fuera de sí? —Negó con la cabeza—. Me arriesgaré con el tejado de la perdición. Quizá deberías hacer una foto para que la policía no piense que me empujaste cuando encuentren mi cuerpo entre las azaleas. Si sobrevivo, también podría ser útil enseñársela a los fideicomisarios. Nada grita tanto «relación legítima» como tener que escapar por el tejado.

Daisy agarró su teléfono y sacó unas cuantas fotos mientras él descendía lenta y peligrosamente.

—¿Liam?

Él levantó la cabeza, con los dedos metidos entre las tejas.

—¿Sí?

—Gracias por querer explicarme lo del baile. Me gustaría escucharlo en otra ocasión.

—Es bueno saberlo.

—Aprecio de verdad que vinieras ayer al veterinario —dijo rápidamente—. Y que me quitaras a Max de la cabeza anoche...

Liam lanzó un gruñido cuando su pie resbaló.

—¿Me estás dando las gracias porque crees que voy a morir? No es el voto de confianza que esperaba.

—Y esta mañana —continuó ella.

—No hables de esta mañana cuando intento no caerme del tejado. Podría ser una distracción fatal. —Asió la rama del árbol que él y Sanjay siempre habían utilizado para la última parte, la más difícil, el descenso. Daisy conocía cada paso de su ruta para escaparse. Los había observado demasiadas veces para contarlas.

—Pero tengo que decirte algo. Es importante.

Él se quedó inmóvil, tambaleándose sobre las tejas, con los ojos brillando a la luz de la mañana.

—¿Qué?

—Hackeé *Guitar Hero*. Habría sido imposible que perdiera.

Una sonrisa se dibujó en la comisura de sus labios.

—Lo sé.

Ella frunció el ceño, desconcertada.

—Entonces, ¿por qué seguiste jugando?

—Porque te hacía feliz —dijo simplemente—. Por la misma razón por la que te traje problemas de matemáticas; jugué a videojuegos contigo cuando Sanjay no estaba; intenté adivinar qué había de merienda después de la escuela en vez de mirar tu calendario de comidas, y me ofrecí a llevarte al baile de graduación cuando supe que no tenías pareja. Quería que fueras feliz, Daisy. Todavía quiero que lo seas.

Sus dulces palabras la dejaron sin aliento. Este era el Liam que ella conocía. Amable, generoso, desinteresado y a punto de matarse bajando por su tejado.

—¡Liam! Liam, espera.

—Estoy bien.

Él se agarró con una mano a la rama más cercana y a ella le retumbó el pulso en los oídos. Un hombre que hacía algo así por ella, que había hecho tanto en el pasado para hacerla feliz, no se habría marchado tan repentinamente sin una buena razón; una razón que había estado dispuesto a explicarle.

—Vuelve —dijo—. Ya pensaré en algo. Les diré que estoy enferma...

Demasiado tarde. Él saltó del tejado y la rama se rompió, haciéndole caer los últimos cinco pies sobre la hierba con un golpe sordo y desagradable.

—¡Liam! —Se asomó a la ventana y se le formó un nudo en la garganta cuando vio que él no se movía—. ¿Estás bien?

—¿Daisy? —Él se levantó y a ella le temblaron las rodillas mientras respiraba aliviada.

—¿Sí?

—La próxima vez saldré por la puerta.

Después de ponerse una ropa más decente, Daisy bajó las escaleras y abrió la puerta a las tías Salena, Mehar, Lakshmi y Taara y al pobre tío Hari, que cargaba con neveras portátiles, cajas y bolsas.

—¡Mirad quién ha llegado por fin! —La tía Salena pasó junto a Daisy y entró en la casa, con su *salwar kameez* naranja chillón iluminando el salón tapado aún con las cortinas—. Nos preocupaba que te hubiera pasado algo. El tío Hari estaba a punto de tirar la puerta abajo.

El tío Hari negó con la cabeza.

—No, no iba a hacerlo. Me duele la cadera. Os sugerí que utilizarais la llave de repuesto que esconden debajo de una piedra. *Vosotras* ibais a tirar la puerta abajo.

Salena hizo un gesto despectivo con la mano.

—No importa. Mehar nos contó lo del pobre Max, y estás sola sin tu padre, así que pensamos en traerte el desayuno antes de que fueras a recogerlo al hospital.

A Daisy se le erizó la piel. Sus tías siempre les habían traído la cena a ella y a Sanjay cuando eran pequeños y su padre se retrasaba por culpa del trabajo, pero ahora que había crecido, las visitas inesperadas solían tener más que ver con un pretendiente que con comida.

Se asomó a la puerta, tratando de ver al hombre que habrían traído para que la conociera.

—¿Dónde está él?

—¿Quién? —La tía Lakshmi colocó sus zapatos en la pila del pasillo.

—El primo de la hermana de un amigo de alguien que casualmente estaba en la ciudad y casualmente está buscando esposa y tú casualmente estabas en el vecindario y pensaste en pasarte por aquí.

—Solo estamos nosotros. —La tía Taara levantó un táper—. Y mi famosa tostada crujiente de canela Margarita Poha.

La tía Taara, una aspirante a chef con dos hijos aún en casa, era famosa por sus horribles comidas fusión.

—No te lo comas —susurró la tía Lakshmi—. Los sabores no combinan bien. Comí un poco esta mañana y… —Se tocó la barriga—. ¿Tienes un antiácido?

—En el botiquín del baño.

Daisy siguió a la tía Salena a la cocina y se sentó en el taburete mientras la tía Taara sacaba otro táper de su bolsa de plástico de la compra.

—Anoche estuvimos cenando en El Molinillo de Especias —dijo la tía Salena en un tono que pretendía ser relajado, pero que era cualquier cosa menos eso—. Jana dijo que Nira dijo que Deepa dijo que te había ayudado a encontrar un *sherwani* para tu prometido, al que la familia aún no conoce. Deepa oyó por casualidad que lo llevabas a El Palacio de la Dosa y se acercó a hablar con Amina, que le dijo que os habíais peleado.

A pesar de haber crecido en el seno de la familia Patel y ser una de ellos, a Daisy no dejaba de sorprenderle lo rápido que se propagaba la información. No se podía guardar un secreto durante mucho tiempo cuando había miembros de la familia por todas partes y los cotilleos eran el pasatiempo favorito de todos ellos.

—Eso fue hace tres días. Ahora todo va bien.

—Pelear cuando se está comprometido no es una buena señal —dijo la supersticiosa tía Lakshmi—. A menos que veas una cabra marrón con la cabeza blanca, pelearse al principio de una relación presagia pruebas difíciles más adelante.

Desesperada por encontrar una forma de desviar la conversación, Daisy señaló la nevera portátil.

—Me muero de hambre. Quizá deberíamos comer.

—¿Estamos solos? ¿O tal vez tienes aquí a algún amigo? —La tía Lakshmi miró hacia las escaleras.

—Ahora que lo mencionas, huelo algo. —La tía Mehar empezó a olfatear.

—Aquí no hay nadie, tía-ji.

Eran las palabras adecuadas, pero la tía Lakshmi parecía poco convencida.

—Un gato negro con un ojo verde y otro azul se cruzó en mi camino hace tres días frente a una casa amarilla. Significa mala suerte en el segundo piso. Mehar, deberías ir a comprobarlo.

—Adelante. —Daisy le hizo señas a la tía Mehar para que subiera—. Puede que también quieras mirar en el tejado. Sanjay solía escabullirse por allí de noche. Quizá haya alguien escondido. —No pudo resistirse a lanzar una pequeña indirecta sobre su perfecto hermano mayor.

—¡Sanjay! —La tía Mehar suspiró mientras se dirigía a las escaleras—. ¡Con lo buen chico que es! ¿Cómo le va?

—No lo sé. Hace meses que no sabemos nada de él. ¿Te perdiste la parte en la que dije que solía subir al tejado para escabullirse por la noche en contra de las normas?

—Menudo granuja. —Mehar negó con la cabeza, sonriendo.

—No dirías eso si hubiera sido yo la que hubiera subido al tejado —espetó Daisy.

—Nunca habrías hecho algo así. —La tía Salena pellizcó a Daisy en la mejilla—. Eres la buena de Daisy.

«La buena de Daisy». Siempre había sido buena porque nunca había tenido la oportunidad de ser mala. Cuando solo estaban los tres en casa, se encargaba de las tareas domésticas, lo que le daba una excusa para evitar los bailes, las citas y las fiestas. Si Layla no la hubiera sacado a rastras, se habría conformado con quedarse en casa con sus libros de texto, sus videojuegos y su mundo informático en línea.

—Todo despejado. —La tía Mehar se reunió con ellos en la cocina con una sonrisa, como si no viniera de revisar bajo las camas y en los armarios en busca de un hombre escondido—. Hacía mucho tiempo que no estaba arriba. La habitación de Daisy está igual que cuando era pequeña.

¡Uf! ¿Por qué nunca se había molestado en redecorarla? Tenía veintisiete años y seguía viviendo en casa, en la misma habitación y siguiendo las mismas reglas que su padre le había impuesto cuando era adolescente. Si sus tías se salían con la suya, se casaría con un buen chico indio elegido por la familia y pasaría directamente de su casa al hogar conyugal. Daisy tomó un *bedmi puri* y mojó el crujiente pan indio de *urad dal* en el *raseele aloo*. La tía Jana siempre lo hacía con la combinación perfecta de especias.

—Si las cosas no os van bien, Roshan es un chico encantador —dijo la tía Lakshmi—. Mandé hacer sus horóscopos y sois una pareja perfecta. Proviene de una buena familia y es ingeniero...

Daisy se metió otro *bedmi puri* en la boca mientras su tía exaltaba las virtudes de Roshan. Normalmente desconectaba cuando sus tías hacían de casamenteras, pero hoy todo lo que decían la ponía de los nervios. Era una profesional con dos títulos y un buen trabajo. ¿Por qué nadie se planteaba que podía ser capaz de elegir a un hombre por sí misma?

¿Quizá su pareja perfecta era el tipo de hombre que le propondría un matrimonio de conveniencia para quitarse a sus tías de encima? ¿O el que le daría un beso apasionado en plena oficina? ¿O el que se presentaría en un hospital veterinario en mitad de la noche después de que su familia lo hubiera despellejado emocionalmente?

Tal vez había reprimido sus emociones tan profundamente, ocultas bajo sus listas, reglas y líneas de código, que no se había dado cuenta de que había una «Daisy mala» que esperaba liberarse.

20

Jueves, 8:07

DAISY: Confirmando cita n.° 4. Jueves 18:00. Partido de *hockey*. SAP Center. San Jose Sharks contra Toronto Maple Leafs. Objetivo: conocer a la tía Taara, al tío Ashok y a sus hijos, Nihan e Imran.

LIAM: ¡¡¡Venga, Tiburones!!!

Después de enviarle un mensaje a Liam, Daisy tardó treinta minutos en volver a relajarse. Incluso entonces, una parte de su cerebro seguía pensando en lo que habían hecho el fin de semana anterior y en lo que habría pasado si no los hubieran interrumpido. ¿Y si hubieran tenido sexo? ¿Cómo podrían seguir con un compromiso falso tras cruzar esa línea roja? ¿Y si con una vez no fuera suficiente? ¿Estaba traicionando a su familia al acostarse con el enemigo? ¿O estaba dejando atrás el pasado y siguiendo adelante?

A los pocos minutos de empezar, Rochelle la interrumpió con un mensaje emergente en la pantalla.

TYLER QUIERE VERTE EN SU OFICINA.

Se quitó los auriculares con un suspiro. A pesar de los recortes, Tyler quería seguir adelante con la suscripción mensual y renovar el sitio web para poder reflejar la nueva marca, lo que suponía crear todo un nivel de código.

—¿Qué pasa? —Mia la miró desde su escritorio—. Pensé que estábamos en tiempo de concentración. He intentado mantenerme callada.

—Tyler quiere verme.

—*Shhh.* —Josh se quitó los auriculares—. Es como si estuvieras ahí sentada esperando cualquier excusa para hablar, o abrir un paquete de papel de aluminio, o suspirar, o romper papeles, o...

—Toma un dónut. —Mia le ofreció una caja de dónuts recién salidos de la pastelería de la calle de abajo.

—Sé lo que estás haciendo —refunfuñó Josh mientras tomaba un dónut—. Pero no va a funcionar. No se me puede comprar con dónuts y sonrisas.

—¿Y con cotilleos? —preguntó Zoe, levantando la vista del ordenador—. Yo sé algo que tú no sabes.

—¿Estamos en el colegio? —El tono de Josh destilaba sarcasmo—. ¿Ahora nos burlamos el uno del otro? ¿Cuando venga a trabajar mañana me encontraré una rana en la silla?

—De acuerdo. —Zoe volvió a su ordenador—. No voy a decirte entonces que Andrew se marcha, que Brad va a escuchar nuestra idea de lanzamiento para la marca y, ¡ah!, que Hunter le preguntó a Rochelle por Daisy. Supongo que se perdió la reunión en la que Tyler anunció que estaba comprometida.

—¿Hunter preguntó por mí? —A Daisy se le secó la boca. Si hubiera sabido que lo único que tenía que hacer era apagar y encender un portátil para que un tipo como Hunter se fijara en ella, habría pasado más tiempo como voluntaria en el Servicio de Soporte Técnico.

Josh resopló.

—Habría olvidado dónde está la tapa del portátil.

—O tal vez se dio cuenta de que una brillante y sexi desarrolladora de *software*, que es tan impresionante que nos consiguió una audiencia con Brooding Brad, se ha estado escondiendo en la tercera planta y quería lanzarse antes de que alguien se la quitara —dijo Mia, arrebatándole la caja—. No puedo creerme que estés celoso.

Josh resopló en tono de burla.

—No estoy celoso. Simplemente no entiendo por qué preguntaría por ella y no por mí. —Flexionó los delgados brazos, hinchando el pecho bajo su camiseta de «Codificar es Vida»—. ¿Quién podría resistirse a esto?

—Tienes razón. —El tono de Mia destilaba sarcasmo—. Incluso a mí me cuesta resistirme. ¿Cómo se las arregló Hunter para no lanzarse sobre tu fabuloso cuerpo?

—Exacto. —Josh esbozó una sonrisa de suficiencia—. Y ella está comprometida. Yo no.

—Comprometida de mentira. —Zoe sonrió—. ¿Quién quiere dejar que Hunter lo sepa?

Tyler estaba de mal humor.

—¿Por qué has tardado tanto? —preguntó cuando Daisy entró en su despacho.

—Estaba muy concentrada en el trabajo. —Se sentó en la silla que había frente a su escritorio y lo miró por encima de una pila gigante de papeles. A diferencia de su ordenada mesa de trabajo, el despacho de Tyler era un mar de documentos, tazas de café, cajas de pizza, gráficos, libros y, curiosamente, paragüitas de papel de color rosa. Ninguna superficie estaba despejada. Cada movimiento debía estudiarse previamente para no tirar nada.

—Brad está disgustado —dijo Tyler con brusquedad—. Al parecer, convenciste a Liam para que le diera a Mia y a Zoe la oportunidad de presentar la propuesta de marca que rechacé el año pasado.

Daisy se encogió de hombros.

—¿Puede estar disgustado y escucharlas? Ninguna de las mujeres que había en la sala de juntas sintió que un cambio de marca con unicornios, arcoíris y mujeres no diversas y ligeras de ropa encajara con ellas.

Tyler se pasó las manos por el cabello y, al instante, su mirada de científico un poco loco se convirtió en la de un loco de remate.

—Pensaba que eras el tipo de persona que trabaja entre bastidores.

—Todo fue una actuación.

Aunque había hecho el comentario a la ligera, las palabras sonaban ciertas. Aunque había sido una sabelotodo en el instituto, nunca había sido tímida ni callada. Al menos no hasta que su madre hizo un comentario que le hizo preguntarse si su personalidad era una de las razones por las que se había marchado. Pero algo había cambiado en las últimas semanas, y no solo era el hecho de que casi se había acostado con su malogrado amor del instituto. Había hecho amigos en Organicare y descubierto una confianza que creía perdida. Tenía pasión por el producto y una voz que podía contribuir al éxito de la empresa.

—Es bueno saberlo —dijo Tyler—. ¿Algo más que creas que estamos haciendo mal?

Daisy dudó.

—¿Es una pregunta con trampa?

—Es sincera.

Se recostó en la silla, pensativa.

—Volvería a poner a la gente en sus propias divisiones. Desarrolladores de *software* en una esquina. Marketing en otra. —Miró de reojo a Hunter, que estaba en la sala de conferencias acristalada de al lado—. Finanzas podría ir al lado de los desarrolladores porque suelen ser más tranquilos.

—Andrew dio su preaviso.

Se sobresaltó ante el brusco cambio de tema y se le erizó la piel de la nuca.

—Sí, lo he oído.

—Ahora me falta un responsable de proyecto.

—Josh podría hacerse cargo sin problema —sugirió—. Trabajó en estrecha colaboración con Andrew.

—¿Así que elegirías a Josh antes que a cualquier otro?

—Es bueno en lo que hace. A la gente le gusta. Es un poco rebelde, pero se le puede dominar fácilmente.

Tyler la estudió durante un largo rato.

—¿Y tú no? Después de todo, viniste aquí y defendiste el cambio de marca de Mia y Zoe, propusiste una reorganización de la oficina, cuestionaste el punto de vista de Brad e intentaste conseguir un ascenso para Josh. Tienes las habilidades y la experiencia necesarias. Creo que harías un buen trabajo.

A Daisy se le secó la boca. ¿Responsable de proyecto? Era el siguiente paso en la carrera de todo desarrollador de *software*. Más dinero. Más prestigio. Más responsabilidad. Mejor trabajo. Pero, por otro lado, exigía más compromiso. El responsable de proyecto era el pegamento que lo mantenía todo unido, y uno no podía ser el pegamento si no estaba dispuesto a quedarse. Había encontrado su propia voz, pero aún no era lo bastante fuerte para liderar.

—No —dijo ella—. Yo no.

El teléfono de Liam zumbó sobre su escritorio. Lo atendió y saludó. Normalmente, disfrutaba de la oportunidad de trabajar en la oficina, pero hoy era noche de *hockey*. No había visto a Daisy en toda la semana y cada minuto hasta la hora de salida le parecía una maldita hora.

—Ya han llegado tus entradas. —Su nueva ayudante no se inmutó ante su extraño comportamiento. Venía de una empresa en la que los desarrolladores de *software* se vestían y actuaban como los personajes del videojuego que habían creado. Ni siquiera los días en que Liam llegaba vestido con un mono de moto arqueaba una ceja—. Tienes dos asientos de socio con vistas al centro de la pista de hielo.

—¡Sí! —Cerró el puño. No tenía sentido ir a ver el partido si no se podía ver el sudor en la frente de los jugadores. No tenía sentido ganar dinero si no podía compartir con su falsa prometida una de las pocas cosas que le alegraban la vida.

Quería que Daisy conociera al hombre que era ahora, no al que había arruinado su vida hasta tal punto que necesitó tres años en la carretera y un desconocido de buen corazón para volver a encarrilarla. Quería que volviera a mirarlo con la pasión y el deseo que había visto en sus ojos cuando era una adolescente, como si fuera perfecto y no tuviera defectos, como si estuviera entero y no roto por dentro. Y la mejor manera de hacerlo era enseñarle las cosas que adoraba.

Faltaban seis horas para el partido. Tamborileó con el pulgar sobre el escritorio durante diez segundos antes de pulsar el número de Daisy en el teléfono. Nunca había sido un hombre paciente.

—¿A qué debo este honor? —Su voz le encendió por dentro y al instante se olvidó de la presentación del *software* de contabilidad que James le había entregado para que revisara.

—Quería que supieras los detalles de nuestra cita deportiva. Tengo dos asientos de socio con vistas al centro de la pista de hielo. Será un partidazo. Puedo sentirlo. Una buena carrera y los Sharks estarán más cerca del título.

Daisy resopló.

—Es muy improbable que los Sharks se clasifiquen para las eliminatorias. No tiene sentido que niegues la realidad.

Se quedó sin aliento. Que ella hiciera una valoración tan acertada demostraba que conocía el *hockey* más de lo que él habría imaginado. El día no podía ir mejor.

—¿Te gusta el *hockey*?

—Cuando Sanjay se mudó para hacer la residencia, no pude permitir que mi padre viera solo los partidos. —Suspiró—. No creo que los Sharks sean capaces de remontar, la verdad. Y quizá tampoco deba ir. Mia me pidió que me quedara hasta tarde esta noche para ayudarla a preparar el lanzamiento para Brad y tener una segunda opinión. También tengo que eliminar los fallos de un programa y me irían bien unas horas extra. Y Tyler me ofreció un puesto de responsable de proyecto, pero lo rechacé, y ahora Josh quiere que lo ayude después del trabajo para aprender sus nuevas responsabilidades.

El buen humor de Liam estalló como un globo de cumpleaños.

—¿No vas a venir?

Ella se rio y la esperanza volvió a hinchar su pecho.

—Claro que iré. Te dije que iría y además me encanta el *hockey*. No sabía que era tan fácil tomarte el pelo.

—No me has tomado el pelo —refunfuñó—. Sabía que estabas bromeando.

—Claro que sí.

Cuando oyó su tono burlón le dio un vuelco el corazón.

—Le preguntaré a James si me presta su todoterreno. No iba a llevar mi equipamiento de hincha, pero ahora que sé que te gusta esto…

—¿Qué quieres decir con «equipamiento de hincha»? —preguntó ella con cuidado.

Él sintió una punzada de advertencia en el cuello y cambió rápidamente de tema.

—¿Por qué rechazaste el ascenso?

—No estoy preparada para ese tipo de compromiso. No me gusta implicarme demasiado en las empresas para las que trabajo; así puedo tener otras opciones.

Liam se preguntó qué significaría para ella «implicarse demasiado». Era evidente que había hecho amigos en Organicare, gente que confiaba y dependía de ella, y que le había pedido ayuda (de manera inconveniente) cuando tenía que asistir a un partido de *hockey*. También se había jugado el cuello por la empresa: que su familia le pudiera buscar pareja no había sido suficiente para convencerla de que fuera su falsa prometida, pero salvar la empresa, sí. ¿Acaso se podía estar más comprometido con un trabajo?

—¿Así que decías que no puedes venir porque estás ayudando a los amigos que no tienes en la empresa en la que no quieres quedarte porque no te importa?

¿También hacía eso con él? ¿Ayudándolo y fingiendo que no le importaba, cuando en realidad sí le importaba? Silencio. Y luego:

—¿A qué hora es el partido? No estaban todos los datos.

—Te recogeré a las seis —dijo—. Y no dudes en darme un beso cuando llegue; tengo unos asientos estupendos. Pero ten cuidado; todavía no me he recuperado de la caída de tu tejado.

—No lo haré —dijo ella con seguridad.

—¿No me besarás? —Se recostó en la silla, disfrutando de la conversación—. ¿O no tendrás cuidado? No me importa que sea salvaje, si eso es lo que te va.

Daisy resopló al teléfono.

—No estoy hablando de sexo.

—Pues deberíamos hablar de sexo después de lo que pasó la otra noche.

Liam no había podido dejar de pensar en ello. Cuando estaba solo en su cama por la noche, imaginaba la suave presión de su cuerpo, el calor de su piel, la suavidad de su cabello, sus gemidos cuando le había tocado los pechos. ¡Dios! Tenía unos pechos preciosos.

—Habría sido un error —dijo ella, sin dudarlo—. No podemos intimar y tener una relación falsa al mismo tiempo. No tiene sentido. Por eso puse las reglas.

—Entonces, ¿por qué quiero besarte ahora mismo? —Sabía cómo ponerla nerviosa y su respiración agitada le indicó que sus palabras habían dado en el blanco. Le gustaba que su falsa prometida, tan fuerte e inteligente, se pusiera nerviosa cuando mencionaba algo relacionado con el sexo. Las reglas de Daisy la hacían sentirse segura y protegida. Pero, a veces, cuando más te divertías era cuando rompías las reglas.

—¿Porque quieres practicar para la cámara del beso y ganar cosas en el partido? —respondió ella tras dudar un poco.

—Porque me gusta besarte, Daisy.

Silencio. Casi podía ver sus dedos tamborileando sobre el escritorio.

—¿Liam?

Su pulso se aceleró y contuvo la respiración esperando que ella le dijera que también le gustaba besarlo.

—¿Sí?

—¿Qué querías decir con «equipamiento de hincha»?

21

Liam esperaba que Daisy se sorprendiera cuando él fuera a recogerla a su oficina. A fin de cuentas, no todo el mundo tenía tantas prendas de los Sharks y él había escogido con esmero las que llevaba esa noche. Sin embargo, no esperaba que ella se diera la vuelta y saliera corriendo.

—¿A dónde vas?

—No te me acerques. Quédate ahí. —Buscó la puerta que había detrás de ella—. Eres uno de ellos.

—¿Quiénes son «ellos»?

—Los hinchas locos de remate.

—¿No te gusta mi camiseta de los Sharks? —Pasó una mano por su camiseta azul de hincha, una de las docenas que había coleccionado a lo largo de los años—. ¿O es el sombrero? —Se había puesto el sombrero de gomaespuma con forma de cabeza de tiburón antes de quedar con ella para que pudiera ver los dientes—. También he traído un sombrero para ti.

Pegada a la puerta de cristal, negó con la cabeza.

—No voy a llevar un tiburón de gomaespuma de medio metro en la cabeza.

Liam sintió una aguda punzada de decepción.

—¿Qué sentido tiene ir si no vas a apoyar al equipo?

—Puedo apoyar al equipo sin humillarme.

Preocupado por la posibilidad de que saliera corriendo hacia el otro lado de la concurrida calle, Liam se acercó a ella despacio y con cuidado, mientras le tendía con una mano la ropa que había traído para que se la pusiera.

—No soy un perro callejero, Liam —espetó—. No tienes que acercarte a mí así. No voy a morderte. —Su mirada se desvió hacia la cabeza de él—. O tal vez lo haga si esperas que me ponga algo tan ridículo.

—El tuyo es diferente. —Le ofreció un pequeño sombrero de fieltro con una aleta de tiburón en la parte superior, ojos también de fieltro y unos dientes de tiburón hechos de fieltro blanco que caían como unas grandes borlas—. Pensé que la gomaespuma sería demasiado, así que te traje algo más discreto.

Ella se acercó con cautela, como si estuviera a punto de atacarla con su cabeza de tiburón de gomaespuma.

—Dámelo.

Liam se lo entregó y ella lanzó un suave «uf» mientras lo miraba.

—Está bien. De hecho, es bastante bonito.

—Como tú.

Su sonrisa a regañadientes fue todo el aliento que necesitaba.

—También te he traído una camiseta. —Le dio una versión más pequeña de la camiseta que él llevaba puesta—. Te sentirías fuera de lugar si no llevaras una. Los hinchas de los Sharks mandan. —Levantó el puño y gritó—: ¡Vamos, Tiburones!

—¡Vamos, Tiburones! —gritó un tipo que pasaba por allí—. ¡Disfrutad del partido esta noche!

—De acuerdo. —Daisy suspiró—. Me pondré el gorro y la camiseta. ¿Algo más?

—¿Pintura facial?

—No.

—¿Pintura corporal? Tendrías que estar desnuda, pero podría usar un azul más oscuro en las zonas que prefieras mantener en privado.

—Para nada.

—También tengo banderas, pancartas, pompones, pelucas azules, un disfraz de tiburón de tamaño real, dientes gigantes de cartón, tiburones de peluche y unos cuantos tiburones hinchables.

Ella torció los labios hacia un lado, pensativa.

—Veamos los tiburones hinchables.

La condujo al todoterreno que le había prestado James y levantó la puerta del maletero para enseñarle su equipamiento de hincha del equipo.

—Esto es una locura —dijo Daisy—. Es como una tienda de recuerdos. ¿Los vendes en la parte trasera del coche durante el partido?

El pecho de Liam se hinchó de orgullo.

—No, esto es todo mío. Conseguí la mayoría de cosas cuando llegaron a las finales de la Copa Stanley en 2016. Llevé el traje completo en su último partido contra Pittsburgh. —Levantó el traje—. Ahora que lo pienso, nunca lo he lavado...

—Me llevaré uno de estos tiburones hinchables. —Sacó uno del montón—. Y quizá una toalla de rally. —Todavía sin sonreír, agarró un tiburón de peluche—. También lo quiero a él.

—Serán 22,95 dólares. —Le tendió una mano y esta vez ella se rio; esa maravillosa risa que él recordaba.

—¿Qué tal si te invito a cenar cuando lleguemos al Tanque de los Tiburones? —le sugirió en su lugar.

—No creo que eso esté en nuestro plan de citas, señorita Patel. —Sacó su teléfono—. Déjame ver... Mmm. Parece que ya hemos tachado la opción de cenar.

Daisy se encogió de hombros.

—Si no te gustan sus sándwiches de *roast beef*...

—¿Con rábano picante?

—Y cerveza.

Liam se acarició la barbilla como si se lo estuviera pensando.

—¿Con doble ración de patatas fritas?

—Cada uno.

—¿Y de postre? —preguntó—. Oreos fritas, por supuesto.

Él guardó su teléfono.

—Por ti, estoy dispuesto a salirme del plan.

Después de dos bocadillos, un plato de nachos, cuatro vasos de cerveza (tres para Daisy y solo uno para Liam, ya que él conducía), unas palomitas gigantes, dos barritas de caramelo, una bolsa de galletas Oreo fritas y un marcador de 2-1 al llegar al descanso, Liam no podía creer que estuviera con la misma mujer que había intentado huir de él ese mismo día.

—¡Tiburón a la vista! —gritó Daisy, y luego salió disparada de su asiento para agitar su tiburón de peluche—. ¡Vamos, tiburones!

—Creía que el *hockey* no te interesaba especialmente. —Hizo un gesto de disculpa con la cabeza a la pareja que tenían detrás y que parecía más entretenida que enfadada por el entusiasmo de Daisy—. Creía que solo lo veías para hacerle compañía a tu padre.

—En directo es diferente. —Se metió un puñado de palomitas en la boca—. Además, he bebido mucho. —Sus ojos se abrieron de par en par al mirar a la pista de hielo—. No. ¡Marner, no! —Se dio una palmada en la cabeza cuando Marner se movió con el disco entre las piernas y marcó con un disparo desde la ranura para empatar a dos.

—Pensé que podríamos aprovechar este tiempo para hacernos preguntas y conocernos mejor —sugirió, sabiendo perfectamente que ella lo rechazaría. Al menos no podría acusarlo de no ceñirse al plan. Y realmente, ¿había una forma mejor de conocer a una persona que emborracharla en un partido de *hockey*?

—*Shhh.* —Le dio una palmada en el hombro . No me distraigas.

Había muy pocas cosas que pudieran distraer a Liam cuando estaba viendo un partido, pero Daisy era mucho más fascinante que ver a los Sharks dominando a los Maple Leafs. Cuando por fin llegó el descanso, casi se sintió decepcionado.

—¿Quieres comer algo más? —preguntó.

—No. Están pasando demasiadas cosas. —Rebotó en su asiento al ritmo de la música festiva, observando cómo la pulidora de hielo barría la pista y la mascota de los Sharks agitaba las aletas entre el público.

—¿No quieres preguntar nada? —insistió—. Esta es tu oportunidad para conocerme de verdad. Preguntas incisivas. Traumas de la infancia. Amigos. Familia. Anécdotas de los tres años que me pasé haciendo recados para pandillas de moteros...

Eso llamó su atención.

—¿De verdad?

—Cuando me fui de San Francisco, tenía veintiún años y no tenía ni trabajo ni estudios universitarios. Tenía que ganar dinero para vivir de alguna forma. Además, por aquel entonces yo estaba hecho una mierda.

Se echó a la boca el último Milk Duds.

—¿Así que te metiste en el mundo del crimen?

—Pagaban bien. La mayoría de los moteros eran buenos chicos. Yo hacía recados y me daban un lugar donde dormir, algo de comer, un poco de compañía... —Se interrumpió cuando ella abrió los ojos. Daisy no necesitaba conocer todos los detalles de sus días salvajes o lo solitaria que podía ser la vida en la carretera—. No hay nada como salir en moto. Formas parte del mundo en vez de verlo pasar. El viento en tu pelo, el sol en la cara, la carretera abierta frente a ti... Es algo que te deja sin aliento.

Daisy curvó un poco los labios y puso ojos soñadores.

—Me gustaría probarlo algún día.

Nunca hubiera esperado que Daisy dijera eso, pero no iba a perder la oportunidad de llevarla en su moto.

—Todavía está en el plan, si cambias de opinión.

—Deberíamos ir a buscar a mis parientes —dijo Daisy con brusquedad, sacudiendo la cabeza como si estuviera atrapada en un sueño—. Un primo mío que trabaja aquí como guardia de seguridad me dio sus números de asiento. También podemos hacernos los encontradizos. Lo único que tienes que recordar de la tía Taara es: 1) no comas nada que te ofrezca, porque es una cocinera malísima; y 2) adula a sus hijos.

Liam se rio mientras subían los escalones.

—Adula la comida y no te comas a sus hijos. Entendido.

Caminaron hasta la zona de servicio de comidas, fuera de la sección donde estaba sentada su tía. Solo habían estado unos minutos buscando cuando Daisy empezó a saludar. Liam estaba a punto de comentar que tenía una vista increíble cuando observó que dos personas grandes y dos pequeñas con trajes de tiburón de gomaespuma se abrían paso entre la multitud.

—Sabía que tenía que haberme puesto el traje —refunfuñó.

Daisy saludó a sus parientes con torpes abrazos y besos en las mejillas, que podían verse en las aperturas de sus disfraces de tiburón. Liam solo llevaba su camiseta, su sombrero de gomaespuma con forma de cabeza de tiburón y su toalla de fan alrededor del cuello.

—Este es mi prometido, Liam —dijo Daisy después de presentarlos a todos sin tener en cuenta el volumen del sombrero de Liam. Como resultado, él no pudo recordar los nombres de los chicos y los etiquetó mentalmente como Pequeño Tiburón n.º 1 y Pequeño Tiburón n.º 2.

—Así que este es el famoso prometido… —Taara no hizo ningún esfuerzo por disimular su mirada, que se detuvo en el sombrero de Liam—. Al menos apoya al equipo correcto.

«¡Un punto!». Liam contuvo el impulso de cerrar el puño ante lo que era una victoria clara en su búsqueda de aceptación.

Taara volvió a dirigir su atención a Daisy.

—Cada semana te veo. Cada semana pruebas mi comida fusión. ¿Y se lo dijiste primero a Salena? Creía que era tu tía favorita.

Manipulación emocional. Liam lo sabía todo sobre ella. Todos los directores ejecutivos que fracasaban en su intento de poner en marcha una empresa tenían una triste anécdota que contar, y él había aprendido a volverse un tipo duro.

—Fue un accidente —dijo Daisy—. Si no me hubiera tropezado con ella, te lo habría dicho a ti primero. Sin duda eres mi tía favorita. ¿Quién, si no, podría darme una sorpresa tan especial para celebrar mi compromiso?

Los ojos de Taara se abrieron de par en par. Las crías de tiburón se estremecieron visiblemente. Liam se acercó a ellos y deslizó un billete de veinte dólares en la mano de cada uno.

—Id a compraros algo de comer —les susurró.

Con una rápida mirada interrogativa a su padre, se alejaron andando con pasos limitados por culpa de sus colas de aleta de tiburón.

—Si hubiera sabido que nos veríamos, habría preparado algo especial. —Taara le entregó a Liam un táper de plástico transparente lleno de una sustancia viscosa de color marrón—. Pero, por suerte para ti, he hecho más de lo que necesitábamos para el descanso. Agarré todos los alimentos que pueden conseguirse aquí: perritos calientes, sándwiches, pizza, nachos de maíz, chocolate, palomitas de maíz, barbacoa hawaiana..., los mezclé todos, les eché un poco de guindilla y de *garam masala* y... ¡sorpresa! ¡Estofado de tiburón! No tienes que perder el tiempo haciendo cola o decidiendo qué comer y perderte la diversión del descanso. Puedes tenerlo todo a la vez.

Daisy le arrebató a Liam el táper de la mano.

—Eres muy amable, tía-ji, pero ya hemos comido.

—Todavía tengo sitio. Quiero probarlo. —Liam tomó el táper y levantó la tapa. No se desprendió ningún olor ni aroma desagradable. Aceptó la cuchara que Taara le ofrecía y comió un poco. Nauseabundo. Le recordó sus días de motero, cuando bebían todas las noches hasta vomitar y luego seguían bebiendo. Aun así, Taara parecía tan esperanzada que no quería decepcionarla. Apretando los dientes, se acabó todo lo que había en el recipiente, y solo entonces se dio cuenta de que los chicos habían regresado y todos lo miraban en silencio. Liam no estaba seguro de si eso era bueno o malo. Le ofreció el táper vacío a Taara—. Si no hubiéramos acabado ya con una bandeja de comida, te pediría un poco más.

—¡Dios mío! —Su marido negó con la cabeza, asombrado—. Se lo ha comido.

—Le gusta. Le gusta de verdad. —Taara agarró las mejillas de Liam y les dio un apretón—. ¡Qué chico tan simpático! ¡Y qué buen gusto para la comida!

—Caray, te has comportado como un prometido fabuloso —dijo Daisy después de que Taara y su familia volvieran a sus asientos—. ¿Voy a tener que llevarte al hospital para que te hagan un lavado de estómago?

—Llevé una vida dura en la carretera. —Liam se abrió paso por las gradas hasta que llegaron a sus asientos—. Tuve que comer cosas mucho peores.

—¿Qué pasa ahí abajo? —Daisy señaló a un empleado del servicio de comidas que sostenía dos pizzas al pie de la escalera. Estaba hablando con el operador de la cámara de *hockey* y señalando en su dirección.

A Liam se le aceleró el pulso y se quitó el sombrero de tiburón.

—Van a dar pizzas gratis. Tenemos que llamarles la atención.

—¿Cómo?

—Ponte a saltar. Grita. Baila para que nos vea la cámara. Agita tu toalla de rally y tu tiburón hinchable.

Daisy se encogió en su asiento.

—No puedo bailar en los asientos. La gente nos verá.

La miró con incredulidad.

—No te importaba hace cinco minutos, cuando le gritabas a Noesen que se diera prisa. Y sé que sabes moverte. Eres la reina del baile.

—Simplemente no quiero pasar vergüenza.

Liam se preguntaba cómo podía ser menos vergonzoso gritar «¡Tiburón a la vista!» con un sombrero de tiburón y agitando un tiburón hinchable que bailar en el asiento, pero nunca había comprendido el funcionamiento de la mente femenina.

—Yo daré la nota. Bailaré tan mal que nadie te mirará.

Se levantó de un salto y empezó a agitar en el aire su toalla de rally mientras bailaba como su padre lo había hecho frente al televisor cada vez que los Sharks marcaban un gol.

—¡Pizza! —gritó—. ¡Vamos, Tiburones!

—¡Estás en la gran pantalla! —Daisy saltó a su lado y empezó a moverse con el mismo baile delirante, agitando su tiburón en el aire y gritando—: ¡Tiburón a la vista!

El operador giró la cámara en su dirección y, de repente, quedaron inmortalizados en un círculo de luces en forma de corazón con la palabra «Ganador» parpadeando por encima de ellos.

—¡Hemos ganado! —Daisy pegó un brinco y rodeó a Liam con los brazos, casi tirándolo abajo al apretar sus labios contra los suyos en un emocionado beso.

Sus labios eran suaves, cálidos y dulces como el chocolate. La excitación que le provocaron le obnubiló el cerebro y, por un instante, fue incapaz de respirar. Entonces separó sus labios, hambrientos de ella y desesperado por más.

Ella se relajó contra su cuerpo y suspiró. Él se preparó para que ella retrocediera, pero en vez de eso, ella lo rodeó con los brazos y le devolvió el beso, enredando la lengua con la suya mientras exploraba su boca.

—¡Pizza!

Ella se apartó, dejándolo tambaleante y con el cerebro luchando por entender por qué alguien le estaba poniendo una caja en la cara cuando todo lo que él quería eran sus carnosos labios, su exuberante cuerpo y un suspiro de rendición.

—*Selfie* pizza. —Daisy levantó su teléfono y les hizo una foto con la caja de pizza a un lado. Se rio cuando le enseñó la pantalla. Esta vez era él quien parecía aturdido.

Fue una segunda parte increíble. Los Leafs encajaron tres goles en el tercer periodo y perdieron por primera vez en cuatro partidos, 5-2 contra los San Jose Sharks, con un gol de Radim Šimek a puerta vacía a falta de cincuenta y siete segundos. Al final del partido, Daisy era la mejor amiga de la pareja que había sentada detrás de ellos y había chocado los cinco con todos los que estaban sentados en su sección. Se habían acabado la pizza y el resto de la comida y gritaban hasta quedarse roncos.

—Ha sido increíble. —Daisy rodeó la cintura de Liam con el brazo mientras caminaban entre la multitud—. Mucho mejor que una exposición textil. Nunca imaginé que llevaría un sombrero de cabeza de tiburón, pero podría volverme una hincha.

—¡Liam! ¡Eh, hombre!

Liam apretó los dientes cuando vio a los dos banqueros de inversiones acercándose a ellos. A lo largo de los años, los había agasajado en innumerables ocasiones, llevándolos a bares, fiestas y clubes para convencerlos de que invirtieran en sus empresas. También les había presentado a Brendan cuando su hermano se hizo cargo de Murphy Motors y se habían hecho buenos amigos. Pero aquí y ahora, con Daisy, formaban parte de un mundo que él no quería que ella conociera.

—Son unos conocidos de los negocios —dijo en voz baja—. El alto y moreno es Marco. El bajito es Dan. Han bebido mucho. Los saludo y nos vamos.

—¿Somos novios o solo amigos? —preguntó Daisy.

—Conocen a Brendan, así que estar comprometidos podría ayudarnos.

—¡Cuánto tiempo, hombre! —Marco le dio una palmada en la mano a Liam y este hizo las presentaciones.

—Esta es Daisy Patel, mi prometida.

—¿Tú? ¿Comprometido? —Marco resopló—. ¿Con ella? ¡Anda ya! Venga, ¿quién es? ¿Una clienta?

A Liam se le erizó la piel de la nuca en señal de advertencia. Tenía que sacar a Daisy de allí antes de que la cosa acabara mal. Metió la mano en el bolsillo en busca de su navaja. No es que necesitara un arma, pero sí algo para calmarse.

—Ya os he dicho que es mi prometida —dijo Liam, luchando por mantener la calma. Excepto por sus ojos, no se parecía a la familia de su padre, pero había heredado su temperamento irlandés—. Nos conocimos hace ocho meses y, cuando se sabe, se sabe.

—¿En serio? ¿No estabas con aquella modelo hace ocho meses? —Marco frunció el ceño—. ¿La de las piernas y las tetas grandes? ¿Emma? ¿O era Ella? Nos invitó a aquella fiesta de *jacuzzi* en la azotea del hotel.

—La chica del *jacuzzi* estaba antes de la de las piernas y después de la de las tetas. —Dan resopló, tambaleándose un poco—. Y creo que entre tanto estuvo con un par de modelos de la agencia *start-up* que estaba pensando en añadir a su portafolio.

—Te dije que deberíamos haber invertido ahí —dijo Marco, sin hacer ningún esfuerzo por bajar la voz—. Estaríamos nadando en tetas y culos. —Miró a Daisy—. Perdona mi lenguaje.

Daisy le dedicó una fría sonrisa.

—*Tu es vraiment un cochon.*

Liam no hablaba francés, pero por la expresión de la cara de Daisy sospechó que lo que había dicho no era precisamente educado.

—Entonces, ¿quién es ella de verdad? —Dan le dio un codazo, manteniendo la voz baja—. Quiero decir, venga, hombre. ¿Tú y ella?

—Soy su agente de libertad condicional. —Daisy agarró a Liam del brazo y tiró de él en dirección contraria—. Tiene un permiso de un día con escolta. Déjanos irnos porque debo tenerlo de vuelta en su celda a las once de la noche.

Los ojos de Dan se abrieron de par en par.

—¡No me digas! ¿Qué ha hecho?

—Nadó en el *jacuzzi* equivocado. —Daisy miró fijamente a Dan—. La próxima vez, comprueba sus carnets de identidad.

22

—Lo siento.

—Lo sé. —Daisy evitó lanzar un suspiro. Liam se había disculpado diez veces desde que se habían encontrado con sus amigos. Luego trataría de explicarse. Otra vez.

—Debería haber dado la vuelta, pero nos habían visto y...

Daisy se volvió hacia Liam cuando se detuvieron en el camino de entrada.

—Si vuelves a decir lo mismo, te daré una bofetada.

—No estoy orgulloso de esa época de mi vida.

Él apagó el motor del coche y se quedaron sentados en la oscuridad, mirando la puerta azul del garaje, que necesitaba una mano de pintura desde hacía diez años.

—Parece ser que esa época de tu vida fue hace solo ocho meses, lo que nos plantea un problema, ya que es cuando se supone que empezó nuestra relación. —Daisy envió un mensaje rápido a su vecina para hacerle saber que estaba de camino para recoger a Max.

—Si no me hubieras apartado, les habría dado una paliza por insultarte. —Sus manos apretaron con fuerza el volante.

—¿Insultarme? —Ella arqueó una ceja—. Te estaban insultando a ti. Por supuesto que alguien como tú no estaría jamás con una diosa bella, sexi, curvilínea y cerebrito como yo. ¿Cuántos premios de ciencias ganaste en el instituto? ¿Cuántos concursos de matemáticas? ¿Cuántas empresas tecnológicas llamaron a tu puerta cuando te graduaste en la universidad *cum laude*? ¿Sabías que la palabra inglesa más larga tiene 189.819 letras? ¿O que la palabra francesa para «cerdo» es *cochon*?

A él le temblaron los labios en las comisuras.

—Sabía que lo que dijiste no era educado.

—En absoluto. —Daisy soltó una risita. Liam estaba mucho más disgustado que ella, pero nunca había sido un sabelotodo de instituto, nunca se habían burlado de él por todo, desde su inteligencia hasta su ropa—. Pero se lo merecían. De verdad. ¿Quién habla así delante de la prometida de alguien? No soy una víctima, Liam. No necesitaba tu protección.

La boca de Liam se convirtió en una rígida línea recta y luego refunfuñó.

—Podrías haber pensado en otra cosa que no fuera «agente de la condicional».

—¿Ahora estás molesto? —dijo alzando la voz—. ¿Porque nos saqué a ambos de una situación insostenible con rapidez y elegancia? Deberías estar besándome los pies en señal de gratitud.

—Podrías haber sido mi piloto de *jet* privado —farfulló—. O mi banquero personal. Ahora van a pensar que estoy en la cárcel.

Daisy se rio.

Entonces será todo un *shock* cuando te vean dentro de unas semanas en un *jacuzzi* al aire libre con un grupo de rubias de piernas largas y tetas grandes de fiesta como si no hubiera un mañana.

—Yo no soy así —dijo Liam—. Es parte del trabajo, pero no lo disfruté.

—Eso dicen todos los hombres que van a un club de *striptease*. —Ella se cruzó de brazos—. No estoy enfadada, Liam. Saqué una piel muy gruesa en el instituto. Pero tienen razón. Tal vez no somos creíbles como pareja. Y si es así, será mejor que acabemos con esta farsa. ¿Cómo explicas haber pasado del tipo de mujeres con las que salías antes a mí? ¿Cómo explico yo haber pasado de Orson a ti?

—Has desarrollado el buen gusto. —Él se acicaló en el espejo retrovisor.

Ella se rio.

—¿Y tú lo has perdido?

—Encontré la perfección.

Sonaba tan serio que casi le creyó. Quería creerle.

—Siempre has sido un tipo gracioso. ¿Qué vamos a hacer? Ellos no se lo creyeron. Brendan no se lo creyó. Hasta tu tía dijo que nadie te creyó la primera vez que dijiste que estabas comprometido. ¿Será suficiente con seis citas falsas para convencer a todo el mundo de que esto es real? Y lo más importante, ¿qué pasa con mi padre? Todo lo que sabe es que te he odiado durante los últimos diez años. ¿Seremos capaces de convencerlo a él también?

—¿Todavía me odias? —preguntó en voz baja.

No tuvo que pensar su respuesta.

—No. No te he perdonado del todo, pero ya no te odio. He disfrutado de nuestra pequeña farsa.

—Es bueno saberlo.

Ella lo miró. Tenía aún las manos apretadas en el volante y el rostro triste y distante. No podía enviarlo a casa a comerse la cabeza.

—¿Quieres venir a conocer a Max? La tía Mehar lo dejó con mi vecina porque iba a salir a cenar.

Liam suspiró.

—¿Y si no le gusto? Dijiste que entonces todo se acabaría.

—Creo que le gustarás.

—Mmm. —Se desabrochó el cinturón y se le iluminó la cara—. Soy muy simpático.

—Lo eres.

—Y creo que debería conocerlo, ya que eres mi falsa prometida y él es tan importante en tu vida —continuó, sin sonreír pero con tono alegre. ¿Y si tiene alguna marca especial o un ladrido extraño y me hacen preguntas sobre él y me equivoco?

El calor irradió el pecho de Daisy y le devolvió el buen humor.

—Sería horrible. La gente sabría que nuestra relación fue una farsa y todo el tiempo que le hemos dedicado se iría al garete.

Liam asintió, con los ojos brillantes.

—Supongo que debería conocerlo si crees que es importante para nuestra falsa relación.

—Sí, eso creo.

Él metió la mano por detrás de su asiento y sacó una bolsa de plástico con el nombre de una popular tienda de mascotas.

—Menos mal que he venido preparado.

Daisy no sabía si alegrarse o indignarse mientras él le enseñaba todos los juguetes para perros que le había comprado a Max.

—¿Cómo sabías que te invitaría a entrar?

—No lo sabía. —Le dedicó una sonrisa ladeada—. Lo esperaba.

Daisy le abrió la puerta principal antes de ir a recoger a Max. Su anciana vecina se quedaba despierta hasta tarde y siempre estaba contenta de tener un poco de compañía.

Max volvía a ser el de antes, retorciéndose feliz en sus brazos y cubriéndola de lametones mientras regresaban a casa. Cuando entró, Liam estaba sentado en el suelo del salón con los nuevos juguetes esparcidos a su alrededor.

—Los he lavado todos. —Cuando ella puso a un curioso Max en el suelo, él le tendió la mano—. Quería asegurarme de que lo sobornaría de forma segura.

Max se acercó, olfateó la mano de Liam y empezó a mover la cola. Ladró con alegría y dejó que Liam lo acariciara antes de dirigir la atención a sus nuevos juguetes.

—Ya lo has malcriado. —Daisy se agachó junto a Liam cuando Max le trajo un juguete para que lo inspeccionara—. Ahora esperará juguetes de todos los extraños que entren en casa.

—Yo no soy un extraño. —Liam la puso en su regazo—. Me conoces desde hace mucho tiempo.

—Empiezo a darme cuenta de que te conocía y no te conocía al mismo tiempo. —Le acarició la mandíbula, que estaba áspera por una barba incipiente—. Tenías una vida fuera de esta casa de la que yo no sabía demasiado, excepto el año que coincidimos en el instituto, y entonces estabas o en el despacho del director o liándote en los pasillos con alguna chica del último curso.

—Eso es porque no podía liarme contigo.

Le acarició el cuello con su cálido aliento. Max dejó caer su juguete y saltó sobre el regazo de Daisy para ver qué pasaba. Ella le dio una palmadita tranquilizadora y él volvió de nuevo a sus juguetes.

—Me habría encantado que te hubieras liado conmigo —dijo—. Solo pensaba en eso.

—Eras la hermana pequeña de Sanjay. Además de que había un «código de hermanos» que no podía romper, no podía hacerme a la idea de que de repente ya no eras una niña pequeña. Tuve que preguntarle si podía llevarte al baile y me amenazó con romperme la cara si hacía algo más que tomarte de la mano.

—Eso no es típico de Sanjay. —Le acarició el cuello, aspirando su aroma—. Apenas sabía que yo existía.

—Tenía sus propios problemas, pero no creas que no se preocupaba por ti.

Se incorporó para poder estudiar su rostro.

—¿Qué pasó la noche del baile, Liam? Dijiste que me lo contarías.

Él se apoyó en la pared y la acercó a él, con la espalda pegada a su pecho, los brazos alrededor de su cintura y el cálido aliento en su cabello.

—Mi madre me dio el dinero para comprar un esmoquin —dijo en voz baja—. Tenía toda la intención de llevarte. Lo estaba deseando.

—Yo también.

Observó a Max que llevaba los juguetes nuevos a su cesta, uno a uno, como si temiera que alguien se los fuera a quitar.

—No tenía coche y no podía llevar el esmoquin en mi moto, así que un amigo se ofreció a llevarme a recogerlo —continuó Liam, con la voz cada vez más débil—. Apareció en un coche que yo sabía que no era suyo, pero me dijo que tenía permiso para conducirlo. Recogimos el esmoquin y, de camino a casa, decidió ver qué velocidad podía alcanzar. Perdió el control del coche y chocó contra una farola.

Daisy jadeó y levantó la vista, pero su mirada estaba muy lejos.

—¿Te hiciste daño?

—Los airbags nos salvaron la vida, pero las caras nos quedaron bastante magulladas. Cuando llegó la policía, ya estábamos fuera del coche comprobando los desperfectos. No sabía que mi amigo estaba drogado cuando me recogió. Me lo dijo justo después del accidente. Nada en su comportamiento me hizo sospechar que había estado consumiendo. Ni siquiera la policía lo hizo, pero comprobaron la matrícula y descubrieron que el coche era robado. —Sus manos la rodearon con fuerza y ella las cubrió con las suyas—. Era un buen tipo, un gran amigo. —Su voz se hizo más grave—. No merecía perderlo todo por un simple error. Había hecho tanto por mí a lo largo de los años que no podía dejar que desperdiciara su vida.

—¡Oh, Liam! —Sabiendo lo que iba a decir, levantó la vista de nuevo y vio palpitar su pulso en el hueco de su clavícula.

—Drogas, más un coche robado, habría sido el final de la carrera con la que había soñado toda su vida. —Dejó escapar un suspiro entrecortado—. Así que le dije a la policía que yo había estado conduciendo. Me llevaron a comisaría y me metieron en la cárcel. Si no hubiera necesitado mi única llamada para un abogado, te habría llamado.

—Durante todos esos años pensé que yo no te importaba lo más mínimo. —Su voz tembló por la culpabilidad, al recordar la terrible opinión que había tenido de él—. Solo estabas siendo un buen amigo. Espero que él supiera la suerte que tenía.

A Liam se le entrecortó la voz y luego se estremeció.

—Fue él quien vendió su propio coche para pagarme la fianza dos días después. El dueño del vehículo robado era alguien que él conocía y lo convenció para que no presentara cargos. Me libré sin antecedentes. Incluso me devolvió el esmoquin. Pero no pude venir a verte.

—Lo habría entendido, Liam. Y papá. Y Sanjay. Hiciste un sacrificio increíble por un amigo. Nadie podría culparte por algo así.

Dejó caer la frente sobre su cabello, apretándola tanto que casi perdió el aliento.

—Me sentía fatal sabiendo que te había hecho daño y me avergonzaba haber estado en la cárcel. Eras inteligente, guapa y ambiciosa, y tenías toda la vida por delante: un futuro increíble con una carrera increíble y una pareja que podría darte el mundo entero. Y yo era todo lo que mi padre había dicho que sería. Alguien sin dirección. Sin ninguna motivación. Sin perspectivas. Esa noche vi cuál sería mi futuro y no te quería en él. No quería arrastrarte conmigo. Pensé que sería mejor irme sabiendo que me odiarías, que venir a despedirme.

Las lágrimas se acumularon en los ojos de Daisy al recordar las emociones de aquella noche. Ahora sabía que él no se parecía en nada a su madre. Se había marchado porque pensó que no era lo bastante bueno para ella y no porque ella no fuera lo bastante buena para él.

Girándose en sus brazos para obligarlo a soltarla, le levantó la cabeza y enmarcó su cara con las manos.

—Gracias por contármelo. No borra el dolor, pero ahora que lo entiendo es muy diferente.

Percibiendo la angustia de Daisy, Max se metió entre ellos meneando el rabo. Levantándose sobre sus patas traseras, le dio unos zarpazos en la camiseta con las patas delanteras e intentó lamerle las lágrimas.

Liam lo acarició.

—Ojalá hubiera tenido entonces a un Max.

—Es el mejor. —Le dio a Max un abrazo tranquilizador y tomó uno de sus nuevos juguetes—. Ahora no nos dejará en paz. La Daisy emocional suele prestarle mucha atención.

—Podríamos... —Hizo un gesto con la cabeza hacia la escalera—. Ir arriba.

—Mmm... —Le dio un suave beso en los labios—. Había pensado seducirte aquí, pero sería más fácil si Max no estuviera mirando.

Él sonrió y la última sombra que había oscurecido su rostro desapareció.

—Estaré encantado de que me seduzcas en cualquier parte.

Daisy llevó a Max a su cesta de la cocina con todos sus nuevos juguetes y le dio un abrazo de buenas noches. Liam la esperaba al final de las escaleras cuando hubo acabado. La atrajo hacia él y capturó su boca; la devoró, abrazándola tan fuerte que ella podía sentir los latidos de su corazón.

Pasándole los brazos alrededor del cuello, lo hizo retroceder, deleitándose con la sensación de tener el control.

—Prepárate. Nada ha cambiado en mi habitación desde que era una adolescente.

Él bajó una mano por su espalda para agarrarle el trasero.

—No planeo pasar mucho tiempo mirando la decoración.

—Las reglas siguen vigentes —dijo—. Una sola vez. Sin obligaciones. Sin sentimientos. Sin expectativas. Nada de quedarse a dormir. Esta es mi fantasía del baile de graduación hecha realidad. Es todo lo que quiero.

La decepción cruzó la cara de Liam tan rápido que ella se preguntó si la había visto de verdad.

—Será como tú quieras. —Le dedicó una sonrisa lenta y sensual—. Pero te aviso que una noche conmigo no es suficiente.

—Eso ya lo veremos.

Una vez en su dormitorio, lo acercó a la cama. Daisy nunca había tenido a un hombre en su habitación. Era su santuario, el único lugar donde podía ser ella misma. Con los años, había cambiado la decoración de princesa por un estilo *shabby chic*, pero los muebles blancos de estilo rústico seguían siendo los mismos.

—¿Qué te parece? —preguntó.

—Me gusta el contraste de los pósteres de Los Vengadores con las paredes rosas. —Señaló la cama con la cabeza—. Y la colcha rosa es muy… adolescente.

Daisy se rio.

—Nunca me he atrevido a cambiar la decoración. Mi madre lo decoró así antes de irse. No me di cuenta de que era su forma de despedirse. Lo dejé igual con la esperanza de que volviera. Y, cuando lo hizo, ni siquiera se molestó en verlo. Tendría que haberlo redecorado entonces, pero ya no me importó.

—Es hora de cambiar. —Liam se sentó en el borde de la cama—. De hacer borrón y cuenta nueva.

—Nunca he seducido antes a un hombre. —Cerró la puerta por si un curioso Max venía a buscarla—. ¿Cómo lo estoy haciendo?

Liam le hizo un gesto para que avanzara y luego la puso a horcajadas sobre su regazo.

—Me tienes sentado en la cama. Yo diría que estás al noventa y ocho por ciento.

—Quiero verte. —Ella tiró de su camiseta de los Sharks y él la obligó a sacársela por la cabeza.

Daisy se lamió los labios al contemplar sus duros y anchos pectorales, las ondulaciones de sus abdominales y la estrecha línea de vello que bajaba desde el ombligo hasta el pubis.

—Cariño... —Su voz bajó hasta convertirse en un ronco gruñido—. Si sigues mirándome así, no tendrás que seducirme. Lo único que tendrás que hacer es quitarte la ropa.

Daisy arqueó una ceja.

—Te gustaría, ¿verdad?

—Muchísimo.

Le pasó posesivamente las manos por el pecho.

—Tendrás que esperar. Estoy disfrutando de mi fantasía de graduación.

—Podrías disfrutarlo más si me quitaras los vaqueros.

—No me hagas reír. Intento concentrarme.

Ella se le acercó y le acarició la mandíbula.

—¿Quieres sexo en serio? Le agarró la camiseta, pero ella le apartó las manos con delicadeza.

—No puedes tocar.

Liam gimió.

—Me estás matando.

—Lo sé. —Se pasó la camiseta por la cabeza y sonrió cuando él abrió los ojos como platos.

—Veo que tengo competencia. —Examinó su sujetador negro con la cara de Hulk impresa en cada copa—. ¿Esto es un reto? Porque, cariño, ni siquiera Hulk va a detenerme ahora que te tengo en la cama.

—Hulk es bastante fuerte —se burló ella.

—Yo tengo algo que él no tiene.

—¿Y qué es?

Él se movió rápidamente, agarrándola por la cintura y cayendo con ella de espaldas sobre la cama.

—A ti.

Forcejearon por el control, pero finalmente él la inmovilizó con el peso de su cuerpo y su aliento le acarició el cuello.

—¿Cómo debería complacerte primero? —susurró, con un tono divertido en la voz—. Tengo que hacerte sentir tan bien que no vuelvas a obligarme a subir a tu tejado.

El deseo le recorrió las venas y le calentó la piel. ¿Por qué reaccionaba así con él? Era como si su cuerpo sintonizara con su frecuencia y sintiera un cosquilleo con el más mínimo contacto.

—Ya me haces sentir bien. Puedo ser yo misma a tu lado. No tengo que preocuparme por ser demasiado seria, o demasiado rara, o por hablar de extraños datos numéricos, o por hacer planes y listas, o por tener un sentido del humor que nadie parece entender.

Su boca abrasadora se apoderó de la suya con seguridad. Apretada como estaba contra él, pudo sentir la fuerza de su cuerpo y el estruendo de su placer.

—Lo entiendo. —Rodó hacia un lado. El deseo enrojeció todo su rostro y suavizó sus labios—. Te entiendo, Daisy. Y las cosas que has mencionado son las que más me gustan de ti. —Su mano bajó por el vientre de ella y le desabrochó los vaqueros.

Daisy levantó las caderas para que él pudiera bajárselos.

—Tu turno.

Él lanzó un gruñido.

—Prométeme que no te moverás. Te quiero así, expuesta sobre la cama como si fueras un delicioso manjar.

Riendo, ella asintió.

—Lo prometo.

No tuvo ningún interés en moverse cuando Liam se levantó de la cama y se desabrochó el cinturón. Tenía un cuerpo magnífico. Ella observó cada uno de sus poderosos y definidos músculos mientras él se bajaba los pantalones y mostraba unos bóxeres negros y una erección tan gruesa y dura que a ella se le tensó todo el cuerpo por debajo de la cintura. Ella se lamió los labios y los ojos azules de él se oscurecieron.

—Eres muy tentadora.

Luego subió a su lado y golpeteó con los dedos justo encima de sus pechos, donde la cara de Hulk ocupaba un lugar destacado. Por si sucedía algo esa noche, había tenido la previsión de ponerse un conjunto de sujetador y bragas. Nunca estaba de más ir preparada.

—Este tipo mirándome… —Liam negó con la cabeza—. Tiene que irse. Solo puede haber un macho alfa en esta cama.

—¿Estás celoso?

Ella se levantó para darle un delicado beso en el pecho. Con un gemido, Liam se estiró en la cama y la puso a horcajadas sobre sus caderas. Casi mareada ante la perspectiva de tomar el control, dejó que su boca vagara por su cuerpo duro y poderoso, deslizando la lengua por sus músculos y deleitándose cuando él se estremeció debajo de ella. Era tan fuerte que podría sacársela de encima con facilidad, pero la contención que mostró mientras ella bajaba hasta la cinturilla de sus calzoncillos la hizo sonreír.

—Los besos van aquí. —Liam la detuvo cuando llegó a su ombligo y señaló sus labios.

—¿Y aquí? —Le pasó la lengua por el bulto de los calzoncillos.

—Joder. —Liam gimió y dejó caer la cabeza sobre la almohada.

—Todavía no. —Daisy sonrió y le bajó los calzoncillos—. Creo que el plan era hacerte sentir tan bien que no quisieras irte nunca.

—Ese era *mi* plan. —Le pasó la mano por el cabello y le levantó la cabeza—. Y solo hay un lugar al que quiero ir ahora mismo.

—Impaciente.

Después de quitarle los calzoncillos, Daisy se colocó entre las piernas de Liam y le lamió el pene, arrancándole otro gemido de la garganta. Su piel, que estaba más caliente de lo normal, irradiaba calor.

—Me gustaba más cuando yo estaba encima —refunfuñó él, agarrándola del cabello con una mano.

—Iré despacio.

Se llevó su miembro a la boca, maravillada por su embriagador y masculino sabor, y por el poder que podía ejercer con solo apretar los labios o acariciar con la lengua. Los poderosos músculos de sus muslos se tensaron debajo de ella. Acarició y lamió su miembro hasta que se puso duro como una piedra, pero antes de que pudiera llevarlo al límite, él la apartó con delicadeza.

—Quiero esto. Joder, lo quiero. Pero te quiero más a ti.

No esperó respuesta. Un instante después, ella estaba de espaldas en la cama, con las muñecas fuertemente sujetas por encima de la cabeza y con su cuerpo a merced de su boca.

Aun así, se tomó su tiempo, besándola despacio a lo largo de la mandíbula y hasta el hueco de la garganta, y luego sobre el esternón y hasta la media luna de los pechos. A pesar de que él la sujetaba con fuerza, ella consiguió arquearse para frotarse contra su pecho y sus pezones se endurecieron hasta convertirse en dos apretados capullos.

—Vamos a deshacernos de la competencia.

Le soltó las manos para quitarle el sujetador. Su rugido de placer al descubrirle los pechos vibró entre sus muslos.

La boca exigente de Liam capturó la suya y ella se abrió al calor húmedo de su beso. Gimiendo, bajó por el cuerpo de ella y sus labios recorrieron desde la base de su garganta hasta sus pechos, donde procedió a lamerle y chuparle los pezones hasta que ella se retorció de placer sobre la cama.

Ella deslizó la mano entre ambos y acarició su duro miembro.

—Todavía no. —Él apartó su mano con delicadeza—. Te he hecho una promesa que pienso cumplir. —Mientras besaba su cuerpo, agarró sus bragas con los dedos y se las quitó—. Hulk tiene que irse.

Unas cálidas manos la sujetaron con firmeza mientras él se colocaba entre sus piernas. Su húmeda lengua trazó perezosos círculos alrededor de su sensible piel, al principio con tanta suavidad que ella osciló entre el placer y el dolor, y luego con más fuerza y velocidad, hasta que el dolor que sentía en su interior se convirtió en una aguda necesidad. Él deslizó un grueso dedo en su húmedo sexo, y luego otro, una sensual intrusión que le robó el aliento. Y entonces sus labios se cerraron en torno a su dolorido clítoris.

Ella gritó, echando la cabeza hacia atrás, con las manos enredadas en su cabello. El placer crecía e inundaba sus venas, alcanzando los dedos de manos y pies.

Con un gruñido bajo, él se levantó y se enfundó un condón que sacó del bolsillo. Por instinto, ella giró las caderas y lo rodeó con las piernas para acercarse más a él. Liam se agarró a la cabecera de la cama con fuerza y la penetró.

Ella jadeó ante la exquisita sensación y apretó las piernas a su alrededor. La necesidad latía bajo su piel.

—Muévete, Liam. Por favor. No voy a romperme.

Su cuerpo tomó el control. Sus manos se aferraron a los grandes bíceps de Liam y movió las caderas, haciendo que la penetrara más profundamente.

Un ronco gemido se escapó de los labios de Liam y la agarró con tanta fuerza que ella supo que le dejaría moratones. Apoyado contra el cabecero de la cama, empujó con fuerza hasta el fondo, con los hombros tensos mientras cedía a sus exigencias, satisfaciendo una necesidad que ella no sabía que existía, llevándola fuera de sí misma, más allá del control.

La cama chirriaba. El cabecero martilleaba contra la pared al ritmo de sus embestidas. La necesidad se enroscaba en su interior, cada vez más fuerte, hasta que por fin alcanzó el clímax. Su columna se arqueó y el orgasmo recorrió su cuerpo en una oleada de placer que la inundó de calor.

Liam gruñó su nombre, con la garganta tensa y los músculos rígidos mientras la seguía hacia el éxtasis.

El sonido de la madera astillándose la sobresaltó. Liam se dejó caer sobre ella mientras la tabla del cabecero se partía en dos y les caía encima.

—¡Dios mío! —Ella jadeó debajo de él—. Hemos roto la cama. ¿Estás bien?

Liam levantó el cabecero de la cama para que ella pudiera salir de debajo. Cuando estuvo fuera, lo levantó y lo dejó en el suelo, gruñendo satisfecho.

—Esto sí que ha sido buen sexo. ¿Dónde está mi teléfono?

—No vas a publicar ninguna foto. —El corazón de Daisy latía con fuerza mientras observaba el desastre—. ¿Y si alguien de mi familia lo ve?

—Es solo para mí. —Tomó su teléfono y sacó una rápida foto—. Pero si alguien la viera, se pondría celoso porque estás con una puta máquina sexual que ha partido tu cabecero por la mitad. —Dobló los brazos y sacó bíceps—. Hulk no es rival para estas poderosas serpientes pitón.

—Veo que la otra pitón también está orgullosa de que la habitación haya quedado hecha un desastre.

Liam agarró su miembro semierecto y le dio un varonil tirón.

—El escritorio es lo siguiente. ¿O deberíamos hacerlo en tu tocador? Tienes un arma de destrucción masiva a tu disposición. Solo tienes que indicarme la dirección correcta.

La risa burbujeó en su pecho. Le encantaba esa alegría juguetona de Liam. Tal vez nunca había tenido la oportunidad de disfrutar de esa parte de su personalidad mientras crecía, pero ahora lo estaba compensando con creces.

—¿En serio te estás comparando con un arma de destrucción masiva?

—Mira esta habitación. —Abrió los brazos de par en par—. Hemos sacudido el puto mundo.

Daisy se abrió paso por los destrozos de la cama. Ya no parecía la de una niña. Habían sacado la colcha rosa y todas las almohadas, y las floreadas sábanas estaban enredadas en un montón.

Sin duda, era hora de redecorar.

—¿A dónde vas moviendo ese culito sexi? —gruñó él.

Daisy miró por encima del hombro y sonrió.

—¿Dijiste algo sobre un escritorio?

23

Viernes, 3:30

Daisy: ¿Estás despierta?

Layla: Ahora sí.

Daisy: Me acosté con Liam.

Layla: ¿Es una broma? Es demasiado temprano.

Daisy: Rompimos mi cama, mi escritorio y mi colección de tazas de té de princesas Disney.

Layla: ¡Dios mío! Ni siquiera puedo... ¡¿Estás loca?!

Daisy: Tal vez.

Layla: No es tu prometido de verdad.

Daisy: Solo ha sido una vez. Ahora lo mandaré a su casa. Está durmiendo sobre mi colección de cerdos de peluche porque las sábanas están llenas de astillas.

Layla: ¿Qué harás cuando tu padre vuelva a casa?

Daisy: Decirle que tuve una pesadilla.

Layla: Pues yo espero que esto sea una pesadilla y, cuando Sam me despierte, yo no te haya estado enviando mensajes en mitad de la noche.

Daisy: Estuvo taaaan bien...

Layla: Para. No quiero imaginármelo.

Daisy: Se está despertando.

Layla: Tenemos que hablar de esto. Mándalo a casa ahora mismo. No hagas ninguna tontería.

Daisy: Te dejo. ¡Quiere MÁS!

El domingo por la mañana, Liam condujo por el angosto camino que llevaba a la destilería, con un excitado Jaxon dando botes en el asiento de atrás. No recordaba la última vez que había ido de visita, pero le sorprendió el estado de deterioro en que estaba. Las blancas vallas de madera se veían grises y desgastadas, los bajos muros de piedra se desmoronaban y el camino de adoquines estaba lleno de socavones. Contemplando los edificios destartalados y los graneros oxidados, se preguntó si Daisy pensaría que su acuerdo no merecía la pena.

Durante los dos últimos días había pasado mucho tiempo preguntándose qué pensaría ella acerca de todo aquello. Cómo reaccionaría si él le enviara un mensaje antes de una cita sin otra razón que saber cómo estaba. No tenían ninguna norma sobre los mensajes de texto, pero sí contra desarrollar sentimientos. Era una norma estúpida y él era un estúpido por aceptarla, sobre todo porque los sentimientos ya existían. Y ahora que se había acostado con ella, estaba aún más seguro de que los sentimientos iban a meterlo en problemas y no había nada que pudiera hacer para remediarlo.

—Ve más rápido, tío Liam. Quiero ver los caballos.

—Lo siento, colega. —Atrapó la mirada de Jaxon en el espejo retrovisor—. Este coche es de tu madre y no quiero que la gravilla descascarille la pintura. Si eso pasara, no nos dejaría ir a más aventuras juntos.

Unos minutos más tarde, tomó la última curva de la larga carretera y aparcó frente al centro de visitantes, junto a la camioneta azul de Joe. En cuanto salió del coche, le llegó el olor de los cereales cocinándose; un aroma que le recordaba al pan agrio. Era un olor que relacionaba con su abuelo y sintió una repentina punzada de tristeza en el pecho.

Jaxon corrió por la grava para ver los caballos del terreno vecino en cuanto Liam le ayudó a salir del coche, deteniéndose un breve instante para saludar a Joe, que había salido a recibirlos.

—No esperaba verte aquí. —Joe se limpió las manos en el mono antes de estrecharle la mano a Liam. A sus setenta y cinco años, estaba algo encorvado y tenía el cabello ralo y canoso, pero todavía estaba fuerte y su mente era tan aguda como lo había sido siempre.

—Hacía tiempo que no venía. Cuando Lauren me pidió que cuidara de Jaxon, pensé que podríamos pasar aquí el día.

Joe suspiró.

—Buena idea, ya que todo se vendrá abajo en un par de semanas.

—Nadie lo va a derribar —dijo Liam con seguridad—. Tu trabajo está a salvo, Joe, y el de los demás empleados también.

Joe arqueó una ceja.

—Así que esa chica de la que nos hablaste en la lectura del testamento… ¿Es de verdad?

—Muy de verdad. Es la hermana de un viejo amigo. Sabe de qué va todo esto y le parece bien porque el acuerdo también la beneficia a ella.

—Creía que te odiaba. —Joe se apoyó en la descolorida valla que circundaba el centro de visitantes.

—Creo que lo hemos solucionado. —Él no estaba seguro de lo que Daisy sentía por él, pero después de la otra noche, sí creía que el odio no encabezaba al menos su lista.

—Bien por ti. Yo no diré nada. Por lo que a mí respecta, la conoces de toda la vida.

—La conozco desde siempre, pero hemos tenido unas cuantas citas para que parezca más real. —Sacó su teléfono para enseñarle las fotos de Daisy y él en la tienda de ropa, en el restaurante, en el partido de *hockey* y la que le había hecho cuando la proclamó ganadora de su maratón de *Guitar Hero*.

Joe miró a Liam con curiosidad.

—¿Seguro que es falso? Parece que os estabais divirtiendo.

Liam miró fijamente la foto que se habían hecho en el partido de *hockey*. Ella lo había besado, no al revés. Y no había sido para aparentar. Había visto algo en su rostro, algo delicado y real. Y entonces, justo cuando creía que todo había acabado, que su pasado había vuelto para atormentarlo, ella le había demostrado lo fuerte que era en realidad y le había hecho desearla aún más.

—*En teoría* es una relación falsa. —Frunció el ceño, desconcertado por la pregunta—. *Tiene* que ser falsa. Ella quiere que sea así.

—¿Y qué quieres tú? —preguntó Joe.

Liam se encogió de hombros.

—No me van las relaciones. Como sabes, no tuve un buen modelo al respecto. —Le hizo un gesto a Jaxon para que se acercara y caminaron juntos hacia el centro de visitantes.

—Tú no eres tu padre —dijo Joe—. Eres como tu abuelo. Lo vi entonces y lo veo ahora. Ese corazón bondadoso. Esa fuerza interior. Esa abnegación. Y esa cabezonería irlandesa que hacía que siguieras levantándote las veces que hiciera falta. Tu padre lo vio y te odió por ello. Sabía que nunca sería ni la mitad del hombre que eras tú a los trece años. Eras todo lo que su padre había querido que fuera. Tu abuelo estaba muy orgulloso de ti. Estuvo pendiente de todo lo que hacías hasta sus últimos días.

La emoción se agolpó en la garganta de Liam, el dolor y la tristeza que no se había permitido sentir cuando murió su abuelo, amenazando con abrirle un agujero en el pecho. Sacó la navaja y la agarró en un puño.

—Me perdí todos esos años con él. —Se le quebró la voz—. No pude perdonarle que no ayudara a mi madre. No pude perdonar a ninguno de ellos. Solo cuando enfermó, cuando supe que iba a perderlo...

Joe le apretó el hombro.

—Nadie sabía lo mal que estaba tu madre. Ella no le dijo nada a nadie y vosotros tampoco dijisteis nada. Guardabais vuestros secretos. Nos enteramos de los abusos cuando tu padre murió y tu tío Fitz la llamó a Florida para ver si quería venir al funeral. Fue entonces cuando ella le contó la verdad. Fitz y los demás decidieron no contárselo a tu abuelo. Su salud ya era mala y no querían estresarlo más.

Nadie lo sabía. No podía ni empezar a asimilar lo que Joe le había contado. Todos esos años pensando que su familia había hecho la vista gorda ante los abusos, cuando ni siquiera lo sabían. Y él tenía parte de culpa. Había guardado los secretos de su madre, igual que los guardaba ahora. Los secretos destruían las relaciones. No quería volver a cometer el mismo error.

Dejó a Joe con su trabajo y se llevó a Jaxon a dar una vuelta por la maltería, uno de los tres grandes almacenes donde se fabricaba el *whisky*, y luego fueron a la cuba de maceración para ver cómo se removía la malta y el agua con unas palas gigantes. Siguieron el mosto mientras pasaba a los viejos tanques de madera donde se añadía la levadura y comenzaba la fermentación, y luego entraron en la sala de destilación.

—Mira aquí abajo, Jaxon. —Liam se puso en cuclillas junto a uno de los barriles de roble donde envejecía el *whisky*—. Este barril viajó desde Irlanda. Aquí es donde todos los hombres Murphy dejan su huella. —Señaló el último nombre de la lista—. Este soy yo. Mi abuelo me dio un cuchillo para que grabara mi nombre ahí cuando le dije que un día dirigiría la destilería.

Jaxon se acuclilló a su lado.

—¿Dónde está el nombre de papá?

—Tu padre y tu abuelo estaban ocupados con el negocio de los coches y no tenían tiempo de dirigir la destilería.

—Yo quiero dirigirla. Soy un hombre Murphy. —Jaxon se irguió—. ¿Puedo poner mi nombre?

—Claro que sí.

Liam sacó su navaja y juntos grabaron en el suave roble el nombre de Jaxon bajo el de Liam, y luego soplaron el serrín para que les diera suerte.

Acababan de empezar a jugar al escondite cuando Joe apareció en la puerta con un gesto de preocupación en el rostro.

—Será mejor que vengas. Han llegado un par de contratistas. Dicen que Brendan los contrató para preparar la demolición de la destilería. Piensan traer a su equipo la semana que viene.

Su buen humor desapareció al instante.

—¿Qué mier...? —Se cortó justo a tiempo—. Llévate a Jaxon y llama al abogado de la herencia. Yo hablaré con ellos.

Encontró a los contratistas en el centro de visitantes, echando un vistazo al expositor de botellas de *whisky* de la zona de degustación.

—¿Qué diablos está pasando?

Sus botas repiquetearon sobre el desgastado suelo de madera oscura. Las vigas vistas del techo habían sido pintadas a juego y contrastaban con las sucias y encaladas paredes, donde colgaban fotos enmarcadas de las destilerías Murphy a lo largo de los años.

El familiar aroma del *whisky* solía calmarlo, pero hoy le recordaba todo lo que podía perder.

—Estamos haciendo un estudio del terreno para la demolición de la semana que viene. —El más alto de los dos, un tipo corpulento de brazos grandes y hombros anchos, levantó una mano con la palma hacia arriba—. Fuimos contratados por Brendan Murphy. Tengo una orden de trabajo en el camión. ¿Quieres verla?

—Brendan no tiene autoridad para firmar nada —espetó Liam—. La destilería está en manos de un fideicomiso administrado por el bufete de abogados Abel & Ashford. Solo ellos podrían dar el visto bueno.

—Ellos son quienes firmaron —dijo el contratista—. Brendan Murphy nos contrató, pero la orden de trabajo está a nombre de Ed McBain de Abel & Ashford.

—¡Por Dios! —Sin duda, Brendan se había aprovechado de la inexperiencia de Ed. El abogado júnior había metido la pata hasta el fondo.

Liam se metió la mano en el bolsillo y agarró la navaja con los dedos.

—Voy a tener que pediros que os vayáis. Me pondré en contacto con los abogados y solucionaré esto.

El contratista se rascó la cabeza.

—Nos han pagado para hacer un trabajo y, como parece que la orden la firmaron las personas correctas, tenemos que hacerlo. Es solo un estudio. Hoy no se va a demoler nada.

—Si vas a cualquier parte que no sea tu camión…

—¡Liam! —Joe apareció en la puerta—. Déjalos que hagan lo que tengan que hacer. Ya lo resolveremos. No dejes que Brendan te lleve por un camino que podría hacerte perder todo lo que tienes. Conociéndolo, podría haberlo preparado con ese objetivo. Piensa en Daisy. Ella también tendría algo que decir al respecto.

Liam apretó los dientes y luego tomó una larga bocanada de aire para calmar sus pulsaciones. «Piensa en Daisy». Sin duda, se enfadaría tanto con él como cuando se encontraron con sus amigos inversores en el partido de *hockey*. Podía imaginársela soltando insultos en francés que nadie podría entender, o haciendo que les explotara a todos la cabeza con datos extraños y reglas del derecho. Ella había sido comprensiva cuando él le contó lo de su detención, pero quizá no le haría tanta gracia que acabara otra vez en la cárcel. No podía correr ese riesgo. Daisy se estaba convirtiendo en lo más importante de su vida. No quería volver a perderla.

—Largaos de aquí. —Su voz era tan afilada como la navaja que llevaba en el bolsillo, y los contratistas se escabulleron por la puerta.

Cuando se hubieron marchado y Jaxon estuvo instalado en la oficina trasera con un refresco y un bocadillo, Liam se sentó en el desgastado banco que había junto a la puerta, con la cabeza entre las manos.

—¿En qué estaba pensando Brendan? —le dijo a Joe, que había salido para reunirse con él—. Faltan tres semanas para mi cumpleaños. Si no me he casado para entonces, la destilería será suya, así de fácil. Cuando le presenté a Daisy, no se creyó que nuestra relación fuera de verdad, así que ¿a qué viene tanta prisa?

Joe se recostó en el banco de al lado, cruzando los brazos bajo la cabeza.

—El otro día estuvo aquí con Lauren. Me contó que su empresa tiene graves problemas y que la noticia saltará a las páginas de los periódicos en los próximos días. Por lo visto, Hacienda encontró algunas anomalías durante una auditoría y se las comunicó a los reguladores, que iniciaron una investigación. Resulta que tu padre y cuatro de los directores (unos amigos que él había nombrado para el consejo) estaban implicados en algún tipo de fraude que afectaba a los accionistas. No entiendo de temas legales, pero es grave, Liam. Estamos hablando de millones de dólares. Lauren dice que Brendan no sabía nada al respecto. Que a duras penas se ha mantenido a flote, tratando de arreglar el desastre que tu padre le dejó al morir. Los reguladores han congelado los activos de la empresa. No puede pagar a sus empleados. Es un desastre.

—¿Así que pensó que la solución era vender la destilería a mis espaldas? —Un nudo de amargura se formó en su garganta—. No es mejor que mi padre.

Joe se encogió de hombros.

—La gente desesperada hace cosas desesperadas. Tú estás pensando en casarte con una chica a la que no quieres. ¿Acaso eres diferente?

—Sí. —Se quedó mirando el mar de flores silvestres que ondeaba en los verdes campos de alrededor—. La quiero. Siempre la he querido.

24

Miércoles, 8:00

Daisy: Confirmando cita n.° 5. Jueves 18:00. Pub The Rose & Thorn, distrito de La Misión. Objetivo: mezclarse con colegas, conocer a tu primo Ethan y a tus amigos del *pub*.

Liam: ¿Qué quieres decir con «mezclarse con colegas»? Pensaba que era una cita.

Daisy: Es una cita con amigos.

—La mano izquierda como si se moviera hacia un lado y la derecha como si te estuvieras peinando. Dobla la pierna hacia un lado y luego gira.

Daisy enseñaba frente a un espejo los pasos de baile de Bollywood a veinte jóvenes bailarinas ansiosas. Dos veces por semana, después del trabajo, daba clases de Bollywood en el centro recreativo del barrio con la tía Mehar. Siempre era lo mejor de la semana para ella.

—Mi turno —dijo la tía Mehar—. Que empiece la música.

Daisy se dirigió a un lado de la sala para ajustar el equipo de sonido y vio a Layla en la puerta.

—Empiezo a arrepentirme de haberle pedido a la tía Mehar que después de esta clase nos enseñe a Sam y a mí algunos pasos para nuestro *sanjeet* —murmuró Layla—. Ella siempre acaba protagonizando el espectáculo.

Daisy se rio.

—Siempre me sorprende que deje bailar a las chicas.

—No has contestado a mis últimos mensajes.

Daisy practicó los siguientes pasos de *Dola Re Dola*, el baile que iba a enseñar a continuación, dándose la vuelta para que Layla no pudiera verle la cara.

—He estado ocupada en el trabajo. Me quedé hasta tarde algunas noches ayudando a Zoe y a Mia a preparar su propuesta de renovación de marca. Josh aún no está seguro de su ascenso a responsable de proyecto, así que he estado repasando con él las hojas de planificación de Andrew. Y Tyler quería que alguien lo acompañara a conocer a los inversores por si lo de Liam no sale adelante, y entonces...

—Sé lo que estás haciendo —dijo Layla—. Tus débiles intentos para distraerme no funcionarán. ¿Crees que no voy a mencionar el hecho de que te acostaras con Liam, tu *falso* prometido?

—¡Oh! —Daisy suspiró—. Eso.

Layla se cruzó de brazos.

—Sí, eso.

Daisy giró sobre sí misma, tanto para practicar sus pasos de baile como para evitar la severa mirada de Layla.

—Podrías ser un poco más comprensiva. Tuve un período de sequía después de lo de Orson, y el sexo con Liam fue increíble. ¡Increíble! Nunca antes había tenido un sexo así. De hecho, ni siquiera creo que lo que estuve haciendo antes fuera sexo de verdad, porque nunca se rompió ningún mueble ni me corrí varias veces seguidas... Y las cosas que puede hacer con la lengua...

Layla levantó una mano en señal de advertencia.

—Estoy segura de que podrías haber encontrado a alguien con las mismas habilidades. Hasta ahora no te habías acostado con un hombre que te rompió el corazón.

—Primero, mi corazón estaba magullado, no roto —dijo Daisy—. Segundo, es imposible que hubiera encontrado a alguien con ese talento. Y, tercero y por desgracia, fue solo una vez. Le dije cuáles eran las reglas y las aceptó.

Layla se llevó una mano a la frente.

—¿Cuándo ha seguido Liam las reglas?

—Le va bastante bien con el plan de citas —replicó Daisy—. Bueno, excepto cuando se presentó en la tienda de ropa antes de nuestra cita y compró un *sherwani* y una espada. O cuando se presentó en mi oficina, pero eso formaba parte de ayudar a la empresa. ¡Ah! Y también se salió del plan cuando vino a la clínica veterinaria después de que Max se comiera el chocolate, y otra vez cuando jugó al *Guitar Hero* conmigo hasta altas horas de la madrugada para que no me quedara sola. —Se animó—. Pero, aparte de eso, ha seguido el plan en nuestras tres últimas citas.

Layla no parecía convencida.

—Es que no quiero que te hagan daño.

—Lo sé. Yo tampoco quiero que me hagan daño. —Retorció las manos, haciendo formas de lobos y flores mientras hacía los movimientos de brazos del baile—. Por eso he invitado a toda la gente de mi oficina a nuestra cita irlandesa de esta noche. Teníamos una norma sobre el sexo y la hemos incumplido, pero hemos acordado una nueva norma: solo una vez. No habrá ninguna posibilidad de que me emborrache y quiera volver a acostarme con él si tengo a mis compañeros de trabajo alrededor.

—¿En serio? ¿Necesitas a todo el personal de la oficina para no arrojarte a sus brazos? —El tono de Layla destilaba sarcasmo.

—Fue muy intenso y no quiero correr riesgos. —Daisy hizo unos pasos. A veces su prima podía ser muy exagerada, aunque, pensándolo bien, ella había actuado de la misma manera cuando Layla estuvo saliendo con Sam—. Puede que fueran viejos sentimientos que estaban aflorando de nuevo y que yo todavía estuviera en modo enamoramiento del instituto, pensando: «¡Dios mío! Liam Murphy me lleva a una cita»; «Me está besando»; «Hemos ganado una pizza gratis»; «Está sentado en mi coche con cara de cachorro perdido»; «Le gusto y a Max le gusta», y entonces mi cerebro explotó y no pude pensar más.

Layla negó con la cabeza.

—Vete ya. Olvídate de las tías. No merece la pena. Roshan es un buen partido. Lo conocí y sabes que yo no te llevaría por el mal camino.

—No pueden hacerme daño si no es de verdad —dijo Daisy a la ligera—. Ni siquiera sus amigos se lo creyeron, lo cual es un problemón para el éxito de nuestra farsa, así que todavía tengo que pensármelo.

—Parece de verdad. —Layla la siguió por el suelo para mantener la conversación.

Daisy se agachó y volvió a levantarse.

—Ya no se trata solo de mí. Se trata de salvar puestos de trabajo y ayudar a mis amigos de Organicare. No puedo decepcionarlos.

—Y yo no quiero que vuelvas a pasar por eso —dijo Layla—. Liam era un problema antes y lo es ahora. No puedo ver un final feliz en esta historia.

Daisy contuvo su rabia y decepción por no recibir el apoyo que esperaba de una mujer que estaba tan unida a ella como si fuera una hermana. Sus nuevos amigos del trabajo estaban mucho más entusiasmados.

—Puedo manejar esto sin que me haga daño. Sé lo que pasa cuando me preocupo demasiado. Y sé que las cosas que me hacen especial no son el tipo de cosas que me harían deseable; mi madre lo dejó bastante claro. Y no pasa nada. Me parece bien.

—Antes odiaba a Liam con toda mi alma —dijo Layla apretando la mandíbula—. Pero ahora me doy cuenta de que el daño que te hizo no fue nada comparado con el que te hizo tu madre. Ojalá pudiera borrarte sus palabras de la cabeza, o al menos hacer que las vieras como la mierda que realmente son.

La música se detuvo y Daisy miró hacia atrás. La tía Mehar le estaba haciendo señas para que se acercara.

—Me tengo que ir. No te preocupes. Tengo mis reglas y me atengo a ellas. Confía en mí.

—Confío en ti —dijo Layla—. En quien no confío es en él.

—¿Qué haces aquí cuando tu chica está allí? —Rainey asió una botella de *whisky* de la estantería.

—Me mandaron a por más. Tres jarras de cerveza de barril, cuatro combinados de vodka y dos martinis con limonada de rosas. —Liam señaló al grupo de Organicare que había ocupado todas las mesas del rincón trasero del bar—. No es exactamente lo que tenía en mente cuando le sugerí a Daisy que viniéramos aquí para nuestra cita.

Rainey se rio.

—El chico de los recados. Me gusta. Te daré un chupito gratis porque significa que no tengo que ir a servir. Intento conservar energía para mi carrera del fin de semana.

Liam tomó asiento en la barra.

—¿La Carrera de la Muerte?

—No. Solo un maratón. Pero llevaré un saco de harina de cinco kilos a la espalda, así será más interesante. —Agarró dos vasos vacíos del estante.

—¿Recibió Ethan la caja de *whisky* Murphy que le envié? —preguntó Liam—. Encontré unas cuantas cajas de más en el centro de visitantes y, como no estamos recibiendo muchas visitas, pensé que le vendrían bien.

—¡Ethan! —gritó Rainey dirigiéndose al final de la barra—. ¿Recibiste las cajas de *whisky* Murphy de Liam?

Liam hizo una mueca de dolor.

—Podrías haberme dicho que estaba ahí.

—Pero entonces no lo habría molestado. Odia que grite.

Ethan se reunió con ellos unos instantes después, con el ceño fruncido para Rainey y un apretón de manos para Liam.

—Gracias por las botellas. Debe de haber sido un buen año. —Miró hacia la mesa de Organicare—. Así que ¿quién es la falsa prometida?

Liam señaló a Daisy, que llevaba un vestido verde a capas, con la falda ciñéndosele al trasero, y un escote tan bajo que se podía ver el inicio de sus pechos. Se había quitado su estrafalario sombrero verde cuando llegó al bar, y la pluma amarilla que lo adornaba la tenía ahora metida detrás de la oreja.

—No es tu tipo —dijo Ethan, apoyándose en la barra.

Liam se enfadó.

—Tú no sabes cuál es mi tipo. Tal vez solo he estado matando el tiempo, esperando a una mujer como Daisy, que es guapa, inteligentísima, divertida, de buen corazón, cariñosa y totalmente dedicada a su familia. Es organizada y eficiente, y ha creado toda una hoja de cálculo con un plan para que esta relación parezca auténtica. Lo tiene todo bajo control. Y esta noche va a arrasar en el concurso porque tiene una memoria increíble para la cultura general. Sabe cuántos tamales se comían en San Francisco en 1890.

Rainey y Ethan compartieron una mirada.

—Se ha acostado con ella.

Rainey sirvió un chupito de Murphy's en el vaso de Liam.

—Yo no he dicho eso.

—Te estás callando muchas cosas. —Ella sonrió con suficiencia—. Y sueles ser el cliente más hablador del bar.

Daisy levantó la vista justo en ese instante y le sonrió, haciéndole sentir como si fuera la única persona del bar. Ella empezó a acercarse y él trató de cambiar de expresión para parecer tranquilo y despreocupado cuando en su interior sentía todo lo contrario.

—¿Tienes hambre? —Rainey le ofreció una servilleta a Liam—. Tienes un poco de baba en la barbilla. ¿O es por la chica que viene para acá?

Le arrebató la servilleta de la mano.

—¿No tienes otros clientes a los que atender?

—¿Estás de broma? —Tomó un trapo y empezó a limpiar la barra—. Me muero por conocer a esa mujer que te tiene atado de pies y manos. ¿Le has contado lo que sientes?

—No hay nada que contar. —Jugueteó con la navaja que llevaba en el bolsillo, pasando el pulgar por la lisa superficie de madera.

—Creo que sí lo hay —dijo Rainey—. Y será mejor que lo hagas antes de que sea demasiado tarde.

—¿Necesitas ayuda con las bebidas? —Daisy se reunió con él en la barra, echándose un poco hacia delante para que él pudiera ver la curvatura de sus pechos por el escote de su vestido—. Vamos a necesitar dos martinis más y otra jarra. —Su sonrisa se ensanchó—. ¡Hunter está aquí!

A Liam se le erizó la piel en señal de advertencia. Miró hacia el grupo de Organicare, donde vio a un tipo rubio con hombros anchos, parecido a Thor, sentado a la mesa de Daisy.

—¿Quién es Hunter?

—Es el director financiero. Le arreglé el ordenador hace unas semanas. —Sus pestañas se deslizaron sobre sus mejillas y su voz se suavizó—. Zoe oyó que estaba preguntando por mí.

Liam esperaba que Hunter hubiera preguntado por ella porque su ordenador se había estropeado de nuevo y no porque estuviera buscando otro tipo de solución.

Rainey tarareaba el tema de *Tiburón* mientras Ethan se reía a su lado.

Liam hizo las presentaciones, haciéndole saber a Daisy que Rainey y su primo conocían la verdadera naturaleza de su relación.

—Me encanta este bar —le dijo Daisy a Ethan—. Tiene mucha atmósfera. Es tan acogedor y animado... Es exactamente como me imaginaba que sería un *pub* en Irlanda. Me gusta mucho que muestres tu herencia irlandesa con objetos de interés cultural, como esa cruz celta de la pared. —Su mirada se posó en Rainey y observó sus tatuajes de escritura y de la Carrera de la Muerte—. El tatuaje del antebrazo es interesante. *Timshel*. Es una cita de la novela de John Steinbeck *Al este del Edén*.

Rainey pareció desconcertada por un instante.

—¿La conoces?

—Significa *thou mayest*, que nos recuerda que las personas siempre tienen elección.

Una curiosa sensación llenó el pecho de Liam. Tardó un momento en identificarla como orgullo.

—Te dije que era inteligente.

—Menos mal que la trajiste la noche del concurso —dijo Ethan—. Quizá ganéis el premio gordo.

—¿Noche de concurso? —Los ojos de Daisy se abrieron de par en par—. ¿Me has traído en una noche de preguntas y respuestas?

Liam se encogió de hombros, complacido por su alegría.

—Pensé que te gustaría.

—¡Sí! —Lo rodeó con los brazos y lo tiró del taburete—. Nunca he estado en el concurso de un *pub*. ¡Qué buena idea! —Y entonces ella lo estaba abrazando, y sus propios brazos estaban alrededor de su cintura, y ella olía a flores silvestres y a sol, y la sentía delicada entre sus brazos, pero él esperaba que ella dejara de saltar porque que pensaran que él estaba «muy excitado» no resultaría apropiado en un lugar público.

Sus labios encontraron los de ella y la besó despacio y profundamente. Cuando ella se estremeció entre sus brazos, devolviéndole el beso con pasión, una oleada de algo dulce e inocente inundó sus sentidos. Había besado a docenas de mujeres antes, pero ninguna le había afectado de esta manera. Ninguna le había sabido a sol. Ninguna le había hecho cuestionarse lo que era real y lo que no.

Daisy se apartó respirando entrecortadamente.

—Vaya, ha sido…

—Todo un espectáculo —dijo él rápidamente—. La gente nos estaba mirando.

El rostro de ella se relajó hasta convertirse en una máscara inexpresiva y se alisó el vestido.

—Sí. Eso. Buena idea.

Después de recoger las bebidas y volver a las mesas, Daisy los organizó a todos en equipos para el concurso. El suyo incluía a sus amigos Mia y Josh, así como a Hunter, un declarado aficionado al trivial que sacó la pluma amarilla del cabello de Daisy y se la metió en el suyo «para que le diera suerte».

Daisy y Hunter dominaron el juego desde el principio. Después de la primera ronda, Mia y Josh dejaron de intentar responder y se dedicaron a beber y a coquetear. Liam no tardó en darse cuenta de que, si no distraía a Daisy con un beso de felicitación después de cada respuesta correcta, ella se movería hacia el otro lado de la mesa para chocar los cinco con Hunter, cuya atención nunca estaba puesta en su cara.

—¿Cómo sabías que era una película de Wim Wenders? —preguntó Hunter después de que Daisy respondiera a otra pregunta difícil, y se adelantó a Liam chocando los cinco por la victoria.

—Fui a su retrospectiva en el Roxy el año pasado.

—Ya me he enterado. —Hunter se estiró en la silla y se subió un poco la camiseta para enseñar lo que parecían unos abdominales tonificados—. Sin duda revitalizó el cine alemán de los setenta y se ha ganado un sitio de honor en el panteón de los directores de cine europeos de posguerra.

Liam pidió dos chupitos de *whisky* a un camarero que pasaba por allí mientras Hunter obsequiaba a Daisy con divertidas anécdotas sobre las mejores películas de arte y ensayo de Wim Wenders. Se los bebió uno tras otro y pidió tres más.

—¿Qué estás haciendo? —le susurró Daisy después de que Hunter se excusara para hablar con unos amigos en una mesa cercana—. Vas a emborracharte.

Liam no estaba borracho, pero casi. Su cerebro estaba confuso y cada vez le resultaba más difícil mantener sus emociones bajo control.

—¿Qué le pasa a este tipo? ¿Por qué le interesan tanto los autores europeos de posguerra y por qué no deja de repasarte el vestido?

—No me está repasando el vestido. —Los ojos de Daisy se abrieron de par en par—. ¿Estás celoso?

—No. Mírame. Control absoluto. ¿Por qué iba a estar celoso? Podría darle una paliza.

Ella arqueó una ceja.

—¿Y por qué tendrías que hacer algo así? Mia dice que está interesado en mí y nuestra relación no es de verdad.

—No me dio esa sensación cuando te rompí la cama. —Hinchó el pecho—. ¿Cuántos hombres te la han metido así?

—¡Liam!

—Entonces, ¿te lo vas a llevar a casa esta noche? —Tragó saliva, tratando de controlar la ira—. ¿Vais a ver películas de Wim Wenders y a compartir anécdotas mientras…?

—Ni se te ocurra continuar —le advirtió.

—Creo que han retenido al camarero en la barra. —Apartó su silla—. Le diré a Rainey que me sirva algo. ¿Quieres otra copa?

—Quiero que dejes de beber. —Ella se puso a su lado—. Voy a decirle que no te sirva nada más.

—Adelante.

Rainey estaba ocupada hablando con Hunter en la barra. El tipo era como una serpiente, deslizándose por todas partes, metiendo la nariz donde no debía. ¿O era la lengua? ¿Cómo olían las serpientes? Abrió la boca para preguntarle a Daisy, pero Hunter la alcanzó primero.

—Hola, nena. —Hunter sonrió. Obviamente se había hecho una ortodoncia. Nadie tenía los dientes tan perfectos—. Estaba pidiendo algo de comida para la mesa. ¿Quieres algo? Soy vegetariano, pero…

—A Daisy le gusta la carne —dijo Liam con brusquedad, pasando un brazo por los hombros de Daisy—. Fuimos a un restaurante indio y se zampó un plato de *rogan josh* como si no hubiera comido en una semana. Lo atacó como una piraña. No pensé que medio kilo de carne pudiera desaparecer tan rápido.

Daisy le apartó el brazo.

—¿Qué te pasa?

La mirada de Hunter pasó de Liam a Daisy y de nuevo a Liam.

—Oye, colega, no quiero molestar. Escuché que hacíais ver que teníais una relación, pero si es de verdad…

—No lo es —dijo Daisy.

Liam se apoyó en la barra, con los brazos cruzados sobre el pecho.

—Teníamos un plan. A Daisy le encantan los planes. Pero dejamos de seguirlo. Y ahora parece que la parte del plan en la que podemos ver a otras personas sigue sobre la mesa. —Miró a Rainey—. ¿Hay alguna fiesta en el *jacuzzi* esta noche?

—Ethan dice que se está organizando algo para cuando el bar haya cerrado.

—Genial. —Su mirada se centró en Daisy—. Dile que me apunto.

—¿Vas a ir a una fiesta en un *jacuzzi*? —Daisy lo fulminó con la mirada—. ¿En nuestra cita? —Se lo imaginaba en un *jacuzzi* rodeado de mujeres. Se le echarían encima como sanguijuelas.

—Nuestra cita se acabó cuando invitaste a toda la oficina —dijo en tono seco.

—Creo que iré a esperar la comida a la mesa. —Hunter se apartó de la barra—. Os dejaré para que habléis.

Daisy vio a Hunter cruzar la estancia. Era un buen tipo. Sin duda un diez en el aspecto físico. Sociable, simpático y bastante normal. Era contable, una máquina de contar anécdotas y le gustaban las películas de arte y ensayo. Tenían mucho en común. Debería estar encantada de que él se hubiera interesado en ella, y hace cinco semanas lo habría estado. Pero faltaba algo. Algo que la estaba mirando a la cara.

—Los invité porque necesitamos que la gente nos vea juntos —se explicó ella. Y era cierto en parte. Porque la verdadera razón era que le preocupaba no poder quitarle las manos de encima después de unas copas. Y ahora, después de enterarse de que él había concertado la cita en el *pub* en una noche de preguntas y respuestas, y de ver cómo miraba a Hunter cada vez que este la miraba a ella, estaba claro que había tenido razón. Le estaba costando mucho esfuerzo no rodearlo con sus brazos y llevárselo de allí.

—¿De qué sirve eso si les dices que nuestra relación no es de verdad? —replicó Liam.

—Yo no se lo dije. Fue Mia. Sabía que a mí me gustaba Hunter, y oyó que había preguntado por mí...

—¿Ese «gustar» es «como amigo»? —Su petulante tono la hizo sonreír—. ¿O «gustar» como «creo que yo también le gusto»?

Daisy le sostuvo la cara entre las manos.

—No hagas esto —dijo con delicadeza—. Teníamos unas reglas, un plan.

—No puedo evitarlo. El tipo está intentando meterse en tus bragas. —Le agarró la mano y deslizó los dedos lentamente por su piel. Ella sintió su contacto como una explosión de calor que le recorrió el cuerpo y que se convirtió en una palpitación entre los muslos. Fueron solo unos segundos y, sin embargo, sintió como si hubieran pasado horas entre las sábanas. No podía moverse, ni pensar, ni respirar. Quería que la sensación durara para siempre. Quería entender esa curiosa conexión y cómo ese simple contacto podía hacerle arder todo el cuerpo.

—Tal vez yo quería que se metiera en mis bragas. —Ella se le acercó y le rozó los labios con los suyos.

Un suave gruñido retumbó en el pecho de Liam.

—¿Son tan bonitas como tu vestido?

—Lo serían si llevara unas puestas. —¡Al diablo las reglas! Ella lo deseaba. Ahora mismo. Y estaba claro que él también.

Liam arqueó una ceja.

—No creía que fueras ese tipo de mujer.

—¿El tipo de mujer que vendría a un bar sin bragas? ¿O la clase de mujer que lo mencionaría? —Su pulso se aceleró cuando él le pasó un brazo por la cintura—. ¿Y por qué te importan mis bragas, si vas a ir a una fiesta en un *jacuzzi*?

—Solo me importa si se interponen en mi camino. —Su mano libre se deslizó por su muslo y por debajo de su falda.

—Iros a una habitación. —Rainey arrojó un juego de llaves sobre el mostrador—. Oficina de atrás. Tenéis quince minutos, y será mejor que luego me deis una buena propina.

Liam tomó las llaves y en un minuto estaban en un sucio despacho con un escritorio metálico, una silla desgastada y unas cuantas estanterías medio vacías.

Ella no sabía quién había hecho el primer movimiento. En un instante estaban entrando por la puerta y al siguiente, ella estaba en sus brazos. Su boca fue a buscar la de ella y sus manos se deslizaron por su espalda hasta su trasero, tirando de ella con fuerza hacia sus caderas. Ella abrió la boca para recibir el beso y enredó los dedos entre su suave y grueso cabello.

Sus lenguas se tocaron y la electricidad recorrió su cuerpo como un rayo, disparando todas las terminaciones nerviosas. Embriagada por un cóctel de lujuria, alcohol y la adrenalina de la noche concursando, fue incapaz de apartarse de él. En vez de eso, lo acercó aún más y apretó los pechos contra el suyo, desvergonzada en su deseo de sentir cada centímetro de su cuerpo.

Un gemido retumbó en el pecho de Liam y la levantó para apretarla contra él. Ella le rodeó la cintura con las piernas y se restregó contra el bulto que había bajo sus vaqueros. El mundo se desvaneció y ella se perdió en un mar de sensaciones: el sabor del *whisky* en su lengua, los músculos duros como piedras bajo sus manos, el calor de su cuerpo contra el de ella, el sonido de sus jadeantes respiraciones, el atisbo del Liam que recordaba bajo los ojos entrecerrados.

—¿Condón?

—Tengo uno. —Manteniéndola sujeta con un fuerte brazo, rebuscó en su bolsillo trasero.

—¿Puerta?

—Cerrada.

—¿Cinturón?

—Me he quedado sin manos. —La soltó y ella tiró de su cinturón.

—Espero que no mintieras sobre lo de no llevar bragas. —Le levantó el vestido y gimió—. ¿El Capitán América? ¿No podías haber elegido a alguien menos íntegro?

—No pensaba montármelo en la trastienda de un bar cuando me vestí esta mañana.

Liam se acercó a ella y le acarició el cuello.

—Cada vez que estés conmigo, debes esperar que te empotre. Ven preparada. Deja a Los Vengadores en casa.

—¿Qué ha pasado con lo de «solo una vez»? —Le abrió la bragueta de un tirón y metió la mano dentro de los vaqueros para acariciarle el pene por debajo de los calzoncillos.

Liam lanzó un suspiro y le apartó la mano con delicadeza.

—Una vez en casa. Una vez en el *pub*. —Se arrodilló y metió las cálidas manos por debajo del vestido para apartarle la ropa interior. Con una mano de apoyo, la ayudó a quitársela como el caballero que era.

—Tenemos diez minutos y treinta y siete segundos —susurró ella mientras él se ponía el preservativo.

—Eres muy sexi cuando registras el tiempo. —Aún de rodillas, le separó las piernas—. Abre las piernas, mi seductor cronómetro.

—No tenemos...

Sus palabras se apagaron cuando sintió el calor de su boca, las lentas y sensuales caricias de su lengua, el roce de su mandíbula sin afeitar contra la suave piel de la cara interna de sus muslos. Su pulso se aceleró y le clavó los dedos en el cuero cabelludo mientras lo sujetaba.

Él se tomó su tiempo, avivando su deseo de forma constante, lamiendo y provocándola con la lengua por todas partes, excepto donde ella necesitaba. Puso la espalda contra la puerta y se entregó a la larga y húmeda oleada de placer, al firme agarre de sus manos en sus muslos, a la exquisita sensación de su lengua deslizándose por su punto más sensible.

Cuando él le metió un grueso dedo en la vagina, y luego otro, ella gimió segura de que el suelo temblaba bajo sus pies. Su boca pasó de delicada a exigente y le restregó el sexo contra la entrepierna, tratando de calmar el perverso dolor que sentía entre los muslos.

Se corrió de golpe, mientras le agarraba del cabello, con los ojos entrecerrados y falta de respiración por el exquisito placer de entregar su cuerpo a sensaciones puramente físicas.

Liam se levantó mientras ella sufría las réplicas del éxtasis. Rodeándola con sus brazos, la levantó y la apoyó contra la puerta. Ella le rodeó la cintura con las piernas y apretó su boca contra la de él en un beso febril.

Eso era lo que quería, esas sensaciones salvajes, una necesidad frenética, fuego líquido en las venas. Quería perder el control, dejar de pensar, no hacer nada más que sentir.

Él le devoró la garganta con besos hambrientos y apretó su miembro duro contra su sexo húmedo y resbaladizo. Su pulso latía con fuerza en sus oídos y palpitaba en la unión de sus muslos. Se arqueó contra él y movió las caderas en círculos, exigiendo que la poseyera.

—Liam, no me hagas sufrir más.

Con un gemido bajo y gutural, él se bajó los calzoncillos y se colocó en su entrada.

—Di mi nombre.

Ella supo al instante lo que él quería. No su nombre de pila, sino el nombre que solo ellos sabían.

—*Hamraaz* —susurró—. Mi *hamraaz*.

Con un gruñido de satisfacción, empujó dentro de ella, con una mano bajo su trasero y la otra apoyada en la puerta junto a su cabeza.

—¡Oh! —Daisy cambió un poco de posición para que él pudiera penetrarla más profundamente. Estaba volando, entusiasmada por ser mala, por romper las reglas y disfrutarlo, por seguir a Liam hacia el abismo y saber que sobreviviría.

—Pídemelo. —Liam frunció el ceño. Su rostro era una máscara de concentración mientras su cuerpo se movía a un ritmo constante—. Quiero dártelo todo.

—Penétrame. —Palabras sucias. Pero esta vez no había mejores palabras para decirle lo que ella quería.

El sudor le corría por la frente mientras la penetraba con fuerza, con su cálido aliento rozándole la mejilla. Ella se corrió sin previo aviso, sin darse cuenta de que había llegado al límite hasta que oyó su propio grito, el sonido resonando en la habitación vacía.

Liam siguió moviéndose, aplastándola contra la puerta. Sus gemidos se intensificaron con sus embestidas, con el cuerpo cada vez más tenso. La siguió hasta el límite, sujetándola con fuerza, con su miembro palpitando en su interior.

Se desplomó encima de ella, con la frente apoyada en la suya.

—¿Cómo vamos de tiempo?

—No lo sé —dijo asombrada—. No llevaba la cuenta.

Los labios de Liam rozaron su nariz. No parecía tener prisa por soltarla, así que lo acercó más a ella, lánguida entre sus brazos.

—Creo que estoy lista para ese paseo en moto.

Él levantó la vista y sonrió.

—No puedo esperar.

—¿Liam?

—¿Sí? —Le acarició el cuello.

—No vas a ir a esa fiesta en el *jacuzzi*. Voy a cambiar las reglas. No se permiten citas con otras personas. Tu nuevo plan de citas estará en tu bandeja de entrada mañana por la mañana.

—¿Daisy? —susurró su nombre.

—¿Sí?

—La única persona con la que querría estar en un *jacuzzi* eres tú.

25

Sábado, 8:00

Daisy: Confirmando cita n.° 6 a las 9:00. Visita a la tienda de motos para comprar equipamiento y luego paseo en moto. Objetivo: ¿?

Liam: ¿Quién se levanta a las ocho de la mañana un sábado?

Daisy: Tuve que sacar a Max y te estoy haciendo el desayuno.

Liam: Demasiado ruido. Intento dormir. Necesito recuperarme de mi noche con la falsa prometida loca por el sexo.

Daisy: ¿Cuál es nuestro objetivo en esta cita?

Liam: Esta cita es solo para nosotros. Una experiencia compartida. Pruebas fotográficas de ti vestida en ropa de cuero.

Daisy: Confirmando cita n.° 6 a las 9:00.
Visita a la tienda de motos para comprar equipamiento y luego paseo en moto. Objetivo: experiencia compartida. Fotos de Daisy en ropa de cuero.

Liam: ¿De verdad acabas de hacer esto?

Daisy: No finjas que te ha sorprendido.

Liam: ¿Dónde está mi desayuno? Debería estar durmiendo. Ahora tengo hambre.

Daisy: Deja de quejarte o tendrás que hacerlo tú mismo.

Liam: ¿Me lo vas a traer a la cama?

Daisy: Ya no es una cama, es solo un colchón.

Liam: ¿Me lo vas a traer al colchón?

Daisy: Sí.

Liam: ¿Desnuda?

Daisy: ¿Quieres un desayuno desnudo?

Liam: ¿Hay algún otro tipo?

Hamish había vuelto a la carretera. Liam lo supo en cuanto entró en McCallum's Motorcycles; los familiares olores a gasóleo y cuero quedaban envueltos por un fuerte olor a costillas a la barbacoa.

—¿Intentas ahuyentar a los clientes? —Sujetó la puerta para que entrara Daisy y la campana tintineó tras ellos.

—*Ojalá* pudiera hacerlo —dijo Hamish—. Con tanto trabajo apenas tengo tiempo para comer.

—Está claro que tuviste tiempo para darte una vuelta. Creía que el médico te había dicho que te mantuvieras alejado de la moto y comieras sano. La cirugía cardíaca no es ninguna broma.

Hamish medía más de dos metros y tenía los brazos grandes y unos kilos de más en la barriga. Su cabello, largo y castaño, estaba salpicado de canas. Era el mejor mecánico de motocicletas de la ciudad y el primer empleador de Liam. No menos de cinco pandillas de motoristas se habían puesto en contacto con él con la esperanza de atraerlo a sus filas, pero Hamish adoraba su taller (un viejo negocio en el distrito del Teatro) y su libertad. También le encantaban los cotilleos que sus clientes moteros contaban sobre sí mismos y sobre los demás.

—No me eches la bronca por la comida —dijo Hamish—. La vida no merece la pena sin costillas. Le pedí a mi amigo Lucas que me trajera unas costillas el día después de mi operación. Las vomité todas y lo mandé a por más. —Sus acerados ojos azules se posaron en Daisy.

—¿No vas a presentarme a tu amiga?

—Esta es Daisy. Mi prometida.

Hamish se limpió la mano en su camiseta «Monta o Muere».

—¿Montas en moto, cariño?

—No, pero...

—Ya me lo imaginaba.

Ella resopló ofendida.

—¿Qué quieres decir con eso?

—Quiero decir que hay gente que vive para montar y gente que vive para esconderse. —Encendió un cigarrillo y le dio una lenta calada.

—Es ilegal fumar en interiores —dijo Daisy—. Fumar puede matar.

—Pero es fantástico después de un paseo matutino por la costa, seguido de un buen polvo con una chica guapa y una increíble barbacoa coreana de tres platos. —Lanzó un anillo de humo y Daisy tosió.

—Daisy va a ir de pasajero en mi moto —explicó Liam, antes de que Hamish pudiera dar más detalles de la anécdota que estaba contando—. Hemos venido a buscar ropa de moto.

—Así que al final te has conseguido una señora mayor. —Hamish dio otra calada.

—¡Una señora mayor! —resopló Daisy—. No soy ninguna vieja.

—Así llamamos a la chica que se sienta detrás de su hombre. —Hamish lanzó otra nube de humo.

—¿Qué pasa si la mujer conduce y el hombre va detrás? ¿Cómo se le llama a él?

—Calzonazos. —Hamish lanzó una convulsa carcajada que le sacudió el vientre.

—También necesitaremos un asiento de pasajero y estribos —dijo Liam rápidamente.

El sentido del humor de Hamish no era del gusto de todos.

—También necesitarás una barra de agarre y un respaldo si vas a llevar a una novata en tu XDiavel. —Hamish lanzó otro anillo de humo—. Tienes suerte de que tenga algo de tiempo. Puedo ponerme con ella ahora mismo y estarás en la carretera en una hora. —Señaló un estante que había al fondo de la tienda—. La ropa de mujer está allí.

Daisy esquivó la nube de humo.

—Iré a echar un vistazo.

—¿Qué le pasa? —Hamish dio otra calada a su cigarrillo mientras abría la pequeña puerta que aseguraba la zona de la caja—. Parece un poco tensa. ¿Estás seguro de que es la definitiva?

—Es complicado.

Hamish hizo un ruido divertido.

—No hay nada complicado en tener un buen culo en la parte trasera de la moto. Las aguas tranquilas son profundas, amigo mío.

Se reunieron con Daisy junto a una pared donde colgaban chaquetas de cuero. Hamish agarró con un gancho metálico una chaqueta de la fila superior.

—Pruébatela. —Le dio la chaqueta a Daisy—. Mira si te queda bien. Lleva protecciones integradas en codos, hombros y espalda. Si no te gusta el aspecto del cuero, tienes la opción de la chaqueta de goretex con armadura integrada, pero yo no te lo recomendaría. Mi amigo Chains le compró a su mujer una chaqueta de goretex para un viaje en moto a Montana. Tomó una curva demasiado cerrada y se fueron directo por la ladera de la montaña a un barranco. Chains llevaba cuero y acabó con un par de huesos rotos, pero su señora... —Tomó aire entrecortadamente—. La chaqueta se hizo trizas como el papel y se arrancó la piel a tiras. Pagó los injertos de piel con el dinero del divorcio.

—Llevaré la de cuero.

Daisy se la puso. Los hombros se le encorvaron por el peso.

—Sabía que lo harías. —Lanzó a Liam una divertida mirada—. Fría por fuera. Caliente por dentro. —Alcanzó la cremallera—. Igual que tú.

A Liam se le erizó la piel y una oleada de celos le inundó las venas. ¿Qué narices le estaba pasando? Hamish, veinte años mayor, con la camiseta manchada y el aliento apestando a humo, no era ninguna amenaza, pero al instinto posesivo que había estado dormido durante mucho tiempo parecía no importarle.

Con un suave gruñido, apartó la mano de Hamish y se encargó de subir él mismo la cremallera de la chaqueta.

—Esta tiene el ajuste de conducción más completo —dijo Hamish, indiferente al gesto de Liam—. Protege la columna vertebral y los órganos vitales en caso de accidente. Mi amigo Skeeter llevaba una de estas. Un camión lo tiró de la moto, voló nueve metros por el aire, aterrizó en una zanja y, después de tres años de fisioterapia, ahora puede levantar una mano para beberse una cerveza. Si hubiera llevado goretex, se habría quedado sin brazos.

—¿Realmente vendes algo con ese tono? —Daisy se acercó al espejo—. ¿O la mayoría de tus clientes salen corriendo?

—Solo los calzonazos. —Hamish le dio un par de pantalones de cuero—. Necesitarás estos también. Te protegerán las piernas. Tengo a un amigo, Ruedas. Se quedó atrapado entre dos tráileres. Doc me dijo que si hubiera llevado un traje de cuero hoy tendría piernas... —Se le humedecieron los ojos—. Ya no lo llamamos Ruedas porque no monta en moto. Lo llamamos George.

—Dale los pantalones de cuero más resistentes que tengas y la chaqueta con la mejor armadura —espetó Liam—. De acero si tienes. Quiero que esté bien protegida.

Daisy desapareció en el vestuario. Liam todavía podía verla a través del hueco de cinco centímetros que dejaba la cortina mal ajustada. Con un gruñido de fastidio, se colocó delante de la cortina, impidiendo la vista de cualquiera que estuviera en la tienda. ¿Qué demonios le pasaba? Era como si alguien hubiera pulsado el interruptor de la protección y viera un peligro en cada esquina.

Su teléfono zumbó y consultó el mensaje. Tuvo que leerlo dos veces para asimilarlo. Kevin Mah, uno de los socios más importantes de Evolution, quería que volviera a Nueva York para hablar sobre convertirlo en socio. Por fin había llegado el día. Era el objetivo que había perseguido desde que se incorporó a la empresa. Era la culminación de un sueño. La prueba de que no era el fracasado que su padre siempre había creído que sería.

Unos instantes después, la cortina se abrió y Daisy salió. Ceñida de pies a cabeza con cuero negro era la pura imagen de la sensualidad. Se había quitado la coleta y llevaba el cabello suelto y alborotado sobre los hombros.

—Estoy fantástica —dijo, mirándose en el espejo—. Mírame.

Estaba mirando. Y la deseaba con una ferocidad que lo dejó sin aliento.

—¡Hamish! Deja de mirar embobado a mi chica.

Tenía que tomar una decisión. Pero, ahora mismo, todo lo que sabía era que tenía que seguir a su corazón, y su corazón se pavoneaba frente al espejo vestida de cuero.

Hamish soltó una carcajada.

No creo que lo vuestro sea complicado en absoluto.

Daisy se preguntó en qué diablos estaría pensando cuando aceptó subirse a la moto. Iba pegada a la espalda de Liam y con las manos alrededor de su cintura. El motor retumbaba entre sus muslos mientras se dirigían hacia el sur por la Ruta Estatal 1, a lo largo de la impresionante costa del Pacífico.

Lo más rápido que había ido nunca por las calles de San Francisco fue el día que su familia llevó a Sam al Oracle Park para pedirle matrimonio a Layla. La tía Jana se había bajado la gorra de los Giants y había ido con su furgoneta a toda velocidad por las concurridas calles para que llegara a tiempo. Pero incluso aquel viaje que le dejó el estómago revuelto no era nada comparado con la total y absoluta falta de control que tenía como pasajera, o con el terror de ir encaramada a una cuña de un material similar al ante del tamaño de un mullido pavo para el desayuno.

Al no haber espacio entre su asiento y el del conductor, su pecho presionaba con fuerza la espalda de Liam. No era un problema cuando cruzaban las calles de la ciudad a 24 km/h. Incluso era romántico. Pero cuando salían a carretera abierta y él aceleraba, ella no sabía de dónde agarrarse. Tenía miedo a caerse de espaldas sobre la enorme rueda trasera, a pesar de que Hamish había instalado el pequeño respaldo para mayor seguridad.

Aunque su mono la protegía del viento y de los bichos voladores, le faltaban protecciones donde realmente las necesitaba. Entre los interminables baches y la implacable vibración del motor, Daisy solo deseaba un trasero nuevo y acolchado.

A los cuarenta minutos de viaje, pararon a repostar en Half Moon Bay. Liam ayudó a Daisy a bajar del asiento y ella hizo una mueca cuando sus pies tocaron tierra firme.

—¡Es una bestia! —sonrió Liam—. ¿Lo has sentido?

«¡Oh! Lo he sentido». Era una tontería preocuparse de si volverían a tener sexo porque no sentía nada de cintura para abajo.

Daisy asintió, sin atreverse a hablar por si el torrente de improperios que corría por su cabeza salía por su boca.

—¿Necesitas ayuda con la visera?

Le subió la visera y ella tomó una bocanada de aire fresco. Con las manos como garras por haberse aferrado con tanta fuerza, no había forma de que pudiera abrirlo ella misma.

—¿Qué te parece?

Daisy pensó muchas cosas, ninguna de las cuales pudo decirle a Liam, que estaba tan contento de que ella hubiera ido que no podía estarse quieto. Como no podía mentirle de manera convincente, recurrió a la siguiente opción.

—¡Guau! 156 CV. Nunca imaginé qué se sentía. Es como ir en un cohete.

—Más que con cualquier otra moto. —Entrecerró los ojos mientras abría el depósito de gasolina—. ¿Estás bien?

—Solo un poco rígida.

Se obligó a sonreír a pesar del dolor que le recorría los muslos y el trasero. ¿Tanto tenía que dolerle? Aunque no era una fanática del *fitness*, se mantenía en forma corriendo y bailando, y una vez hasta se apuntó a una clase de *kickboxing* con Layla en la que la antigua sargento instructora se tomaba como una afrenta personal que no se esforzaran tanto como para vomitar.

—El lugar al que quiero llevarte a tomar un café está a otra media hora cruzando Redwood Park. Luego he pensado que podríamos subir por Woodside y volver a la 92. —Su sonrisa se desvaneció un poco—. O podríamos volver.

—¿Volver? ¿Estás de broma? —Alzó un puño con fingido entusiasmo—. Me apunto. Sintió un hormigueo en los pies cuando recuperó la sensibilidad con una insoportable oleada de pinchazos—. Iré al baño a refrescarme y estaré lista. —Apretando los dientes, forzó los pies hacia delante, uno tras otro, con el traje de cuero crujiendo y los músculos internos de los muslos temblando cuando intentaba juntarlos.

—¿Daisy? ¿Seguro que estás bien?

Ella saludó por encima del hombro.

Estupendamente. Volveré en cinco minutos.

Sola en el baño, sacó su teléfono y buscó blogs sobre el asiento trasero de la XDiavel. Todas las glamurosas imágenes promocionales en blanco y negro mostraban a mujeres delgadas, bellas y sonrientes vestidas de cuero. Iban encaramadas a sus asientos en miniatura con aspecto relajado y feliz mientras su cabello (sin la incomodidad de un casco) ondeaba al viento.

Tal vez ese era su problema. Tenía demasiado trasero.

Treinta minutos de dolor y sufrimiento después, se detuvieron frente a un pequeño edificio de madera que parecía un cruce entre un chalet de montaña y una cabaña. Unos desgastados escalones de madera conducían a una soleada plataforma que daba a la carretera y unas estatuas de madera tallada flanqueaban la puerta principal. Las motocicletas llenaban los aparcamientos laterales y la calle de enfrente.

—Todo el mundo viene por aquí. —Liam se quitó el casco. Tenía los ojos chispeantes de alegría—. Familias, moteros, excursionistas, jinetes, escritores, músicos, empresarios de Silicon Valley, lugareños...

—Mmm...

Temerosa de abrir la boca por si el traqueteo de los dientes le había roto las fundas, se sacó la chaqueta y pensó cómo iba a levantarse del asiento. El dolor se había convertido en agonía a los cinco minutos de empezar la segunda parte del viaje y, en vez de disfrutar del paisaje, se había concentrado en seguir viva.

Solo gracias a su fuerza de voluntad había conseguido bajarse de la moto. Lejos de ser un alivio, estar de pie era peor que estar sentada. Sus músculos protestaban por el cambio de postura y sus muslos, que no podía cerrar, daban la sensación de que había mojado los pantalones.

—Deja que te ayude con el casco.

Liam aparcó la moto y la ayudó a quitarse el casco. El aire fresco de la montaña pasó a través de su cabello empapado de sudor.

—¡Liam! —Una mujer alta y vestida de cuero negro se dirigía hacia ellos con paso tranquilo. Su cabello oscuro daba la sensación de que acababa de ser alisado y no que acababa de hacer el mismo recorrido tortuoso en moto que Daisy. Cuando se detuvo frente a ellos, sus muslos se juntaron como se supone que hacen los muslos normales. Abrazó a Liam y le susurró algo al oído que a él le hizo soltar una risita. Daisy podría haber jurado que había salido en la foto promocional de la XDiavel.

—Esta es Tanya Weber —dijo Liam—. Ella y una amiga fundaron Empower Ventures. Su equipo de capital riesgo invierte en empresas centradas en la mujer. Nos conocemos desde hace años.

—En todos los sentidos de la palabra. —Tanya le dio un codazo y compartieron otra risita.

«En todos los sentidos de la palabra». Daisy sintió una fría punzada de celos ante ese momento íntimo que hubo entre ellos. No tenía sentido. Su relación con Liam no era real. Pero cuanto más tiempo pasaba con él, más se desdibujaba esa línea y no sabía a qué atenerse.

—Daisy es desarrolladora de *software* en una nueva *start-up* que se dedica a los productos menstruales —explicó Liam—. Están a punto de ascenderla a responsable de proyecto. La empresa no funcionaría sin ella.

Daisy hizo una mueca.

—Creo que es un poco exagerado.

—Acepta el cumplido —dijo Tanya—. Liam no suele hacerlos... O, al menos, no solía hacerlos.

«O, al menos, no solía hacerlos».

¿Acaso la muy zorra intentaba provocarla con alusiones a su pasado con Liam? Daisy apretó los dientes. Entendió el mensaje. Tanya era una exnovia genial, motera y de cabello liso que se dedicaba al capital riesgo y que no sufría en absoluto tras un viaje en moto. O tal vez sí, y no tenía el relleno de Daisy para hacer más agradable el viaje. Nunca se había alegrado tanto de tener un trasero grande.

Liam se pasó una mano por el cabello, despeinando las oscuras ondas hasta formar una sexi maraña. ¿Se estaba arreglando inconscientemente para Tanya? ¿O solo tenía calor?

—¿Qué moto llevas ahora?

—Una Triumph Street Triple 675. Me deshice de la Ninja. No tiene suficiente potencia.

—¿Te gusta el estilo *naked*? —preguntó Liam.

Tanya sonrió con satisfacción.

—El desnudo es lo mío, como sabes muy bien.

«El desnudo es lo mío... como sabes muy bien...».

Daisy intentó apagar la sarcástica voz de su cabeza, pero había algo en Tanya que le ponía los pelos de punta.

—¿Quieres venir adentro con nosotros? —le preguntó Liam—. Vamos a tomar un café antes de acabar el paseo.

«Di que no. Di que no. Di que no».

—Sí, claro. —Tanya dio unos pasos y miró hacia atrás por encima del hombro—. ¿Necesitas una mano, Daisy?

«Solo para darte una bofetada».

—Me aflojo un poco la ropa y nos vemos allí. —Forzó una sonrisa y se marchó contoneando las caderas como si montara en moto todos los días.

Cuando se dirigió hacia Liam y Tanya en el interior de la cafetería, tenía la espalda cubierta de sudor, le dolía la mandíbula de tanto apretar los dientes y le temblaban los músculos. Gracias a Dios que había hecho el esfuerzo. Tanya estaba demasiado cerca de Liam como para sentirse cómoda y le tenía puesta una mano en el hombro.

—¿Aún no habéis conseguido una mesa? —Daisy le pasó a Liam un brazo por la cintura, tirando de él y obligando a Tanya a quitarle la mano del hombro.

—No tiene buena pinta. —Le pasó el brazo por el hombro—. Tendré que comprarte una moto como regalo de boda. Así podremos venir juntos por aquí cuando no esté tan lleno.

Daisy reprimió una sonrisa. Liam sabía lo que estaba pasando y acababa de dejar claro dónde estaba su lealtad.

La mirada de Tanya pasó de Liam a Daisy y de nuevo a Liam.

—¿Estáis comprometidos?

—La mejor decisión de mi vida —dijo Liam, dándole a Daisy un beso en la sien cubierta de sudor.

—¿Qué ha pasado? —Su sonrisa desapareció—. Pensé que no querías una relación.

Otro apretón.

—Simplemente no había conocido a la persona correcta. —Daisy le dedicó a Tanya una sonrisa engreída pero comprensiva.

—Felicidades. —La cara de Tanya se convirtió en una inexpresiva máscara—. No nos pasa a todos. —Miró por encima del hombro de Liam—. Veo una mesa. Voy a ocuparla.

Daisy, que seguía caminando como si se hubiera meado en los pantalones, sujetó a Liam del brazo mientras la seguían.

—Parece simpática —dijo suavemente—. Supongo que habéis estado juntos.

Liam rio entre dientes.

—Muy poco tiempo.

—Pues parece que ella quiere que volváis a estarlo.

Asintió a la gente que les lanzaba miradas divertidas. ¿Y qué si se reían? Todos habían estado en su lugar alguna vez.

—¿Estás celosa? —preguntó en tono burlón y también esperanzado.

—Claro que no. No seas ridículo. —Se revolvió el cabello—. No le quedan ni la mitad de bien los pantalones de cuero que a mí, y solo tiene la mitad de mi culo.

Liam deslizó una mano hacia abajo y le apretó el trasero.

—Ya lo creo. Eres la mujer más sexi que hay aquí.

—Te gusto vestida de cuero.

—Me gustas más fuera del cuero. —Su sonrisa se desvaneció cuando ella se tambaleó hacia un lado—. ¿Por qué no me dijiste que estabas tan rígida? Apenas puedes andar.

—Llegué hasta aquí sin problema.

—Porque estabas celosa. —Una sonrisa perezosa se dibujó en su rostro—. De Tanya.

—No seas ridículo.

Su mirada se volvió tierna y se giró para acercarla más a él. Le rozó la boca con los labios y dijo:

—Te importa.

—Quizá me importa de mentira porque somos novios de mentira.

Se le aceleró el pulso cuando él le acarició el cuello.

—Tal vez te importa de verdad, aunque seamos novios de mentira.

Sintiéndose valiente con su ropa de cuero, replicó:

—¿Y si me importara? ¿Qué harías?

—Tomaría un atajo hasta casa —susurró Liam—. Y luego aprovecharía que no puedes cerrar las piernas.

Era todo lo que había imaginado y más. Día soleado. Cielo azul. Carretera abierta. Su moto ronroneando entre sus piernas. Y Daisy en el asiento detrás de él. Con los brazos alrededor de su cintura. Las piernas recogidas contra sus caderas. El pecho apoyado en su espalda. Quería que durara para siempre. No solo el viaje, sino ellos dos.

Ella era su *hamraaz* y él el suyo, pero no quería seguir guardando secretos.

Era el momento de decirle lo que sentía. La quería. Le encantaban sus rarezas y excentricidades. Amaba su ropa ecléctica y sus zapatos elegantes. Le encantaban sus horarios, listas y planes. Le encantaba su pasión por el trivial y todo lo relacionado con Marvel, el hecho de que pudiera hackear un juego y dominarlo, y que fuera la mujer más inteligente que conocía. Y le encantaba lo dedicada que estaba a su familia, cómo la quería y respetaba, pero que también quisiera su independencia.

Oyó el ruido agudo de un motor detrás de él. Tanya pasó a toda velocidad y se volvió borrosa en su Triumph roja. Si hubiera sido cualquier otro día, habría pisado el acelerador y la habría seguido. Pero llevaba a Daisy con él y no tenía prisa por volver a casa. Esta era su última cita y eso significaba que estaban acabando el plan. Solo quedaba una cosa: presentarle a su familia. Pero había un gran obstáculo: su padre.

Tenía un discurso preparado. Una disculpa. Una explicación parcial. Le demostraría al señor Patel que había cambiado de vida.

Que no era el mismo hombre que había desaparecido en mitad de la noche. Que amaba a Daisy. Y no sería mentira.

Solo le quedaba esperar que ella también lo quisiera. Que cuando su falsa relación acabara, ella quisiera empezar algo real. O quizá ya lo habían hecho.

Al doblar una esquina, vio un camión que se dirigía hacia ellos intentando adelantar a un vehículo que circulaba en sentido contrario.

Con el corazón latiéndole de forma desbocada, tomó una decisión en una fracción de segundo y se incorporó al arcén, accionando el freno trasero al llegar a la grava. La moto derrapó y se dirigió hacia el muro de contención de hormigón. Liam soltó el manillar y, con un diestro movimiento, se dio la vuelta, agarró a Daisy y los tiró a ambos de la moto. Su cuerpo cayó al suelo con un ruido sordo que le hizo castañetear los dientes. Rodó y rodó hasta que el mundo empezó a desvanecerse. Entonces extendió los brazos, pero Daisy ya no estaba.

26

Liam no tenía ni idea de cuánto tiempo llevaba sentado en aquella silla frente a la habitación de Daisy en el hospital. Podría haber sido una hora, un día o una semana. Todo lo que sabía era que no podía marcharse. No hasta que supiera que ella estaba bien. No hasta que se hubiera despedido.

Miraba al suelo con los codos apoyados en las rodillas y la cabeza gacha. Era consciente de la gente que entraba y salía de la habitación de Daisy. Ancianos y jóvenes, parientes y amigos, enfermeras y médicos. La familia de Daisy había alquilado un salón de actos en algún área del hospital para reunirse y apoyarse mutuamente, e iban de dos en dos a su habitación para que no estuviera sola cuando se despertara. Pensó que habrían traído comida como para alimentar a un ejército. Cada hora alguien le ofrecía algo de comer, pero él no tenía hambre. Daisy no podía comer. ¿Por qué iba a hacerlo él?

Oyó un susurro a su lado, entrevió una túnica verde brillante y sintió una mano en el hombro. Aunque solo quería que lo dejaran en paz, levantó la vista. Por si acaso. Tanto si eran buenas como malas noticias, tenía que saberlo.

Tardó un momento en reconocer a Taara, la tía de Daisy, sin su disfraz de tiburón. Era más baja de lo que recordaba y también más mayor, con el oscuro cabello cayéndole por los hombros.

—He hecho esto para ti. —Le entregó un táper de plástico transparente con el ceño fruncido—. Layla dijo que no has comido nada en tres días. Es tu favorito. Estofado de tiburón. Fui al estadio para conseguir los ingredientes. Todos tus nutrientes están ahí dentro.

—Gracias. —Su voz, que no había utilizado durante mucho tiempo, estaba tan ronca que le costó reconocerla—. Eres muy amable.

Todos habían sido amables. Su familia lo había tratado como si fuera uno de ellos. No tenía sentido. Daisy estaba en aquella cama de hospital por su culpa, porque había estado en su moto, porque él le había pedido que montara en ella.

—Taara, ¿qué estás haciendo? —Salena, otra tía de Daisy, agarró el táper. La recordaba del centro de convenciones, aunque solo habían intercambiado unas palabras—. Ha sobrevivido al accidente. No queremos matarlo ahora.

—Le gusta. —Taara le entregó de nuevo el táper—. Le ofrecí un poco en el partido de *hockey* y se lo comió todo. Cada cucharada.

—¿Lo ha hecho ahora? —Salena miró fijamente a Liam—. Debe de tener un estómago de hierro fundido. O quizá le faltan las papilas gustativas. O tal vez... —Su voz se suavizó—. Tiene un buen corazón.

—Tiene el corazón roto. —Taara le acarició el hombro—. Pero se pondrá bien. Daisy también se pondrá bien. Lo ha dicho el médico. No hay huesos rotos. No hay lesiones internas. Ni siquiera abrasiones en la piel. Estaba muy bien protegida con el traje de moto. Solo necesita despertarse.

Liam apretó los labios y asintió. Pero nada iría bien. Después de todo, era el hijo de su padre y hacía daño a todos los que amaba.

Pasó el tiempo. Deepa se detuvo frente a su silla para decirle que su *sherwani* estaba listo y que le había encontrado una espada más grande. Amina tenía una nueva receta para un *vindaloo* de cerdo menos picante. Sam había dispuesto que Hamish recogiera su moto y la llevara a la tienda para repararla. Mehar, que había llevado a escondidas a Max al hospital en la bolsa de Marvel de Daisy, lo puso en el regazo de Liam para que le diera un rápido abrazo.

Alguien se sentó a su lado y él se tensó. Cerró las manos en sendos puños mientras se preparaba para ser asaltado, una vez más, por el amor. Ni siquiera podía imaginar tener una familia como los Patel. Una familia que lo apoyara en vez de hundirlo. Una familia que alquilara una sala en el hospital para que no estuviera solo.

—Incluso yo creo que esto es innecesario —dijo Layla, tirando de su hombro hasta que se incorporó—. Tú también tuviste una conmoción cerebral. Deberías irte a casa para descansar.

—Estoy descansando.

—Estás dándole vueltas —dijo—. Y te estás culpando por algo que no fue culpa tuya. Hablé con la policía. Tenían la grabación de la cámara del coche que iba detrás de ti y las declaraciones de los conductores que fueron testigos al otro lado de la carretera. El tipo del camión estaba borracho. Estuvo conduciendo de forma agresiva antes del accidente, intentando adelantar a una larga fila de vehículos. Intentó hacerlo en una curva ciega con doble línea amarilla y se puso directamente en tu camino. No habrías podido hacer nada para evitar una colisión frontal, salvo salirte de la carretera. No solo eso, le salvaste la vida a Daisy. El oficial de policía dijo que lo que hiciste fue heroico. Si no hubieras saltado de la moto con ella, ambos habríais chocado contra el muro de contención y ninguna equipación de moto os habría salvado.

La emoción se le agolpó en el pecho y se llevó la palma de la mano a la frente.

—Ella estaba en esa carretera por mi culpa.

—Ella quería estar allí —dijo Layla—. Me envió un mensaje antes de irse. Estaba emocionada, Liam. No tenía dudas. No tenía miedo. No se sintió obligada de ninguna manera. Fue su decisión. —Le dio una palmadita en el brazo—. Vete a casa. Date una ducha. Come algo. Descansa. Te prometo que te llamaré si se despierta.

—No voy a irme. Todavía no.

—No es culpa tuya.

Pero lo era. Le había hecho daño. Igual que lo hizo en el pasado.

Llegó la hora. Liam tomó una larga bocanada de aire, preparándose para lo que tenía que hacer. Daisy llevaba doce horas despierta. Había recibido visitas de médicos, policías, periodistas y sus parientes de dos en dos. Layla le había asegurado que se pondría bien y que le darían el alta por la mañana. Por fin había disminuido el gentío. El horario de visitas llegaba a su fin. Le tocaba verla a él, pero aún no sabía qué iba a decirle. Perdido en sus pensamientos, un fuerte suspiro lo devolvió a la realidad.

—¿Liam? ¡Dios mío! ¿Eres tú?

Levantó la cabeza al oír la profunda voz de Nadal Patel, una voz que era sinónimo de hogar.

Excepto por el cabello un poco ralo y canoso a ambos costados, el padre de Daisy tenía el mismo aspecto. Delgado y ligeramente encorvado, iba vestido con su combinación favorita de camisa a cuadros de manga corta y pantalones una talla más grande, lo que le resultó tan familiar que le dolió el corazón. ¿Cuántas tardes había pasado sentado a la mesa de la cocina escuchando sus anécdotas sobre deportes de aventura? ¿O reforzando su confianza gracias a los ánimos y consejos del señor Patel?

—¿Conoces a Limb, el prometido de Daisy? —Salena frunció el ceño junto al señor Patel—. ¡Pobre chico! Conducía la moto cuando se salieron de la carretera.

—Conozco a Liam. —Su rostro se relajó hasta convertirse en una inexpresiva máscara—. Muy bien.

—Me alegro de volver a verlo, señor Patel. —Liam le tendió la mano, pero el padre de Daisy no se la estrechó.

—¿Qué pasa, Nadal? Dale la mano. —La mujer que tenía a su derecha le dio un codazo. Era bajita y esbelta, con una bonita cara en forma de corazón y una melena corta y canosa. Como él seguía sin moverse, se presentó como Priya.

—Priya es la novia de Nadal. Estaban juntos en Belice —dijo Salena con tono de reproche—. Volaron de vuelta en cuanto recibieron la noticia.

—Estoy seguro de que Belice dejó de ser lo que era en cuanto se marcharon —dijo Liam, tratando de romper el hielo.

Priya se rio, pero el señor Patel seguía muy serio.

Desconcertada, Salena frunció el ceño.

—Nadal, ¿vas a saludar o no?

—No. —Se cruzó de brazos y apretó la boca en una rígida línea recta.

—¡Nadal! —La expresión de sorpresa de Priya era un reflejo de los sentimientos de Liam. Había intentado imaginarse cómo reaccionaría el señor Patel cuando volviera a verlo, pero que no lo saludara era lo último que habría esperado del amable hombre que lo había acogido en su casa.

—De acuerdo —dijo Liam—. Puedo entender que es difícil volver a verme después del daño que le hice a Daisy. Y ahora esto...

—No solo le hiciste daño a Daisy —dijo el señor Patel, con una voz inusualmente brusca—. También a Sanjay y a mí. Eras parte de la familia. —Hizo un amplio gesto con el brazo—. Si tenías un problema, deberías haber acudido a nosotros en vez de huir.

—Me fui por culpa de mi familia —replicó Liam—. Yo no formaba parte de la suya.

—Venías a mi casa todos los días. —El padre de Daisy agitaba las manos, como hacía siempre que estaba nervioso—. Eras amigo de mi hijo. Hacías sonreír a mi hija. Contabas tus chistes y me hacías reír. Te sentabas a nuestra mesa y te comías nuestra comida. Y siempre estabas arreglando cosas en casa. Nos ayudabas. Y nosotros te ayudábamos a ti. Eso es la familia. Y luego te fuiste sin más. Sin dar explicaciones. Sin una despedida. Ni siquiera una llamada para decirnos que no estabas muerto.

Esas palabras le impactaron. No se había planteado que al padre de Daisy le importara lo que a él le pasara después de haberle hecho daño a su hija. A su propia familia no le importaba. Ni siquiera habían intentado buscarlo cuando su padre murió. Solo se enteró cuando un abogado de la herencia se puso en contacto con él para informarle de que había sido excluido del testamento.

—Creí que no querría saber nada de mí.

—¿Después de casi ocho años formando parte de nuestra familia? —Al señor Patel se le quebró la voz—. Todos cometemos errores, Liam. ¿Cómo puedes pensar que no me importaría? ¿Qué clase de hombre crees que soy?

—Señor Patel... —La emoción le subió a la garganta, ahogando sus palabras.

—¿Y ahora apareces y quieres formar parte de mi familia de nuevo?

Estaba temblando, con el ceño fruncido.

—Pensé que sabía quién eras cuando venías todos los días a mi casa. Incluso la noche del baile, pensé que tendrías un buen motivo para lo que hiciste. Que me lo explicarías y arreglaríamos las cosas. Pero no viniste. No lo hiciste durante diez años. Ni un correo electrónico ni una carta. Ya no sé quién eres.

Liam se ruborizó y deseó que se lo tragara la tierra. El padre de Daisy sabía quién era. Había sido indigno entonces y lo seguía siendo ahora. Un delincuente en el fondo. Aunque aceptara ser socio de Evolution, nunca sería lo bastante bueno para Daisy. Ella tenía una familia cariñosa que quería verla feliz, que tuviera su propia familia con un buen hombre que la amara y cuidara. ¿Cómo podía arrebatarle eso? ¿Cómo podía seguir engañando a su familia, haciéndole creer que había encontrado a una pareja que la quería de verdad? ¿Cómo podía traicionar de nuevo al señor Patel?

Quería ser un hombre digno. Quería caminar con la cabeza bien alta. Convertirse en socio de Evolution era un paso en esa dirección. Pero también lo era liberar a Daisy del trato que nunca debieron hacer.

Daisy llevaba despierta exactamente doce horas, veintiocho minutos y cuarenta y tres segundos cuando Liam entró en su habitación.

Había visto a veintiséis parientes, entre ellos su padre y Priya, dos enfermeras, un agente de policía, dos periodistas, dos médicos y un alterado Max escondido en una bolsa de mano. Había dormido dos siestas, se había tragado cuatro pastillas, había bebido seis vasos de agua, había cambiado tres horribles comidas del hospital por platos de comida que las tías, preocupadas de que perdiera peso, le habían metido en la habitación en bolsos de gran tamaño, y le habían autorizado a marcharse a la mañana siguiente.

La tía Salena, cuando se marchaba con Priya y su padre, le dijo que Liam había estado sentado frente a su habitación durante tres días. También se había enterado del altercado con su padre y había recibido una reprimenda por parte de la tía Salena por no contarle quién era Liam. No sabía con qué se encontraría cuando lo viera, pero definitivamente no a un hombre con un aspecto tan derrotado.

—Daisy… —Se le quebró la voz y ella supo entonces, con desgarradora certeza, lo que iba a ocurrir, escena a escena, como si fuera una película que ya hubiera visto.

Acto I: Liam se culpa a sí mismo

—Liam, no lo hagas.

Ella se cruzó de brazos y le ordenó mentalmente que no dijera lo que estaba a punto de decir.

Malinterpretándola, él se detuvo a metro y medio, con el ceño fruncido.

—¿Cómo te encuentras?

—Estoy bien. Solo he tardado un poco en despertarme. Probablemente porque no dormí lo suficiente… —Su broma no sirvió de nada. Él ni siquiera sonrió—. ¿Tú estás bien? Layla me dijo que tenías una pequeña conmoción cerebral. ¿Por qué no te fuiste a casa?

—Tú estabas aquí. —Se movió hasta los pies de la cama, con una expresión de dolor en el rostro—. No podía irme.

—Bueno, ahora sí puedes irte —dijo con amabilidad—. Como ves, la chaqueta con protecciones hizo bien su trabajo. No acabé como en una de las sangrientas anécdotas de Hamish.

Él apretó los labios y ella sintió una punzada en la nuca.

—Lo siento. Si no te hubiera llevado a dar una vuelta…

Daisy levantó una mano.

—Ni se te ocurra seguir. No fue culpa tuya. El policía me contó lo que pasó. Layla me contó lo que pasó. Todos mis tíos y tías me contaron lo que pasó. Fuiste un héroe, Liam. A la mayoría de la gente no se le habría ocurrido tirarse de la moto y luego rodar para amortiguar la caída. Me salvaste la vida. Fin.

Él seguía sin sonreír. En vez de eso, negó con la cabeza.

—A la mayoría de la gente no se le habría ocurrido subirte a la moto.

Ella podía sentir cómo aumentaba su tensión, ver la ansiedad ondulando bajo su piel.

—Fue mi decisión y, exceptuando que tu asiento trasero es lo más incómodo en lo que me he sentado en la vida, me encantó dar ese paseo contigo. Fue divertido, emocionante y me dejó sin aliento. No estoy diciendo que vaya a subirme a tu moto en cuanto salga de aquí, pero…

—La moto ha quedado destrozada por el accidente, y no estoy seguro de si me compraré otra.

Él vaciló y la parte de la mente de Daisy que se había desligado de sus emociones se sentó y llamó a la siguiente escena de este choque de trenes, mientras el pulso le latía con fuerza en los oídos.

Acto II: Liam justifica su autoengaño

—No puedo hacerlo. —Su voz era un susurro ronco, el crujido de una puerta en una habitación silenciosa—. No puedo fingir más.

Daisy frunció el ceño.

—¿Qué quieres decir con «No puedo hacerlo»? No le hemos dicho a nadie que no estamos comprometidos de verdad. El plan de citas no se ha acabado. Aún tenemos que reunirnos con mi familia para el gran interrogatorio, y luego está la boda en el ayuntamiento...

—Nunca debí meterte en este lío —continuó—. Estaba tan centrado en la destilería y en mi familia, que no pensé en cómo engañaríamos a la tuya. Y ahora que los he conocido y he vuelto a ver a tu padre, no puedo... —Se le quebró la voz—. Él era como un padre para mí. Y tus tías... Creo que podrían ser... difíciles de manejar, pero te quieren. Solo quieren encontrar a alguien que te haga feliz, alguien digno de ti. Y está claro que esa persona no soy yo.

El terror deslizó sus helados dedos por su columna vertebral. Quería huir, esconderse, hundirse de nuevo en el olvido de la inconsciencia, donde sus pesadillas no pudieran hacerse realidad. Sin poder evitarlo, su mente la transportó al día en que su madre se marchó. Habían dado los últimos toques a la redecoración de su dormitorio, coordinando la colcha y los cojines con las paredes rosa chillón. Un beso. Un abrazo. Y entonces su madre se subió al coche y se marchó. A los siete años, Daisy no había entendido que era para siempre. Se había pasado varias horas sentada junto a la ventana esperando a que ella regresara, hasta que Sanjay llegó a casa y leyó la nota que había dejado sobre la mesa de la cocina. Ni siquiera entonces pudo hacerse a la idea. Durante dos semanas, se quedó todos los días junto a la ventana, esperando a que su madre volviera a casa mientras Sanjay gritaba y se enfurecía, y su padre se sentaba en el sofá y lloraba. No se imaginaba que diez años después volvería a estar sentada junto a esa ventana, esperando a que otra persona volviera con ella. ¿No había aprendido la lección? ¿Por qué había vuelto a ponerse en esa situación?

—Así que, después de todo, ¿te vas? —Ella lo miró con incredulidad—. ¿Qué pasa con Organicare?

No era la pregunta que quería hacer, pero las palabras no le salían de los labios.

«¿Qué pasa conmigo?».

Liam frunció el ceño.

—He hecho todo lo que dije que haría. Cuando Brad haya hecho el cambio de marca, me aseguraré de que llegue a los socios de Evolution para su estudio con toda mi recomendación. Me han pedido que vaya a Nueva York para discutir mi asociación, pero debido al conflicto de intereses no tendré voto...

Ella se quedó mirándolo, atónita.

—¿Regresas a Nueva York? —Jamás se lo habría imaginado.

Acto III: Liam consigue un triplete devastador

—No había decidido si iba a aceptar la oferta, pero hoy he tomado una decisión. —Su mirada bajó hasta el suelo y se encogió de hombros—. Era mi sueño. Quería demostrarle al mundo que un tipo sin nada y sin título universitario podía llegar a lo más alto.

Se quedó atónita. Todo estaba sucediendo demasiado rápido, fuera de su control. Atrapada en una vorágine de emociones, apenas podía respirar.

—¿Y qué? —preguntó—. ¿Ya está? ¿Te marchas sin más? ¿Y la destilería?

«¿Y nosotros?».

Liam volvió a encogerse de hombros.

—Mi sueño de preservar el patrimonio familiar era solo eso, un sueño. Nunca reflexioné de verdad sobre ello. Pero tú me has enseñado que necesito ser práctico. Necesito un plan para seguir adelante con mi vida. No puedo dirigir una destilería desde Nueva York. Lo que tú tienes (gente que te quiere, que se preocupa por ti, que se aseguró de que nunca estuvieras sola), eso sí que es un patrimonio. ¿Qué intento preservar yo realmente?

«A nosotros». Pero no había un *nosotros.* Era un juego. Una farsa. Una relación inventada. No era real y nunca estuvo destinada a serlo. Él había sido honesto sobre ello desde el principio. Solo que ella no había esperado que acabara tan pronto.

Tenía reglas sobre acercarse demasiado y las había roto. Tenía un plan de vida que no incluía relaciones con chicos malos en moto que una vez ya le rompieron el corazón. Ella había aprendido sus lecciones sobre el amor y, sin embargo, volvió a cometer el mismo error. Excepto que, esta vez, tenía la oportunidad de hacerlo bien, de decir lo que quería decir, de responder a la pregunta que la había atormentado las dos veces que la habían dejado anteriormente: ¿y si lo sabían?

Acto IV: Daisy se sacrifica

—Te quiero, Liam. —Se le llenaron los ojos de lágrimas—. Siempre te he querido, excepto durante los diez años que te odié. Pero entonces volviste y me enamoré de ti otra vez. No me importan las asociaciones, ni las carreras laborales, ni las herencias, ni las destilerías. Me importas tú y la clase de persona que eres. —Respiró entrecortadamente, retorciendo la sábana en su puño—. Ojalá pudieras verte como yo te veo. Eres una buena persona, una persona amable, alguien que me hace reír y sentirme bien conmigo misma y a quien espero ver en cada nueva cita. Eres divertido, dulce, generoso, fuerte y protector. Me hiciste sentir normal y especial al mismo tiempo. Seguiste mis reglas, pero también me hiciste romperlas. Me has animado a salir de mi burbuja y a ser la mejor persona que puedo llegar a ser. Me gusta ser quien soy contigo. En algún momento, esto se hizo realidad para mí. —Le temblaba la voz—. Quiero que sea real.

—¡Dios mío, Daisy! —Hizo una dolorosa mueca—. Por favor... No... No puedes quererme. —Cruzó la habitación en dos zancadas y la tomó entre sus brazos. Ella se aferró a él, aplastó la cara contra su pecho e inspiró su aroma por última vez, mientras empapaba su camisa con ardientes lágrimas.

Acto V: El final

—Yo también te quiero —susurró él mientras la soltaba, y sus palabras le hicieron un agujero en el pecho—. Nunca dejaré de quererte. Por eso tengo que irme.

27

—¡*Beta!* He traído más helado.

Layla se levantó del sofá y le dio una palmada en la rodilla a Daisy.

—Aparta esos cuencos de caramelos y yo iré a buscarlo por ti. ¿Un cartón o dos?

—Uno. Y dile que se calle. Voy a empezar *Iron Man 2*. Esta es la peli en la que el núcleo de paladio del reactor de arco que protege el corazón de Iron Man empieza a romperse. Está en una situación dificilísima: o deja que su cuerpo se envenene lentamente o muere por la metralla que tiene en el corazón.

—¡Qué coincidencia!

—¿Verdad? Si fuera yo, no habría construido un reactor de arco. —Se arrebujó en su manta rosa de princesa—. Así me habría ahorrado que me envenenara alguien con quien ya sabía que no debía relacionarme.

—Creía que Iron Man se había envenenado con paladio.

—Liam. Paladio. Son lo mismo.

Layla suspiró.

—A veces me gustaría que vieras comedias románticas para llorar cuando estás triste, en vez de obligarme a ver maratones de películas de Los Vengadores y atiborrarme de caramelos. Si sigues así, no me entrará el vestido de novia. ¿Qué tiene de malo *El diario de Noa*? Solo dura dos horas. La ves. Lloras. Y luego se te pasa.

Daisy abrió de un tirón la bolsa de Kurkure Masala Munch que la tía Mehar había conseguido de un amigo que acababa de regresar de la India y se metió un puñado en la boca. «¡Chúpate esa, Liam!».

—Puedo ver todas las películas que hacen llorar de verdad con *Vengadores: Infinity War*. No tiene el mismo impacto emocional si me salto alguna de las películas.

Max se acurrucó a su lado, solidario con su decisión de alejarse del mundo durante unos días y dedicarse a la comida basura y a las películas. Él había estado encantado de pasarse las horas con ella en el sofá viendo a superhéroes que salvaban el universo.

—¿Liam merece que hagas todo esto? —Layla alzó la voz ante el ruidoso masticar de Daisy—. Se ha arrepentido demasiado tarde y, además, en un momento muy inoportuno. En serio, ¿cómo puede decirte todo eso cuando estás en el hospital? ¿Quién hace algo así?

—Me encontraba bien. Me iban a dar el alta. Tuve que quedarme otra noche solo por precaución. Y no se trata de *cuándo* lo dijo, sino de *lo* que dijo. Pensaba que yo era la que estaba traumatizada, pero ahora veo que era él. —Se metió unos ositos de goma en la boca para contrarrestar el picor del *snack* favorito de Liam—. ¿Merecía Sam que tú te comieras una olla de *dal* y vomitaras en el suelo del restaurante de tus padres?

Layla se rio.

—Entendido. Pero después recobré la compostura. Tras este fin de semana, espero que tú hagas lo mismo.

Daisy se hundió de nuevo en los cojines.

—Es muy poco tiempo. Se necesitan cuarenta horas y cuarenta y ocho minutos para ver todas las películas del Universo Marvel. Solo llevo viéndolas cuatro días. El hospital me ha dado una semana entera de baja médica.

—Prométemelo —dijo Layla—. Este fin de semana te acabarás Los Vengadores y comerás las últimas porquerías por Liam. Tienes que seguir adelante.

Unos minutos más tarde, regresó con el helado y dos cucharas, y se acomodó junto a ella en el sofá. A Layla le encantaba el cine y, aunque las películas de Los Vengadores no eran sus favoritas, las veía para hacerle compañía a Daisy.

—¿Cómo puedo seguir adelante? —Daisy apuñaló el helado de menta; su padre siempre sabía lo que necesitaba—. Lo echo de menos. Siento que una parte de mí se ha ido. Empezó como un juego, pero en algún momento se convirtió en real y yo… —Respiró entrecortadamente—. ¿Por qué dos personas que se aman no pueden estar juntas?

Layla tomó un poco de helado.

—Porque uno de ellos es un puñetero desastre. Cuando entró en tu habitación del hospital, ya se había marchado. Había tomado una decisión. ¿De verdad crees que podrías haberle hecho cambiar de opinión? Si te quiere de verdad, volverá, y si no lo hace, es que no era para ti. —Ella sonrió, con media cucharilla en la boca—. Una vez leí eso en una taza de café. He esperado mucho tiempo para poder decirlo.

—Genial. Estoy recibiendo consejos de una taza de café. —Daisy subió el volumen del televisor—. Necesito un poco de catarsis con Iron Man.

—¿Qué pasa al final de la película? —Layla se acurrucó en el sofá—. ¿Muere envenenado o por la metralla?

—Tendrás que esperar para verlo.

Cuando Daisy entró en la oficina el lunes por la mañana, la recibió el silencio. Dos meses atrás no le habría dado importancia, pero ahora que estaba acostumbrada al ruido de la gente hablando, los teléfonos sonando, las impresoras zumbando, las sillas arrastrándose y los papeles crujiendo, el silencio le parecía opresivo y erróneo.

Colocó su taza de café a cinco centímetros del borde izquierdo del escritorio para que Mia no la tirara al llegar. Su bolso lo puso debajo en vez de encima porque Zoe necesitaba más espacio para sus diseños. Y acercó la silla al escritorio para que Josh no chocara con ella cuando se reclinara para hablar.

Cuando se puso los auriculares y la pantalla se encendió, se dispuso a trabajar. Se quedó mirando las líneas de código, intentando recordar las correcciones que se le habían ocurrido la noche anterior. Pero había demasiado silencio. Acostumbrada ya a las distracciones, no podía concentrarse a pesar de la música que tenía en los oídos.

Zoe llegó justo cuando ella había decidido ir a la cafetería para ponerse al día de los cotilleos. Daisy se acercó para dejarle más espacio, pero Zoe no descargó su portafolio como de costumbre.

Daisy se quitó los auriculares.

—¿Dónde está todo el mundo?

—¿No te has enterado? —Zoe se desplomó en su silla—. Pensé que Liam te lo habría dicho. Propusimos el cambio de marca. A Brad no le gustó, así que siguió adelante con sus unicornios y arcoíris. Tyler envió a los socios de Evolution la propuesta con la nueva marca de Brad. La rechazaron, así que Tyler tuvo que hacer más recortes. Un treinta por ciento en cada departamento.

A Daisy se le subió el corazón a la garganta.

—¡Oh, no! No me lo puedo creer.

—Mia se ha ido. —Los ojos de Zoe brillaban por las lágrimas—. Tyler pidió voluntarios y, como ella no quería que me despidiera a mí porque tengo a Lily, dijo que se marchaba. Me siento fatal. Josh estaba furioso. Dijo que había muchos incompetentes en nuestro departamento entre los que Tyler podía elegir y que Mia no necesitaba sacrificarse. Fue a hablar con Tyler para que la readmitiera y acabó presentando su dimisión.

Daisy sintió náuseas en el estómago. Debería haber estado aquí cuando sus amigos más la necesitaban, pero en vez de eso había utilizado la baja médica tras la conmoción cerebral para revolcarse en la autocompasión.

—¿Por qué no me ha llamado nadie?

—Creíamos que lo sabías porque tú y Liam… —Se interrumpió cuando Daisy negó con la cabeza.

—Hemos acabado con el acuerdo.

—Lo siento mucho. —Se acercó a Daisy para darle un abrazo—. Sé que dijiste que no era de verdad, pero cuando os vi juntos, pensé que sí lo era.

«Yo también».

Una hora más tarde, Tyler la llamó a su despacho. Sentado en su silla con la camisa por fuera, sin corbata y el cabello alborotado, tenía peor aspecto que ella tras dos días seguidos haciendo un maratón de películas del Universo Marvel y sin apenas tiempo para dormir.

—¿Te has enterado?

—Sí. Lo siento mucho, Tyler. —Se agarró la falda en el regazo—. Esperaba que nos fuera bien con Evolution.

—Dijeron que no encajábamos. —Tragó saliva con fuerza, con la cara enrojecida. Por un momento, Daisy pensó que iba a echarse a llorar—. No era solo el producto. Buscaban algo más vanguardista.

—¿Estaban hablando de la marca?

Tyler asintió.

—Vi la propuesta de marca de Mia y Zoe. Era fantástica. Me imaginé las cajas de productos en las estanterías, los anuncios, la página web. Era Organicare. Era nuestra visión original. No pude creerme que Brad la rechazara. —Se pasó una mano por la cara—. Llamé a Liam y me dijo que Brad era el único experto que había podido encontrar que estuviera interesado en trabajar con nuestros productos. Estuvo de acuerdo en que las ideas de Brad no encajaban con las actuales tendencias del mercado y que no tendría ningún problema si queríamos prescindir de él, pero... —Negó con la cabeza—. Brad tenía el triple de experiencia que los miembros más veteranos de nuestro equipo, una gran reputación en el sector y muchas campañas que habían sido un éxito...

—Pero no con este tipo de producto —señaló Daisy—. Y no con este clima político. Puede que por eso tuviera tiempo para nosotros. Estaba fuera de onda y nadie quería contratarlo.

—Tuve demasiado miedo a perderlo. —Tyler metió la cabeza entre sus manos—. Demasiado miedo a presentar las ideas de

Zoe y Mia en vez de las suyas. Había cometido tantos errores... Tuve miedo a cometer uno más, aunque mi instinto me decía que las ideas de Brad no calarían en nuestro mercado objetivo.

—Hiciste lo que creíste mejor para la empresa —dijo Daisy en voz baja—. Todo el mundo lo sabe.

—Les he fallado. —Se encogió de hombros y soltó un desgarrado sollozo—. Le fallé a nuestro equipo, a nuestra empresa, a los clientes que adoraban nuestros productos y a todas las chicas a las que podríamos haber ayudado a través de nuestro programa de divulgación. Tuve miedo a confiar en mi instinto. Tuve miedo a arriesgarme y ahora todo ha desaparecido.

—¡Felicidades! Bienvenido a la sociedad.

Liam se sintió como si hubiera esperado toda la vida para oír esas palabras. Mientras estrechaba la mano a los socios gerentes, Eric Davis y Kevin Mah, se imaginó a su padre mirándolo con desprecio y le hizo una peineta mental al hombre que pensó que nunca llegaría a ser nadie.

—Tu trabajo nos ha dejado impresionados —dijo Eric—. Tienes la mayor cartera de todos los asociados sénior, grandes contactos en el sector y un historial de buenas decisiones de inversión. Encontrar y trabajar con empresas como Organicare es el tipo de iniciativa que te ha hecho tan valioso para nosotros. Si no acabáramos de cerrar nuestra cartera de productos de consumo, habría merecido la pena echarles otro vistazo, incluso con su horrible rediseño de marca.

Kevin le entregó una carpeta.

—Es el acuerdo de colaboración. Aunque no tienes las mismas cualificaciones académicas que los demás socios, estamos dispuestos a flexibilizar las reglas por el valor que aportarías a la empresa. Echa un vistazo a la documentación y consúltanos cualquier duda que tengas. Necesitamos que nos des una respuesta antes de una semana. Tendrías que trabajar de forma permanente en Nueva York. Esperamos que no sea un problema.

—Claro que no.

Era lo que siempre había soñado. Llegar a lo más alto. Demostrar a quienes no habían apostado por él que estaban equivocados. Su sensación de euforia se vio empañada por la convicción de que siempre sería menos que los demás por no tener un título universitario, pero no podía tenerlo todo. La vida no funcionaba así.

—Necesitamos que te quedes en San Francisco hasta que encontremos a alguien que pueda dirigir la oficina de la Costa Oeste —dijo Eric—. Después volverás para tomar decisiones que hagan funcionar el negocio sin problemas. Como socio júnior, te encargarás de la administración, pero dentro de unos años volverás a pasar la mayor parte del tiempo sobre el terreno. Tendrás una participación, por supuesto…

Entre sus ahorros y su herencia, tenía más que suficiente para comprar su participación en la empresa. No tener propiedades ni más gastos que la moto y el equipamiento tenía sus ventajas. Pero nunca había pensado en dedicarse a la parte administrativa de la sociedad. No estaría buscando nuevas oportunidades, conociendo a gente nueva o ayudando a crecer a nuevas empresas. Durante los primeros años, estaría sentado al escritorio de una oficina y luchando por mantener viva su cartera.

Pero sería socio. En Nueva York. Era lo que siempre había soñado.

Los unicornios apestaban.

Liam sujetaba la carpeta de Organicare sobre la papelera. Previendo que aceptaría, los socios habían desalojado una nueva oficina en la esquina y él estaba recogiendo sus cosas para dejar sitio al nuevo socio que acababan de contratar. Eric y Kevin habían rechazado de plano la propuesta y él no los culpaba. Había hecho todo lo posible por ayudar a Tyler con ideas de reestructuración y refinanciación, pero el cambio de marca a algo tan manifiestamente femenino para el mercado actual había echado para atrás a los socios. Daisy había acertado con la propuesta vanguardista de sus colegas, pero Tyler no había picado. Tenía demasiado miedo a arriesgarse. Liam ya lo había visto antes. Los buenos inventores no siempre eran buenos hombres de negocios. A veces necesitaban que otra persona dirigiera el espectáculo para volver a hacer lo que mejor sabían hacer.

Su teléfono zumbó sobre su escritorio y miró la pantalla. Brendan otra vez. ¡Joder! Su hermano lo había llamado seis veces aquella mañana, sin duda para agobiarlo con lo de la destilería. Aún estaba asimilando su ascenso y lo que implicaba mudarse a Nueva York, y no podía ocuparse de Brendan en ese momento.

La carpeta con la presentación cayó a la papelera y él se quedó mirando por el ventanal la ciudad con el cielo encapotado. Cuando se había marchado en moto de San Francisco hacía diez años, no imaginaba que acabaría en la Costa Este, pero parecía que, por mucho que lo intentara, no conseguía alejarse lo suficiente. Un encuentro casual con Tom Robertson, un conocido inversor de riesgo, en un bar de moteros de Oregón, decidió su destino. Ayudó al guerrero de fin de semana a reparar su moto, intercambiaron opiniones sobre varias *start-ups* y, de repente, tenía un trabajo como asistente en Evolution.

Tom era un hombre hecho a sí mismo que, con un simple título de bachillerato, había puesto en marcha Evolution en el garaje de su casa y la había convertido en una firma multimillonaria de capital riesgo. Creía que Liam tenía instinto para los negocios y le gustaba su naturaleza atrevida y su actitud poco convencional. Tomó a Liam bajo su protección y la inversión dio sus frutos. Aunque Liam había sido el único asociado de Evolution que no tenía un MBA, ni siquiera un título universitario, ahora era todo un socio. Lo tendría todo. Una oficina en las alturas. Su nombre en las tarjetas de visita. El respeto de sus colegas. Haber alcanzado el objetivo de toda una vida. Por fin se había vengado de su padre.

Excepto que su padre no estaba ahí para verlo.

De hecho, no tenía a nadie cerca. Tenía algunos amigos en Nueva York con los que podía quedar de vez en cuando, pero no familia. Nadie a quien realmente le importara. No había tías llamando a su puerta para que no estuviera solo. Ni primos advirtiéndole de que «muy picante» era sinónimo de «infierno». Ni familias vestidas con trajes de tiburón intentando envenenarlo con comida casera. Ni astutos parientes que le cobraban de más por espadas gigantes. Nadie había ido a verlo al hospital.

Pero claro, tampoco le había dicho a nadie que estaba allí.

Siempre había culpado a su familia de no tenderle una mano, pero él tampoco se la había tendido a ellos. Pensaba que no habían ayudado a su madre cuando, en realidad, no sabían nada de los abusos que sufría. Desde la noche del baile, no había pasado un solo día sin que pensara en Daisy y su familia, pero tampoco se le había ocurrido llamarlos. El secretismo había sido una parte tan importante de su infancia que había quedado arraigado en su alma.

Hamraaz. Sin duda era un guardián de secretos.

Su teléfono volvió a sonar y el nombre de Brendan apareció en la pantalla. Debía acabar de una vez con todo aquello. En cuanto aceptara oficialmente la oferta de su empresa, no estaría en condiciones de dirigir la destilería. Y, aunque lo estuviera, no podría cumplir con los términos del fideicomiso. Solo había una mujer con la que querría casarse y la había abandonado.

—¡Liam! ¡Gracias a Dios! —Brendan dejó escapar un fuerte suspiro—. ¡Lauren! —gritó—. Lo tengo. Ha contestado al teléfono.

El pulso de Liam se aceleró al oír el frenético tono de Brendan.

—¿Qué pasa?

—Llevo toda la mañana intentando localizarte. —Brendan hablaba a trompicones—. Fuimos al hospital y a tu apartamento. No tenía la dirección de tu nueva oficina, así que llamé a Nueva York y la recepcionista, que era nueva, me dijo que trabajabas en San Francisco y me dio este mismo número…

—¿Le ha pasado algo a Jaxon? —Se le aceleró el pulso. Si Jaxon estaba herido y él estaba a miles de kilómetros de distancia...

—¿Jaxon? No, está bien. Está jugando en el patio. Estábamos preocupados por ti. Lauren vio algo en las noticias sobre un accidente de moto y mencionaron tu nombre. Dijeron que eras un héroe y que le habías salvado la vida a Daisy, pero nadie sabía dónde estabas o si habías sobrevivido. Cuando no pudimos ponernos en contacto contigo... —Dejó escapar un suspiro—. ¿Dónde te has metido? ¿Estás bien? En las fotos tu moto se veía destrozada.

Liam consiguió tragar pese al nudo que tenía en la garganta. Esto no era típico de Brendan. Él no significaba nada para su hermano. Si no lo había apoyado cuando eran jóvenes, ¿por qué iba a hacerlo ahora?

—Si te preocupa la destilería...

—¿La destilería? ¡A la mierda la destilería! —dijo Brendan—. Te llamo por ti. Fui un imbécil la última vez que nos vimos, y luego Lauren leyó lo del accidente, y todo lo que pude pensar era que estabas muerto y que aquella había sido la última vez que te veía... —Se atragantó y Liam oyó la tranquilizadora voz de Lauren al fondo—. ¿Por qué no nos llamaste?

Liam se frotó el pecho tratando de aliviar la sensación de ahogo. ¿Se trataba de una broma? No recordaba la última vez que él y Brendan habían tenido una conversación civilizada, aparte de sus intercambios de palabras cuando él iba a recoger o dejar a Jaxon. Era un gran salto pensar, incluso, que su preocupación era auténtica.

—¿Por qué iba a hacerlo?

Brendan dejó escapar un largo suspiro.

—Vale, me lo merezco. No he sido el mejor hermano del mundo, pero tú tampoco. Diez años es mucho tiempo para estar separados. Si no llega a ser por Jaxon, probablemente no te habríamos visto hasta el funeral.

Muy cierto. Hasta que nació Jaxon, Liam ni siquiera se había planteado llamar a Brendan cuando estaba en la ciudad para asistir a convenciones y reuniones de negocios. Lauren había sido quien le había invitado a conocer a su nuevo sobrino y, después de aquello, no había podido mantenerse alejado.

—No pensé que te importara —dijo con sinceridad—. Pero estoy bien. Tuve una pequeña conmoción cerebral. Nada serio. Ya estoy de vuelta en Nueva York.

—¡Está bien! —gritó Brendan, con la voz un poco más débil.

—*¿Y Daisy?* —Escuchó la amortiguada voz de Lauren al fondo—. *El artículo decía que él le había salvado la vida.*

—¿Daisy está bien?

—Sufrió un traumatismo más grave que el mío —dijo Liam mientras se le formaba un nudo en la garganta—. Pero está bien.

—¡Está bien! —gritó Brendan. Luego le dijo a Liam—: Entonces, ¿seguís juntos?

¡Ah! La verdad salía ahora a la luz. Como había sospechado, se trataba de la destilería después de todo.

—No te preocupes, Bren —le espetó, con la sangre hirviéndole en las venas—. Puedes quedarte con la maldita destilería. Me han ofrecido ser socio de Evolution, así que me quedaré en Nueva York. No hay nada que me retenga en San Francisco. —Tuvo que forzarse a hablar—. Daisy y yo ya no estamos juntos, así que tampoco cumplo con los términos del fideicomiso.

Silencio.

—Fue auténtico. —Una afirmación. No una pregunta.

Una parte de Liam quería colgar el teléfono y acabar con aquella maldita conversación, pero otra parte, una parte patética, triste y solitaria, todavía quería creer que a Brendan le importaba, que había llamado porque realmente estaba preocupado por su hermano. Liam no había hablado con nadie sobre Daisy, ni sobre el accidente, ni de lo mucho que había estropeado las cosas. La tentación de abrir su corazón a alguien que realmente lo conociera resultaba abrumadora.

—Es complicado, pero sí, al final fue muy auténtico.

—Lo siento —dijo Brendan—. Siento lo de Daisy, y el accidente, y la pelea en casa del abuelo, y... joder... —Se aclaró la garganta—. Creí que habías muerto. Eso pone las cosas en perspectiva.

Liam no tenía palabras para procesar la inesperada muestra de emoción de su hermano.

—Cuando vengas a la ciudad, quizá podrías venir a cenar —dijo Brendan—. A Jaxon le encantaría verte.

—*¡Brendan!* —La voz de Lauren sonó más fuerte esta vez, con un claro tono de regañina.

—¡Por Dios! —murmuró Brendan—. Al menos ahora sabes quién lleva los pantalones en esta casa. —Y luego más alto—: *Nos* gustaría verte.

Se rieron juntos y Liam se dio cuenta por primera vez de que compartían la misma risa. No conocía al hombre en el que se había convertido su hermano. ¿Qué más tenían en común, aparte de los secretos que habían guardado sobre su familia?

—Ven a casa —dijo Brendan con tono divertido—. Por favor. No me dejará en paz hasta que lo hagas. Lo que ha pasado ha sido toda una llamada de atención.

A casa. Nunca había considerado que San Francisco fuera su hogar, pero allí estaba todo lo que de verdad le importaba.

28

—¡Sorpresa!

Daisy se quedó paralizada en medio del pasillo. Acababa de recoger a Layla del trabajo para cenar tranquilamente en su casa con Priya y su padre. Cuarenta parientes, música de Bollywood a todo volumen, niños corriendo por todas partes y el aroma de un banquete de comida india no era lo que ella tenía en mente.

—Tu padre nos ha invitado —dijo la tía Mehar—. ¡Y mira quién está aquí! ¡Roshan!

Daisy sonrió al hombre de aspecto agradable que había junto a su tía. Apenas recordaba a Roshan del día de la convención. Era unos centímetros más alto que ella y su cabello oscuro, grueso y brillante se le metía por el cuello de una camisa azul. Llevaba la barba bien recortada y sus ojos marrón chocolate parecían amables y comprensivos tras unas gafas de diseño.

—Que conste que yo me oponía a hacer otro ataque por sorpresa —susurró Roshan—. Pero tus tías son muy persuasivas.

Daisy sonrió.

—Tengo la sensación de que eres demasiado amable. Conociendo a mis tías, no me sorprendería que te hubieran dejado inconsciente y arrastrado hasta aquí contra tu voluntad.

Max llegó corriendo y ella lo levantó para abrazarlo. Olisqueó a Roshan y se apartó, metiendo la cabeza entre sus brazos.

—Este es Max. Suele ser un poco más amistoso. ¿Te gustan los perros?

—Mi familia es alérgica, así que nunca hemos tenido uno. —Le dio con incomodidad una palmadita a Max. Este lo olfateó y le brindó el equivalente perruno a la indiferencia. Roshan nunca podría ser un candidato si su familia no podía acercarse a Max. Aunque no es que ella estuviera buscando candidatos. Solo había un hombre al que ella quería y lo había alejado.

—Siento no haber podido hablar contigo en la convención. —Daisy bajó a Max para que engatusara a sus parientes y le dieran golosinas.

—No pasa nada. —Esbozó una sonrisa—. Vi que estabas ocupada... ¿Aún estáis juntos?

Su primer beso con Liam. Parecía que había pasado una eternidad.

Daisy suspiró.

—No, no funcionó. Mi padre no lo aprobaba.

—Cuando se trata de matrimonio, la familia sabe qué es lo mejor para uno.

Daisy no estaba segura de que su familia siempre supiera qué era lo mejor, pero unos días en la oficina sin apenas gente la habían hecho consciente de que no quería estar sola. Echaba de menos la charla a su alrededor, la oportunidad de utilizar sus contactos familiares para ayudar a los demás y el apoyo que recibía de sus amigos. No podía volver a un trabajo en el que se alegraba de haberse pasado horas sin interactuar con otros seres humanos. Necesitaba a las personas. Y le gustaba que la necesitaran a ella.

—¿Por qué no te sirves algo de comer? —sugirió—. Voy a buscar a mi padre para ver qué está pasando. En teoría esta iba a ser una cena familiar tranquila.

Dejó a Layla con Roshan y se abrió paso entre la multitud, hasta que encontró a su padre removiendo *dal* en la cocina con Priya.

—¡*Beta!* Os estábamos esperando a ti y a Layla. ¡Ahora que estáis todos, podemos hacer el anuncio!

—¿Por qué ha venido Roshan? —preguntó sin rodeos, demasiado alterada para ser amable. Si tenía la intención de anunciar su compromiso con un hombre que apenas conocía...

—La familia lo ha estado hablando. Pensamos que, como quieres tener una relación, deberías conocer a Roshan como es debido. Y, como hemos organizado esta fiesta para anunciar nuestro compromiso, es el momento perfecto.

—Espera... ¿qué? —Sus ojos se abrieron de par en par—. ¿Tú y Priya os vais a casar?

—Acabo de pedírselo —dijo su padre sonriendo—. Con toda esta charla sobre el matrimonio me he dado cuenta de que no hay tiempo que perder. Iba a proponérselo, de todos modos, durante unas vacaciones en velero desde Florida hasta las Azores, o durante un viaje de aventura en una isla desierta de Panamá, pero esta mañana, mientras desayunaba sobras de samosas, tuve una idea.

—¿Qué idea?

Él sonrió.

—La idea de la propuesta de matrimonio.

—¿Hacer una propuesta de matrimonio en la cocina, comiendo sobras de samosas del día anterior, es mejor que hacerlo en medio del océano? —Daisy lo miró con incredulidad—. ¿O en una isla tropical con playas de arena blanca y arrecifes de coral?

—Priya no necesita esas cosas —dijo—. Ella es una mujer moderna y yo soy un hombre tradicional. Quería hacer algo que nos gustara a los dos.

Priya le dedicó una soñadora sonrisa y lo besó en la mejilla.

—Es tan romántico...

A Daisy le gustaban las samosas, pero nunca había pensado en ellas desde una perspectiva romántica. Quizá se lo había estado perdiendo.

—Entonces, ¿qué pasó?

—Le di un mordisco a la samosa —continuó su padre— y entonces lo supe. Era una señal.

—¿Una señal de que tenías hambre?

Se rio.

—No, *beta*. Una señal de que esto era lo que siempre había estado esperando. Así que metí el anillo en la samosa, llamé a Priya y le dije... —Se interrumpió y se volvió hacia Priya—. Cuéntale lo que te dije.

—Me dijo: «Prueba esta samosa».

—Esas fueron exactamente mis palabras. —Su padre sonrió—. Se acuerda de ellas. —Rodeó la cintura de Priya con su brazo libre y le dio un apretón—. Dile qué hice a continuación.

—Se sentó —dijo Priya.

Daisy frunció el ceño.

—¿No te encontrabas bien?

Su padre hizo una mueca.

—Quería hincar la rodilla, pero me la lesioné cuando hacíamos *tubing* en una cueva de Belice.

—Te la lesionaste cuando íbamos en *quad* por la selva. Tomaste una curva demasiado rápido y el *quad* se te cayó encima —dijo Priya con delicadeza—. Cuando hacíamos *tubing* en la cueva te desmayaste porque te quitaste el casco aunque te dijeron que no lo hicieras.

—Tuve que quitármelo —protestó—. Sentí una picadura. Pensé que era un escorpión.

—¿Gritaste? —preguntó Daisy.

—No.

—¿Te desmayaste? ¿Tuviste un ataque? ¿Una inflamación? ¿El guía te dio un antídoto?

—No. Solo era un pequeño picor aquí. —Se dio un golpecito en la sien derecha.

—Entonces no era un escorpión —dijo Daisy en tono seco—. Y a partir de ahora tienes prohibido los deportes de aventura. El año que viene te quedarás todo el día sentado en una playa de Maui.

—La verdad es que acabamos de apuntarnos a un campo de entrenamiento porque queremos subir al Everest —dijo Priya—. Es para nuestra luna de miel.

—Estáis hechos el uno para el otro. —Daisy negó con la cabeza—. Pero, por favor, no le animes. Ya se mete en bastantes problemas.

Daisy miró de Priya a su padre y de nuevo a Priya.

—¿O acaso habéis traído algo que no deberíais haber traído? ¿Algo que habríais estado fumando esta mañana?

—Cree que estamos colocados —le dijo su padre a Priya—. Y de alguna manera lo estamos. Cuéntale qué más hice cuando me declaré.

—Me dijo que le diera un buen mordisco a la samosa —dijo Priya—. Pero el mordisco fue demasiado grande, porque me tragué el anillo y casi me ahogué.

—Le hice la maniobra de Heimlich —dijo el padre de Daisy—. La agarré por la cintura y casi le rompí las costillas, pero recuperamos el anillo. Lo vomitó en el suelo. Y la samosa también.

Priya suspiró.

—¡Qué pena de samosa!

Al padre de Daisy se le humedecieron los ojos.

—Luego aparté los guisantes y el relleno de patata y...

—Me dijo que llevaba veinte años esperando al amor y que lo había encontrado conmigo. —Priya se enjugó una lágrima—. Y me pidió que me casara con él.

—¡Y dijo que sí! —El padre de Daisy levantó el puño—. ¿Te lo imaginas? Quiere estar con un viejo como yo.

—No eres viejo, papá.

—Ya no. Priya me hace sentir joven.

Daisy miró de reojo a Priya. No parecía que se hubiera sentido decepcionada con ese tipo de propuesta. Sonreía y se apoyaba en el hombro de su padre como si haberse atragantado con una samosa rellena con un anillo hubiera sido el mejor momento de su vida.

—Nos casamos el próximo viernes —dijo—. Algo discreto. Unas quinientas personas. Salena lo está organizando todo. No nos hacemos más jóvenes, así que no queríamos perder el tiempo. Luego viene la boda de Layla, y después os podéis casar Roshan y tú. Tendremos un año de bodas.

—No me voy a casar con Roshan —dijo Daisy—. Soy feliz soltera. Probé lo de las citas y no me funcionó. Soy el tipo de persona que se las arregla mejor sola. —Eran las mismas palabras que siempre había dicho, pero por primera vez no sentía que fueran verdad.

—Conócelo. —Su padre le palmeó la espalda—. Es un buen chico. Te cuidará. Y, si no te gusta, tengo un archivo lleno de currículums matrimoniales para que los veas. Muchos para elegir. Altos, bajos, intelectuales, deportistas, con barba o sin ella, con gafas o sin ellas, a los que le gustan las *dosas*, los que las odian... Dile a tu padre qué quieres y yo te lo traigo.

—Estamos hablando de maridos, papá. No de comida para llevar.

Su padre le dio la cuchara a Priya y sacó su teléfono.

—¿Qué tal este? Nombre, Jamil. Cuarenta y dos años. Entrenador físico. Dieta paleo. Jardinero. Empresario. Inventor. Cría ocelotes. Amante de los gatos... Busca una mujer en forma, sana, amante de la jardinería y carnívora que no sea remilgada.

Daisy se apoyó en la encimera y se cruzó de brazos.

—¿Es una broma?

—¿Qué parte no te ha gustado, *beta*?

—Le gustan los gatos. Max lo odiaría. —Se agachó y levantó a Max en sus brazos—. Lo odias, ¿verdad Max?

Max ladró su rechazo hacia el criador de ocelotes, que no había pasado la prueba básica de que le gustaran los perros.

—¿Qué tal alguien más joven? —sugirió su padre—. Chetan. Treinta y seis años. Creció en la zona de la bahía. Dos másteres y dos doctorados. Le gustan las películas de arte y ensayo, los paseos por el parque, las citas cara a cara...

—Bostezo.

Su padre arqueó una ceja.

—¿Eso es un «no»?

—Nunca he visto una película de arte y ensayo que me haya gustado. Y que tenga cuatro títulos universitarios significa que se ha pasado toda la vida estudiando y no sabe nada del mundo real. Apuesto a que nunca ha montado en moto ni ha ido a un partido de *hockey*.

—Uno más —dijo su padre—. Sunny. Treinta y dos años. Amante de los perros. ¡Venga, Tiburones! Apareció en *Dancing with the Stars* en 2019. Amante de las dosas. Modelo masculino. Productor de Marvel...

—Espera. ¿Qué? —Daisy cruzó corriendo la cocina—. ¿Produce películas de Marvel? ¿Hablas en serio? Déjame ver su currículum.

Su padre negó con la cabeza.

—Tienes razón. No es un buen candidato. No tiene ningún título universitario. Ni siquiera acabó el instituto porque se metió en la industria del cine. Voy a borrarlo.

—¡No! ¡Papá! —Ella agarró el teléfono y vio que una sonrisa se extendía por su rostro.

—Entendido. —Sonrió—. Sabía que no querías estar sola. Solo estás esperando al hombre adecuado.

—No me hace ninguna gracia —resopló.

Sacó un poco de *dal* de la olla y lo puso en un cuenco.

—Pero tengo razón.

Daisy apretó los labios y lo miró fijamente.

—Tal vez ya he conocido al hombre adecuado y nadie más da la talla.

—¿Qué hombre? —preguntó Priya.

—Alguien que me hace reír —dijo—. Alguien que sabe divertirse y no le importa lo que piense la gente. Alguien que me saca de mí misma y me incita a hacer locuras, pero que me necesita para mantener los pies en la tierra.

—Roshan hace locuras —dijo su padre—. ¿Has visto sus pantalones? Pensé que ya no los hacían de pana. Y tiene una nariz grande. Puedes reírte de él.

—No creo que se refiriera a eso —dijo Priya con delicadeza—. Creo que quiere reírse con él.

—¿Quieres un payaso?

—Quiero a Liam. —Listo. Lo había dicho. Y enseguida se dio cuenta de que su padre no lo aprobaba.

—Hay muchos hombres ahí fuera, *beta*. Hombres que se quedarán y lidiarán con los problemas en vez de tomar el camino fácil y huir.

—No creo que sea siempre así —replicó Daisy—. En el mundo de los desarrolladores de *software*, hablamos de «desconectar para volver a conectar». Significa que a veces tienes que alejarte para reflexionar sobre un problema y luego volver y resolverlo.

Él probó el *dal* y frunció el ceño.

—¿Crees que volverá?

—No lo sé, papá. Cuando me dijo que le habían ofrecido un puesto en Nueva York, entré en pánico. Dije todas las cosas equivocadas. Pero al final le dije que lo quería. Le dije que quería que lo nuestro fuera de verdad.

—¿Qué no era de verdad? —Ahora tenía toda su atención.

Daisy se retorció la falda con una mano y se lo contó todo, desde que vio a Orson y Madison juntos en la convención hasta el día en que Liam se marchó, sin incluir los encuentros sexuales, por supuesto.

—Me enamoré de él —dijo finalmente—. Y entonces ocurrió el accidente y, bueno, ahora se ha marchado.

—Creo que deberías sentarte, Nadal.

Priya le quitó la cuchara de la mano a su padre, que estaba paralizado, y lo ayudó a sentarse en una silla.

—Esto es demasiado —murmuró.

—Lo sé. —Le dio una palmadita en la mano—. Te traeré una taza de chai.

—Era como un hijo para mí y luego, *¡puf!*, se marchó. —Hizo un gesto de dolor—. Igual que tu madre.

—Ella se fue porque no nos quería —dijo Daisy con seguridad, sentándose en la silla que había a su lado—. Liam se fue la noche del baile de graduación porque pensó que no era lo bastante bueno para mí, porque pensó que mi vida sería mejor si él no estaba cerca.

—Ah, entonces no son iguales. —Se abrazó a sí mismo y se frotó los brazos—. Tu madre decía que la manteníamos alejada de la vida que quería vivir. Era un espíritu libre. Creo que siempre supe que se iría, pero no me dolió menos cuando lo hizo.

Daisy se mordió el labio inferior.

—Pensé que se había ido porque yo no era normal, porque prefería resolver problemas matemáticos y hacer experimentos científicos a jugar con las muñecas. Cuando volvió, me preguntó si yo seguía siendo «tan rarita». Pensé que ese era el motivo por el que no me quería.

—¿Quién es la normal? —Ahora estaba alterado y movía las manos en el aire—. ¿La madre que abandona a su familia para encontrarse a sí misma o la mujer que trabaja duro, alcanza el éxito, encuentra el amor y se queda para cuidar a su padre?

Priya le dio una taza de chai y él le besó la mano.

—Yo también pensaba que había hecho algo mal —dijo—. Quizá no le dije lo suficiente que la quería. Quizá no fui lo bastante cariñoso o pasé demasiado tiempo en el trabajo... Ella me dijo que no tenía nada que ver conmigo, ni contigo, ni con Sanjay. Me dijo que no estaba hecha para el matrimonio ni para la maternidad, pero yo me negaba a creerle. Perdí muchos años culpándome y con miedo a volver a enamorarme. Cuando entraba a diario en la pastelería que había cerca de mi oficina para tomarme un café con un dulce y veía a Priya, su sonrisa hacía cantar a mi corazón, pero yo no escuchaba la canción.

—Cuéntale lo del rapel —dijo Priya—. Me encanta esa historia.

El padre de Daisy sonrió.

—¿Recuerdas el día que descendí en rapel por el Hilton de Union Square? ¡Cuarenta y seis pisos! Un viejo como yo...

—Recuerdo haberte rogado que no fueras —dijo Daisy en tono seco.

—Bueno, pues fui, y cuando llegué abajo...

—¿Tuviste una epifanía?

—No, *beta*. Tuve muchísima hambre. Toda aquella adrenalina había agotado el azúcar de mi cuerpo y se me antojó un pastelito de la pastelería de Priya, los que tienen chocolate por dentro y virutas de chocolate por encima. —Se lamió los labios—. Conduje hasta allí y, cuando entré por la puerta, casi me resbalo en un charco de café derramado.

—Estaba a punto de limpiarlo —dijo Priya—. Acababa de ocurrir.

—Y entonces lo supe —dijo—. La vida es corta. En un momento estás sacando la cartera para comprar un pastelito y al siguiente tal vez estés tirado con la cabeza abierta en el suelo de la pastelería, rezumando sangre y sesos por todas partes. Entonces supe que tenía que invitarla a salir.

—Lo hizo cuando me agaché a recoger la taza. —Priya le dio un beso en la frente.

Su padre sonrió.

—No pude resistirme cuando vi esa voluptuosa...

—¡Papá! —Daisy se levantó tan rápido que la silla se tambaleó—. No. Por favor. No sigas.

—Lo que quiero decir es que, si quieres algo de verdad, tienes que ir a por ello. No dejes que el miedo te paralice. Aprovecha la oportunidad. Vive una vida sin arrepentimientos. Y no te culpes si sale mal. Todo el mundo está haciendo su propio viaje. Si vuelve contigo, entonces puede que escuche lo que tenga que contarme. Si no lo hace, tampoco será el fin del mundo. Has sobrevivido a esto antes y lo volverás a hacer, porque eres mi bella, inteligente, valiente, fuerte y dulce Daisy, y tienes el corazón más grande de todas las personas que conozco.

29

—Este invento revolucionará el mundo. —El rubio inventor, que tenía aspecto de surfista y apenas había superado la adolescencia, vestía una camiseta rosa y un par bermudas—. Os presento a... Pot-ee, la primera ropa interior comestible de cannabis —dijo lanzándoles una deslumbrante sonrisa.

—¡¿Podrías traernos un par de muestras?! —gritó Liam—. Cualquier sabor nos va bien. —Volviéndose hacia James, dijo en voz baja—: ¿Cuál es tu primera impresión?

—Sería una cara bonita para la empresa —dijo James.

Liam estaba de vuelta en San Francisco, arreglando asuntos pendientes mientras los socios buscaban un nuevo director para la sucursal. James tenía un buen instinto, pero necesitaba más experiencia para soportar la presión que conllevaba dirigir una oficina. Durante la semana que Liam había estado fuera, el trabajo se había acumulado y el tipo todavía no podía distinguir un buen discurso promocional de una porquería. La sesión de presentaciones de ese día en una pequeña convención tecnológica era la última oportunidad que tenía Liam para ponerlo en la dirección correcta.

—Podemos contratar actores si queremos una cara bonita —dijo Liam—. ¿Qué hay de su personalidad? ¿Se puede trabajar con él? ¿Qué te dice su ropa sobre la actitud que tiene hacia los negocios? ¿Aceptaría bien las directrices? ¿Trabajaría duro? ¿Estaría realmente comprometido?

—Parece relajado —susurró James—. ¿Crees que está drogado?

—Eso espero, ya que vende ropa interior comestible de cannabis.

—¿En serio? —James le lanzó una mirada interrogante.

—No, James. Claro que no es en serio. ¿Quieres trabajar con alguien que siempre está drogado? ¿Cuánto trabajo sacaría adelante? ¿Saldría a la calle a buscar distribuidores o se quedaría en la oficina masticando sus calzoncillos?

—Eso es bastante asqueroso.

—Y esa es la conclusión a la que deberías haber llegado cuando nos dijo que venían con sabor a plátano.

Veinte minutos y doce sabores después, despidió al inventor como de costumbre.

—Gracias. Estaremos en contacto.

—¡Genial! Quédate con las muestras.

—Lo haré. —Liam no tenía ni idea de lo que haría con unos calzoncillos de cannabis con sabor a aguacate, pero quizá algún día…—. ¿Y ahora qué?

James miró el programa.

—Una correa para que los perros puedan pasear a sus dueños.

—Eso debería ser bueno. Tráelo. —Liam ya sabía que el invento no se vendería, pero después de pasarse toda una semana sentado frente a un escritorio leyendo informes financieros y pulsando el número de Daisy para colgar antes del primer tono, necesitaba que algo le hiciera sonreír. Cuando el tipo entró con un collar de perro gigante alrededor del cuello, Liam casi volvió a sentirse él mismo. Esto era lo que le gustaba hacer. Conocer gente nueva. Compartir su entusiasmo. Ayudarlos a triunfar. Y, en el caso de inventos desafortunados como este, echarse unas risas. Solo deseaba que Daisy estuviera allí para compartirlo con ella. James era un buen tipo, pero no tenía su mordaz ingenio ni su sentido del humor, o tal vez era que nada parecía tan divertido sin ella.

—Nosotros paseamos a los perros. ¿Por qué no pueden pasearnos ellos a nosotros? —El tipo silbó y una caniche *toy* peinada de forma inmaculada entró con una correa en la boca. La dejó caer a sus pies y ladró—. A Bestia le encanta pasearme.

Enganchó un extremo de la correa a su collar de cuero y la perrita agarró el otro con la boca y cruzó la sala dando saltos hasta donde estaban sentados James y Liam, arrastrando al inventor tras ella.

—He conocido a montones de dueños de perros que creían que era una gran idea, así que pensé en montar mi propio negocio. Busco cincuenta mil dólares por una participación del veinticinco por ciento en mi empresa. —Entregó unas muestras de la correa a Liam y James.

Liam se encargó de inspeccionar a fondo el invento mientras Bestia paseaba al inventor de un lado a otro de la habitación. Básicamente, se trataba de un collar de cuero tachonado de tamaño humano, con un cierre de anilla en forma de «D». James se puso el suyo y lo cerró justo por encima del cuello de la camisa.

—¿Qué tal estoy?

—Cincuenta sombras del ridículo.

James tiró de la correa, pero no se abrió. Tenía la cara enrojecida y le corría el sudor por la sien. Liam se puso la mano sobre la boca para reprimir una carcajada.

—Nunca pruebes un producto que pueda humillarte, asfixiarte o provocarte arcadas —murmuró en voz baja—. Puedes pensar que les estás haciendo un favor, pero en realidad quieren admirarte, y no podrán hacerlo si tienes un collar atado al cuello.

—Quítamelo.

—¿Seguro? El camarero texano que te presenté en el Rose & Thorn estaría encantado de que aparecieras con collar y correa.

—Es una correa para que te pasee un perro —dijo James, forcejeando con el cierre.

Liam luchaba con todas sus fuerzas para reprimir la risa.

—No creo que a él le importara el tipo de correa si pudiera llevarte así por la calle.

Liam trató de imaginarse la cara de Daisy si viera a James con un collar alrededor del cuello. Probablemente nadie sabría lo que estaría pensando, pero él sí lo sabría por el gesto que haría con su ceja izquierda o por el pequeño mohín de sus labios. Ella también creería que algo así no se vendería y él estaría de acuerdo. ¿Por qué no decírselo entonces al inventor para que pudiera buscar otras opciones?

—Es un producto interesante, pero creo que se trata de un mercado muy especializado —dijo al final de la presentación—. Por desgracia, no es uno que encaje en nuestra cartera de clientes.

Bestia condujo al inventor fuera de la habitación, como si hubiera entendido el rechazo.

En cuanto se fueron, Liam le desabrochó a James el collar y lo colocó sobre la mesa.

—¿En qué diablos estabas pensando?

—Lo conocí en un club. —James se frotó el cuello—. Me dijo que había tenido ventas *online* por un valor de diez mil dólares solo en el primer mes.

—¿Comprobaste sus estados financieros y registros de ventas? Si movió tanto producto, estoy bastante seguro de que no fue entre la comunidad amante de los perros.

Cuando James no respondió, Liam suspiró.

—¿Qué viene ahora?

—Caca de ocelote licuada para jardines. Lo llaman «La mierda».

—¿Por qué ocelotes?

James se encogió de hombros.

—¿Su caca es especial?

—¿Es eso una pregunta? ¿Me estás preguntando si la caca de ocelote es especial? Paso. ¿Algo más o he venido desde Nueva York solo para pasar el rato?

—Trampa para pumas. Una bebida que hace a los hombres irresistibles para las mujeres de cierta edad.

James parecía tener una extraña habilidad para encontrar las peores inversiones del planeta. Valía la pena tenerlo cerca solo para saber dónde no había que invertir.

—¿Qué lleva?

—Una mezcla secreta de afrodisíacos que incluye espárragos, ostras, chocolate, judías al horno, higos y sidra de manzana espumosa.

Una sonrisa se dibujó en sus labios. Parecía la típica receta de la tía Taara. Había tirado el estofado de tiburón al contenedor de residuos orgánicos del hospital, pero aún conservaba el táper en casa y le recordaba que, aunque el olor casi lo había dejado inconsciente, lo había cocinado con amor.

—No creo que un puma de verdad quisiera acercarse a ti si te bebieras eso. —Hizo un gesto despectivo con la mano—. ¿Qué diablos has estado haciendo todo este tiempo? Te has gastado veinte mil dólares en agasajar a estos emprendedores y no tienes nada que valga la pena.

James se removió en la silla.

—Todos parecen tan convincentes... Solo cuando estoy aquí sentado me doy cuenta de que no son tan buenos como creía. Me cuesta decir que no.

—No podemos decir que sí a todo el mundo —afirmó Liam—. Y ese «no» puede marcar la diferencia entre el éxito y el fracaso. Algunos de mis mejores clientes se lanzaron cientos de veces y aprendieron de los rechazos antes de triunfar. Unas veces tuvieron que hacer cambios en el producto o en la estrategia de *marketing*, mientras que otras se vieron obligados a concebir un nuevo plan e ir en una dirección totalmente distinta.

Era el mismo consejo que Tom le había dado al principio de su carrera, pero él mismo no lo seguía, ni personal ni profesionalmente. ¿Realmente quería sentarse tras un escritorio para leer informes financieros, hacer trabajo administrativo y dirigir una empresa con personas que nunca lo considerarían un igual? ¿Tenía una autoestima tan ligada al trabajo que no podía dejarlo sin sentirse menos hombre? ¿Renunciaría a la mujer que amaba porque no podía aceptar que ella lo quisiera tal como era?

La cuestión era que amaba a Daisy. De repente le golpeó la dolorosa certeza de que quería a Daisy en su vida, con sus planes, listas y gráficos, sus anécdotas, su buen corazón, su extensa familia y su sarcástico sentido del humor. No solo como novia o como una falsa prometida. La quería en su cama, en su casa y en su corazón para siempre. Y si eso significaba renunciar a ser socio para estar con ella, eso es lo que haría. Además, James no lo conseguiría solo. Los unicornios no se encontraban en la caca de ocelote o en correas para humanos. Igual que el amor no se encontraba cuando te escondías en Nueva York.

Necesitaba un plan para recuperarla. O quizá ya tenía uno. Sacó su teléfono para comprobar la hoja de cálculo de Daisy. Las citas n.º 7 («Familia») y n.º 8 («Boda») seguían pendientes.

Después de todo lo que habían pasado, sería una pena dejar las cosas sin acabar.

—Creo que sé cómo salvar a Organicare.

Daisy le pasó a Tyler la tarjeta de Tanya por el escritorio, mientras intentaba ignorar las mariposas que sentía en el estómago. Había tardado toda una hora en armarse de valor para abandonar su acogedor rincón de trabajo y reunirse con Tyler, y eso tras sudar la gota gorda mientras hablaba antes con Tanya por teléfono. Pero creía en Organicare, y más que eso, creía en sí misma y en su capacidad para cambiar las cosas. Su padre le había dicho que persiguiera lo que quería de verdad. Ella quería que Organicare sobreviviera y tenía las herramientas para conseguirlo.

—Empower Ventures. —Leyó la tarjeta—. Nunca he oído hablar de ellos.

—Son una empresa de capital riesgo femenina que invierte, exclusivamente, en *start-ups* dirigidas por mujeres diversas. Conocí a Tanya en un viaje en moto. La llamé esta mañana y le pregunté si estaría interesada en escuchar nuestra presentación.

—Puede que se te haya escapado que ni soy diverso ni me identifico como mujer. —Tyler se reclinó en su silla, sin hacer ningún movimiento para agarrar la tarjeta—. ¿Cómo vas a superar ese obstáculo?

—Haciendo una reestructuración y trayendo a algunas mujeres ejecutivas. Convence a Katrina para que vuelva.

Se había pasado toda la noche hablando en un chat de grupo con Mia, Zoe y Josh. Mia y Josh seguían interesados en ayudar a la empresa, sobre todo si eso significaba que podrían volver.

Tyler negó con la cabeza; no estaba convencido.

—No creo que…

—Te has agotado intentándolo todo —continuó ella, cortándole—. He leído el informe de Evolution. Recomendaban contratar un equipo ejecutivo para que pudieras asumir el papel de director de Desarrollo y concentrarte en crear nuevos productos, que es lo que te gusta hacer. Más del 98 % de los empleados de Organicare son mujeres. Tienes un buen grupo donde elegir. —Le entregó una carpeta de documentos—. He hecho un plan para un nuevo lanzamiento. También te he enviado por correo electrónico una hoja de cálculo con… —Se interrumpió cuando Tyler puso los codos en el escritorio y dejó caer la cabeza entre las manos.

—No puedo más.

Ella se quedó mirándolo, atónita.

—¿De qué estás hablando?

—De la esperanza. —Suspiró—. Cada presentación, cada reunión, cada día que seguía esperando que las cosas se solucionaran. Y, justo cuando me había dado por vencido, Liam entró por la puerta. Cuando eso tampoco funcionó, volví a hacerme a la idea de que había llegado el final. Ahora me pides que vuelva a tener esperanza y no puedo hacerlo. No puedo levantarme y hacer una nueva presentación porque me estaré preguntando qué haré cuando fracase.

—No tendrás que hacerlo —dijo Daisy, pensando rápidamente—. Pon a tu nuevo equipo ejecutivo en marcha y ellos lo harán por ti. No tienes que enfrentarte a esto en solitario.

—Pensé que tú eras una solitaria. —Se frotó la nuca—. Entrabas. Hacías tu trabajo. Salías por la puerta de atrás. No socializabas con tus colegas… Me sorprendió que no fueras la primera en salir por la puerta cuando las cosas empezaron a ir mal. Cuando te contraté, sabía que nunca te quedabas demasiado tiempo en una empresa. A mí me funcionó porque las cosas aquí eran muy inciertas, pero ahora... ¿qué ha cambiado?

—Yo he cambiado —dijo—. Tenía miedo de comprometerme con algo, miedo a hacer amigos o implicarme en las empresas para las que trabajaba. Tenía miedo de que me hicieran daño si las cosas no funcionaban. Pero en los últimos meses me he visto obligada a salir de mi burbuja. He conocido a personas que me han invitado a entrar en sus vidas y en sus corazones, que creen en mí y me quieren por lo que soy. Me di cuenta gracias a ellas de que tengo mucho que ofrecer, además de ser un genio de la codificación.

Hizo una mueca y Tyler respondió con una media sonrisa.

—Me he dado cuenta de que ser «rarita» no me hace menos, sino más. Quiero ayudar a Organicare a ser todo lo que puede llegar a ser y estoy dispuesta a correr riesgos para conseguirlo. Y, si no funciona, sabré que tengo la fuerza suficiente para seguir adelante y volver a arriesgarme. Porque así puedo vivir mejor mi vida y tú también la tuya.

Se dio cuenta de que no se trataba solo de trabajo. Se trataba de aceptación y perdón. Se trataba de amor.

—Menudo discurso. —Tyler agarró la carpeta y hojeó las páginas—. Y esta es una buena propuesta. Pero hay un gran problema. —Apretó los labios y se pasó una mano por la maraña de cabello—. Katrina no va a volver. Está muy comprometida con su trabajo en países en desarrollo.

—Podrías contratar a un nuevo director general.

La miró fijamente durante tanto tiempo que ella se removió incómoda en su silla. ¿Se había equivocado? ¿Se había excedido? O tal vez él ya había vendido la empresa y...

—¿Por qué debería hacer eso cuando tengo a la persona perfecta sentada delante de mí? —Se reclinó en la silla, con ojos aprobadores—. Fuiste conmigo a la convención tecnológica. Trajiste a Liam para que nos ayudara a salvar la empresa. Apostaste por la propuesta de Mia y Zoe. Y ahora... —le dio un golpecito a la carpeta— has hecho esto, cuando lo fácil para ti habría sido marcharte. Esas son cualidades de liderazgo y ahora mismo la empresa necesita a una líder joven y dinámica, alguien con la pasión, la energía y el compromiso necesarios para sacar esto adelante. Y esa eres tú.

Si alguien le hubiera dicho dos meses antes que un día le pedirían que liderara una campaña para salvar Organicare como directora general de la empresa, se habría partido de risa. Pero dos meses antes estaba anclada en el pasado, curándose viejas heridas y temerosa de aceptarse y seguir adelante.

Ya no era esa mujer.

30

Liam dejó su moto en el aparcamiento de la destilería. No se sorprendió cuando vio las relucientes retroexcavadoras amarillas, los camiones volquetes y las bolas de demolición aparcados allí. Había quedado con Ed McBain para explicarle que, como no iba a poder cumplir las condiciones del fideicomiso, no tenía sentido perder el tiempo. Ed había autorizado la demolición de la destilería y hoy sería el día.

—Pensé que te habías escapado a Nueva York para convertirte en un pez gordo de tu empresa.

Joe echó una bocanada de humo desde su asiento favorito, en lo alto de la escalera. Volvía a fumar, pero a sus setenta y cinco años se había ganado el derecho a no dejar el tabaco.

—Lo hice, pero tuve que volver para ocuparme de unos asuntos pendientes.

Liam se sentó con él en el escalón y miraron hacia el aparcamiento y las verdes extensiones de hierba.

—¿Era este uno de esos asuntos?

—Brendan me invitó a venir y echar un último vistazo.

—Todavía queda una semana para tu cumpleaños. —Joe le lanzó una esperanzada mirada—. ¿Qué hay de la chica que trajiste para conocer a tu familia?

Liam suspiró. Se sentía vacío por dentro.

—No funcionó.

—Tengo una sobrina...

—Gracias, Joe, pero solo me interesa una mujer.

Después de pasar un momento tranquilo con Joe, se dirigió al centro de visitantes, donde Brendan estaba hablando con el contratista. Jaxon lo vio entrar y se levantó de un salto para saludarlo.

—¡Tío Liam! —Corrió hacia él para darle un abrazo—. ¿Podemos ir a ver la destilería otra vez? ¿Podemos ver mi nombre y pilotar un avión en los alambiques?

Se le formó un nudo en la garganta.

—No lo creo, amigo.

—Joe está fuera —le dijo Brendan a Jaxon—. Te llevará por ahí si quieres echar un último vistazo.

Jaxon abrió la puerta de un empujón y salió corriendo, gritando el nombre de Joe.

—Lauren trabaja hoy y no podía dejarlo en casa —dijo Brendan, mirando cómo se marchaba Jaxon—. Pensé que le gustaría ver la maquinaria pesada, pero está más interesado en volar su avión ahí fuera.

—Yo también lo estaría si tuviera tanto espacio al aire libre. —Liam miró la barra de madera pulida que su tatarabuelo había traído intacta desde Irlanda—. ¿Nos tomamos una última copa?

—Me parece bien. —Brendan se volvió hacia el contratista—. Puedes empezar. El papeleo está en orden y estamos listos.

—Así que ya está. —Liam se sirvió de una de las botellas abiertas. Pensó que se sentiría triste o incluso enfadado con Brendan, pero estaba entumecido por dentro—. El final de una era.

—O el comienzo de una nueva. Depende de cómo se mire. —Brendan asió su vaso—. Sé que estabas preocupado por los empleados. Me aseguraré de que estén bien. Después de la venta habrá dinero suficiente para que podamos ser generosos.

—Te lo agradezco. Algunos llevan aquí más de veinte años. No quiero ni imaginarme cómo se sintieron al enterarse de que la destilería cerraba. Debió de ser todo un *shock*.

—Algo así como descubrir que tu hermano se ha marchado con tu madre de la ciudad sin decirle a nadie por qué —dijo Brendan con una risa forzada.

¡Vaya! A Liam se le cortó la respiración. ¿De dónde había sacado eso? Había vuelto a casa con la esperanza de recuperar la relación con su hermano, y renunciar a la destilería formaba parte de ello, pero estaba claro que Brendan aún guardaba mucho resentimiento.

—No la viste aquella noche.

—Estaba en la universidad, a más de mil trescientos kilómetros.

Liam apuró su *whisky*, con una mano cerrada en un puño sobre la rodilla.

—No tuve tiempo de llamarte. Se encontraba muy mal. Y fue culpa mía. Me había dado dinero para alquilar un esmoquin para llevar a Daisy al baile y…

—¿Daisy? —Brendan se quedó inmóvil, con la mano agarrando el vaso—. ¿Eso que cuentas de que ya la conocías es verdad?

—Sí. Nos volvimos a encontrar en una convención de tecnología. Es la hermana pequeña de Sanjay.

Ahora que estaban hablando sinceramente, Liam no quería confesarle que aquello había empezado tal como Brendan había sospechado, porque era *ahora* cuando importaba, y *ahora* era real.

—Me pasaron algunas cosas la noche del baile y no pude devolver a tiempo el esmoquin a la tienda de alquiler —dijo—. Como no pudieron ponerse en contacto conmigo y el dueño de la tienda conocía a mamá, llamó a casa. Papá contestó al teléfono…

—¡Dios mío! —Brendan apretó la mandíbula.

—Se puso furioso porque ella me había dado el dinero sin pedirle permiso. —Se le quebró la voz—. Bren, no puedes imaginarte lo que fue entrar en casa y verla tendida en un charco de sangre. —Agarró el vaso con tanta fuerza que los nudillos se le volvieron blancos—. Pensé que estaba muerta.

¡Por Dios! —murmuró Brendan—. Mamá siempre hacía cosas así, siempre intentaba ayudarnos, aunque sabía que pagaría las consecuencias.

—Él no se habría enterado si yo hubiera devuelto el esmoquin a tiempo. —Los hombros de Liam se hundieron bajo el peso de su culpabilidad—. Aquello fue la gota que colmó el vaso. No iba a permitir que volviera a tocarla. Le dije que tenía que irse, porque la próxima vez que lo viera sería él o yo, y no quería pasarme el resto de mi vida en la cárcel. Creo que ella sabía que la próxima vez que ocurriera sería la última. Aceptó que nos fuéramos. Cargamos el coche y la llevé a un hospital de otro estado. Conseguí que la tía Jean viniera a recogerla desde Florida. Luego vine a recoger la moto y me largué de la ciudad. —Se le hinchó el pecho y se sirvió otro trago. No había *whisky* suficiente en toda la maldita destilería que pudiera borrar los recuerdos de aquella noche.

—No sabía que había sido tan grave —dijo Brendan en voz baja—. Mamá me llamó para decirme que la habías ayudado a escapar. Me sentí muy aliviado de que por fin se librara de él, pero tengo que admitir que te guardé rencor por haber hecho lo que yo no me atreví a hacer y por marcharte cuando yo tendría que volver y ayudarlo a dirigir la empresa.

—Ya que estamos sincerándonos… —Liam respiraba de forma entrecortada—. Yo estuve resentido contigo porque nunca hiciste nada para proteger a mamá y luego te largaste para ir a la universidad. Me dejaste solo con un hombre que pensaba que yo no valía nada, que jamás sería nadie en la vida.

La respiración de Brendan se aceleró.

—Yo no soy tú, Liam —espetó—. No tengo tu fuerza. No podía enfrentarme a él con trece años. Pero hice lo que pude. Le escondía las botellas, aguaba el licor y le quitaba las llaves. Le pedía a mamá que me llevara de compras solo para que ella saliera o te llevara a ti al parque infantil. A él le pedía que me llevara a ver un partido, que jugáramos a la pelota en el parque o, simplemente, le intentaba hacer cambiar de opinión, aunque pasar tiempo con él era lo último que quería hacer.

A Liam se le resbaló de los dedos el vaso, que golpeó la barra con suavidad, mientras trataba de procesar todo lo que Brendan había dicho. Después de tantos años pensando que su hermano había estado del lado de su padre, resultaba que había estado intentando protegerlos a él y a su madre. Tomó una larga bocanada de aire y cerró los ojos.

—Bren…, no lo sabía.

—Ya lo sé —dijo sin acritud.

Cuando Liam volvió a abrir los ojos, Brendan tenía la mirada perdida y sujetaba el vaso con la mano.

—Intenté protegerte, pero daba la sensación de que no me necesitabas. Parecía que su abuso verbal te resbalaba.

—Si hubiera sido así, ahora estaría con Daisy. —La voz de Liam era ronca y pesada—. Oí todas las palabras negativas que dijo sobre mí. Las sentí muy dentro. Las llevo conmigo y soy incapaz de soltarlas.

—Él no pensaba que no valieras la pena, Liam. Todo lo contrario.

—¿De qué narices estás hablando? —No quería oír nada sobre su padre que desafiara la idea que se había formado sobre él. Había pasado demasiado tiempo odiándolo, demasiado tiempo intentando demostrarle algo a alguien a quien no le importaba.

—Él te envidiaba porque eras todo lo que el abuelo siempre había querido que fuera. Le recordabas constantemente que había decepcionado a su padre. Eras inteligente, fuerte, valiente, leal y honesto. No solo eso, él no podía controlarte porque no aguantabas su mierda. Cuando no pudo destrozarte con sus puños, trató de hacerlo con sus palabras. El abuelo le dijo que tú eras mejor hombre, más digno de su patrimonio a los trece años de lo que él sería jamás, y que pensaba dejarte a ti la destilería. Eso fue lo que lo hizo estallar la noche que te rompió el brazo.

Digno. Por lo que era y no por lo que había hecho. El objetivo que había perseguido toda su vida estuvo dentro de él todo el tiempo.

La emoción se le agolpó en el pecho. Nunca habían sido una familia cariñosa, así que lo más parecido a darle un abrazo a su hermano fue darle una palmada en el hombro.

—Gracias por contármelo. Por todo.

—Gracias a ti. —Brendan se dio la vuelta, pero Liam pudo ver que le brillaban los ojos.

—Acaban de empezar —dijo Joe desde la puerta—. El buldócer se dirige al edificio de ladrillos. ¿Queréis verlo?

—Dile a Jaxon que voy para allá —dijo Brendan.

—No está conmigo. —Joe entró frunciendo el ceño—. No lo he visto desde que Liam llegó.

A Brendan se le cortó la respiración y se levantó rápidamente.

—Lo envié a verte.

—Echaré un vistazo —dijo Joe.

—¿No se habrá metido en uno de los edificios? —Brendan se dirigió hacia la puerta con Liam tras sus pasos.

—Jaxon no es como yo —le aseguró Liam—. Él no rompe las reglas. Puede que solo esté jugando por allí cerca con su avión.

—Liam... —A Brendan le temblaba la voz.

—Lo encontraremos, Bren. —Sintió náuseas en el estómago y fingió una confianza que no sentía en lo más mínimo—. No te preocupes.

Diez minutos más tarde, tras una rápida búsqueda por el aparcamiento y los terrenos de la destilería, se reunieron con Joe.

—He echado una ojeada a la maltería, la cuba de maceración y la sala de destilación. No está ahí.

—Tengo que llamar a Lauren. —Brendan sacó su teléfono, con la mano temblándole.

—Solo conseguirás asustarla —dijo Liam—. Tardará más de una hora en llegar y conducirá presa del pánico. Sigamos buscando. Si no lo encontramos en diez minutos, llámala. Estoy seguro de que lo encontraremos. Solo tiene cinco años. ¿Hasta dónde podría llegar?

Lo sobresaltó un gran estruendo y, cuando miró, la pared de la almadraba se estaba derrumbando.

—¡Joder! ¿Nadie les ha dicho que pararan?

A Brendan se le subió toda la sangre a la cara.

—¿Y si está dentro? —Su voz se tiñó de pánico—. No puedo perderlo. No creí que pudiera volver a querer a nadie después de lo que pasamos con papá, pero Jaxon y Lauren lo son todo para mí.

Liam también había pensado que nunca podría volver a querer a nadie. La familia solo había significado dolor y heridas, traición y decepción. Pero entonces nació Jaxon y sus muros empezaron a derrumbarse. Después de la muerte de su padre y de reencontrarse con su abuelo, un rayo de luz había llegado a su corazón. Y entonces apareció Daisy. Ella no había medido su valía por la cantidad de dinero que tenía ni por sus títulos universitarios. Lo quería por lo que era y por lo que le hacía sentir. Ella lo había abierto a un mundo de amor y risas, de esperanza y felicidad. Y él la había dejado escapar.

—No lo perderás. No si yo tengo algo que ver.

Con el corazón desbocado, Liam corrió hacia la excavadora y le hizo señas al conductor para que se detuviera. Le dijo al contratista que interrumpiera a sus hombres y corrió hacia el edificio parcialmente derrumbado.

A pesar del agujero que había en la pared, el espacio estaba en silencio y los barriles vacíos seguían en fila. Ahora, más que nunca, le recordaba el interior de un galeón español, y recordaba haberle contado a Jaxon cómo había jugado allí a los piratas cuando era niño. Miró por la hilera más larga hasta la pared del fondo y supo al instante dónde podía encontrar a su sobrino.

—¡Brendan! —gritó por encima del hombro—. Sé dónde está.

Corrieron juntos hasta la parte trasera de la almadraba y encontraron a Jaxon agazapado detrás del viejo barril de Murphy con un palo afilado en la mano. Conteniendo un sollozo, Brendan abrazó a Jaxon contra su pecho.

—¿Qué estabas haciendo aquí? —le regañó, aunque le temblaba la voz—. Te estábamos buscando por todas partes.

—Faltaba tu nombre. —Ajeno al pánico que había provocado, Jaxon señaló el barril en el que figuraban los nombres de todos los hombres Murphy—. Quería grabarlo en la madera. Pensé que si estaba tu nombre, no derribarían la destilería y podría ser mía cuando fuera mayor.

Brendan acarició el cabello de Jaxon y suspiró.

—A mí también me gustaría conservarla, pero la destilería es vieja y se cae a pedazos. Tenemos que vender el terreno para salvar nuestra empresa.

—¿No podemos arreglarlo? —preguntó Jaxon—. Tú, el tío Liam y yo podríamos trabajar juntos. Podríamos quedarnos solo con este trozo. Quiero ser un hombre Murphy.

Brendan se encontró con la mirada de Liam por encima de la cabeza de Jaxon y apretó los labios en una mueca.

—Me encantaría, amigo. Siempre estuve celoso de que tu tío Liam pasara tanto tiempo aquí con tu bisabuelo. Pero él se va a vivir a Nueva York y yo tengo que ocuparme del negocio de los coches.

—Pero yo puedo ayudar. —A Jaxon le temblaba el labio inferior—. Lo sé todo sobre la destilería. El tío Liam me lo enseñó. Y tú odias tu trabajo. Oí que se lo decías a mamá.

Liam le revolvió el cabello.

—A veces los adultos dicen cosas que no quieren decir.

Brendan se sentó agotado en el viejo suelo de madera.

—Y a veces lo dicen en serio. Tiene razón. Lo odio. Nunca quise dedicarme a eso. Me metí en la empresa para ayudar a papá a crear un nuevo patrimonio familiar, pero al final... —La voz le temblaba por la emoción—. Resultó ser una cáscara vacía. Él había tomado todo lo que había de valor y lo había destruido.

Hasta ese momento, Liam siempre había pensado que Brendan se conformaba con seguir los pasos de su padre. Nunca se le había ocurrido que su hermano tuviera sus propios sueños. Agarró a Brendan del hombro con delicadeza.

—¿Qué te parece construir tu propio patrimonio a partir de aquí? Puedes vender la empresa y poner en marcha la destilería.

—No sabes cuántas veces Lauren y yo hemos hablado de dejarlo todo... —Brendan negó con la cabeza—. Pero no podría hacerlo solo. Es un proyecto demasiado grande.

El pulso de Liam se aceleró cuando una idea apareció en su mente.

—¿Y si me asocio contigo?

—¿Tú? —Brendan alzó la voz con incredulidad—. ¿Qué pasa con Nueva York y la sociedad?

—Me has hecho darme cuenta de que no podré encontrar mi autoestima como socio si antes no la he encontrado dentro de mí mismo. Y creo que ese viaje empieza aquí; contigo, Jaxon, Lauren y Daisy. —Sacó la navaja de su abuelo y se la entregó a Brendan—. Jaxon tiene razón. Falta un nombre.

Brendan asió el cuchillo y pasó el pulgar por el desgastado mango de madera.

—Jaxon tuvo una buena idea con lo de vender parte del terreno y quedarnos con la destilería. Nosotros podríamos utilizar el dinero para financiar la remodelación...

«Nosotros». Una palabra tan pequeña y con tanto significado. Significaba perdón, amor y aceptación. Significaba cerrar viejas heridas y seguir adelante.

Significaba «hogar».

31

—¡Sorpresa!

Daisy gimió mientras cerraba la puerta principal. Otra vez no. Estaba deseando cenar tranquilamente con su padre y Priya y luego pasar la tarde preparando una nueva propuesta para Tanya. Con Mia y Josh de vuelta en la oficina y una larga lista de nuevas responsabilidades, no daba abasto.

Esquivó a las sobrinas de Layla, que se perseguían por toda la casa, recogió dos juguetes de goma y los metió en la cesta de Max, ordenó la enorme pila de zapatos del pasillo y recogió tres platos de *jalebis* a medio comer para llevarlos a la cocina.

Era el caos de siempre.

La tía Jana estaba en los fogones cocinando cerdo *vindaloo* y la tía Lakshmi enrollaba *naan* en la encimera. La tía Taara apilaba táperes de plástico con una sopa marrón en la nevera y la tía Salena y el tío Hari disponían platos de aperitivos mientras la tía Mehar practicaba unos pasos de baile en el pasillo.

—¿Esta fiesta es para la boda de papá y Priya? —El *sanjeet* sería dentro de dos días, pero ella no había oído que fueran a verse antes.

—¡Abran paso! —Priya trataba de introducir una caja gigante de pastelería de color rosa por la puerta trasera—. He traído otro postre. He estado probando nuevas técnicas de repostería, así que este pastel puede ser algo exagerado para conocer al prometido, pero no creo que nadie se queje.

—¿Conocer al prometido? —Daisy se devanaba los sesos tratando de recordar cuál de sus primos estaba en el mercado matrimonial.

—¡He vuelto! —Layla entró en la cocina con Sam detrás de ella—. ¿Quién necesitaba la cayena?

—Por aquí. —La tía Jana extendió una mano—. He oído que le gusta el *vindaloo* extrapicante.

«*¿Vindaloo?* ¿Extrapicante?». La piel de Daisy se erizó en señal de advertencia.

—¡Esto es tan emocionante! —La tía Mehar dio una palmada y giró sobre sí misma, casi tirando la caja de las manos de Priya.

—¡Mehar! Sal fuera y baila con las chicas —dijo la tía Jana—. Están arrasando la casa. Creo que han roto los muebles de la habitación de Daisy. Cuando entré a buscarlas, todo estaba hecho pedazos. —Miró a Daisy con cariño—. Nos aseguraremos de que todo esté arreglado cuando nos vayamos. Habrán estado saltando sobre la cama. No puedo creerme que hayan sido tan traviesas.

—No pasa nada, tía-ji. —Daisy hizo una mueca—. Estaba intentando redecorar y… todo se vino abajo. —Lanzó una mirada a la cocina.

—¿Dónde está papá?

Una sonrisa se dibujó en el rostro de Priya.

—Ha ido a tomar café con tu prometido.

—¿Mi prometido? —A Daisy le temblaron las rodillas y se agarró a la encimera—. ¿De qué estás hablando?

—¡De Limb! —La tía Salena le pellizcó las mejillas—. Limb viene a conocer a la familia.

Liam confiaba en su instinto. Haber crecido en una casa con un padre alcohólico y maltratador significaba que había aprendido a interpretar las señales de peligro. Una llamada telefónica tensa. Una pisada fuerte. Un tono de voz demasiado alto. Conocía todos los desencadenantes y sabía cuándo debía desaparecer.

Su instinto le había gritado que no entrara en el pequeño café que había cerca de la casa de los Patel. Pero una sonrisa del hombre que había sido como un padre para él y supo que había tomado la decisión correcta al llamar al señor Patel el día anterior para pedirle la oportunidad de explicarse. El señor Patel se levantó para estrecharle la mano a Liam.

—Gracias por venir. Te debo una disculpa. Mi comportamiento en el hospital no fue el más acertado. Debería haberte escuchado, pero estaba en *shock* con todo lo que estaba pasando.

—No tiene que disculparse —dijo Liam—. Yo soy el que cometió un error. Daisy iba en mi moto.

—Y tú le salvaste la vida. —El señor Patel negó con la cabeza—. No hay nada más que hablar.

Una camarera vino a tomarles nota y hablaron brevemente del viaje del señor Patel a Belice y del trabajo de Liam como inversionista de capital riesgo hasta que les sirvieron. Liam dio un sorbo a su café, inseguro de cómo empezar.

Apiadándose de él, el señor Patel removió su chai.

—Así que querías contarme lo que pasó la noche del baile de graduación...

Liam se desahogó contándole al señor Patel toda la historia del accidente y su decisión de abandonar San Francisco. No se dejó nada, excepto la intervención de Sanjay. Había hecho una promesa y esa parte de la historia le correspondía contarla a su amigo.

No sabía qué había esperado cuando entró en la cafetería, pero lágrimas, chai derramado y el señor Patel saltando de su silla para darle un abrazo no era lo que esperaba.

—Liam —el señor Patel se atragantó con las palabras—, sabía que eras un buen chico. Sabía que tenías una explicación. No diré que no me dolió, o que mi corazón no se rompió por lo que estaba sufriendo Daisy, pero ahora lo entiendo. —Se apartó con los ojos llorosos, sujetando todavía a Liam por los hombros—. Lo que hiciste... Los sacrificios que hiciste... No podría estar más orgulloso de ti si fueras mi propio hijo.

Liam consiguió tragar pese al nudo que se le había formado en la garganta. ¡Dios mío! ¿Dónde estaban las malditas servilletas? ¿Por qué había aceptado reunirse con el señor Patel en un lugar público?

Mientras el señor Patel se disculpaba con el camarero que había venido a limpiar el chai derramado, Liam se arrellanó en su silla, agradecido por la oportunidad de ordenar sus pensamientos. Superando sus sueños más descabellados, le habían ofrecido perdón y comprensión. Era un hombre digno. Ya debería tener suficiente con eso. Pero había algo más que necesitaba.

—Daisy me lo contó todo sobre tus problemas con la destilería, tu falso compromiso y tu plan de citas.

Recuperado de su arrebato emocional, el señor Patel no perdió el tiempo cuando se sentó a la mesa con una nueva taza de chai.

—Yo… eh… Le pido disculpas. —Liam agarró su taza con fuerza—. No quería hacerle daño a nadie. No debería haberle pedido que…

El señor Patel lo interrumpió haciendo un gesto con la mano.

—Ese momento ya ha pasado. La pregunta ahora es: ¿cuáles son tus intenciones?

—La amo —dijo Liam en voz baja, agradecido por la oportunidad de hablar de Daisy sin tener que sacar el tema él mismo—. Siempre la he amado. Quiero casarme con ella si ella me acepta, claro. Quiero dedicar mi vida a hacerla feliz. —Recuperó el aliento cuando el señor Patel frunció el ceño—. Y si usted lo aprueba…

—Mmm… —Al señor Patel le temblaron un poco los labios—. Tendrías que conocer a mi familia.

—Por supuesto.

—Por suerte para ti, les pedí a todos que vinieran a mi casa esta tarde. —Se acabó el chai de un trago y apartó la silla—. Vamos a ver qué opinan.

LIAM: Confirmando cita improvisada n.° 7. Viernes a las 18:16. Residencia Patel. Objetivos: suplicar el perdón de Daisy, conocer a la familia de Daisy y comer de maravilla.

A Liam comenzaron a sudarle las palmas de las manos en cuanto el señor Patel abrió la puerta principal. Necesitaba controlarse. Había asistido a reuniones con algunos de los mayores inversores de capital riesgo y directores ejecutivos del sector. ¿Tan mala podía ser una cena familiar?

—Acabo de recibir tu mensaje. ¿Qué haces aquí?

Daisy lo abordó en el pasillo entre montones de zapatos. Si no llevara un minivestido gris con superhéroes de Marvel ceñido a sus curvas y un par de traviesas medias de colegiala, tal vez habría podido darle una respuesta coherente, pero lo único que podía hacer era mirarla fijamente. Una semana le había parecido toda una vida y se bebió su imagen como si se estuviera muriendo de sed.

—Respóndeme —le exigió, frunciendo el ceño.

—*Beta*, no hace falta que grites. —Su padre la besó en la mejilla—. Liam me pidió que nos viéramos para explicarme qué había ocurrido hace unos años. Y ya que estáis comprometidos, pensé que sería un buen momento para que conociera a la familia. Está tan sorprendido como tú.

—No estamos comprometidos —dijo bajando la voz—. Ya te lo dije. No era de verdad.

—Tus tías y tíos creen que sí. Y Liam acaba de decirme cuáles son sus intenciones.

Daisy entrecerró los ojos.

—¿Qué intenciones? Ya no tenemos ningún acuerdo. —Se volvió hacia Liam—. Tú mismo me lo dijiste antes de *irte*.

Con el corazón retumbándole en el pecho, Liam miró al señor Patel en busca de ayuda, pero el padre de Daisy se limitó a sonreír.

—Reuniré a todos en el salón y te avisaré cuando estemos listos.

Luego se alejó, tarareando al ritmo de la música que sonaba por toda la casa.

—¿Por qué estás haciendo esto? —preguntó Daisy, apoyada contra la pared—. Pensé que habíamos terminado. ¿Es por la destilería? Pensé que habías decidido dejarlo cuando te mudaste a Nueva York.

Había demasiado que contar y este no era el lugar para una charla sentimental, sobre todo cuando le acababan de tender una emboscada para hacerle un interrogatorio. Tal vez debía apelar a su parte racional.

—Me gusta acabar lo que empiezo. Llevar un plan hasta el final, incluso si es un plan de citas, es un buen negocio.

—¿Negocio? —Ella lo miró fijamente—. ¿Crees que esto son negocios? Te quiero, Liam. Y eso no son negocios. Eso tiene que ver con mi corazón. Y tú lo rompiste. Una vez más.

«Ella lo amaba. Todavía lo amaba».

—Estamos listos. —El señor Patel les hizo señas para que entraran en la sala de estar y le indicó a Liam una de las sillas de la cocina que habían colocado en el centro de la habitación.

A Liam se le secó la boca al contemplar el abrumador número de personas que abarrotaba el pequeño espacio. Habían empujado los muebles hasta los extremos de la habitación y todos, excepto los ancianos, estaban de pie.

—Está muy pálido —dijo alguien cuando él se sentó—. Quizá tenga hambre.

Taara se abrió paso y le entregó a Liam un táper de plástico y un tenedor, con una sonrisa en la cara.

—Esta receta es nueva, pero también hice tu favorita. Cinco táperes. Los puse en la nevera.

Mehar gimió.

—¿Qué estás haciendo, Taara? Lo necesitamos vivo para que responda a las preguntas.

—¿Por qué siempre te burlas de mi comida? —Taara impidió que Mehar le arrebatara a Liam el táper de la mano—. Es mi nuevo plato fusión: espaguetis de pescado encurtido en *masala* con sorpresa de avena. A mis hijos les encantó.

—Creía que a uno de ellos tuvieron que llevarlo al hospital para que le lavaran el estómago.

—Fue un virus. —Taara le acarició a Liam el brazo—. Y a Liam le gusta mi comida. Lo vimos con Daisy en el partido de *hockey* y se comió un táper entero de estofado de tiburón.

Un murmullo de asombro recorrió la multitud.

—También se comió un plato entero de cerdo *vindaloo* extrapicante en el restaurante. —Amina sonrió tímidamente a Liam—. Se lo acabó todo.

Asentimientos. Sonrisas. Hasta aquí todo bien. Siempre podía solucionarlo cuando se trataba de comida.

Un hombre delgado con un jersey azul se aclaró la garganta.

—He oído que eras amigo de Sanjay. ¿También eres médico?

—Me dedico al capital riesgo.

—Negocios. —El hombre lanzó un suspiro y la confianza de Liam cayó en picado. No. No iba a volver a tomar esa ruta. Había trabajado duro para salir del agujero que se había cavado en el instituto y estaba orgulloso de sus logros. Daisy lo quería aunque solo fuera un hombre de negocios.

—¿Y una casa? —preguntó un anciano—. ¿Tienes una casa?

—No, la alquilo.

—¿Un inquilino? —El hombre miró a Salena, que estaba a su lado—. No tiene casa. ¿Dónde van a vivir los niños?

—Quizá no quiera tener hijos. —Salena ladeó la cabeza—. ¿Quieres tener hijos?

Liam nunca había pensado en tener hijos, pero mientras estaba sentado en medio de la cálida y cariñosa familia de Daisy, se dio cuenta de que deseaba desesperadamente tener su propia familia.

—Sí. Muchísimo.

—Muy bien. —El anciano sonrió y la esperanza hinchó el pecho de Liam. Daisy debería haberle advertido de que conocer a su familia sería una montaña rusa emocional.

—¡¿Y un coche?! —gritó un chico de unos catorce años para hacerse oír—. ¿Qué conduces?

—Tenía una moto… —Se quedó sin aliento y, de repente, estuvo de nuevo en la carretera, con el camión encima y sin ningún sitio a donde ir. Se le aceleró el pulso. El sudor le corría por la frente.

—¿Liam? —Daisy se arrodilló a su lado, con el ceño fruncido por la preocupación—. ¿Estás bien?

—Sí. —Se removió en la silla e intentó olvidar el mal recuerdo. Había estado tan ocupado culpándose que no había superado el trauma por completo—. ¿Alguna otra pregunta?

Mala decisión. Las preguntas no se hicieron esperar.

Liam compartió sus opiniones sobre política y religión, sus escasos conocimientos de béisbol y sus predicciones sobre la Copa Stanley. Mostraron su agrado por haber acompañado a Daisy en la clínica veterinaria, por comprar un caro *sherwani* en la tienda de Nira (y no haber regateado siquiera) y por sentarse frente a la habitación de Daisy en el hospital durante tres días. Pero también lo interrogaron sobre sus diez años fuera de la ciudad, su falta de estudios universitarios y su distante familia.

Por fin los dejaron comer. Daisy no pudo evitar reírse cuando vio su plato.

—Te darán puntos por tener tan buen apetito.

—Intento ahogar mis penas en comida. Sigo oyendo el nombre de Roshan cada vez que me doy la vuelta. No estoy seguro de si eso significa que no he pasado la prueba.

—Es tu competidor y el sueño de cualquier padre desi. —Se sirvió un poco de pollo a la mantequilla con un trozo de *naan*—. Lo aprobaron de todas todas.

Liam sintió una punzada de celos al pensar que un hombre, previamente examinado por la familia, estaba a la espera para quitarle a Daisy. Sin duda, tenía un título universitario aceptable, una casa y un coche, y todas las cosas que una familia podría desear del futuro marido de Daisy.

Pero Roshan no la amaba. Y ella no lo amaba a él.

—¿Por qué has venido? —preguntó cuando acabaron de comer—. Pensé que volvías a Nueva York. ¿Qué pasa con la sociedad? —Jugueteó con el cinturón que llevaba en la cintura; las suaves borlas grises se movían entre sus dedos.

—Me dieron una semana para decidirme, pero no necesito tanto tiempo. —Dejó su plato sobre las rodillas y le sujetó la mano—. Lo que quiero está aquí. Te quiero. Quería decírtelo el día de nuestro viaje en moto, pero entonces tuvimos el accidente, y no pude perdonarme que volviera a hacerte daño.

—Igual que antes —susurró.

—Esta vez ha sido diferente. —Le frotó los nudillos con el pulgar—. Te conté todos mis secretos, me abrí, y en vez de rechazarme, me dijiste que me querías. Eso lo cambió todo para mí. Me hizo darme cuenta de qué era importante en mi vida. Me dio fuerzas para reconciliarme con Brendan y descubrir la verdad sobre mi padre. No necesito la sociedad para ser un hombre digno. Eso está aquí dentro. —Se llevó una mano al corazón—. No necesité las citas falsas ni una hoja de cálculo para enamorarme de ti, porque siempre te he querido. Solo necesitaba creer en mí mismo para aceptar que tú también me querías.

Viernes, 23:00

LIAM: Re: Cita n.° 7. ¿Se alcanzaron los objetivos?

DAISY: Objetivo de perdón todavía en consideración.

LIAM: ¿Qué estás haciendo ahora?

DAISY: Dormir.

LIAM: Tienes la luz encendida.

DAISY: ¿Cómo lo sabes?

LIAM: Sigo esperando fuera a un Uber.

DAISY: Hace frío. Tal vez deberías esperar dentro.

LIAM: Voy para allá. Hazme sitio en la cama.

DAISY: ¡Qué atrevido! Aún no te he perdonado.

LIAM: Haré lo que quieras. Caminar sobre brasas. Dejarme azotar con un látigo. Comerme cinco táperes de estofado de tiburón. Volar a la India para comprarte Kurkure Masala Munch. Arrastrarme y besar tus bonitos pies.

DAISY: Ven para acá.

LIAM: ¿Puerta delantera o trasera?

DAISY: La ventana de Sanjay.

Daisy se sentó junto a la ventana de Sanjay y observó cómo Liam intentaba, por quinta vez, trepar al árbol que había junto a la casa. Era evidente que ya no era tan ágil como antes. Cuando eran adolescentes, él y Sanjay lo hacían con mucha facilidad. Primero tomaban impulso corriendo por el césped y luego saltaban para agarrarse a la gruesa rama que rozaba el porche. Desde allí, alcanzaban una rama más alta y luego se arrastraban hasta el tejado. Hasta el momento, Liam se había caído de la rama más baja tres veces, había fallado otras dos y había chocado una vez contra el tronco del árbol. Estaba cubierto de cortes y magulladuras, pero seguía sin rendirse.

Esta vez empezó desde más atrás, corrió más rápido, pegó un brinco en el jardín y luego saltó por los aires. El golpe fue espectacular. Pudo escucharse cómo se estrellaba contra el tejado. Se había salvado de sufrir daños mayores gracias al rosal, pero menudas espinas…

Estaba desfallecido cuando por fin consiguió subirse a la primera rama. No hubo balanceos ni acrobacias. Tampoco sonrisas ni payasadas. Trepó lenta y firmemente hasta la segunda rama y luego se subió al tejado. Sudando y sangrando, con la camiseta rota y el cabello enmarañado, se arrastró por la empinada pendiente hasta llegar a la ventana.

Luego llamó a la puerta.

Ella levantó la ventanilla lo mínimo posible.

—¿Sí?

Desconcertado, él frunció el ceño.

—Me pediste que viniera.

—¡Oh! —Negó con la cabeza, fingiendo que estaba confusa—. Eso fue hace siglos. Estaba a punto de irme a dormir.

—Daisy. —Echó la cabeza hacia atrás y gimió—. Por favor.

Apiadándose de él, abrió la ventana y lo dejó entrar.

—Puedes limpiarte en el lavabo —le susurró—. Pero sé muy silencioso.

Cuando regresó, ella se había colocado sobre el colchón vestida únicamente con una camiseta del Universo Marvel en la que aparecían todos sus Vengadores favoritos. Liam se tumbó a su lado, indiferente en apariencia a que ella no llevara nada debajo.

—¿Qué pasa? —Se acurrucó con la cabeza sobre su pecho, escuchando los latidos de su corazón.

—No puedo moverme. —Volvió a gemir mientras la acercaba a él—. Me duele todo. Tengo las manos llenas de cortes. Tengo espinas en lugares donde no deberían estar y moretones en lugares en los que no quiero ni pensar.

—¡Qué lástima! —Daisy le sujetó una mano y se la puso en el desnudo trasero—. Hoy no hay Vengadores aquí abajo. Pero supongo que no podrás aprovecharte de eso.

Él le apretó el trasero, con un rumor bajo y satisfecho vibrando en su pecho.

—Empiezo a sentirme mejor.

—¿Y si hago esto? —Ella se le acercó y empezó a besarle la mandíbula, que estaba áspera por una barba incipiente.

—¿Por qué no hablas en susurros?

Unas manos firmes tiraron de ella y la colocaron sobre su cuerpo. Luego se deslizaron bajo su camiseta hasta que los pulgares le rozaron los laterales de los pechos.

—¿Por qué tendría que hacerlo? —Volvió la cara hacia su garganta, aspirando su aroma.

—No queremos despertar a tu padre y a Priya.

Le separó las piernas y le restregó el sexo con su miembro, que estaba duro bajo la bragueta.

—No están en casa.

Su respiración se había acelerado y su cuerpo se estaba fundiendo. Quería tener el control, pero en cuanto él la tocó, dejó de pensar con claridad.

Liam se quedó inmóvil, con las manos a escasos centímetros de sus pechos.

—Entonces, ¿por qué no he entrado por la puerta?

—Porque me dejaste y me rompiste el corazón —dijo Daisy—. Y prefiero verte trepar hasta el tejado a que te arrastres o te comas cinco táperes de estofado de tiburón.

—Mujer malvada...

La agarró del cabello con una mano y tiró de ella para besarla. Sus lenguas se encontraron y se encendió un fuego dentro de ella. Se obligó a sentarse y le sacó a él la camiseta por la cabeza. Se le hizo la boca agua cuando vio su pecho firme y con los músculos en tensión. Recorrió con los dedos la suave línea de vello que bajaba por el vientre y agarró el cinturón.

—¡Joder, Daisy! —Le apartó la mano con delicadeza—. Ha pasado tanto tiempo y te he echado tanto de menos... No te imaginas cuánto te deseo, pero si me desabrochas el cinturón, acabaré antes de que hayamos empezado.

Le metió las manos bajo su camiseta y se la subió. Ella le ayudó a sacársela por la cabeza y él le acarició los pechos, rozándole los pezones con los pulgares. La sangre de Daisy se convirtió en lava en sus venas y gimió de desesperación.

—Me estás matando, cariño —susurró—. Me encanta oír que me necesitas.

La rodeó con los brazos y tiró de ella para besarla de nuevo, con más intensidad, forjando una conexión inquebrantable entre ellos. Sin previo aviso, rodó y la inmovilizó contra la cama con el peso de su cuerpo. Una vez instalado entre sus piernas, la besó por todo el cuello hasta llegar a sus pechos. Ella le pasó las manos por el cabello mientras él le succionaba un pezón y arqueaba la espalda ante el puro placer que le brindaba su boca cálida y húmeda.

—Quítate la ropa —le ordenó. Podía sentir su duro miembro bajo los vaqueros; la áspera tela le daba una deliciosa sensación de ardor al frotar la sensible piel del interior de sus muslos. Pero no quería esperar más.

Liam se levantó con un ágil movimiento y se quitó los vaqueros, robándole el aliento de los pulmones. Incluso con todos los cortes y magulladuras tenía un cuerpo maravilloso, una oscura sensualidad que la atraía sin remedio.

Cuando él regresó a la cama, ella le puso la boca sobre sus pechos, abrazándolo mientras él electrizaba cada centímetro de su piel con suaves pellizcos y fuertes succiones. Su cuerpo se fundió con la cama mientras él la besaba con dedicación y le abría las piernas con sus anchos hombros para dejarla expuesta a la magia de su lengua. Sabía exactamente dónde tocar, dónde lamer y qué necesitaba ella para llegar al límite, e hizo añicos su mundo con un placer desgarrador.

—Quiero estar dentro de ti.

Su susurro, grave y masculino, le provocó un erótico hormigueo en toda la piel.

Lánguida tras el orgasmo, pero desesperada por más, le respondió con un beso. Él buscó un preservativo en el bolsillo y se lo puso con destreza.

—¿Estás cachonda? —Le metió un grueso dedo y la deliciosa sensación le hizo dar un brinco en la cama.

—Sí. —Sus palabras llegaron junto con una respiración entrecortada—. Ahora. Te quiero ahora.

—Di las palabras mágicas.

Su deseo se desbocó y su cerebro se llenó de lujuria.

—Por favor...

—No.

Daisy gimió.

—Nada de juegos.

—Di mi nombre.

Ya no había secretos entre ellos. Ella lo quería por lo que él era.

—Liam —susurró—. Mi Liam.

La ardiente mirada de él no desapareció en ningún momento mientras le levantaba las piernas y la penetraba hasta el fondo. Un calor abrasador corría por las venas de Daisy, amenazando con incinerarla. Lo agarró del cuello y lo acercó a su cara.

—No pares.

—Nunca.

La penetró con fuertes y largas embestidas, avivando su excitación. Cuando a ella empezaron a temblarle las piernas, él le dio un ardiente beso en la boca y luego la penetró con más fuerza, con los brazos tensos, las caderas moviéndose y el sudor corriéndole por la frente. Ella se agarró a él y le siguió el ritmo. La tensión creció como en una espiral en su interior, hasta que la arrastró en un maremoto de sensaciones, con sus entrañas contrayéndose en un intenso y palpitante torrente de placer. Liam echó la cabeza hacia atrás y su cuerpo se tensó como un arco mientras se unía a ella en el éxtasis.

Se desplomó sobre ella y le puso la cara en el cuello mientras jadeaban. Le agarró una mano y la llevó con los dedos entrelazados hasta su corazón, que latía desbocado.

—Siente lo que me provocas, cariño.

Ella lo sintió, lo conoció, se abrió al amor que él le ofrecía y le dio a cambio su amor.

32

Hamish había cerrado la tienda para comer. Cuando Liam entró, las persianas estaban bajadas y dentro reinaba el silencio. Sobre el mostrador había una gran variedad de alimentos poco saludables. Cajas de comida para llevar que estaban abiertas y mostraban casi todo lo que el médico le había dicho que no podía comer.

—¿Estás intentando suicidarte?

Liam había venido para distraerse. Dos días sin noticias de Daisy lo estaban matando. ¿Lo habían aceptado o no? ¿Su familia lo aprobaba o habían decidido que Roshan, que había recibido cinco estrellas, era la mejor opción?

Liam ya le había dicho a Brendan que, si las cosas no funcionaban con Daisy, tendría que irse de la ciudad. Brendan le había asegurado que no tendría ningún problema si Liam se convertía en un socio a distancia en su nuevo negocio de la destilería. Ya había renunciado a su puesto en Murphy Motors y, sin tanta presión, era un hombre muy distinto. El día anterior lo habían pasado juntos jugando con el nuevo dron de Jaxon, viendo *hockey* en televisión y después recibiendo una bronca de Lauren por permitir que Jaxon se quedara despierto hasta tan tarde.

Con una hamburguesa en una mano y unas costillas en la otra, Hamish se echó a reír.

—¿Se te ocurre una forma mejor de morir? Mi amigo Duke se comía seis hamburguesas y cuatro libras de tocino al día y estaba sano como un caballo. La única razón por la que no está aquí es porque se quedó atrapado en un fuego cruzado cuando dos bandas de moteros rivales empezaron a dispararse en un bar de hamburguesas de Montana. Murió haciendo lo que más le gustaba.

Liam gimió.

—Ahora me has alejado de las hamburguesas para siempre.

—¡Qué lástima! Cuando me llamaste para decir que venías, te compré una sorpresa por tu cumpleaños.

—Mi cumpleaños es dentro de dos días.

Hamish le entregó un recipiente de cartón.

—Pero estás aquí hoy y esta es una de las mejores hamburguesas de la ciudad. Media libra de carne de vaca alimentada con pasto y cubierta con queso cheddar, tocino, piña, pepinillos, salsa especial y cebolla dentro de pan casero con semillas de sésamo.

Hamish había cumplido con lo prometido. La hamburguesa estaba deliciosa. Hablaron de motos mientras comían, y Liam le confesó su temor de que el ataque de pánico que había tenido en casa de los Patel significara que no podría volver a montar en moto.

—Tienes que volver a la carretera. —Hamish se limpió la boca con el dorso de la mano—. Es la mejor manera de superar ese tipo de trauma. Hazme caso. He tenido tantos accidentes que ni siquiera puedo contarlos. Tienes que superarlo. Todo lo que quieres está al otro lado del miedo.

Liam se paseó por la tienda, examinando el equipamiento mientras Hamish limpiaba el mostrador.

—¿Qué tratas de decirme? ¿Que debería comprarme otra moto?

—El otro día recibí material nuevo —dijo Hamish—. Tal vez deberías echarle un vistazo a la nueva XDiavel. Puedo ir a por las llaves si quieres darte una vuelta para probarla.

Liam caminó a través de las relucientes filas de motos de la sala de exposición hasta el aparcamiento exterior. Aunque habían aparecido unas nubes oscuras que amenazaban lluvia, la XDiavel resplandecía bajo la mortecina luz.

—Si tienes el dinero, yo diría que este nuevo modelo vale mucho la pena.

Era preciosa. Deportiva. Un diablo de máquina. Pero faltaba algo.

—¿Y el asiento del copiloto?

—Sigue estando pensada para dar paseos en solitario —dijo Hamish—. No te recomendaría esa moto si estás pensando en llevar a Daisy de forma habitual.

—No sé si estaremos juntos. —A Liam se le quebró la voz y las palabras se le escaparon antes de que pudiera detenerlas—. Su familia quiere que se case con otra persona. Él no la conoce. No como yo. No va a entenderlo el día que ella empiece a poner listas y horarios por toda la casa, o a garabatear problemas de matemáticas en todas las superficies. No sabrá que le gustan los martinis, ni que su restaurante favorito es El Palacio de la Dosa, ni que su habitación es exactamente igual que cuando tenía catorce años. No va a entender lo que significó para ella crecer sin su madre. No sabrá que puede gritar «¡Vamos, tiburones!» tan alto como para ganar una pizza. Y no sabrá que Max es un perro muy especial.

Hamish lo observó durante un largo instante y luego se abrió paso entre las motocicletas, hasta llegar a una que le pareció impresionante: una Honda Gold Wing Tour de color azul y negro.

—No se trata de la conducción, sino de quién llevas en el asiento del pasajero, y a mí me parece que has acabado con la XDiavel. —Acarició el enorme asiento de cuero negro—. Creo que esto podría ser lo que estás buscando. Sus nuevos seis cilindros de cuatro válvulas te dan 125 CV y tiene un sistema electrónico muy completo. Pero el principal motivo por el que la gente compra esta moto es el asiento del pasajero. Hablamos de un asiento muy mullido y seguro. Tiene reposabrazos, asiento con calefacción, pantalla eléctrica..., lo que quieras. Es una tumbona para la carretera. Cualquier pasajera se sentirá como una reina.

Sin duda era la moto más grande y pesada que Liam había visto jamás. Aquel motor no tendría potencia y la moto no se plegaría en las curvas ni entraría y saldría del tráfico a toda velocidad. Carecía del estilo y la sofisticación de su XDiavel, una moto deportiva preparada para los circuitos. Lejos de estar «maxi desnuda» como la XDiavel, la Gold Wing estaba completamente vestida; era una motocicleta hecha para dos personas.

—Esta es *la moto* —dijo—. Me la llevo, pero la necesito ya.

Él no iba a sentarse y esperar a que lo eligieran. No iba a dejar que el miedo le impidiera ir a por lo que quería. Iría a casa de Daisy y le demostraría a su familia que nadie era más digno que él.

—Le pondré una matrícula de concesionario y podrás dar una vuelta de prueba mientras hago el papeleo. —Hamish le entregó las llaves—. ¿Necesitas equipamiento?

—Trajes de moto con armadura completa. Los mejores que tengas. Y cascos. Para dos.

Liam lo tenía todo pensado. Aparcaría su nueva Gold Wing frente a la casa del señor Patel. Daisy estaría esperando en la entrada.

Habría abrazos y besos. Lágrimas y felicitaciones. El señor Patel saldría a estrecharle la mano, diciéndole que nunca se había tratado de una elección. Siempre habían querido a Liam, y que era bienvenido a la familia.

La primera parte de su plan no podía haber salido mejor. Los nubarrones se disiparon en cuanto salió de la tienda de Hamish y un rayo de sol iluminó su camino hasta la casa de los Patel, donde encontró aparcamiento justo enfrente. Detuvo la moto y apagó el motor, con la mirada fija en el porche para ver si Daisy estaba allí. Fue entonces cuando se fijó en la decoración.

Farolillos de papel, serpentinas, flores y espirales de colores chillones caían del saliente que había sobre la puerta principal. ¿Un cumpleaños? ¿O tal vez un aniversario? Después de quitarse el casco, llamó al timbre. No hubo respuesta. Llamó a la puerta y envió un mensaje rápido a Daisy. Cuando ella no respondió, echó un vistazo por la ventana y empezó a preocuparse.

Podía haber muchos motivos por los que se hubieran retirado los muebles para colocar unas largas mesas cubiertas con manteles de colores y con un centro de flores sobre cada una. O por los que hubiera un montón de regalos en el pasillo envueltos con papel decorado con dibujos de novios y campanas de boda. Quizá estaban celebrando la boda de un pariente. O iban a inaugurar una tienda de artículos de fiesta. O quizá él había ganado la batalla pero perdido la guerra.

Oyó un ladrido y vio a Max jugando con una anciana en el patio contiguo. Se acercó, se presentó como un amigo de Daisy y se agachó para acariciar a Max.

—¿Sabe qué está pasando aquí al lado? —preguntó a la vecina—. Parece que están celebrando una fiesta.

—Creo que es la boda. —Ella le sonrió—. Nadal estaba tan emocionado... Se puso a bailar con Daisy en la entrada. Ella estaba preciosa con su vestido. El pobre Max quería ir con ellos, pero no admitían animales en el Golden Gate Club.

El miedo deslizó sus helados dedos por su columna vertebral. ¿Había llegado demasiado tarde? ¿Habían elegido a Roshan?

Los truenos retumbaron en lo alto y el cielo se oscureció, y la poca luz solar desapareció entre las ondulantes nubes.

Con la mano temblorosa, sacó su teléfono y le envió un mensaje a Daisy. Tal vez su vecina estaba equivocada. Tal vez había otra explicación. ¿Cómo pudo salirle tan mal su plan?

Max se levantó sobre sus patas traseras y le dio a Liam unos zarpazos en el pecho, moviendo la cola y frotándose con su peludo hocico hasta que Liam lo levantó y lo alzó en brazos. Max le lamió la cara y la tensión de Liam disminuyó.

«No sabrá que Max es un perro muy especial».

—Parece que le caes bien —dijo la vecina de Daisy—. No suele ser tan amistoso con los extraños.

—No soy un extraño.

«Él no la conoce. No como yo».

Daisy lo quería. Ella era su guardiana de los secretos, la luz de su alma. No había manera de que se casara con Roshan.

Le dio a Max un último abrazo. Y luego se subió a su moto para buscar a su reina.

Como era de esperar, la tía Mehar había acaparado la pista de baile en la fiesta *sanjeet* del padre de Daisy previa a la boda.

—No puedo creérmelo. —Layla se cruzó de brazos y fulminó con la mirada a la tía Mehar mientras destrozaba la pista de baile del Golden Gate Club con una versión muy ensayada de *Galla Goodiyaan*—. En teoría es un baile familiar. Debería haber reservado su actuación en solitario para algo como *Tamma Tamma Again*.

—Podríamos bailar con ella —sugirió Daisy mientras se llenaba el plato del bufé—. En cuanto empecemos a bailar, todos los demás nos seguirán.

—Pero entonces no nos hablará durante semanas. ¿Cómo harás la clase de baile con ella? —Layla frunció el ceño—. Te lo digo ahora mismo: será mejor que no lo haga en mi boda. Quiero que todo el mundo esté en la pista de baile.

—No te preocupes. Tengo un plan. He tenido mucho tiempo para prepararme. A diferencia de mi padre.

Su padre sonreía y aplaudía, ajeno al estrés que le había provocado a Daisy su decisión de celebrar una boda rápida. Incluso con los consejos de la tía Salena y la colaboración de toda la familia, le había costado mucho organizarlo todo a tiempo. Pero así era su padre. Hasta su boda tenía que ser un deporte de aventura.

—¿Dónde está Liam? —Layla se puso una samosa en el plato—. Sam quería comparar el tamaño de sus espadas. Cuando se enteró de que Deepa le había dado a Liam una espada más grande, fue a cambiar la suya. A este paso, no habrá sitio para mí en la boda.

—No lo he invitado. —Se mordió el labio inferior y bajó la mirada—. Sanjay vendrá más tarde y no quería que se montara una escena en una celebración. Pensé que sería mejor darle la noticia después de la fiesta. Cuando Liam se marchó hace unos años, él nunca me dijo cómo se sentía al respecto, pero estoy segura de que se quedó tan decepcionado como papá y como yo.

Seguía sintiéndose culpable por haber ignorado a Liam durante los dos últimos días, pero ¿cómo podía decirle que no lo había invitado a la fiesta que estaba organizando cuando, a todos los efectos, era su prometido?

Layla la miró con curiosidad.

—¿Eso significa que tu padre ha dado el visto bueno? Bueno, eso espero, porque a todos los tíos y tías les ha encantado y, después de que te salvara la vida, yo lo odio un poco menos.

—Dijo que quería hablar con Sanjay primero. —Miró la hora en su reloj—. Debería llegar en cualquier momento. Cuando papá y Priya anunciaron su compromiso, él ya había hecho los preparativos para venir tras enterarse de mi accidente, así que era el momento perfecto.

Cuando se acabaron sus platos, se dirigieron a la barra y Daisy le presentó a Layla su nueva bebida favorita: el martini de limonada de rosas. Rainey se lo había preparado como refresco postcoital en el Rose & Thorn.

—Veo que todo sigue igual —dijo una voz profunda a sus espaldas—. Las dos seguís cotilleando como nuestras tías.

Daisy se dio la vuelta y sus ojos se abrieron de par en par cuando vio a su hermano.

—¡Sanjay! —Daisy lo abrazó—. Empezaba a preocuparme que no pudieras venir.

Sanjay era una mezcla perfecta de sus padres, tanto en físico como en temperamento. Alto y delgado, tenía los pómulos altos en un rostro esculpido, los hombros ligeramente encorvados como su padre y los ojos oscuros con reflejos dorados de su madre.

—¿Estás de broma? No me lo perdería por nada del mundo. —Se separó de Daisy y abrazó a Layla—. Felicidades por tu compromiso, prima. He oído que te casas con un médico. Estoy deseando conocerlo.

—Me costó acostumbrarme a él —murmuró Daisy—. Pero ahora que es parte de la familia, se ha vuelto más fácil.

Sanjay pidió una cerveza y se fueron a un rincón más tranquilo para charlar sobre su destino en Somalia y sus planes de quedarse en la ciudad durante los próximos ocho meses para hacer una beca en medicina de urgencias.

—Veo que no ha cambiado nada mientras he estado fuera. —Se rio mientras examinaba la habitación—. La tía Mehar vuelve a las andadas, el tío Hari ya está borracho, los niños andan desbocados y las tías *rishta* intentan embaucar a la gente como si fuera un juego. —Le dio un codazo a Daisy—. Me sorprende que no hayan traído a alguien para ti.

Le estaba dando la oportunidad perfecta. ¿Debía decírselo? Daisy miró a Layla en busca de ayuda, pero su prima se limitó a encogerse de hombros.

—Yo... conocí a alguien.

—Cuéntamelo todo. —Sus ojos se abrieron con interés—. ¿Quién ha conquistado el corazón de nuestra preciosa Daisy?

Daisy dejó el vaso y tomó una larga bocanada de aire.

—Liam Murphy.

Sanjay se quedó inmóvil, con el vaso a medio camino de sus labios.

—¿Liam? ¿Mi viejo amigo Liam? ¿Está aquí?

—*Aquí* no —dijo Layla—. No ha venido al *sanjeet*. Pero está en San Francisco.

Sanjay se pasó una mano por el oscuro cabello.

—No me lo puedo creer. Ha vuelto. Y... —Frunció el ceño—. ¿Estáis juntos?

—No solo juntos. Están casi prometidos. Solo falta solucionar la fastidiosa aprobación de tu padre. —Layla sonrió—. Pero ya sabes cómo son ellos dos. No pueden salir de sus propias cabezas. Hizo falta un dispensador de compresas roto, un encuentro fortuito, una herencia, una empresa en quiebra, una destilería, una tía *rishta*, un pretendiente desafortunado, una hoja de cálculo, siete citas, una espada, carne de cerdo *vindaloo* muy picante, una pelea irlandesa, un perro enfermo, partidas interminables de *Guitar Hero*, un partido de *hockey*, estofado de tiburón, una cama rota, un paseo de la vergüenza, una noche de concursos, chanchullos de oficina, una exnovia celosa, un accidente de moto, una crisis de conciencia, una ruptura, seis botes de helado, cuatro bolsas de ositos de gominola, una oferta de asociación, una conversación sincera, un interrogatorio familiar, una humillación y una escalada mortal a medianoche para juntarlos. Y ahora, aparentemente, todo depende de ti.

—¿De mí? —Sanjay se cruzó de brazos—. ¿Por qué estaría su felicidad en mis manos?

—Porque todavía tienen miedo.

Daisy seguía aturdida por la exhaustiva descripción que Layla había hecho de su relación.

—Eso no es verdad. Papá dijo que no aprobaría el compromiso a menos que hablara con Sanjay. Quiere que escuche la versión de Liam, como hizo él.

Sanjay se quedó paralizado.

—¿Liam te contó lo que pasó? —preguntó con voz ronca.

Layla agarró el vaso de Daisy y se apartó discretamente.

—Iré a buscarte otra bebida y le diré a tu padre que Sanjay está aquí.

—No del todo —dijo Daisy cuando Layla se hubo marchado—. No me dijo el nombre del amigo que estuvo con él aquella noche.

Pero ella lo sabía. Ahora que Sanjay estaba frente a ella, con la culpa y el arrepentimiento grabados en su familiar rostro, todas las piezas encajaban. Cuando Sanjay llegó a su casa la noche del baile, tenía la cara llena de golpes y magulladuras. Le había dicho a su padre que había tenido una pelea, pero ella supo que mentía cuando entró en su habitación, destrozado física y emocionalmente, para balbucear una disculpa medio coherente porque Liam no había podido llevarla al baile.

—Fuiste tú —susurró. Su hermano no era tan perfecto después de todo.

—Me salvó la vida, Daisy. —A Sanjay se le encogió el pecho y empezó a tragar saliva con dificultad—. No te creerías las veces que me sacó de problemas a lo largo de los años. Lo que hizo aquella noche, lo que sacrificó por mí... Yo no estaría donde estoy ahora si no fuera por él. Yo soy el motivo de que no tuvieras una cita para tu baile de graduación. Soy el motivo por el que él tuvo que dejar la ciudad. Si yo no hubiera sido tan estúpido... —Tomó una larga bocanada de aire y cerró los ojos—. Mis actos de aquella noche perjudicaron a mucha gente. Quería compensar a Liam, pero ya había desaparecido y no pude encontrarlo. Decidí utilizar el regalo que me había dado (la oportunidad de estudiar Medicina) para ayudar a gente que lo necesitara desesperadamente. Intento salvar vidas para compensar todo el dolor que provoqué en el pasado.

Parecía atormentado, tan destrozado que Daisy lo rodeó con sus brazos y lo apretó con fuerza.

—No seas tan duro contigo mismo. Al final todo salió bien. Pudo sacar a su madre de una situación terrible. Encontró su pasión y entró en una empresa de capital riesgo de Nueva York. Y yo salí con todos los tipos equivocados para acabar conociendo al correcto.

—Liam. —Se apartó y sonrió—. No se me ocurre un hombre mejor para ti. Estaría orgulloso de que formara parte de nuestra familia. —Miró a su alrededor—. ¿Por qué no ha venido?

—No quería tenderte una emboscada en el *sanjeet*. No sabía qué pensarías al respecto.

Sanjay frunció el ceño.

—Si es tu prometido, debería estar aquí, con independencia de lo que pensemos papá o yo. ¿Realmente lo amas? Si no lo aprobáramos, ¿lo dejarías marchar?

La boca de Daisy se abrió y volvió a cerrarse.

—La verdad es que no lo he pensado. Al principio nuestra relación no era real. Fingimos estar prometidos y tuvimos una serie de citas para validar un matrimonio de conveniencia que le ayudaría a conseguir su herencia, salvar mi empresa y quitarme a las tías de encima. La presentación familiar fue el último paso del plan. Le dije que no seguiría adelante con el falso matrimonio a menos que la familia lo aprobara... —Se interrumpió cuando algo que había estado rondando por su mente se hizo claro de repente.

Sanjay también lo vio y su voz se suavizó.

—Te has dado una salida para escapar. Pero no uses a la familia como excusa. Si realmente lo amas, no importa lo que piensen los demás. Se trata de tu vida, Daisy. Sé que te han hecho daño y que por eso tienes miedo al compromiso, pero de todas las personas que he conocido, Liam es el único por el que merece la pena correr el riesgo.

Tenía razón. Por supuesto que tenía razón. Le había dicho a Liam que lo amaba, pero una parte de ella había tenido miedo de dar el último paso: salirse del plan y comprometerse con algo real.

—Ahora mismo le envío un mensaje. —Sacó su teléfono y vio los mensajes que se había perdido mientras había estado ocupada con el *sanjeet*.

Sábado, 11:06

LIAM: Confirmando cita n.° 8 a la espera de la aprobación de la familia. Domingo, 24 de junio a las 15:00. Las Vegas. Objetivo: boda.

Sábado, 12:15

LIAM: Estoy en tu casa. No podía esperar más. No tenemos mucho tiempo para conseguir *sherwani* y reservar los vuelos. No acepto un no por respuesta.

LIAM: Si no, te secuestraré para que podamos fugarnos.

LIAM: Max también puede venir.

Sábado, 12:25

LIAM: Llamando a *hamraaz*. ¿Dónde estás?
¿Qué pasa con el plan?

LIAM: Bromeaba sobre Max.
No se permiten perros en la capilla.

LIAM: He elegido una canción de Elvis: *Can't Help Falling in Love.*

Sábado, 12:36

LIAM: Hablé con tu vecina.
Te vas a casar. *All Shook Up.*

Cuando leyó el último mensaje, a Daisy se le subió la bilis a la garganta y se quedó mirando fijamente a su hermano, atónita.

—¡Dios mío, Sanjay! Liam fue a casa a verme ¡y nuestra vecina le dijo que era mi boda! Cree que voy a casarme con otra persona. —El corazón le latía tan fuerte que pensó que le iba a explotar. Lo llamó y envió mensajes, pero Liam no contestaba al teléfono—. ¿Y si vuelve a Nueva York? —Le tembló la voz cuando el pánico se apoderó de ella—. Tengo que encontrarlo.

33

Daisy volvió a mirar su teléfono mientras corría hacia su coche. Liam no había respondido a sus mensajes. ¿Dónde estaría? Tenía la dirección de su trabajo, pero nunca había estado en su apartamento.

¿Habría ido directamente al aeropuerto? ¿Habría parado en casa de Brendan para despedirse? Ella lo sabía todo sobre sus planes de renovar la destilería con Brendan y su sueño de fundar su propia empresa de capital riesgo tras rechazar la asociación con Evolution. Acurrucados en la oscuridad de la habitación, después de que él hubiera trepado por el tejado para estar con ella, habían compartido sus esperanzas para el futuro y sus remordimientos por el pasado. ¿Renunciaría a sus sueños para regresar a Nueva York? Quizá solo había ido a tomar una copa al Rose & Thorn...

Alcanzaba la esquina de Sheridan con Montgomery justo cuando empezó a llover. Estaba totalmente desprotegida frente a un descampado y con los grandes edificios del Presidio a su espalda. Su *salwar kameez*, un traje pantalón en tela georgette lavanda de imitación con cuentas en tonos joya y estampado floral, apenas la protegía del aguacero. Sin paraguas y con diez minutos de camino por delante, se envolvió en el *dupatta* y corrió hacia la parada de autobús más cercana para esperar a que pasara la tormenta.

Con los puños cerrados y las uñas clavándosele en las palmas de las manos, caminaba a cortos intervalos deseando que la lluvia cesara cuanto antes. Un motor retumbó a lo lejos. Asomó la cabeza por el cristal y vio la silueta de una motocicleta que avanzaba lentamente bajo la lluvia. A diferencia de la elegante y deportiva XDiavel de Liam, esta era un auténtico monstruo y tenía la mecánica revestida con un carenado de color azul, negro y cromado.

La motocicleta retumbó hasta detenerse frente a ella en la acera. Supo que era Liam sin que se hubiera quitado el casco. ¿Quién, si no, la encontraría en una parada de autobús bajo la lluvia?

El corazón le dio un brinco en el pecho y su voz se llenó de asombro.

—Has venido.

Liam aparcó la moto. Se reunió con ella bajo la marquesina y la estrechó entre sus brazos. Su ropa se empapó al instante, pero ella solo sintió el amor de los ojos de Liam.

—Espero que no estés casada con Roshan porque voy a besarte. —Su voz era áspera y tierna a la vez—. Y luego voy a retarlo a una pelea. Nadie puede ganarle a un irlandés en una pelea.

Ella observó el oscuro cabello ligeramente despeinado, los ojos azul claro, la arrogante sonrisa. La voz profunda y suave como el *bourbon*...

—No estoy casada.

—¡Gracias a Dios! —Dejó escapar un tembloroso suspiro—. Todavía tengo moratones de subirme a tu tejado.

Él enmarcó su rostro entre las cálidas palmas de sus manos y encontró su mirada. Todo encajó dentro de ella. Estaba exactamente donde tenía que estar.

—Ya te perdí una vez —dijo con delicadeza—. No voy a volver a perderte.

Ella se rindió ante él y sus labios aceptaron su apasionado beso.

—Dime que esto es real —murmuró Liam, acariciándole el cuello—. ¿Tu padre ha dicho que sí?

—No necesito que nadie me diga lo que ya sé con todo mi corazón. —Le pasó una mano por detrás de la nuca y tiró de él—. Te quiero. Te quiero a ti y solo a ti. Así que, sí, Liam. Esto es real.

Liam hincó una rodilla y le tomó una mano.

—Desde el día que nos conocimos, supe que te quería en mi vida. Tomaste mi caos y lo convertiste en calma. Alegraste mi corazón con tu sonrisa y me asombraste con tu inteligencia. Guardé cada tarjeta de San Valentín que me enviaste de forma secreta, cada nota garabateada, tu conejo de peluche y la respuesta a cada pregunta de matemáticas que te formulé porque esperaba ser algún día el tipo de hombre al que pudieras amar; un hombre que te abrazara y te valorara, un hombre digno de ti y que te protegiera con la espada que le vas a permitir llevar en nuestra boda. —Rebuscó en su bolsillo—. La verdad es que no tenía nada de esto preparado.

Daisy se rio.

—Claro que no.

—Lo intenté, pero no era yo. Y, si lo hubiera hecho, habría perdido esta increíble oportunidad de darle la vuelta al recurso cinematográfico por excelencia para una pasión incontrolable y convertir en realidad la fantasía de un amor tan intenso que no importa nada más.

El rostro de Daisy se relajó.

—¿Te has acordado de todo eso?

—Recuerdo cada momento que he pasado contigo. —Sacó un anillo de plata con el logotipo de los Sharks en la parte superior—. Guardo mi equipamiento de hincha en el almacén de Hamish. Lo agarré cuando me fui con la moto, por si acaso. —Le puso el anillo en el dedo—. Daisy Patel, guardiana de mis secretos, amor de mi vida, ¿quieres casarte conmigo?

Ella se desbordó de felicidad y dio un puñetazo al aire.

—¡Vamos, Tiburones!

—¿Eso es un sí? —Levantó la vista, frunciendo el ceño—. Es menos romántico de lo que esperaba.

—Claro que es un sí. —Ella tiró de él y lo besó, con sus cuerpos apretados uno contra el otro y sus corazones latiendo como uno solo.

—Así que… —Liam se echó hacia atrás— cita n.º 8: boda. Si queremos acabar el plan de citas en el tiempo previsto, tendremos que recoger mi *sherwani* y mi espada y reservar nuestros vuelos a Las Vegas.

—¿Es eso lo que quieres? —Ahora que su corazón estaba rebosante de felicidad, pensar en planes, listas y horarios era lo último que quería hacer.

—Quiero que seas feliz, y si acabar el plan tal y como lo habíamos pensado te hace feliz, eso es lo que quiero hacer.

—Los planes se pueden cambiar. —Daisy se encogió de hombros—. Las reglas pueden romperse.

—Creo que me he declarado a la mujer equivocada. —Sus labios susurraron sobre los de ella, y él siguió el contacto con un largo y suave beso que le aturdió el cerebro.

—Sería un gran desperdicio que llevaras tu caro *sherwani* para una boda de diez minutos. —Le pasó un dedo por el borde de la mandíbula—. Y esa espada... Nadie la vería excepto Elvis y yo. Ni siquiera Sam.

Liam suspiró.

—Sería una tragedia.

—¿Y si modificamos el plan para cambiar la fecha? —Le acarició la mandíbula—. En vez de casarnos en Las Vegas, podríamos hacerlo aquí e invitar a nuestras familias. Habría música, baile y mucha comida.

Liam torció los labios hacia un lado, como si se lo estuviera pensando.

—¿*Vindaloo* de cerdo?

—Extrapicante.

—¿Y *jalebis*?

—Por supuesto.

—Quiero toda la comida que engullimos en casa de tu padre la otra noche y en El Palacio de la Dosa, además de la tarta de Priya.

—Hecho.

—Y nada de estofado de tiburón.

—Haré lo que pueda.

—¿Y las golosinas crujientes?

—¿Kurkure Masala Munch? Tú serías el novio. Podrías comer todo lo que quisieras.

Él arqueó una ceja.

—Puedo comer mucho.

—No te sentirás decepcionado.

Se pasó un dedo por los labios.

—Supongo que por esta vez puedo estar de acuerdo. Espero la hoja de cálculo modificada al final del día.

Daisy se apretó contra su pecho y le pasó los dedos por el cabello húmedo.

—¿Qué tal si vamos a tu casa y lo arreglamos juntos? El día de nuestra falsa boda empieza a medianoche y quiero verte desnudo en una cama que no esté rota para poder celebrar que hemos llegado al final del plan.

—Una hoja de cálculo para momentos sexis. —Gruñó satisfecho—. Me apunto. —Se giró y señaló su moto—. Cuando estés lista para volver a montar, tu carroza te espera. Tiene el nivel de seguridad más alto y te he comprado un traje con protecciones de pies a cabeza.

Daisy se rio.

—¿En serio? ¿Es tu nueva moto?

—Lo será en cuanto firme el papeleo. Por fin he entendido algo que me dijo Hamish.

—¿El qué?

—No se trata del viaje. Se trata de quién va de pasajero.

34

—¡Liam! —Los ojos de Daisy se abrieron de par en par cuando lo vio en el espejo detrás de ella. Se había escapado de la convención para alisarse el cabello antes de su presentación—. ¿Qué estás haciendo en el baño de mujeres?

—Tengo que enseñarte algo y pensé que me arrestarían si lo sacaba en público.

La mirada de Daisy bajó hasta su entrepierna y él se rio.

—Siempre supe que tenías una mente sucia. —Abrió su bolsa de deporte y sacó una espada—. Me refiero a esto.

—¡Dios mío! —gimió Daisy—. Recogiste tu *sherwani*. Pero aún faltan seis meses para nuestra boda.

—Deepa me llamó para decirme que estaba listo y Sanjay quería verlo. No podía esperar. —Sonrió y Daisy supo que no se trataba solo de la espada. Tras una larga conversación, Sanjay y Liam estaban más unidos que nunca. Cuando estaban todos juntos en casa de su padre, bromeando y lanzando pullas, era como si el tiempo se hubiera detenido. Liam acercó la espada a la luz—. El traje está en mi nuevo todoterreno, pero tenía miedo de dejar la espada por si alguien la robaba. —Se lanzó hacia delante, empujando el dispensador de compresas menstruales—. *En garde!* Protegeré el honor de mi señora con mi vida.

—Si sigues así, tendrás una espada llena de compresas.

—¿No las necesitas para tu presentación? Con unas cuantas estocadas podría derribar a la máquina del mal y tú podrías tener todas las compresas que quisieras. —Arqueó una ceja a modo de regañina—. ¿O prefieres robarlas?

—Yo no las robé —resopló ella—. Y no soy Tyler. Tengo todas las muestras de mis productos empaquetadas y listas para la presentación desde hace tres días. Tengo copias de seguridad y copias de seguridad de las copias de seguridad, así como tres copias de todos los documentos, y he practicado mi discurso tantas veces que podría darlo mientras duermo.

Al no recibir respuesta de Tanya, había pensado lo peor y había organizado su asistencia a la Vizio Tech Con en San Diego para tratar de encontrar inversores para el nuevo y optimizado Organicare, con su marca de vanguardia.

—No esperaba menos de ti. —Liam blandió la espada—. Y, si te rechazan, les haré una pequeña visita en mitad de la noche.

Sus labios temblaron mientras contenía la risa.

—Tu dama tiene que hacer una presentación, así que ¿por qué no guardas la espada y le das un beso para desearle suerte?

Con un suave gruñido, Liam la agarró por la cintura y la acercó a él, restregando su entrepierna en la falda de su traje negro.

—¿Qué te parece si cambiamos esta espada por otra?

—También tienes trabajo que hacer en la convención —dijo, tratando de mantener la profesionalidad de una directora general, mientras que su muy sexi y real prometido encendía su deseo—. Hay una docena de jóvenes y entusiasmados emprendedores que están deseosos de hacer sus presentaciones ante tu nueva empresa y se desanimarían si aparecieras con una espada.

Él lanzó un rugido de placer.

—A Brendan y Jaxon les va a encantar. La llevaré mañana a la destilería y les enseñaré algunos movimientos cuando hayamos revisado los nuevos tanques de lavado. ¿Estás segura de que no puedes venir?

—Solo faltan unas semanas para la boda de Layla, pero estoy segura de que podrías convencer a Sam de que hiciera un combate de espadas contigo. —Sam y Liam, por supuesto, se habían convertido en mejores amigos y todas las semanas se escabullían por separado hacia Krishna Fashions para darle a Deepa unos dólares y asegurarse de que sabría a quién llamar si encontraba una espada más grande. Los hombros de Liam se desplomaron y volvió a guardar la espada en su bolsa de deporte—. ¿Qué te parece si te quito ese elegante traje y meto mi otra espada en un lugar que te haga gritar de placer?

Resistiéndose a lanzar una carcajada, Daisy intentó poner cara seria.

—Porque puede que hoy tenga a todos Los Vengadores protegiéndome.

El rostro de Liam se iluminó con interés.

—Déjame verlo. Tengo una sorpresa que haría que la inminente destrucción de Los Vengadores valiera la pena.

—¿Una sorpresa en tus pantalones?

—No. Una sorpresa en el correo.

Se rio cuando ella frunció el ceño con desconcierto.

—La tía Roisin nos ha enviado su regalo de boda antes de marcharse a su retiro de ayurveda en Sri Lanka. Nos ha regalado la casa de mi abuelo. Era parte de su herencia, pero me dijo que no la va a necesitar. Ha decidido vivir sin bienes mundanos, así que nos ha pasado la titularidad.

Daisy se llevó una mano a la boca.

—¡Una casa! ¡Dios mío, Liam! ¡Vamos a tener una casa!

—Lo que significa que pasaré las dos últimas pruebas de los Patel: casa y coche. —Se lamió los labios—. ¿Ahora puedo ver lo que hay debajo de tu falda?

—De ninguna manera. —Se volvió hacia él. Ya había tomado una decisión, pero no quería que pensara que sería tan fácil—. En cuanto me levante la falda, harás eso que sabes hacer y, de repente, serán las 12:50 y tendré que correr hacia mi presentación con el pelo echo un desastre y la ropa de cualquier manera, y nadie creerá que soy la directora general de Organicare.

—Yo lo creeré.

Él le acarició el cabello con una mano y ella sintió su contacto como una punzada entre los muslos. Siempre era así con Liam. Nunca tenía suficiente.

Después de la boda de su padre, y sabiendo que Priya cuidaría bien de él, había decidido mudarse y empezar a vivir su propia vida. Había encontrado un apartamento cerca del trabajo que admitía perros y lo habían amueblado juntos, empezando por una cama de matrimonio con una estructura de madera maciza y un cabecero aún más macizo. También habían comprado una gran mesa de comedor para cuando vinieran sus parientes. Su mayor deseo era reunir a la familia de Liam. Para guardar las apariencias (su padre seguía siendo un hombre tradicional), Liam mantenía su pequeño apartamento, pero pasaban todo el tiempo en casa de ella, rara vez vestidos y dándole nombre a cada mueble que compraban.

—Tanya también lo cree —continuó—. Acabo de encontrármela en una de las sesiones de capital riesgo y me ha dado la buena noticia.

Eso despertó el interés de Daisy.

—¿Qué buena noticia?

—¡Has conseguido la serie B de financiación! —Sus ojos azules brillaron de alegría—. Iba a decírtelo después de las sesiones de presentación. Un segundo inversor facilitaría mucho las cosas, así que no quería decírtelo hasta que acabaras.

—¡Oh, Dios mío! —Ella saltó a sus brazos—. Tengo que decírselo a Mia, Josh y Zoe. Estarán encantados. ¡Organicare está a salvo!

—Gracias a ti, mi decidida, superinteligente y buenorra directora general.

A Daisy se le dibujó una sonrisa en los labios. Aún no se lo podía creer. Incluso sin formación empresarial, había conseguido dirigir la empresa durante el último mes sin ningún contratiempo. Con un poco de suerte, cuando la financiación llegara y se nombrara un consejo de administración, votarían a favor de su permanencia en el puesto.

—¿Crees que estoy buenorra? —Ella le dedicó una sensual sonrisa.

Bajó las manos por sus caderas y le subió la falda.

—Tan buenorra que creo que necesito hacértelo encima del lavamanos.

Cuando él la miraba así, con ese deseo en los ojos, ella no podía negarle nada.

—¿Has cerrado la puerta?

—Claro.

—¿Tienes condones?

Liam resopló.

—Sabía que ibas a estar en la convención. ¿Pensabas que vendría sin estar preparado para atender tus necesidades?

—Tendremos once minutos para lo bueno. Tres para limpiarnos. Dos para arreglarnos la ropa. Diez para llegar a nuestras respectivas salas de conferencias. ¿Te parece bien?

Liam la hizo girar y le subió la falda de un tirón.

—Me encanta que programes nuestros encuentros sexuales. Me pone cachondo.

—Eso es bueno porque planeé esto con antelación y dejé a Los Vengadores en casa.

—¡Daisy! Te he estado buscando por todas partes.

Madison interceptó a Daisy cuando salía del baño, un minuto más tarde de lo previsto, lo que le daba solo nueve minutos para llegar a su sala de conferencias.

—La verdad es que voy de camino a…

—¡Oh! Liam. —Madison la cortó, sonriendo con satisfacción cuando Liam salió del baño detrás de ella, todavía ajustándose la corbata—. Me alegro de volver a verte.

Liam sonrió, totalmente desconcertado.

—Madison.

—¿El baño de hombres está cerrado?

—En absoluto. —Puso un brazo alrededor del hombro de Daisy y le dio un beso en la mejilla—. Solo necesitaba un poco de tiempo a solas con mi prometida.

La sonrisa de Madison se desvaneció.

—¿Estáis comprometidos?

—Sí, así es. —Levantó la mano de Daisy para enseñarle el anillo de diamantes que le había comprado para reemplazar el anillo de los Sharks que le había dado en la parada del autobús—. Cuando conoces a la mujer con la que quieres pasar el resto de tu vida, no pierdes el tiempo.

Daisy enlazó su brazo con el de Liam.

—¿Cómo está Orson?

—¿Orson? —Madison frunció el ceño, como si no tuviera ni idea de sobre quién estaba hablando Daisy—. ¡Oh! Se ha ido. ¿Quizá a Nueva York?

—Lamento oír eso.

—Yo lamenté mucho saber que Organicare estaba en quiebra. —Madison volvió a sonreír—. Me preguntaba si te interesaría volver a trabajar para mí. Necesito a un desarrollador de *software* con experiencia y...

—Organicare no está en quiebra —afirmó Daisy—. Le hemos dado a la empresa un giro total y acabamos de conseguir la serie B de financiación. Otros inversores también se han mostrado interesados y he venido para reunirme con algunos de ellos, así que si me disculpas...

—Ahora es la directora general —dijo Liam con orgullo—. Ha salvado la empresa y ahora dirige todo el espectáculo.

—Felicidades. —La voz de Madison sonaba plana mientras miraba su reloj—. Tienes razón sobre la hora. Tengo una reunión en cinco minutos. Será mejor que me vaya.

—No tenías que haber hecho eso —dijo Daisy—. Ha sido un poco mezquino.

—Has disfrutado cada segundo.

Sus labios se levantaron en una sonrisa.

—Vale. Lo he hecho. Era como cuando todas las chicas malas del instituto se burlaban de mí y ahora las tornas han cambiado y no solo dirijo una empresa, sino que tengo al chico más interesante del instituto.

Liam le pasó un brazo por los hombros.

—Mi prometida cree que soy guay.

—Creo que estás bueno, pero será mejor que no sigamos por ese camino porque llegaremos tarde.

Caminaron por el pasillo y no pudo evitar recordar la última convención a la que habían asistido juntos. Esta vez no había tías persiguiéndola con pretendientes a cuestas, ni el desagradable momento de escuchar a su exnovio enrollándose con su jefa, ni movimientos torpes con cajas de compresas mientras calmaba su ansiedad ante la perspectiva de ayudar a Tyler con la presentación... pero sí estaba Liam. Siempre y para siempre Liam.

—Me preocupaba que nos preguntara cómo nos habíamos conocido. —Daisy se acercó a él—. Tal vez deberíamos tener un plan.

—No necesitamos ningún plan —dijo Liam—. Les diremos la verdad. Nos conocimos cuando teníamos que conocernos. Nos encontramos el uno al otro cuando necesitábamos que nos encontraran. Nos enamoramos porque así tenía que ser. Y tú te convertiste en mía en una parada de autobús bajo la lluvia.

AGRADECIMIENTOS

Escribir suele ser una tarea solitaria, pero se necesita un equipo para dar vida a una historia.

Gracias a todo el equipo de Berkley, incluidas Tara O'Connor, Jessica Mangicaro, Marina Muun, Katie Anderson y, en especial, a mi fantástica editora, Kristine Swartz, que es capaz de hacer brillar una historia con un solo trazo de su bolígrafo virtual y de tentarme con deliciosas recetas que aún no he podido hacer igual de bien.

Gracias a mi agente, Laura Bradford, por su tenacidad, su fe y su capacidad para apoyarme en los momentos más altos y en los más bajos.

Gracias a mis amigas Anne y Andrea, por soportar mis interminables charlas sobre la escritura y los problemas de la edición, compartir mis altibajos y mantenerme cuerda.

Gracias a todos los lectores desi que me escribieron después de leer *El juego del matrimonio* para darme su apoyo y entusiasmo. Seguiré escribiendo si me prometéis seguir leyéndome.

Gracias a Sapphira, que me animó a escribir sobre un tipo diferente de héroe y me guio por todos los giros y enredos de la trama. Que tu mundo se llene de las mujeres fuertes, inteligentes y empoderadas que me inspiras a escribir.

Gracias a mis padres, Joe y Marie, y a Sharon, Rana, Adele y Tarick por apoyar mis sueños y por pensar que soy la mejor escritora del mundo.

Y gracias a John y a mis chicas, por vuestra infinita paciencia, amor, apoyo e intentos en la cocina. No estaría donde estoy sin vosotros.